HERA LIND

Hinter den Türen

Der Roman
Juliane Bressin lebt mit ihrem Mann Jonathan und den beiden Kindern als perfekte Familie in einer heilen Vorortwelt. Als sie in der Zeitung liest, dass für drei Kinder mit thailändischen Wurzeln, deren Mutter im Koma liegt und deren Vater gestorben ist, eine Pflegefamilie gesucht wird, zögert sie nicht lange. Mit Feuereifer stürzt sie sich in ihre neue Aufgabe und versucht, den Neuankömmlingen das Paradies auf Erden zu bereiten, sie an ihrer liebevollen Erziehung und geruhsamen Ordnung teilhaben zu lassen. Doch die Schützlinge sind nicht nur verwahrlost, sondern auch traumatisiert. Besonders Malie, die Älteste, ist oft aggressiv und eiskalt. Hat die Zwölfjährige Gewalt erfahren? Hat sie versucht, ihre jüngeren Geschwister zu beschützen? Wie weit ist sie dabei gegangen? Bald erhärtet sich für Juliane ein schrecklicher Verdacht. Das ganze Ausmaß der erschütternden Geschichte der Kinder vermag sie sich allerdings nicht vorzustellen …

Die Autorin
Hera Lind studierte Germanistik, Musik und Theologie und war Sängerin, bevor sie mit ihren zahlreichen Romanen sensationellen Erfolg hatte. Mit den Tatsachenromanen wie »Die Frau, die zu sehr liebte«, »Die Frau, die frei sein wollte« und »Über alle Grenzen« eroberte sie erneut die SPIEGEL-Bestsellerliste und machte dieses Genre zu ihrem Markenzeichen. Hera Lind lebt mit ihrer Familie in Salzburg.

Von Hera Lind sind im Diana Verlag erschienen:
Die Champagner-Diät – Schleuderprogramm – Herzgesteuert – Die Erfolgsmasche – Der Mann, der wirklich liebte – Himmel und Hölle – Der Überraschungsmann – Wenn nur dein Lächeln bleibt – Männer sind wie Schuhe – Gefangen in Afrika – Verwechseljahre – Drachenkinder – Verwandt in alle Ewigkeit – Tausendundein Tag – Eine Handvoll Heldinnen – Die Frau, die zu sehr liebte – Kuckucksnest – Die Sehnsuchtsfalle – Drei Männer und kein Halleluja – Mein Mann, seine Frauen und ich – Der Prinz aus dem Paradies – Hinter den Türen – Über alle Grenzen

HERA LIND

Hinter den Türen

Roman

DIANA

Vorbemerkung

Dieses Buch erhebt keinen Faktizitätsanspruch. Es basiert zwar zum Teil auf wahren Begebenheiten und behandelt typisierte Personen, die es so oder so ähnlich gegeben haben könnte. Diese Urbilder wurden jedoch durch künstlerische Gestaltung des Stoffs und dessen Ein- und Unterordnung in den Gesamtorganismus dieses Kunstwerks gegenüber den im Text beschriebenen Abbildern so stark verselbstständigt, dass das Individuelle, Persönlich-Intime zugunsten des Allgemeinen, Zeichenhaften der Figuren objektiviert ist.

Für alle Leser erkennbar erschöpft sich der Text nicht in einer reportagehaften Schilderung von realen Personen und Ereignissen, sondern besitzt eine zweite Ebene hinter der realistischen Ebene. Es findet ein Spiel der Autorin mit der Verschränkung von Wahrheit und Fiktion statt. Sie lässt bewusst Grenzen verschwimmen.

2. Auflage
Taschenbucherstausgabe 09/2019

Neumarkter Straße 28, 81673 München
Umschlaggestaltung: t.mutzenbach design, München
Umschlagmotive: © plainpicture/TOBSN; shutterstock/Wil Tilroe-Otte/
Unkas Photo/1000 Words/Tom Gowanlock/Craig Sterken/
Suzanne Tucker/DanyL/David Papazian
Herstellung: Helga Schörnig
Satz: Leingärtner, Nabburg
Druck und Bindung: GGP Media GmbH, Pößneck
Printed in Germany

ISBN 978-3-453-36041-9

www.diana-verlag.de
Dieses Buch ist auch als E-Book lieferbar.

1

Köln, Samstag, 17. März 2007

Nebenan öffnete sich das Garagentor. Die kleinen Öhrchen von unserer temperamentvollen Zwergschnauzerdame schossen elektrisiert in die Höhe. Das schwarze Wollknäuel stürzte sich wie ein Wurfgeschoss vom Sofa und kläffte begeistert die Haustür an, während das rotierende Schwänzchen die Schirme im Schirmständer aus dem Gleichgewicht brachte.

Die schweren Schritte Jonathans, der den Großeinkauf ins Haus schleppte, brachten das helle Wohnzimmerparkett zum Zittern. Dazu das Gepolter von Tim und Lilli, das die Wände zum Wackeln brachte. Vorbei war es mit der seligen Ruhe. Seufzend ließ ich die Samstagszeitung aufgeschlagen auf dem Sofa liegen und rappelte mich auf, um meine Lieben zu begrüßen.

Was ich da gerade gelesen hatte, hatte mich tief berührt. Ich musste minutenlang auf die Anzeige gestarrt und darüber Zeit und Raum vergessen haben.

Okay. Showtime und Action. Ich atmete einmal tief durch und riss die Haustür auf. »Hallo, ihr Mäuse! War es schön bei den Pfadfindern?«

»Wir haben gelernt, wie man Feuer macht!« Tim stürmte an mir vorbei zum Gästeklo. Sein elfjähriges Bubengesicht wies Rußspuren auf, seine Augen leuchteten vor Begeisterung und Stolz. »Aber ich hab mich nicht getraut, in den Wald zu kacken, dabei musste ich schon die ganze Zeit so dringend!«

»Tim!« Ich verbiss mir ein lautes Lachen. »Wir kennen doch andere Wörter dafür!«

»Meine Notdurft verrichten«, verbesserte er sich mit den gestelzten Worten, die ich ihm offensichtlich einmal irgendwann beigebracht haben musste, während er die Tür zuschlug und hektisch verriegelte.

»Lass mich mal vorbei, Schatz.« Mein Hüne von Mann schleppte zwei Mineralwasserkisten in die Küche und ließ noch eine Großpackung Toilettenpapier, die er unters Kinn geklemmt hatte, vor die Klotür fallen. Jon hätte aus einem Cowboyfilm entsprungen sein können: groß, zupackend, verdammt gut aussehend und sexy. Flanellhemd, Jeans, Boots, Dreitagebart und Grübchen am Kinn. Statt eines Cowboyhuts trug er allerdings einen lässigen Männerdutt, und statt Pferd hatte er unsere Familienkutsche in der Garage geparkt.

Grinsend drückte er mir einen stacheligen Kuss auf die Lippen und klopfte lässig an die Klotür.

»Großer? Hier draußen liegt Nachschub!«

»Lass mich! Ich muss mich konzentrieren!«

»Aber hinterher Hände waschen!«

»Abziehen, Klodeckel zu, Hände waschen, lüften«, hallte es genervt durch die Tür.

»Juliane, hilfst du mir mal eben?« Jon war schon wieder auf dem Weg in die Garage, umkläfft von Socke, die ihm mit spitzen Welpenzähnchen an den Schuhbändern nagte. »Im Auto sind noch ein Karton Milch und die üblichen Kleinigkeiten.«

»Das kann ich doch machen!« Meine neunjährige Lilli rannte hilfsbereit hinter ihm her und versuchte tatsächlich, mit ihrer zierlichen Figur den Karton aus dem Kofferraum unseres Vans zu wuchten.

Ich schlüpfte in die Clogs, die vor unserer Haustür standen, und half meiner eifrigen Tochter, während Socke inzwischen kampfeslustig das liebevoll bereitgestellte Klopapier zerbiss und mit der daraus resultierenden Papierflut kämpfte.

»Kinder, ihr macht mich fertig!« Ich nahm Lilli den Karton ab. »Lilli, gib mir das und kümmre dich lieber um den Hund.«

Sofort trippelte das liebe Kind davon. Meine Kinder gehorchten mir aufs Wort. Der Hund weniger, der Mann gar nicht.

»Socke!« Lilli pulte durchgespeichelte Papierballen aus dem Hundemäulchen.

Wie ein Storch im Salat balancierte ich mit der Großpackung Milchtüten über das Knäuel hinweg und nahm die feuchten Fetzen aus der Hand meiner Tochter entgegen.

»Danke, Lilli. Du bist ein gutes Kind.«

»Jeden Tag eine gute Tat«, trumpfte Lilli auf. »Das lernen wir bei den Pfadfindern!«

Dann kletterte sie auf einen Hocker und wusch sich brav die Hände. Verzückt sah ich das eifrige Mädchen von der Seite an und hoffte, sie würde immer so bleiben. Niemals sollte aus ihr ein widerborstiges Pubertier werden, niemals! Dafür hatten Jon und ich uns aber auch unendlich viel Mühe mit der Erziehung gegeben. Schließlich waren wir beide als Sozialpädagogen vom Fach.

»Boah, Mama, das riecht ja super, was brutzelt denn da im Ofen?«

»Ich hab mich mal wieder an einem Gemüseauflauf versucht!« Schmunzelnd räumte ich die Einkäufe in den Kühlschrank und schubste die Tür mit der Schulter zu.

Im Werbespot wäre jetzt das gute Gewissen weich gespült ins Bild geflogen und hätte mit sanfter Stimme meine hausfraulichen Qualitäten gelobt. Doch die Realität war noch besser: Mein Kind flog mir begeistert um den Hals.

»Oh, Mama, du bist die Beste! Den mit meinem Lieblingskäse?«

»Und frischen Kräutern. Ich war heute Morgen noch auf dem Wochenmarkt.«

Lilli hüpfte erfreut vom Hocker. »Darf ich dann den Salat anrichten?«

»Du darfst mir helfen, Lilli. – Tim, hast du die Hände gewaschen?« Mein Sohn war von seiner geschäftlichen Besprechung zurückgekehrt.

»Aye, aye, Sir. – Boah, sieht das lecker aus!«

»Dein Lieblingsessen, Tim: überbackene Auberginen mit Tomaten, die auf der Zunge zergehen.«

»Geil!«

»Tim!«

»Sorry. Ich meine natürlich: köstlich!« Er grinste. »Sind das Biotomaten?«

»He, nicht mit den Fingern in die Salatschüssel greifen!«

Unter Geplauder und dem glücklichen Gebell unseres überdrehten Hundeviehs richteten wir den Salat an und holten die Teller aus dem Schrank. Ich musste kurz innehalten und meine geliebte Bande bewundern. Ich liebte alle drei so sehr, dass ich mich manchmal in den Arm kneifen musste. Alles war perfekt! Unser kleines Reihenhäuschen am Rande des Kölner Stadtwalds in der stillgelegten Spielstraße, unsere nette Nachbarschaft in den identischen Reihenhäusern mit den gepflegten kleinen Vorgärten – mit unserer wunderbaren Familie hätten wir jederzeit Werbung für eine Lebensversicherung machen können. Auch beruflich lief alles rund: Jon war seit Kurzem Pflegedienstleiter in der Uniklinik, worauf wir alle mächtig stolz waren, und ich arbeitete von montags bis freitags halbtags in einer Kita. Unsere Kinder waren gute Schüler, aber was noch viel wichtiger war: gute kleine Menschen. Sie waren sportlich, spielten verschiedene Instrumente und engagierten sich sozial wie zum Beispiel samstagvormittags bei den Pfadfindern. Sie standen in der Straßenbahn für ältere Leute auf, hielten uns die Tür auf und sagten »Bitte« und »Danke«. Sie grüßten höflich und gehorchten uns meistens. Jon und ich waren moderne Vorzeigeeltern. Und liebten uns immer noch wie am ersten Tag voller Achtung und Wertschätzung. Wenn ich darüber nachdachte, dass ich früher seine Chefin gewesen war und er mein vier Jahre jüngerer Zivildienstleistender, entrang sich mir immer noch ein Grinsen. Erst war ich ja wahnsinnig in meinen Psychologieprofessor Fausto verliebt gewesen, einen distinguierten Signore italienischer Abstammung, der heute ein angesehener Psychiater in leitender Stelle an der Neuroklinik war. Aber als damals der blonde lässige Jonathan in mein Leben schneite, war der Professor nur noch Schnee von gestern. Noch immer war Jon mein Traummann: ein Künstlertyp mit handwerklichem Geschick.

»Was willst du mit der Taucherbrille, Tim?«

»Zwiebeln schneiden.« Den Sinn fürs Praktische hatte er von seinem Vater geerbt.

»Aber Vorsicht, Großer. Du brauchst deine Finger noch.«

»Ja, zum Gitarrespielen! Darf der Gregor heute Nachmittag zum Üben kommen? Wir wollen eine Band gründen!«

»Geht klar, Sohn. Wenn es nicht zu laut wird.«

»Und die Jasmin zu mir?«, sagte Lilli flehend. »Wir wollen ein großes Puzzle legen und sind auch ganz leise!«

Jon und ich wechselten zärtliche Blicke. Dann hätten wir ja mal wieder ein Stündchen Zeit für Zweisamkeit!

Als ich merkte, wie mir die Röte der Vorfreude in die Wangen schoss, bückte ich mich schnell nach dem Ofen.

»Lass mich das machen, Juliane.«

Die Adern in Jons durchtrainierten Armen traten hervor, als er mir die schwere Auflaufform mit seinen Topfhandschuhen abnahm. »Vorsicht, heiß!«

Er wuchtete den goldkross überbackenen Auflauf auf die Anrichteplatte.

Ich klatschte in die Hände.

»Kinder, Servietten fehlen noch, und Gläser! Und stell die frischen Blumen in die Mitte, Lilli!«

Endlich saßen wir am runden Esszimmertisch in der sonnendurchfluteten Wohnküche mit Blick auf unsere kleine Terrasse.

Der Frühling hielt schon Einzug, die Birken wiegten sich sanft im Wind, und mein Arrangement aus gelben und roten Tulpen bog sich anmutig. Die schräg stehende Sonne tauchte unsere ockerfarbenen Wände mit den Kinderfotos in ein warmes Licht: Tim und Lilli als rundliche Babys in den Armen ihrer Paten, als niedliche Kleinkinder mit gleichaltrigen Nachbarskindern im Sandkasten, mit den ersten Fortbewegungsmitteln wie Roller oder Dreirad auf der Straße, später beim Wandern, beim Zelten, bei der ersten längeren Radtour. Aus den rundlichen Kleinkindern waren schlanke Schulkinder geworden. Und es würden noch viele Fotos dazukommen.

Jon und die Kinder ließen es sich schmecken.

»Hast du da was in der Zeitung eingekringelt?« Tim verrenkte sich neugierig den Hals. »Sind das die Kleinanzeigen? Wollen wir was kaufen?«

»Bitte nicht mit vollem Mund, mein Herz.« Ich wischte mir die Mundwinkel mit der Serviette ab und hoffte, wie immer ein gutes Vorbild abzugeben.

»Und wo haben wir die Ellbogen?«, fragte Jon gütlich mahnend.

»Nein, kaufen eigentlich nicht, aber vielleicht … nehmen.« Ich schob den Teller von mir. »Aber das ist ein unausgegorener Gedanke.«

»Nehmen? Was kann man denn einfach so nehmen?« Lilli schaute mich mit ihren wachen hellblauen Augen an.

»Übernehmen.« Ich legte das Besteck weg. »Ich weiß nicht. Ich sollte noch nicht davon sprechen.«

»Wieso isst du denn nicht weiter, Mama?« Lillis Augen ruhten besorgt auf mir. Keine meiner Gefühlsregungen war ihr je entgangen. »Schmeckt's dir nicht?«

Ich fühlte mich ertappt, nahm einen Schluck Wasser und rückte schließlich mit der Sprache heraus.

»Also, da in der Zeitung, da steht was, das ist mir fast ein bisschen auf den Magen geschlagen.« Entgegen meiner eigenen Regeln spielte ich nervös mit dem Glas.

»Was ist denn passiert?« Tim griff hungrig nach meinem Teller und machte sich über die Reste her.

»Erzähl doch!«, drängte er kauend.

»Juliane, was ist los mit dir?« Jon sah mich besorgt an. »Irgendetwas bedrückt dich doch.«

»Los, Mama! Du sagst doch selbst immer, wir haben keine Geheimnisse voreinander!« Tim starrte mich neugierig an.

»Ja, ganz demokratisch wird immer alles besprochen!« Lilli wies mit der Gabel auf mich. »Das ist unsere goldene Familienregel.«

»Fräulein Altklug, da hast du recht. Aber es ist wahrscheinlich ohnehin nichts für uns.«

»Sondern? Für wen denn dann?« Das war wieder typisch für Jon, der unsere Familie mit Leitsprüchen wie »Wer denn sonst, wenn nicht wir?« und »Wenn nicht jetzt, wann dann?!« geprägt hatte. Er war eben ein Anpacker und kein Sprücheklopfer, und genau das liebte ich so an ihm.

»Also, da steht ...« Ich setzte die Lesebrille auf und griff nach der Tageszeitung. »Da steht, dass drei Geschwisterkinder eine Pflegefamilie suchen.«

So. Nun war es raus. Das war es, was mich seit Stunden beschäftigte: Wir hatten so viel Glück gehabt. Sollten wir unser Glück nicht teilen? Schon allein, um den Kindern zu zeigen, dass es nicht alle so gut hatten wie wir?

Die drei sahen mich mit offenem Mund an. »Und das sind

wir?!« Lilli machte eine ausholende Geste, die uns alle miteinbezog, wobei sie ihrem Glas gefährlich nahe kam.

»Nein, Lilli, so schnell schießen die Preußen nicht.« Ich brachte ihr Getränk in Sicherheit.

»Wieso die Preußen? Welche Preußen denn?!«

»Das sagt man so.«

»Ja, und was ist jetzt mit den Geschwisterkindern?« Tim musterte mich prüfend.

»Keine Ahnung, hier steht ...« Meine Brille war ganz beschlagen vor lauter Aufregung, und ich putzte sie umständlich mit der Tischdecke.

»Darf ich, Mama?«

»Ja bitte, Tim. Lies du vor.«

»Freier Jugendhilfeträger sucht pädagogische Fachkräfte, ein familiäres Angebot für die Aufnahme von drei Geschwisterkindern in den eigenen Haushalt«, trug Tim fließend vor. »Wir bieten fachgerechte Begleitung und finanzielle Unterstützung. Bewerbung an Frau Nölle, Sonnenschein-Stiftung, Telefon...«

Jon verschränkte die Arme vor der Brust und lehnte sich in seinem Stuhl zurück. Abwartend sah er mich an. »Du fühlst dich angesprochen.«

»Ja, irgendwie schon, aber ...«, in einer Übersprunghandlung spielte ich verlegen mit dem Salzstreuer. »Unser Häuschen ist viel zu klein.«

Mein Blick fiel auf unser handtuchgroßes Rasenstück.

»Und wenn wir nur eines nehmen?«, piepste Lilli kühn.

»Bist du bescheuert? Das sind drei Geschwister!« Tim zeigte ihr einen Vogel.

»Tim, bitte. Sprich nicht so mit deiner Schwester.«

»Nein, er hat recht.« Lilli klang plötzlich ganz erwachsen. »Das war eine bescheuerte Schnapsidee.« Sie stach in eine liegen gebliebene Tomate und steckte sie sich in den Mund.

Jon und ich wechselten einen gerührten Blick. »Das war eine Idee, wenn auch keine gute. Trotzdem darf doch jeder hier am Tisch sagen, was er denkt.«

»Wie alt die wohl sind?« Tim wedelte mit der Zeitung. »Ist da vielleicht ein Junge in meinem Alter dabei?«

»Und ein Mädchen in meinem?« Lillis braune Augen wurden immer runder.

»Das steht leider nicht dabei.« Bedauernd verzog ich das Gesicht.

»Die Frage ist aber doch erst mal, WARUM die drei eine Pflegefamilie suchen. Was ist da bei denen passiert?«, überlegte Jon laut.

»Haben die denn keine eigene Mama?« Der Gedanke schien Lilli unvorstellbar.

»Vielleicht ist die gestorben!«, mutmaßte Tim.

»Und der ihr Vater?«

»Deren Vater heißt das.«

»Kinder, wir wissen es nicht!« Ich schob den Stuhl zurück und nahm die Teller an mich. »Wer möchte Nachtisch?«

»Was gibt's denn?«

»Zitronen-Quarkspeise!«

Während des Desserts bestürmten uns die Kinder mit Fragen.

»Und wo sind die jetzt?«

»Na, vermutlich in dieser Sonnenschein-Stiftung. Keine Ahnung, vielleicht so eine Art Kinderheim.«

»Und wer kümmert sich da um die?«

»Irgendwelche Mitarbeiter, vermutlich. Vielleicht diese Frau Nölle.«

»Aber die hat doch keiner lieb?!«

Lillis Kulleraugen durchbohrten mein Herz.

»Ich weiß es nicht, Schatz. Bestimmt hat die jemand lieb.«

»Vielleicht haben sie noch irgendwo Verwandte, die sich um sie kümmern könnten?« Jon reichte mir das Besteck.

»Aber dann stünde das doch nicht in der Zeitung, dass die eine Pflegefamilie suchen.«

Tim war schon immer ein messerscharfer Denker gewesen.

»Also, Mama. Ruf doch da an!« Tim sprang auf und riss das Telefon aus der Ladestelle.

»Hier. Wie Papa immer sagt: am besten gleich. Dann hast du's hinter dir.«

»Kinder, wir haben überhaupt noch nicht nachgedacht«, protestierte ich schwach.

»Was gibt's denn da noch nachzudenken?« Jon hob fragend die Augenbrauen. »Drei Kinder brauchen Hilfe. Stell dir mal vor, Juliane, es wären UNSERE Kinder, die plötzlich ohne Eltern dastehen, und es würde keine Sau interessieren!«

»Aber ich bin doch nicht gleichgültig, ganz im Gegenteil.« Ich blies mir eine widerspenstige Strähne aus der Stirn. »Mama. Hier.« Tim hatte bereits gewählt und hielt mir den Hörer hin.

Plötzlich raste mein Herz, und meine Zunge klebte am Gaumen. Angestarrt von drei, nein vier Augenpaaren, denn Socke musterte mich genauso prüfend wie meine Familie, hatte ich plötzlich einen dicken Kloß im Hals. Was, wenn sich da jetzt jemand meldete?

Doch tief in mir wusste ich bereits, dass sich unser Leben von nun an für immer ändern sollte.

2

Köln, Samstag, 17. März 2007

»Nölle.«

Jetzt gab es kein Zurück mehr. Metallisch schepperte ihr Name durch die Leitung. Sie klang nicht gerade weichherzig, diese Dame von der Sonnenschein-Stiftung. Eher so, als fühlte sie sich ziemlich gestört an diesem Samstagnachmittag. Ich schluckte.

»Stell auf laut!«, bedeutete mir Jon, und mit zitternden Fingern drückte ich die Lautsprechertaste.

»Ja, ähm, also guten Tag, Frau Nölle, mein Name ist Juliane Bressin, ich rufe aus Köln-Lindenthal an, meine Familie sitzt hier und hört mit, es geht um die heutige Anzeige im Kölner Stadtanzeiger ...« Ich musste mich räuspern, und Jon schenkte mir fürsorglich Wasser aus der Karaffe nach.

»Ja?!«, schepperte es knapp zurück.

»Ja. Ähm. Also ...« Ich riss mir den Pulloverkragen vom Hals, der plötzlich so eng saß, als wollte er mir die Luft abschnüren. »Wir würden gern einfach mal unverbindlich wissen, um was für Kinder es sich handelt, also wie alt sie sind, und ob es Jungen oder Mädchen sind und warum sie eine Pflegefamilie suchen.«

»Wir sind hier keine unverbindliche Auskunftsstelle.«

»Nein, ähm, natürlich nicht.« Ich blies mir die lästigen Haare aus dem Gesicht. »Vielleicht erzähle ich erst mal was über uns ...« Ich nahm einen Schluck Wasser. »Ich weiß nicht, ob wir überhaupt dafür infrage kommen, aber ich bin Sozialpädagogin und arbeite in einer Kita, mein Mann ist Pflegedienstleiter, wir wohnen in einem kleinen Reihenhäuschen am Stadtwald und haben zwei Kinder, einen Jungen mit elf Jahren und ein Mädchen, sie ist neun.«

»Und einen Hund«, rief Lilli. »Der ist eins!«

»Ja. Und einen Hund. Der ist aber sehr kinderlieb. – Hallo?!«

Atemlos presste ich mein Ohr an den Hörer. War die Frau noch da?

Die Frau schien zu überlegen, ob wir einer Antwort würdig waren. Vielleicht hatten schon den ganzen Tag Leute angerufen, und keiner hatte es ernst gemeint. Deshalb war sie bestimmt so genervt und irgendwie … misstrauisch.

Sie seufzte. »Die zu vermittelnden Pflegekinder sind jetzt sechs, zehn und zwölf Jahre alt.«

»Das ist ja wunderbar«, entfuhr es mir, und ich lachte ein bisschen zu nervös. »Ich meine, was hätten wir bloß mit Kleinkindern angefangen, aber so passen sie ja genau zu unserem Nachwuchs!«

»Ja!«, jubelte Lilli. Tim wurde rot und schluckte. »Frag, ob ein Junge dabei ist!«, raunte er rau.

»Ist ein Junge dabei?«

»Ich höre schon, dass Sie sich soufflieren lassen. Ja, es ist ein Junge dabei. Das mittlere Kind.«

Tim unterdrückte einen Freudenschrei.

Jon nickte mir aufmunternd zu.

Sollte es tatsächlich so sein? Waren diese Kinder für uns gemacht? Oder umgekehrt, waren wir für sie gemacht? Ich umklammerte den Hörer. »Das wäre ideal.«

»Theoretisch ja«, kam es ohne eine Spur von Freude zurück.

»Und praktisch … nein?«

»Kommt ganz darauf an.«

»Worauf kommt es an, Frau Nölle?«

»Die Kinder sind thailändischer Abstammung.«

»Ja, aber das ist doch ... kein Gegenargument. Also, das ist uns doch ganz egal!«

»Da denken aber nicht alle so.«

»Deswegen sind Sie auch so ... vorsichtig, das kann ich verstehen. Aber wir sind doch keine ... Also ich meine, Kinder sind Kinder, egal woher sie stammen, aber bitte erzählen Sie doch mehr über sie!« Inzwischen hatten wir uns alle vier bei den Händen gefasst und lauschten mit offenem Mund auf Frau Nölles Worte.

»Ihr Vater ist schon seit sechs Jahren tot. Er hatte einen Autounfall.«

»Um Gottes willen!«

»Ja, er hatte wohl ein Alkoholproblem. Aber so genau wissen wir das nicht.«

Ich schluckte trocken. Die armen Kinder.

»Und die Mutter hatte vor ein paar Monaten einen hämorrhagischen Hirninfarkt.«

»Bitte was, nicht so schnell ... Einen was?«

»Eine Hirnblutung. Sie ist ins Koma gefallen und wird jetzt in einem Pflegeheim betreut.«

Mein Herz klopfte wild. »Koma heißt ... Wacht sie irgendwann wieder auf?«

»Wahrscheinlich nicht. Ihr Gehirn ist jedenfalls irreversibel geschädigt, so oder so.«

»Aber das ist ja ganz entsetzlich! Das heißt, die Kinder stehen völlig alleine da.«

»So sieht es aus.«

Jon, die Kinder und ich wechselten entsetzte Blicke. Tim und Lilli waren ganz weiß um die Nase. Ich holte tief Luft und stellte die nächste Frage.

»Gibt es denn keine Verwandten, die sich um die armen Kinder kümmern können?«

Frau Nölle räusperte sich ungeduldig. »Wenn dem so wäre, bräuchten wir ja nicht nach einer Pflegefamilie zu suchen, nicht wahr?«

»Keine Ahnung … vielleicht …« Ich kam mir blöd vor. Irgendwie abgewatscht.

»Es gibt Verwandte in Thailand, aber die Kinder wollen da absolut nicht hin und sollen in ihrem Umfeld bleiben. Sie sind hier geboren und gehen hier zur Schule. Die Kleine ist im Kindergarten und soll bald eingeschult werden. Alle sprechen akzentfrei Deutsch und haben im Grunde gar keinen Bezug zu Thailand. Ihr Vater war ja Deutscher, aber die Mutter stammt aus Bangkok.«

»Ach so, ja.« Ich fasste mir an den Kopf und drehte mich fragend zu Jon um.

Mein Mann nickte.

»Ja klar, dass die keinen Bezug zu Thailand haben«, murmelte ich, ganz durcheinander von den vielen Informationen, die da auf mich einprasselten. »Und wo sind die Kinder jetzt?«

»Sie sind vorübergehend im Kinderheim untergebracht.«

»Also nicht bei Ihnen?«

»Nein. Wie kommen Sie denn darauf.«

»Na ja, weil hier steht … Sonnenschein-Stiftung, das hört sich irgendwie … kinderfreundlich an.«

»Wir sind eine private Stiftung. Ich arbeite hier ehrenamtlich.«

Wow, dachte ich. Warum sind Sie dann so unfreundlich?

»Das heißt, Sie sind auch nicht das Jugendamt?«

»Nein. Das Jugendamt ist verantwortlich für die Kinder und wird auf jeden Fall ein Wörtchen mitzureden haben bei ihrer Vermittlung, aber ich leiste die Vorarbeit.«

Die schien sich wahnsinnig wichtig zu nehmen. Um die

Dame nicht zu verprellen, rang ich mir erst mal eine freundliche Bestätigung ab, ganz, wie ich das als Pädagogin gelernt hatte.

»Ja. Toll, dass Sie das machen, Frau Nölle.«

Sie schwieg. Fühlte sie sich veralbert? Das wollte ich nicht. Im Gegenteil! Ich wollte ihr zeigen, dass ich vom Fach war, auf ihrer Seite und … genauso engagiert wie sie!

Übereifrig spulte ich mein Repertoire ab, damit diese bärbeißige Frau Nölle endlich merkte, mit wem sie es zu tun hatte!

»Ich weiß, dass in schwierigen Fällen das Jugendamt eingreift, wenn es in Familien Probleme gibt. Pflegekinder sind in der Regel Kinder, die nicht bei ihren eigenen Eltern leben können, die meisten haben Vernachlässigung erlebt oder Gewalt. Oder sie haben bereits Missbrauchserfahrung, oft in einem so schweren Ausmaß, dass sie traumatisiert sind …«

»Hören Sie, das sind drei ganz normale Kinder!«, unterbrach mich Frau Nölle. Ihr Ton war so eisern, als hätte ich sie persönlich beleidigt. »Die sind weder traumatisiert noch Gewaltopfer, ich habe Ihnen doch erklärt, was es mit ihnen auf sich hat.«

»Ja, natürlich, Entschuldigung, ich wollte auch überhaupt nicht …«

»Also, ich denke, wir kommen jetzt mal zum Punkt.«

»Natürlich. Und der wäre?«

»Es hat sich außer Ihnen bisher erst eine ernst zu nehmende Bewerberfamilie gemeldet, aber die würden nur die zwei Kleinen aufnehmen. Die Große wollen sie nicht. Die kommt jetzt in die Pubertät, und das wollen sie sich nicht zumuten. Sie haben selbst keine Kinder und trauen sich das nicht zu.«

Sie machte eine kleine Kunstpause, in der wir alle den

Hörer fixierten. Aber wir, dachte ich. Wir schaffen das! Und spürte, dass die anderen das genauso sahen.

»In diesem Fall werden wir die Kinder trennen müssen, und für die Große läuft es auf eine betreute Wohngruppe hinaus«, fuhr Frau Nölle fort.

Ich hörte auf zu atmen. In den Augen meiner Familie stand das blanke Entsetzen.

»Aber nein, Frau Nölle, das wäre ja ganz entsetzlich! Ich meine, sie haben schon den Verlust ihrer Eltern zu verkraften, da sollen sie nicht auch noch auseinandergerissen werden!«

Wieso kam ich mir bei diesem Gespräch so bittstellerhaft vor? Ich bot doch meine Hilfe an, und sie tat so, als hätte ich unverschämte Forderungen gestellt!

»Sagten Sie nicht, Sie wohnen in einem kleinen Reihenhäuschen? Wie soll denn das gehen, wenn Sie selbst schon zwei Kinder haben?«

Jon schüttelte den Kopf, beugte sich vor und sprach mit seiner ruhigen tiefen Stimme in den Hörer:

»Frau Nölle, wir können über alles reden, wir könnten einige Umbauarbeiten vornehmen. Meine Frau und ich könnten in den Keller ziehen, den wollte ich immer schon ausbauen …«

»Ich finde, das klingt alles ziemlich unausgegoren«, kam es erbarmungslos zurück.

Ich schnappte nach Luft. Wollte diese Frau uns testen? Was maßte sie sich da gerade für ein Urteil an? Wir wären bestimmt nicht die Ersten, die ihr Wohneigentum ausbauten. Wieso wollte sie die Kinder trennen? Wir boten doch gerade an, sie alle drei zu nehmen! Mein Herz zog sich schmerzhaft zusammen, als ich mir vorstellte, MEINE Kinder getrennt!

»Notfalls ziehen wir auch um«, hörte ich mich rufen. »Es gibt für alles eine Lösung.« Ich staunte selbst über mein Engagement. Aber große Ereignisse werfen große Schatten voraus! Ich wollte dem Schicksal, das es immer gut mit uns gemeint hatte, einfach etwas zurückgeben.

»Ich teile mit dem Jungen mein Zimmer!«, rief Tim hilfsbereit dazwischen.

»Und ich geb mein Zimmer ganz her!« Lilli verschluckte sich fast vor Eifer. »Die beiden Schwestern sollen zusammenbleiben. Ich kann im Wohnzimmer auf der Couch schlafen!«

Nichts als Schweigen am anderen Ende der Leitung. Hatte diese Nölle etwa schon aufgelegt?

Da griff Jon zum Hörer. »Hallo, Frau Nölle, hier ist Jonathan Bressin, ich bin der Vater und Ehemann und habe mich eben ja schon mal kurz eingemischt. Das klingt jetzt vielleicht alles etwas übereilt, aber was halten Sie davon, wenn Sie einfach mal bei uns vorbeikommen und sich selbst ein Bild machen? Wir haben soziale Berufe, eine ebensolche Einstellung, und ich denke, unsere Familie läuft ziemlich rund.«

Mein Herz raste. Das Gespräch mit dieser Frau Nölle wühlte mich so auf, dass ich mir die feuchten Hände an der Jeans abwischen musste. Ich kam mir vor wie auf der Anklagebank. Oder wie auf dem Prüfstand, dachte ich und nickte innerlich. Das war ja auch Frau Nölles Aufgabe, eine Bewerberfamilie auf Herz und Nieren zu prüfen.

Ich hörte, wie die Dame seufzend in ihrem Terminkalender blätterte.

»Ja, dann meinetwegen am kommenden Mittwoch. Später Nachmittag, früher Abend. Siebzehn Uhr.«

»Na, das ist doch mal ein Wort, Frau Nölle. Wir freuen uns auf Sie. Bringen Sie Hunger mit. Schönes Wochenende!«

Jon drückte die Auflegetaste und schaute uns alle drei fragend an.

»Wollt ihr das wirklich? Ich meine, wenn wir die Kinder nehmen, haben wir auch diese Frau an der Backe …« Er verzog das Gesicht.

»Aber die Frau müssen wir doch nicht aufnehmen«, sprudelte es aus Lilli heraus, »sondern nur die Kinder!«

»Mit der alten Schrapnelle werden wir schon fertig«, meinte Tim tapfer.

»Wie könnten wir diesen Kindern nicht helfen wollen? Stell dir nur mal vor, es würde um unsere Lilli und unseren Tim gehen!«

»Mit den Kinderzimmern könnte es funktionieren, wenn Lilli ihres an die Mädchen abtritt«, überlegte Jon laut. »Aber wohin dann mit dir, Spatz?« Er strich unserer Tochter liebevoll über die Wange. »Im Wohnzimmer wollen Mami und ich abends unsere Ruhe haben, da kannst du nicht schlafen.«

»Papa, du kannst mir doch eine Hochetage ins Kinderzimmer bauen!« Lillis Cousine hatte so eine Konstruktion bei sich zu Hause in Süddeutschland, wo meine vier Brüder wohnten, und Lilli war immer ganz fasziniert von diesem Nest, in das sie sich mit ihr zum Puppenkämmen und Geheimnisseaustauschen zurückziehen konnte. Ein richtiges Prinzessinnenreich.

»Das könnte funktionieren.«

Mein kreativer Heimwerker hatte schon einen Plan, ich sah es hinter seinen Schläfen arbeiten. Gott, was liebte ich diesen Anblick!

»Mit dem Van sollte es jedenfalls keine Schwierigkeiten geben. Wir haben zwar nur sechs Sitze drin, aber man kann einen siebten einbauen.«

»Großartig.« Ich sah uns schon mit fünf Kindern durch die Gegend fahren und tolle Ausflüge machen. »Jon, dafür liebe ich dich!«

»Wofür?«

»Dass du so bist, wie du bist! Andere Ehemänner würden ihr Veto einlegen, tausend Bedenken anbringen und um ihre heilige Ruhe fürchten …«

»Um die fürchte ich ja auch«, sagte Jon grinsend.

Dann wurden wir ernst. Das ging jetzt alles so wahnsinnig schnell!

»Vielleicht will die Nölle uns gar nicht. Und selbst wenn sie mit uns einverstanden ist, will das Jugendamt für die drei Kinder sicherlich ein großes Haus, in dem alle ein eigenes Zimmer haben«, sagte ich kleinlaut in dem Versuch, mich auf diese Weise aus der moralischen Schlinge ziehen zu können.

Der Eifer meiner Kinder und die Kompromissbereitschaft meines engagierten Mannes rissen mich in einen Strudel aus heißer Liebe für sie. Gleichzeitig wurde mir schon etwas blümerant. Noch hatten wir nichts zugesagt, oder? Ich versuchte, ruhig durchzuatmen und Zeit zu gewinnen.

»Sagt mal ehrlich, Kinder, wollt ihr wirklich drei fremde Kinder bei uns aufnehmen?«

»Ja! Klar, Mama!«

»Auch wenn ihr sie gar nicht kennt?!«

»Natürlich! Wir werden sie schon kennenlernen!«

»Und sie uns! Wir haben hier Regeln, und die sagen wir ihnen!«

Plötzlich wurde ich von Stolz durchflutet. War es nicht genau das, was wir unseren Kindern vorlebten? Hilfsbereitschaft, Gerechtigkeitssinn? Wie konnte ich da auch nur ansatzweise daran denken zu kneifen, nur weil uns diese Frau Nölle unsympathisch war?

Schweigend löffelten wir unseren Zitronenquark. Sich vorzustellen, dass hier demnächst drei weitere Kinder am Tisch sitzen würden … asiatische Kinder! Wie sahen sie wohl aus? Ob sie immer nur Reis essen wollten? Ob sie Buddhisten waren? Ob sie …?

Das Klingeln der Nachbarskinder riss uns aus unseren Überlegungen, und die Kinder stürmten mit ihren kleinen Freunden die Treppe rauf in ihre Zimmer. Sie überschlugen sich fast vor Mitteilungsdrang. »Ich krieg eine Hochetage, und wir kriegen drei Pflegekinder. Die kommen aus Thailand, und die Mutter von denen liegt in einer Kammer!«, hörte ich meine süße Lilli plappern, während ich mich an den Abwasch machte.

»Koma, du Tröte!«

»Wie, Komma! Wie kann man denn in einem Komma liegen, jetzt mach aber mal 'n Punkt!«

Jon folgte mir in die Küche, in jeder Hand einen Stapel Schüsseln. Mitsamt dem Geschirr in seinen starken Pranken umarmte er mich.

»Wir schaffen das«, sagte er und küsste mich in den Nacken. Ich schloss die Augen und genoss seinen Duft.

Noch am selben Abend rief Frau Nölle zurück. Sie hatte es sich anders überlegt.

»Ich hab am Mittwoch einen anderen Termin. Ich möchte Sie zuerst ohne Ihre Kinder hier bei mir in der Stiftung sehen«, ordnete sie in einem Befehlston an, der mir schon wieder Bauchschmerzen bereitete.

»Dann entscheide ich in Ruhe. Es hat keinen Zweck, dass sich Ihre Kinder womöglich umsonst Hoffnungen machen.«

»Ja klar«, gab ich enttäuscht zurück, »das geht natürlich auch. Sie sind der Boss.«

»Es muss Ihnen klar sein, dass das kein Kindergeburtstag ist und auch kein Ponyhof, sondern eine ernst zu nehmende langfristige Lebensumstellung für alle Beteiligten.«

»Dessen sind wir uns bewusst.«

»Ich möchte eine schriftliche Bewerbung von Ihnen.«

»Okay?«

»Schreiben Sie mal schön auf, wie Sie sich das alles so vorstellen.«

»???«

»Also nicht nur Ihre Umbaupläne und was es zu essen gibt, sondern grundsätzlich Ihren Erziehungsstil, Ihre Auffassung von Familie und Elternsein, was Sie den Pflegekindern zu bieten haben und wie das alles laufen soll.«

Ich kam mir vor wie in der Schule. Dennoch zwang ich mich, Frau Nölle als lebenden Schutzschild vor diesen armen Kindern zu sehen, die schließlich nicht vom Regen in die Traufe kommen sollten. Womöglich gab es ja Pflegeeltern, die es nur auf das Pflegegeld abgesehen hatten und ihre Schützlinge als Arbeitskräfte oder Schlimmeres missbrauchten! Man hörte immer wieder die absonderlichsten Geschichten. Insofern brannte ich vor Eifer, unsere Eignung als kompetente Pflegeeltern schriftlich darzulegen. Und wegen des Geldes machten wir das sicher nicht.

Jon war absolut auf meiner Seite. Während die Kinder oben in ihren Zimmern schon selig ratzten und von ihren neuen Geschwisterkindern träumten, formulierten wir an diesem Bewerbungsschreiben herum.

»Also unser Erziehungsstil … wie beschreiben wir den?« Ich kaute am Bleistift.

Jon entkorkte eine Flasche Wein und ließ sich neben mich aufs Sofa fallen.

»Autokratisch bis demokratisch.«

»Komm, bleib ernst. Autokratisch waren deine Eltern. Bei denen durftest du am Tisch beim Essen nicht reden.«

»Da geht's bei uns deutlich gemütlicher zu.« Jon reichte mir ein bauchiges Glas mit Rotwein und schenkte mir einen seiner verschmitzten Schmunzler, dass mir die Knie weich wurden. Sofort fühlte ich mich entspannt und geborgen.

»Gemütlich, das kann ich aber wirklich nicht schreiben.« Ich kaute am Bleistift. »Gleichberechtigt. Jeder darf bei uns Ideen und Vorschläge vorbringen, und dann wird gemeinsam entschieden.«

»Das ist echt süß, wie du jeden Abend die Gesprächsrunde anmoderierst.« Jon streichelte meinen Rücken. »Die Kids fühlen sich wichtig genommen und genießen volle Geborgenheit. Du bist eine Traummutter, so, wie ich sie mir immer für meine Kinder gewünscht habe.«

Seine Stimme war genauso samten wie der dunkle Wein im Glas. Eine wohlige Gänsehaut überzog mich. Am liebsten hätte ich geschnurrt. Ich selbst war mit vier Brüdern in Süddeutschland aufgewachsen und hatte liebevolle und tolerante Eltern gehabt. Jon dagegen war, wie er selbst über seine Familie sagte, »neunzehn Jahre lang beim Militär« gewesen. Weshalb er dann auch als Wehrdienstverweigerer unter meiner Fuchtel seinen Zivildienst abgeleistet und wir uns auf diese Weise kennen und lieben gelernt hatten. Ich nahm einen Schluck Wein und lehnte mich an Jons Schulter.

»Tim und Lilli haben absolutes Vertrauen zu uns, und wie ich uns kenne, könnte das mit den thailändischen Kindern auch klappen.« Er strich mir über die wirren schwarzen Locken. »Vielleicht gehst du vorher noch mal zum Friseur. Damit sie nicht gleich schreien vor Schreck.« Um seine Mundwinkel zuckte es.

»Blödmann!« Ich rappelte mich auf und schlug mit dem Sofakissen nach ihm. Dabei musste ich selbst lachen. »Immer wenn ich aufgeregt bin, stehen mir die Haare zu Berge!«

»Weiß ich doch, Süße. So hab ich dich kennen und lieben gelernt.« Er nahm eine der Strähnen und drückte sie an meinen Kopf, bis sie wieder in der Luft stand.

»Also schreib ich jetzt mal: *Wir pflegen einen demokratischen Erziehungsstil in der Familie. Wir legen besonderen Wert darauf, dass alle wichtigen Entscheidungen gemeinsam besprochen werden.*«

Jon nickte. »Das dürfte die Nölle schon gemerkt haben. Gleich gab es eine Konferenzschaltung.«

»So besteht immer die Möglichkeit, dass jeder seine Meinung und seine eigenen Vorschläge einbringen kann. Dadurch haben wir die Bedürfnisse und Wünsche unserer Kinder stets mit einbeziehen können.«

»Klingt das nicht allzu perfekt?« Ich kaute am Bleistift. »Sie soll nicht denken, wir hätten es nötig, uns bei ihr einzuschleimen.«

»Nein. Das sehe ich nicht so. Ich finde, das haben wir echt gut hingekriegt. Guck dir Tim und Lilli doch an!«

»Okay, dann schreibe ich jetzt: *Weil wir die beiden immer unterstützt und ermutigt haben, wurde ihre Eigeninitiative und Selbstständigkeit gefördert. Durch unsere Offenheit und unser Verständnis sind wir ihnen gleichzeitig ein Vorbild.*«

»Das klingt schon irgendwie selbstgefällig.« Jon fuhr sich nachdenklich durchs Haar.

»Ja, aber die sollen dem Jugendamt was Vernünftiges vorlegen«, verteidigte ich mich, obwohl ich spürte, dass ich rot geworden war.

»Schreiben wir einfach: *Achtung, Respekt und Wertschätzung des jeweils anderen sind uns wichtig und werden selbstverständlich vorgelebt.* Das bezieht die asiatische Herkunft der Kinder gleich mit ein.«

»Okay, das ist gut.« Ich leckte mir über die trockenen Lippen. *»Wir möchten mit unseren eigenen Kindern und Pflegekindern behutsam neue Wege gehen und die Beziehungen untereinander lebendig gestalten. Wir möchten den Kindern durch Toleranz und Redebereitschaft in allen Situationen ein Vorbild sein und ihnen Sicherheit und Geborgenheit geben.«*

»Das klingt voll druckreif. Du solltest einen Erziehungsratgeber schreiben.«

»Ist schon witzig, dass wir sie überhaupt noch nicht gesehen haben und uns jetzt hier so einen abbrechen, was?« Ich legte den Bleistift zur Seite. »Vielleicht sind das voll die Kackbratzen.«

»Dann hätten wir eine echte Aufgabe.«

Jon ließ sich wie immer nicht aus der Fassung bringen. »Mach weiter, du warst gerade so in Fahrt.« Er streckte sich auf der Couch nach dem Weinglas auf dem Beistelltisch und fuhr mit dem Finger über seinen Rand, sodass es anfing zu singen. »Also, ich mach hier die Geigenmusik, und du bist für den Text zuständig.« Grinsend kitzelte er mich mit seinem besockten Fuß zwischen den Rippen.

»He, lass das!« Eifrig schrieb ich weiter. »*Wir möchten den Kindern Zeit, Ruhe und Schutz geben, damit wir eine vertrauensvolle, liebevolle Bindung entwickeln können.* Ist das too much?«

Jon ließ das Glas jaulen.

»Nein! Gib's ihr! Die braucht das!«

»*Und ihnen so bei der Trauerarbeit helfen.*«

»Hört sich perfekt an.« Jon griff nach dem Laptop. »Und jetzt lass mich mal ran für die sachliche Einbettung.«

Stolz sah ich ihm beim Tippen über die Schulter.

Vorstellung unserer Familie

Juliane Bressin, 43 Jahre
Dipl.-Sozialpädagogin mit Erfahrung in der Betreuung von Kindern und Jugendlichen. Exzellente Köchin und eine Granate im Bett.

Er warf mir einen spitzbübischen Blick zu.

»Mach das weg!«, kicherte ich.

»Was denn?!«

»Den letzten Satz!«

»Ach, ich wollte die Nölle nur ein bisschen verwirren.« Er ließ die Löschtaste rattern. »Okay, weiter.«

Gebeugt und hoch konzentriert hämmerte er mit seinen schmalen Fingern weiter in die Tasten.

Jonathan Bressin, 39 Jahre
Pflegedienstleiter an der Uniklinik.
Markig, männlich, zupackend, gut aussehend, wohlriechend und ausdauernd …

»Jon!«

»Ach so, ich dachte, du schläfst schon.«

Ich trommelte ihm mit den Fäusten auf den Rücken. »Kannst du nicht einmal ernst bleiben! Hier geht es doch um was!«

»Ja – darum dass du mal locker bleibst!« Er löschte den peinlichen Quatsch wieder.

Tim Bressin, 11 Jahre
Schüler der 6. Klasse des Erich-Kästner-Gymnasiums.
Er malt sehr gerne, nimmt Gitarrenunterricht, geht zum Fußballtraining, in einen Töpferkurs und eine Pfadfindergruppe. Er sprayt Graffitis in U-Bahn-Schächte, raucht, kifft und klaut Fahrräder.

»Jon!«

»Ich mach ja nur Spaß!«

»Du raubst mir den letzten Nerv!«

»Ist ja gut!«

Lilli Bressin, 9 Jahre
Schülerin der 4. Klasse der Max-und-Moritz-Schule. Sie spielt gern im Freien, nimmt Klavierunterricht, geht zum Ballett und engagiert sich bei den Pfadfindern. Sie lackiert sich die Nägel, färbt sich die Haare blau und kennt alle Folgen von »Sex and the City«.

»Ach, Jon, jetzt ist es aber nicht mehr lustig!«

»Find ich schon! Stell dir bloß mal das Gesicht von der Nölle vor!«

»Das versuch ich ja schon die ganze Zeit! Die geht bestimmt zum Lachen in den Keller.«

»Ja, ich schätze, die hat einen anderen Humor als wir. Also löschen wir das.«

»Lass uns jetzt noch was über unser ehrenamtliches Engagement schreiben. Was die Nölle kann, können wir auch.« Ich schrieb: »*Wir engagieren uns:*

- *beim Projekt »Kunst in der Uniklinik«*
- *als Elternsprecher in der Schule*
- *bei den Pfadfindern und betreuen Aktionen wie: Kanufahrten, Krötenrettungsaktionen* …« Jon entriss mir den Laptop.

»Come on, Juliane! Nicht Kröten retten. Das nimmt die Nölle persönlich. Die will nicht gerettet werden, das spüre ich.« Ich musste laut kichern.

»Na gut, dann eben noch *Geländespiele, Gespräche, Zeltlager.*«

»Ja. Das reicht.« Jon nahm meine Hand und zog mich vom Sofa. »Und jetzt sind wir beide reif fürs Bett, du rattenscharfe Supermutter! Wer weiß, wie lange wir es noch ungestört teilen können …«

3

Köln, Freitag, 23. März 2007

Die Sonnenschein-Stiftung lag ganz idyllisch am Rande eines großen Golfplatzes in Marienburg und machte ihrem Namen alle Ehre. Als Jon und ich mit unserem Familienbus bei strahlendem Wetter in der von hohen Bäumen umsäumten Einfahrt hielten, öffnete sich automatisch ein metallenes Tor. Gelbe Forsythienhecken wiesen uns den Weg. An zwei steinernen Säulen waren Kameras angebracht, die uns kritisch beäugten.

»Piekfeine Adresse, würd ich mal sagen.« Jon hielt konzentriert das Lenkrad, um bloß nicht versehentlich über die Rosenrabatten zu fahren.

»Wer wohl diesen Rasen mit der Nagelschere pflegt?«, sinnierte ich.

»Na, die Ehrenamtlichen vom Golfklub, nehm ich an.«

Beeindruckt schaute ich mich um. Neben einem kleinen Pavillon plätscherten zwei Springbrunnen vor sich hin. Ein Gärtner fischte einzelne braune Blätter aus dem Teich. Ein anderer fegte den Weg, ein dritter pflanzte Stiefmütterchen. Alle hatten piekfeine blaue Schürzen an.

»Nett hier.« Jon brachte seinen Dutt in Ordnung, wobei seine Lederjacke knarzte. Vielleicht hätten wir uns lieber anders anziehen sollen? Aber wir wollten doch authentisch sein! Auch ich fuhr mir leicht eingeschüchtert von dieser prachtvollen Umgebung noch einmal ordnend durch die wirren

Locken, die trotz vorherigen Friseurbesuches wieder mal in alle Richtungen abstanden, als hätten sie Angst, was zu verpassen.

»Guck mal, ich glaube, das ist sie.«

Vor der schmiedeeisernen Tür der hellgelb gestrichenen Villa stand eine füllige Dame um die Mitte fünfzig mit rostroter Helmfrisur in einem etwas zu engen rosafarbenen Kostüm.

»Sie müssen Frau Nölle sein!«

»Dann sind Sie wohl Herr und Frau Bressin.« Sie musterte uns mit kalten grauen Adleraugen von oben bis unten. Ein schweres, süßliches Parfüm umgab sie.

»Sorry, wir sind etwas leger angezogen, waren eben noch mit dem Hund spazieren«, entfuhr es mir. Warum musste ich mich bloß immer dafür entschuldigen, einfach ich zu sein?

Jon überragte Frau Nölle um zwei Köpfe. Er schüttelte ihr kräftig die Hand.

»Lassen Sie uns reingehen.«

Frau Nölle führte uns durch einen marmornen Gang in die Villa, die sie offensichtlich bewohnte, und bat uns mit einer Kopfbewegung in ein lichtdurchflutetes Erkerzimmer.

Darin saß bereits ein gescheitelter Mann in grauem Anzug mit blau-weiß gestreiftem Hemd, der bei unserem Eintreten aufsprang.

»Das ist Herr Stolz von der Sonnenschein-Stiftung.« Frau Nölle ließ uns auf zwei mit gelbem Brokat bezogenen Sesseln an einem verschnörkelten Biedermeiertisch Platz nehmen. An den Wänden hingen schwere Gemälde von toten Hasen neben Äpfeln und Möhren, und im Flur hatte ich bereits Hirschgehörn an der Wand entdeckt.

»Herr Stolz wird Ihnen das Konzept der Sonnenschein-Stiftung erklären.« Frau Nölle ließ sich seufzend in den Sessel gleiten und zog ihren Rock über den Beinen gerade.

Ihre Augen funkelten so streng, dass Herrn Stolz wohl nichts anderes übrig blieb. Er zerrte an seiner Krawatte und legte los.

»Die Stiftung ist seit über fünfzig Jahren freier Träger der Jugendhilfe und wurde noch zu Adenauers Zeit gegründet. Sie ist der erste Wohltätigkeitsverein nach dem Krieg, und darauf sind wir sehr stolz. Verschiedene Damen und Herren des Golfklubs haben sie derzeit gegründet, um auch den schwächeren Mitgliedern unserer Gesellschaft zu helfen. Die Stiftung kümmert sich um bedürftige Kinder, damals um Kriegswaisen und Flüchtlinge ...« – er räusperte sich – »... also aus dem Zweiten Weltkrieg. Und heute um hilfsbedürftige Kinder und Flüchtlinge aus ... Krisengebieten im Nahen Osten. Sie arbeitet bei Bedarf auch mit dem Jugendamt zusammen.« Er riss an seinem Kragen. Frau Nölle beobachtete ihn mit Argusaugen.

»Das zu betreuende Kind sollte im Mittelpunkt stehen«, dozierte Herr Stolz weiter. »Damals wie heute vermitteln wir Pflegekinder an bessergestellte Familien.« Er streifte uns mit einem nervösen Blick. »Besonders wichtig ist eine ganz individuelle, flexible und am Bedarf des Kindes ausgerichtete Pädagogik mit dem Ziel, die Lebenschancen und Perspektiven des Kindes oder Jugendlichen in einer Familie zu verbessern.«

Er kam mir vor wie ein Schüler, der ein Gedicht aufsagen muss. Der ganze Herr Stolz schien sich in seiner Rolle als Repräsentant dieser Stiftung keineswegs wohlzufühlen.

»Erklären Sie den Leuten unser Leitbild Gestern – Heute – Morgen«, wies ihn Frau Nölle an.

»Ja, natürlich. Also wir haben Respekt vor der Individualität und Biografie der uns anvertrauten Kinder. Wir wollen ihnen Bildung und Kreativität ermöglichen, jede erdenkliche Art von sportlicher Aktivität, Entwicklung, Förderung und Unterstützung.«

»Aber die Kinder, von denen Sie die ganze Zeit sprechen,

sind anscheinend nicht hier«, stellte Jon sachlich fest. »Also, ich hör jedenfalls nichts.«

»Nein. Natürlich nicht. Die sind im Kinderheim.«

Frau Nölle sandte Adlerblicke.

»Na ja, weil ich den Eindruck habe, hier wäre ja viel Platz für sie.« Jon sah sich beeindruckt um. »Ihr Vortrag ist gut und schön, aber es klingt alles sehr theoretisch und bringt uns jetzt im Moment auch nicht weiter.«

Jon, sagten meine Augen flehentlich. Fall doch nicht immer gleich mit der Tür ins Haus!

»Sie werden sich schon gedulden müssen. Wir suchen die Pflegeeltern, denen wir unsere Schützlinge anvertrauen, sehr sorgfältig aus.« Ihre Blicke durchbohrten mich.

»Natürlich«, beeilte ich mich zu sagen. Das ganze Gerede um den Sinn und Zweck der Stiftung interessierte mich nicht. Es klang alles so selbstherrlich und einstudiert. Mich interessierte, wie es den Kindern ging! Wie sie mit ihrer Situation fertigwurden. Ob die Mutter immer noch im Koma lag! Wann wir sie endlich sehen konnten! Aber ich zwang mich, verbindlich zu nicken und interessiert zu lächeln.

»Also, zum Prozedere der Aufnahme«, fuhr Herr Stolz selbstgefällig fort. »Das Jugendamt fragt bei uns an, wir sind schließlich die renommierteste und älteste Stiftung der Stadt Köln. Und wir suchen dann aus den Bewerbern die geeigneten Betreuer aus.« Er verschränkte die Arme vor dem Bauch und faltete die Hände. »Schließlich bekommen die Betreuer ja von unserer Stiftung die nötigen Mittel.«

Ach so! Daher wehte der Wind! Daran hatte ich noch nicht eine Sekunde gedacht!

Jon und ich wechselten einen überraschten Blick.

»Wenn wir uns eine Zusammenarbeit mit Ihnen vorstellen können, müssen Sie uns ein schriftliches Konzept einreichen. Das wird dann in der Vorstandssitzung geprüft.«

»Das haben wir schon längst erstellt«, warf ich eifrig ein.

»Ihre Bewerbung und Ihr polizeiliches Führungszeugnis werden dann im Falle eines positiven Entscheids von unserer Seite mit einer Empfehlung dem Jugendamt vorgelegt. Das macht dann unsere Frau Nölle.«

Die warf einen hoheitlichen Blick in die Runde. Nach und nach wurde mir immer klarer, was für eine Rolle sie spielte und wie wichtig sie sich damit fühlte. Es gab ihr offensichtlich eine Daseinsberechtigung.

Jon wollte gerade wieder einen Einwand machen, als ich ihm einen warnenden Blick zuwarf. Es hing wirklich ganz allein von dieser Dame ab, ob die thailändischen Kinder eine Chance bei uns bekommen sollten oder nicht. Wenn sie uns nicht gewogen war, würden die Kinder hinterher noch in diesem Kinderheim versauern.

»Ihre Ansprechpartnerin in allen weiteren Angelegenheiten ist also unsere Frau Nölle«, beendete Herr Stolz seinen Vortrag. »Also ERST wenn das Jugendamt uns eine positive Rückmeldung gibt, NACHDEM Frau Nölle Sie dort empfohlen hat, KANN es zur ersten Anbahnung mit den Kindern kommen.«

Er sah sich um und schien auf Beifall zu warten. Wir starrten ihn stumm an.

»Und erst DANN ist jemand vom Jugendamt dabei, ein gesetzlicher Vormund sowie natürlich der oder die BetreuerIn aus dem Kinderheim und natürlich einer von uns. Ich schätze, das ist unsere liebe Frau Nölle.«

»Ja, das schätzen wir auch«, murmelte Jon.

»Er meint, das HOFFEN wir auch!« Ich setzte ein strahlendes Lächeln auf und hätte ihn am liebsten heimlich getreten.

»Der Anbahnungsprozess ist ganz individuell und kann sich mehr oder weniger lange hinziehen«, zog Frau Nölle das Ganze noch mehr in die Länge. Es schien fast so, als freute sie sich darüber. Verärgert schluckte ich einen Wutkloß hinunter. Ging es hier überhaupt noch um die Kinder oder darum, dass sich eine offensichtlich einsame reiche Frau wichtigtun konnte, die sonst keine Geltung hatte?

»So, wie sich dieses Gespräch schon mehr oder weniger lange hinzieht«, bemerkte Jon trocken.

Ich hätte ihn erwürgen können!

»Haben Sie noch Fragen?«, fragte Herr Stolz.

»Nein. Also nicht zur Sonnenschein-Stiftung.« Ich setzte mich kerzengerade hin. »Sondern wie es den Kindern geht.«

Frau Nölle zog eine dünne Mappe aus ihrer braunen Lederhandtasche, die von irgendeinem teuren Designer war.

»So, nun bin ich wohl an der Reihe.« Sie setzte eine Lesebrille mit Goldrand auf.

»Das älteste Mädchen heißt Malie und ist zwölf Jahre alt. Sie geht in Chorweiler auf die Hauptschule. Der Junge heißt Kamon, ist zehn und geht in die Grundschule. Die Kleine heißt Araia und ist sechs. Sie ist immer noch in der Montessori-Kindertagesstätte in der Sinziger Straße, in die sie schon als sechs Monate altes Baby kam.«

Sie genoss es sichtlich, wie wir an ihren Lippen hingen, um die Informationen aufzusaugen.

»Wie schon am Telefon erzählt – obwohl ich das eigentlich gar nicht DURFTE! –, stammt die Mutter aus Thailand, während der Vater, Hermann Sauerbier, ein Kölner Handwerker war. Er hat die Dame, mit Vornamen Joy …« – sie räusperte sich vielsagend –, »… also, er hat Joy vor zwölf Jahren aus dem Urlaub mitgebracht.«

Ich verschluckte mich fast. Die Mutter hieß Joy Sauerbier? Frau Nölle schien meinen Sinn für Humor kein bisschen zu teilen.

»Die Kinder sind alle in Deutschland zur Welt gekommen. Die Familie Sauerbier hat in einem heruntergekommenen

Vereinsgartenhaus in Chorweiler gelebt. Hermann Sauerbier betreute dort die Schrebergärten, und seine Frau … ähm … Joy half wohl zwischenzeitlich auch immer mal in Nachbargärten aus.« Sie räusperte sich und schien sich jeden Kommentar unsererseits zu verbitten, indem sie uns kühl ansah.

»Hermann war dem Alkohol zugetan und feierte wohl oft und gern mit den Schrebergärtnern. Jedenfalls ist er irgendwann betrunken vor einen Lastwagen gelaufen.« Sie blätterte in ihren Unterlagen. »Da war die Älteste sechs. Und musste das alles mit ansehen.«

»Und seitdem war die Frau … ähm … Sauerbier mit den Kindern allein?«, fragte ich betroffen.

»Das letzte Kind bekam sie erst nach seinem Tod. – Ja, sie war allein. Es gab natürlich die Leute vom Schrebergarten, für die Frau Sauerbier geputzt hat. Sie hat wohl auch in der Vereinsküche ausgeholfen, aber bis zuletzt so gut wie kein Deutsch gesprochen.«

Das war ja grotesk! Ich sah, wie Jons Kiefermuskeln arbeiteten. Verbiss er sich ein Lachen, oder war er, genau wie ich, wirklich ergriffen vom Schicksal dieser Kinder?

»Aber was ich eigentlich erzählen wollte«, fuhr Frau Nölle fort, »das Drama mit der Mutter, die Ende Februar aus ungeklärten Gründen ins Koma gefallen ist, ist ja noch längst nicht alles.« Sie legte die Unterlagen auf das vergoldete Glastischchen zurück und fixierte uns durch ihre Brillengläser. »Kurz vor diesem Unfall ist das unmittelbare Nachbarhaus in Flammen aufgegangen. Also, es war wohl mehr so eine baufällige Hütte. Der Junge hielt sich gerade dort auf, weil er irgendwie dort helfen musste. Vielleicht Versicherungsbetrug, keine Ahnung.«

»Das ist ja …« Ich schlug die Hände vor den Mund. »Der Junge ist knapp einer Brandkatastrophe entronnen?«

»Die Leute, die dort wohnten, sind zu Tode gekommen, nur der Kleine konnte sich durch einen Kellerschacht retten.« Frau Nölle sah uns ausdruckslos an. »Ich glaube, die ältere Schwester hat ihn rausgezogen. Er hatte ziemliche Verbrennungen.«

Mir schauderte. »Wie grauenvoll!« Jetzt war mir auch klar, warum Frau Nölle so streng bei der Auswahl der Bewerber war. Hier durfte wirklich keine Panne mehr passieren! Ich straffte mich.

Jon war ebenfalls ganz blass geworden. »Wie kann so viel Unglück eine einzelne Familie treffen?«

»Nun, für solche Fälle gibt es ja uns.« Frau Nölle schlug ein fleischiges Bein über das andere. »Nicht wahr, Herr Stolz? Wenn es brennt im sozialen Brennpunkt, dann sind wir da.« Sie nickte selbstzufrieden.

Aber Sie sind ja gar nicht da!, wollte ich schreien. Sie weiden sich ja nur an der haarsträubenden Geschichte. Wahrscheinlich genießen Sie es, abends bei Ihrer Vorstandssitzung im Golfklub etwas zu erzählen zu haben! Kümmern tun sich doch die anderen, die Leute vom Jugendamt, die Mitarbeiter vom Kinderheim und hoffentlich bald: WIR!

Aber das sagte ich alles nicht. Jon schien Gedanken lesen zu können. Ich sah seine Halsschlagader pochen. Seine Finger bohrten sich in die goldenen Armlehnen, als wollte er sich daran hindern, Frau Nölle den Hals damit umzudrehen.

»Aber im Grunde sind das ganz normale Kinder«, behauptete Frau Nölle zum wiederholten Mal. »Nur dass ihre Mutter sich zurzeit nicht um sie kümmern kann.« Sie stopfte die Unterlagen wieder in die Handtasche zurück. »Mehr kann ich dazu nicht sagen. Jetzt sind Sie dran.« Sie beugte sich vor und taxierte uns wie ein Habicht seine Beute.

»Ja, also wir sind wie gesagt pädagogisch geschult, ich bin Diplom-Sozialpädagogin und Erzieherin …«

»Ich erwarte Ihre schriftliche Bewerbung. Das nützt jetzt nichts, wenn Sie das hier runterbeten.«

»Wir haben die schriftliche Bewerbung selbstverständlich dabei!« Hastig wühlte ich in meinem Rucksack und überreichte ihr die dicht beschriebenen Blätter in einer Klarsichthülle.

Frau Nölle reagierte kaum. Sie zupfte an ihrer seltsamen Frisur und redete einfach weiter:

»Ich muss die ja auf der Vorstandssitzung präsentieren. Erstellen Sie ein Betreuerprofil, indem Sie Ihren Lebenslauf und ein polizeiliches Führungszeugnis beilegen. Natürlich sollten Sie uns auch eine finanzielle Vorstellung unterbreiten, damit ich auf meiner nächsten Sitzung konkrete Angaben machen kann.«

»Aber was denn für eine finanzielle Vorstellung?«, stammelte ich verwirrt. »Inwiefern geht es denn hier um Bezahlung? Das scheint mir komplett unangemessen …«

»Sie bekommen natürlich ein angemessenes Honorar, wenn Sie als Betreuer-Familie infrage kommen.«

Ich wusste schon, dass man Pflegegeld bekam. Aber war das nicht gesetzlich vorgeschrieben? Wieso sollten wir da Honorarvorstellungen nennen?

»Wir arbeiten beide«, beeilte ich mich zu erklären. »Wir haben ein doppeltes Einkommen und erwarten kein ›Honorar‹« – ich malte Gänsefüßchen in die Luft – »dafür, dass wir notleidende Kinder in unserer Familie aufnehmen.«

Frau Nölle sah mich an wie ein Kind, das stolz einen Sandkuchen vorzeigt.

»Sie arbeiten tunlichst NICHT MEHR, wenn Sie die Kinder ernsthaft aufnehmen wollen«, schnarrte sie im Befehlston. »Nur so ist sichergestellt, dass die Kinder eine angemessene Rundumbetreuung erhalten wie von der Stiftung gewünscht. Sie haben rund um die Uhr für die Kinder da zu sein. Dafür machen wir ja das ganze Theater hier!«

»Das heißt, ich muss meine Stelle kündigen?« Mir schwirrte der Kopf.

»Anders kommen wir gar nicht erst ins Geschäft.«

Hatte sie »ins Geschäft« gesagt? Mir war gar nicht wohl. Was dachte die sich denn?

»Wenn wir aber noch gar nicht wissen, ob wir die Kinder überhaupt bekommen, kann ich schlecht jetzt schon kündigen, oder?« Meine Frage verhallte unbeantwortet im Raum. Ich schluckte. Das würde gar nicht gehen, ich hatte mindestens drei Monate Kündigungsfrist. Außerdem liebte ich meinen Job in der Kita!

»Aber es sind doch Schulkinder! Ich arbeite von halb acht bis halb zwei, das hat auch meinen Kindern nie geschadet. Ich bring sie morgens zur Schule und hol sie mittags wieder ab. Und abends koch ich vor, damit ich nachmittags Zeit für sie ...«

»Dann sind Sie hiermit als Pflegefamilie gestorben.« Frau Nölle schwang sich mit einem leisen Aufstöhnen aus dem Sessel. »Das hätten Sie allerdings auch eher sagen können. Wie stehe ich denn jetzt vor meinem Vorstand da.« Sie verzog schmerzlich das Gesicht. Vielleicht hatte sie ein Rückenleiden oder so. Oder waren wir es, die ihr Schmerzen verursachten?

Mir wurde heiß und kalt. In meinen Ohren rauschte das Blut. Ich wollte diesen Kindern unbedingt helfen! Ich liebte sie jetzt schon, ohne sie je gesehen zu haben! Meine Blicke zuckten hilfesuchend zu Jon hinüber, der bisher taktisch klug geschwiegen hatte.

»Moment, Moment«, versuchte mein Mann, die Wogen zu glätten. »Sie haben bis jetzt keine einzige Frage an uns gerichtet. Herr Stolz und Sie haben nur selbst geredet.« Er machte eine begütigende Geste. »Das war auch alles sehr informativ, aber für uns ist das alles neu, und meine Frau ist es wirklich gewöhnt, Haushalt, Kinder und Job unter einen Hut zu bringen. Wer wird denn jetzt gleich alles vom Tisch wischen!«

Wir standen bereits alle in der Halle herum. Irgendwie war das Ganze schrecklich schiefgelaufen. Sollten wir es einfach abhaken? Aber das konnten wir doch jetzt nicht mehr, wo wir die schreckliche Geschichte dieser Kinder kannten!

Jon, sag doch was, flehte ich innerlich.

Jon zog den Kopf ein, um nicht an eines der herumhängenden Geweihe zu stoßen.

»Wir haben noch andere Bewerber«, sagte Frau Nölle knapp. »Sie verschwenden hier nur meine Zeit. Herr Stolz, begleiten Sie diese Leute zur Tür.«

4

Köln-Braunsfeld, Montag, 16. April 2007

»Mama, da steht eine Frau vor der Tür.« Lilli kam mit wippenden Zöpfen die Treppe heruntergesprungen und presste ihre Puppe an sich. »Darf ich aufmachen?«

Socke raste schwanzwedelnd aus seinem Körbchen in den Flur, wo sie den Schatten hinter dem Milchglas ankläffte.

Ich war gerade dabei, das Abendessen vorzubereiten, und schnippelte Paprika und Zucchini in die Pfanne, in der bereits Zwiebeln in heißer Butter dünsteten. Jon hatte Spätdienst und war in der Uniklinik.

Wer mochte das sein? Eine Zeugin Jehovas? Nett, wie ich war, ließ ich ja auch solche Leute herein, hörte ihnen zu und kochte ihnen Tee.

Neugierig spähte ich durchs Küchenfenster. Hinter den blühenden Forsythien stand Frau Nölle. Sie trug ein fliederfarbenes Kostüm, möglicherweise war es Chanel.

Hastig wischte ich mir die Hände an den Jeans ab und warf einen Blick in den Flurspiegel. Meine schwarzen Locken hingen wie immer ungeordnet um mein Gesicht, und in meinen Augen stand pure Verwirrung. Hatte sie uns nicht von ihrer Liste gestrichen? Und hatte ich nicht seit zwei Wochen keine Nacht mehr geschlafen vor Sorge um diese thailändischen Kinder, denen so viel Leid geschehen war? War ich nicht innerlich vor Wut auf diese Frau Nölle fast geplatzt?

Ich riss die Haustür auf und wischte mir mit dem Handrücken über die Nase.

»Guten Abend«, sagte Frau Nölle forsch. »Darf ich auf einen Sprung reinkommen?«

Sie musterte Lilli und bückte sich, um ihr die Hand zu geben und Lillis Puppe zu kommentieren. Sie kam mir fürchterlich altbacken und tantenhaft vor – wie jemand, der selbst keine eigenen Kinder hat.

Verlegen bat ich sie in unsere Wohnküche und versuchte, unser Idyll mit ihren Augen zu sehen. Auf dem Esszimmertisch stand ein Schachbrett, an dem Tim gerade mit einem Freund um den Sieg kämpfte. Auf dem Sofa lag die Gitarre, auf dem Klavier stapelten sich Notenhefte, und in Lillis Handarbeitskörbchen ringelte sich ein angefangener Topflappen mitsamt Häkelwolle. Eine bauchige Kanne Tee stand auf einem Stövchen und verbreitete Vanilleduft. Von der benachbarten evangelischen Kirche läutete es sechs Uhr. Der Fernseher lief selbstverständlich nicht. Vor zwanzig Uhr wurde er bei uns nie eingeschaltet. Die Kinder wuchsen quasi fernsehfrei auf.

Innerlich musste ich grinsen bei der Vorstellung, wir hätten jetzt alle mit Chipstüten und Cola vor dem Fernseher gelümmelt und uns irgendeine RTL-2-Sendung reingezogen, in der Chantals und Kevins einander lauthals beschimpfen und die schlimmsten Wörter mit einem »Piep« übertönt werden. Dann hätte Frau Nölle bestimmt gleich wieder auf dem Absatz kehrtgemacht.

Aber so blieb sie, und ihre Gesichtszüge wurden weich.

»Nett haben Sie es hier!« Frau Nölle stellte ihre Handtasche auf einen Stuhl. »Darf ich mich mal umsehen?«

»Natürlich.« Ich beeilte mich, ihr sämtliche Türen zu öffnen und Licht zu machen. »Es ist nicht gerade aufgeräumt, aber wir haben ja auch nicht mehr mit Ihnen gerechnet.«

»Sehen Sie!«, sie zeigte mit dem spitzen Finger auf mich, »genau das ist unsere Taktik. Wir prüfen die Bewerberfamilien ohne Ankündigung: ungeschönt und ungeschminkt. Das sind wir unseren kleinen Schützlingen schuldig.«

»Natürlich«, versicherte ich eifrig. »Bitte. Öffnen Sie ruhig alle Türen, wir haben keine Geheimnisse.« Mein Herz raste. Sollte sich nun doch noch alles zum Guten wenden?

Frau Nölle lief durch Tims und Lillis Kinderzimmer, begutachtete das kleine Arbeitszimmer und warf einen neugierigen Blick in unser Schlafzimmer. Zum Glück waren alle Betten gemacht, und es roch gelüftet. Außerdem lag nichts herum. Die Kinder räumten seit Jahren ihre Zimmer selbstständig auf.

»Das gefällt mir«, sagte Frau Nölle, als hätte ich sie um eine Beurteilung gebeten. »Was habt ihr denn für Hobbys, Kinder?«

Die Kinder sprudelten eifrig hervor, womit sie am liebsten ihre Zeit verbrachten. Fernsehen und Computerspielen gehörten nicht dazu.

Inzwischen saß sie an unserem runden Esstisch – ich hatte sie kurzerhand zum Abendessen eingeladen. Ja, sind wir denn noch immer in Ihrem … Dunstkreis?, hätte ich am liebsten gefragt, konnte mich aber gerade noch beherrschen.

»Es ist tatsächlich etwas beengt«, bemerkte Frau Nölle, »aber dafür punkten Sie mit einem gemütlichen Heim und gut erzogenen Kindern.«

»Wie gesagt, wir könnten umbauen!«, gab ich zu bedenken.

»Das könnte ich mir alles sehr gut vorstellen«, befand Frau Nölle, nachdem ich ihr die Sache mit der Hochetage unterbreitet hatte.

»Die Mädchen sollten auf jeden Fall zusammenbleiben«, unterstrich ich meinen Eifer. »Also Malie und Araia«, erklärte ich meinen Kindern.

»Das haben Sie sich gemerkt?« Frau Nölles Blick wurde weich.

»Natürlich. Und Kamon hätte ja Tim als Zimmergenossen.«

Zu meiner Überraschung lächelte Frau Nölle. »Ja, das kann ich mir tatsächlich gut vorstellen«, wiederholte sie. »Sie können dann aber wirklich nicht mehr arbeiten«, versetzte mir Frau Nölle wieder einen Dämpfer. »Ich habe mit den anderen Vorstandsmitgliedern gesprochen. Sie müssten sich wirklich mit dem Gedanken anfreunden, Ihren Job zu kündigen.«

»Das würde ich vielleicht sogar, wenn die Entscheidung tatsächlich auf uns fällt …«

Frau Nölle fixierte mich durch ihre funkelnden Brillengläser. »Nicht vielleicht, Frau Bressin. Das ist absolute Voraussetzung.«

Mir sank das Herz in die Hose. Ich liebte doch meinen Job in der Kindertagesstätte! Er war doch auch meine finanzielle Sicherheit!

»Wir bieten Ihnen exakt dasselbe Gehalt wie das, was Sie zurzeit verdienen.« Frau Nölle schien Gedanken lesen zu können. »Plus das übliche Pflegegeld. Unser Angebot ist also keinesfalls ein Lottogewinn, aber Sie sollen doch mit gutem Gewissen und innerer Ruhe für die Kinder da sein.«

Plötzlich war sie mir sogar ein bisschen sympathisch. Es klang ganz vernünftig, es hatte doch Hand und Fuß! Und es ging wirklich ausschließlich um die Kinder und nicht um verletzte Eitelkeiten!

»Aber ich könnte erst zu den Sommerferien kündigen«, gab ich zu bedenken. »Nachdem wir nichts mehr von Ihnen gehört hatten, habe ich natürlich keine schlafenden Hunde geweckt.«

»Dann denken Sie bitte darüber nach. Besprechen Sie es mit Ihrem Mann.« Schon stand sie auf und suchte ihre Handtasche. Ihre Augen waren wieder so kalt wie vorher. »Solange Sie berufstätig sind, kann ich Ihnen die Kinder nicht vermitteln.«

Hatte ich sie persönlich beleidigt? Wollte sie meine ehrliche Bereitschaft testen? Aber wie konnte sie ernsthaft von mir erwarten, dass ich meinen geliebten Job kündigte, noch bevor ich die kleinen Thailänder überhaupt gesehen hatte?

Lilli und Tim starrten die Frau mit großen Augen an.

»Frau Nölle, Sie müssen doch verstehen, dass ich meinen Job nicht so ohne Weiteres …«

»WIR stellen hier die Bedingungen, nicht die Bewerberfamilien.« Sie öffnete schwungvoll die Haustür.

»Aber können wir die drei Kinder nicht vielleicht erst mal sehen? Es wäre doch schön, wenn wir sie … kennenlernen …« Meine Stimme wurde immer dünner. »Und sehen könnten, ob sie zu uns passen? Unverbindlich …?«

»Nein. Das ist völlig unüblich. Unverbindlich ist hier gar nichts. Das habe ich Ihnen schon bei unserem allerersten Telefonat gesagt. WIR prüfen SIE und nicht SIE die Kinder.« Frau Nölle stand schon im Vorgarten. »Grüßen Sie Ihren Mann. Der macht einen sehr vernünftigen Eindruck. Und Sie sollten sich auch überlegen, was Sie wirklich wollen. Tschüs, Kinder.«

Mit diesen Worten stieg sie in ihren Porsche und brauste davon.

5

Köln-Höhenberg, Samstag, 5. Mai 2007

»Hier musst du runter von der Autobahn, da vorne sollte es sein.« Aufgeregt hielt ich den Stadtplan auf den Knien und dirigierte Jon zu dem Kinderheim, in dem die drei thailändischen Kinder nun schon seit Wochen ausharrten.

Zu unserer Verwunderung und Freude hatte Frau Nölle uns gestern plötzlich angerufen und uns mitgeteilt, dass das Jugendamt uns für geeignet halte und uns kennenlernen wolle. Allerdings erst mal nur Jon und mich, ohne die Kinder. Und zwar sollten wir zum Kinderheim kommen – jedoch ohne unsere zukünftigen drei Pflegekinder überhaupt zu Gesicht zu bekommen.

Mein Herz fühlte sich komplett zerrissen an. Wieso durften wir sie nicht sehen? Kein liebes Wort an sie richten? Das war doch total unmenschlich! Und wie sollten wir eine Entscheidung treffen, wenn wir sie gar nicht kennenlernen durften? Das böse kleine Wortspiel von der »Katze im Sack« kam mir in den Sinn.

»Neben dem Großmarkt rechts ab und hinter der Tankstelle links.«

Ich hatte vor Aufregung ganz feuchte Hände. »Fahr doch, Jon, es ist grün!«

»Beruhige dich, Juliane. Davon kriegen wir die Kinder auch nicht schneller zu Gesicht.«

»Ich weiß.« Schuldbewusst sah ich ihn von der Seite an.

»Soll ich dir was beichten, Jon?« Ich knetete meine Hände. »Gestern, nach dem Anruf von Frau Nölle, bin ich sofort hergefahren und hab mich mit Socke unauffällig am Zaun des Kinderheims herumgetrieben, um einen Blick auf die drei zu erhaschen. Ich dachte, drei thailändische Kinder werden mir bestimmt auffallen, aber es waren überhaupt keine Kinder draußen zum Spielen. Ich hab den ganzen Nachmittag über gewartet.«

»Juliane, nicht immer so übereifrig.« Jon fuhr auf das trostlos wirkende Gelände und parkte zwischen Müllcontainern. Wir waren in einer Art Industriegebiet in der Nähe des Autobahnkreuzes. In der Ferne qualmten Schornsteine vor sich hin und verströmten chemischen Gestank.

»Keine nette Lage für ein Kinderheim.« Ich rümpfte die Nase und schaute mich um.

»Komm. Wir sind spät dran.« Jon sprang langbeinig aus dem Auto und schritt voraus.

Inzwischen war ich felsenfest davon überzeugt, diese drei Kinder in unserer Familie aufnehmen zu müssen. Je länger Frau Nölle uns im Unklaren ließ, und je herablassender sie uns behandelte, umso fester war ich entschlossen, die Kinder aus ihren Fängen zu retten. Längst hatten wir zu Hause diverse Vorbereitungen getroffen. Lilli hatte nach und nach ihr Zimmer geräumt, Jon hatte mit dem Bau der Hochetage begonnen, und Tim hatte eine Zimmerhälfte für seinen möglichen neuen Pflegebruder freigeräumt. Unzählige Spielsachen und Bücher waren schon entsorgt worden, um Platz für unsere drei neuen Mitbewohner zu schaffen. Das war zwar etwas übereifrig, aber wir wollten unbedingt alle ein Zeichen setzen.

»Da vorne steht ein Typ. Der scheint auf uns zu warten.« Jon stapfte entschlossen auf ihn zu.

Ein rauchender Glatzkopf in beiger Windjacke trat hastig seine Zigarette aus, als er uns kommen sah.

»Tachchen. Ich bin der Herr Falke vom Jugendamt.« Er stieß eine letzte Rauchwolke aus. »Frau Nölle hat mir schon von Ihnen vorgeschwärmt.« Er schüttelte uns feuchtwarm die Hände.

»Ach? Kann Frau Nölle schwärmen?« Ungläubig grinste ich ihn an.

»Sie sagt, Sie sind die Einzigen, die infrage kommen. Bitte. Nach Ihnen.«

Mein Herz machte einen Hopser vor Aufregung und Freude. Wusst' ich's doch! Wir hatten alles richtig gemacht!

Herr Falke klingelte an dem Betonklotz, dessen untere Fenster vergittert waren. Eine Sprechanlage knackte, und wir meldeten uns artig mit Namen. Die schäbige Tür sprang auf, und wir betraten einen stockdunklen fensterlosen Flur. Ein muffiger Geruch schlug uns entgegen, als würde hier nur selten gelüftet. Und hier sollten unsere Pflegekinder hausen? Wussten sie von uns? Warteten sie voller Hoffnung? Drückten sie sich oben an den Fenstern die Nasen platt? Mit Herzklopfen tastete ich mich an den Wänden entlang, von denen die Farbe abblätterte.

»Dat Flurlischt is kaputt«, kölschte Herr Falke gutmütig. »Dat kennisch janich anders. Aber die Mühlen der Bürokratie mahlen langsam.«

»Ist das hier ein Kinderheim oder der Knast?«, versuchte Jon zu scherzen.

»Ja, dat wird hier irgendwann umjebaut«, erklärte der Herr vom Jugendamt. Er roch penetrant nach kaltem Rauch. »Da investieren die nicht mehr in Glühbirnen und so'n Jedöns. Aber wie ich schon sachte, die Mühlen der Bürokratie …«

Ich wollte dieses Gewäsch nicht hören. Ich wollte endlich zu den Kindern!

Wir schritten eine knarrende Treppe hinauf und fanden uns im ersten Stock unter einer gelblichen Funzel wieder, wo eine schmale Frau in Jeans und überlangem Strickpullover mit asymmetrischer Frisur auf uns wartete.

»Isch bin die Frau Wilke, und drinnen im Büro, dat is der Herr Fricke, der Häimläiter. Kommense weiter. Frau Nölle kennen Se ja schon.« Ihr Händedruck war extrem lasch.

Im schmucklosen Büro drückten uns noch der Heimleiter, der seine drei verbliebenen Haare sorgfältig über die Pläät gekämmt hatte, und Frau Nölle – diesmal im grauen Hosenanzug samt rosa Bluse mit Schlüpp – die Hand. Sie war in eine Duftwolke gehüllt, die so gar nicht zu dieser tristen Atmosphäre passen wollte. Ihre Frisur war heute wieder ganz merkwürdig. Statt Helmfrisur so was seltsam Fedrig-Wippendes. Wechselte sie ständig den Friseur? Dann hatte sie aber noch kein Glück gehabt!

Wir setzten uns auf wackelige Holzstühle, die an einem grauen Resopaltisch standen.

»Wir habense für joht befunden«, sagte der Jugendamtmann im Parka. »Ihre Bewerbung hätt uns joht jefalle. Dat hamse jaanz professionell jemacht. Darf man hier rauchen?«

Der Heimleiter lachte jovial und schob ihm einen Aschenbecher hin. »Wird bald alles abjerissen und renoviert«, teilte er uns mit. »Da könnense auch noch rauche. Später jiddet dann Rauchmelder, dann isset vorbei mit der Qualmerei.«

»Rauchen ist ungesund und absolut unhöflich.« Frau Nölle schüttelte tadelnd den Kopf. »Rauchen verursacht Krebs, und das Passivrauchen schadet den Kindern.«

»Wir würden wirklich gern bald die Kinder kennenlernen«, unterbrach ich das Geplänkel. »Am liebsten würden wir sie gleich mitnehmen.«

»So schnell geht das aber nicht«, winkte der Heimleiter ab. »Dat jeht alles seinen jewohnten Gang, und dat muss alles seine Orrrdnung haben.«

Frau Nölle riss das Fenster auf. »Vielleicht erzählen sie den

Bressins mal etwas über die Kinder«, regte sie an und schaute auf die Kleine mit dem asymmetrischen Haarschnitt. »Sie sind doch die Betreuerin.«

Ich starrte sie an. Verstand ich das richtig, dass sie hier die Einzige war, die die Kinder kannte? Noch nicht mal Frau Nölle kannte sie! Nur die mit dem halbherzigen Händedruck, die aussah, als sei sie selbst gerade erst den Kinderschuhen entwachsen.

Frau Wilke schob sich die eine längere Haarsträhne, die so gar nicht zu ihrer kurz geschorenen Schläfe auf der anderen Seite passen wollte, aus dem rechten Auge, ließ sie aber sofort wieder davorfallen und schaute uns mit dem linken an.

»Also, es war vor glaub ich jetzt bald schon zehn Wochen, da stand hier morgens um sieben ein alter Mann im Unterhemd mit den drei Kindern vor der Tür.«

»Ein alter Mann im Unterhemd?«, fragte ich.

»Ja. Dat war der Nachbar aus der Schrebergartensiedlung, Herr Schmitz oder so ähnlich. Jedenfalls kannte der die Familie. Er hatte nur eine Plastiktüte mit Sachen für die drei dabei, also im Grunde gar nichts, noch nicht mal eine Zahnbürste.«

»Aber jetzt haben sie doch bestimmt Sachen bekommen?« Fragend blickte ich in die Runde.

»Wir haben Antrag auf Übernahme einer Erstausstattung gestellt«, mischte sich wieder der rauchende Falke ein, »aber wie schon jesaacht, die Mühlen der Bürokratie …« Er kippelte mit dem Stuhl.

»Das heißt, die haben nach zehn Wochen immer noch keine Klamotten zum Wechseln?«, fragte ich entsetzt und warf Frau Nölle einen vorwurfsvollen Blick zu. Wozu war die Frau denn da?

Doch die spähte gerade besorgt aus dem Fenster nach ihrem schicken Auto, das unten auf dem Parkplatz stand. Ein paar Jugendliche musterten es interessiert und schlichen gefährlich nah darum herum.

»Es gibt hier eine Kleiderkammer. Irgendwelche Sachen passen immer irgendwie. Die Kinder sind schon grundversorgt, so ist es nicht.«

»Dafür sind wir ja schließlich da«, ließ sich Frau Nölle vernehmen.

»Was ist denn genau passiert? Die Mutter fiel ins Koma und dann …?«, versuchte ich, endlich das Gespräch in die richtige Richtung zu lenken.

»Wir wissen nur, was der alte Nachbar uns erzählt hat. Er meinte, die Familie sei sehr arm. Die haben alle in diesem kleinen abbruchreifen Haus am Rande der Schrebergartensiedlung in Chorweiler mit der Mutter auf einer Matratze geschlafen. Die Mutter ging putzen oder irgendwie aushelfen, und die Kinder waren sich mehr oder weniger selbst überlassen. Keine Ahnung, der alte Herr Schmitz war wohl auch noch nicht ganz nüchtern. Die Mutter lag frühmorgens in ihrem Erbrochenen und hat nur noch die Augen verdreht. Die Rettung kam und hat sie ins Krankenhaus gebracht, aber da war nichts mehr zu machen.«

»Und die Kinder? Was haben die erzählt?« Musste man Frau Wilke denn jedes Wort aus der Nase ziehen?

»Gar nichts.« Frau Wilke schüttelte den Kopf, dass ihr die längere Frisurhälfte wieder vors rechte Auge fiel. Links war nichts zu schütteln. Da baumelte nur ein langer Ohrring.

»Die Kinder reden nicht.«

»Seit zehn Wochen reden die nicht?« Mir gefror das Blut in den Adern. Herr Falke steckte sich ungerührt die nächste Zigarette an. Frau Nölle erdolchte ihn mit Blicken. Jon starrte fassungslos von einem zum anderen.

»Na ja, nur das Nötigste. Auch nur miteinander, nicht mit uns. Sie schlafen nach wie vor alle drei in einem Bett, auch wenn wir den Jungen eigentlich zu anderen in ein Jungszimmer gesteckt haben.«

»Der Junge heißt Kamon«, fuhr ich dazwischen.

»Der schleicht sich jede Nacht zu seinen Schwestern, und wenn wir sie morgens wecken, haben sie eingenässt. Ja, da kann man nix machen.«

»Frau Nölle hat mehrmals gesagt, das seien ganz normale Kinder!« Empört sah ich sie an. Sie war gerade dabei, Herrn Falke empört anzublicken.

»Ja, das sind sie auch. Sie sind ganz normal zur Schule gegangen und sprechen deutsch und alles«, verteidigte sich Frau Nölle. »Ich wollte damit sagen, sie sind nicht behindert oder so.«

»Was soll das heißen – sie SIND zur Schule gegangen?« Jetzt wurde ich aber hellhörig.

»Na ja. Die haben ja am äußersten Rand von Chorweiler gewohnt. Und hier sind wir in Höhenberg. Das kriegen die Kleinen noch nicht gebacken.« Herr Falke rauchte durch den Fensterspalt.

»Heißt das, die gehen nicht zur Schule?« Ich schnellte mit dem Kopf herum. »Die gehen seit zehn Wochen nicht zur Schule?« Das war doch schier unglaublich!

»Wir hatten einen Antrag auf eine tägliche Taxifahrt gestellt.« Herr Falke stieß Rauchschwaden aus. »Aber die büro…«

Ich hörte ihm schon gar nicht mehr zu, sondern starrte Frau Nölle an. Was war denn die Aufgabe ihrer verdammten Sonnenschein-Stiftung, wenn nicht genau solche Dinge? »Sie wollen damit sagen, dass die Kinder seit Monaten nicht beschult werden?«

»Also erstens stehen sie immer noch unter Schock«, versuchte Frau Wilke, die Wogen zu glätten. »Die können sich gar nicht konzentrieren.«

Jon und ich wechselten alarmierte Blicke. Das durfte doch nicht wahr sein!

»Und zweitens lohnt sich das vor den Ferien gar nicht mehr.« Herr Falke schnippte seine Zigarette aus dem Fenster.

»Wie bitte?«, fuhr ich dazwischen. Mein Blick war inzwischen stechender als der von Frau Nölle. Ich wollte die Kinder auf der Stelle hier rausholen!

»Wir haben in der Vorstandssitzung darüber abgestimmt«, gab Frau Nölle eine lahme Erklärung ab. »Ein Schulwechsel wäre Quatsch, aber diese horrenden Ausgaben standen in keinem Verhältnis. Kein normales Kind fährt mit dem Taxi zur Schule, und das hier SIND normale Kinder«, beharrte sie. »Die können laufen und sind nicht behindert oder krank oder so. Jetzt müssen sie halt warten, was sich für sie ergibt.«

Ich sah sie fassungslos an. Mir zog es die Kopfhaut zusammen.

»Bald sind Sommerferien.« Der Heimleiter, Herr Fricke, verschränkte die Arme über seinem Bauch. Zwischen den Knöpfen klaffte seine Strickjacke gefährlich auseinander. Darunter spannte sich ein viel zu enges Hemd. »Und dann ist ja auch die Frage, wo se landen. Wenn se linksrheinisch landen, könnense in ihre alte Schule zurück. Und bei Ihnen wär dat dann ja gegeben.«

»Vielleicht erzähle ich noch etwas mehr über die Kinder?«, bot Frau Wilke an. »Die große Schwester, die Malie, hat für die Kleinen so was wie die Mutterrolle übernommen. Sie bestimmt, was die Kleine, die Araia, anzieht, was sie isst, was sie so macht den ganzen Tag. Und genauso bestimmt sie auch über ihren Bruder, den Kamon. Sie lässt die beiden nicht aus den Augen und lässt sie kein Wort sagen.«

»Und was machen sie so den ganzen Tag?«, fragte Jon mit leicht zynischem Unterton.

»Nicht viel. Fernsehen halt.«

»Und da halten Sie uns so lange hin? Sie könnten längst bei uns wohnen! Wir haben uns am siebzehnten März auf die Anzeige gemeldet, und jetzt haben wir Mai …«, entfuhr es mir.

»Wir können nicht einfach Kinder verschenken, ohne die Bewerberfamilie ganz genau zu prüfen«, sagte Herr Falke gelassen.

»Aber das haben Sie doch jetzt! Unsere schriftliche Bewerbung liegt Ihnen ebenfalls seit Wochen vor!«

»Rischtisch.«

Seine Ungerührtheit machte mich wahnsinnig.

»Und wenn wir unsere Frau Nölle nicht hätten, würde gar nichts weitergehen.«

»Andere Frage«, versuchte ich, sachlich zu bleiben. »Haben Sie die Mutter, die Frau Sauerbier, inzwischen mit den Kindern besucht? Wo liegt sie denn?«

»Bei den Barmherzigen Schwestern in Alt-Ehrenfeld.«

»Und?«

»Die Kinder wollen nicht.«

»Die wollen ihre Mutter nicht besuchen?«

»Nein.« Frau Wilke schüttelte den Kopf, dass die störrische Strähne ihr wieder vors rechte Auge fiel. »Sie sträuben sich mit Händen und Füßen. Nichts zu machen.«

»Aber haben SIE … Hat einer von IHNEN … Hat Frau Nölle vielleicht …?«

»Wie käme ich denn dazu«, sagte Frau Nölle, ohne ihren Porsche aus den Augen zu lassen.

»Und wie ist der Zustand?«

»Unverändert.« Herr Falke stieß die x-te Rauchwolke aus.

»Dat widd nich widda«, winkte Herr Fricke ab. »Von daher suchen wir wirklich langfristig Eltern, die ihre Sache ernst nehmen und nicht bei der ersten Schwierigkeit hier wieder auf der Matte stehen.«

»Aber wir nehmen die Sache ernst«, rief ich. »Wir haben uns das alles sehr gründlich überlegt. Wir haben sogar schon Umbaumaßnahmen ergriffen!«

»Haben Sie Ihren Job gekündigt?«, fragte Frau Nölle schneidend von der Fensterbank.

»Nein! Ich kann doch erst kündigen, wenn …« Hilfesuchend sah ich Jon an. Nahm das denn gar kein Ende?

»Ja, ist die Entscheidung jetzt für uns gefallen oder nicht?« Jon schlug mit der flachen Hand auf den Tisch. »Wir haben alles in die Wege geleitet und sind wirklich hochmotiviert, unsere Bewerbung hat Ihnen gefallen, Sie haben uns jetzt kennengelernt, was können wir noch tun, um die Kinder kennenzulernen und die Sache ins Rollen zu bringen?«

»Ich sage seit Wochen, dass Sie die Kinder nicht bekommen, bevor Sie nicht Ihren Job gekündigt haben.« Frau Nölle ließ ihre Brillengläser blitzen.

»Und ich kann nicht kündigen, bevor ich nicht sicher weiß, ob wir die Kinder bekommen«, zischte ich genervt zurück. »Das müssen Sie doch verstehen!«

»Dann kommen wir mit der Sache nicht weiter.«

»Aber so fällen Sie doch endlich eine Entscheidung!«, drängte ich. An meinem Hals bildeten sich inzwischen hektische rote Flecken.

»Die bürokratischen Mühlen mahlen langsam.« Herr Falke drückte seinen dritten Zigarettenstummel zu den anderen in den Aschenbecher. »In so einem Fall darf man nichts überstürzen. Die Kinder sind traumatisiert genug.«

Aha. Endlich sagte das mal einer! Frau Nölle bestand ja nach wie vor darauf, dass es »völlig normale Kinder« seien.

Wir standen auf. »Dann warten wir jetzt einfach auf Nachricht von Ihnen.« Jon schaffte es, immer noch halbwegs gefasst zu bleiben.

»Wir geben Ihnen Bescheid«, sagte Frau Nölle. Das kalte

Deckenlicht fiel auf ihr Gesicht, und als sie sich wieder umdrehte, begriff ich plötzlich, warum sie so seltsam wächsern wirkte. Sie war geliftet!

6

Köln-Lindenthal, Dienstag, 5. Juni 2007

»Juliane, was ist los mit dir? Du bist diese Woche schon zum dritten Mal zu spät!«

Meine Lieblingskollegin Susanne stand am Zaun der Kita, in der ich nach wie vor arbeitete. Ich dachte gar nicht daran zu kündigen, solange ich die thailändischen Kinder noch nicht mal zu Gesicht bekommen hatte! Gerade hatte Susanne die dreijährige Gesche-Saskia von ihrer berufstätigen Mutter, einer Kinderzahnärztin im dicken Cayenne, in Empfang genommen und die Kleine ins Haus geschickt. »Such dir schon mal ein Bilderbuch aus, Gesche-Saskia.«

Kurz durchzuckte mich der Gedanke, wie ungerecht doch diese Welt war. Gesche-Saskia war schon im Ballett, hatte draußen in Hohlweide ein eigenes Pony, wurde von ihrem Au-pair-Mädchen nachmittags zum Chinesischkurs und zum Kinder-Yoga gefahren, während die drei thailändischen Kinder seit Monaten in diesem muffigen Heim vor dem Fernseher verrotteten! Meine Wut kannte keine Grenzen mehr.

Susanne hatte die Hände in den Hosentaschen vergraben und sah mich vorwurfsvoll an.

»Ist irgendwas nicht in Ordnung? So kenn ich dich gar nicht!«

»Ach, ich fahr nur in letzter Zeit morgens einen Umweg ...«

Sollte ich meiner Kollegin und Freundin sagen, dass der Umweg ziemlich groß war? Wie von Geisterhand gelenkt, fuhr ich morgens über die Zoobrücke nach Höhenberg und lauerte im Auto vor dem Zaun des Kinderheims auf meine zukünftigen Pflegekinder. Die konnten doch nicht immer hinter geschlossenen Fenstern bleiben? Die mussten doch mal zum Spielen raus? Ich wollte sie doch nur einmal sehen! Mein Herz schlug schon so lange für die unbekannten kleinen Wesen, dass ich sie nachts in meinen Träumen schon deutlich vor Augen sah. Ich ahnte, wie es ihnen ging: Sie umklammerten einander jede Nacht vor Verlassenheit und nässten sich ein vor Angst. Da konnte ich doch nicht zur Arbeit fahren und Wohlstandskinder bespaßen, als ginge mich das alles gar nichts an!

»Wieso fährst du einen Umweg?! Du siehst aus wie ausgespuckt.«

Susanne musterte mich forschend. »Sag, wenn ich dir helfen kann. Du bist in letzter Zeit auch nicht mehr konzentriert bei der Sache! Los, komm rein, die Kinder warten.«

Nachdenklich folgte ich ihr in den renovierten Altbau, in dem wir sechzehn Kleinkinder betreuten. Was für ein Unterschied zu dem schäbigen Kinderheim! Die Eltern dieser Kinder wohnten in der besten Gegend, waren Ärzte und Rechtsanwälte, Architekten oder Redakteure beim WDR und konnten ihre Kinder in dieser schönen Villa mit dem großen Garten abgeben. Später würden sie Musikschulen besuchen und private Gymnasien, sie würden im Hockeyverein spielen oder gleich im Golfklub. Sie würden Auslandsreisen machen und noch vor dem Studium mehrere Fremdsprachen sprechen. Ihnen stand die Welt offen. Und den kleinen Thailändern?

Wo würden die landen, wenn ich sie nicht endlich bekam? Frau Nölle hatte sich seit Wochen nicht mehr gemeldet, und bei meinen mehrfachen Versuchen, sie telefonisch zu erreichen, hieß es, sie sei in Urlaub. In URLAUB! Wie konnte diese

Frau denn JETZT in Urlaub fahren? Vielleicht ließ sie sich erneut liften? Oder andere Körperpartien straffen? Zuzutrauen war es ihr. Ihre merkwürdige Sonnenschein-Stiftung wurde mir immer suspekter. Jon hatte versucht, sie zu googeln, war aber nicht weit gekommen.

Ich begann, mit den lieben Kleinen zu basteln. Wenn diese Kinder nach Hause kamen, warteten ihre Muttis oder zumindest ihre Kinderfrauen mit dem Essen auf sie. Und die drei kleinen Thailänder? Hockten den ganzen Tag hinter vergitterten Fenstern. Die mussten doch jedes Vertrauen in die Menschheit verloren haben!

»Juliane! Jetzt sag mir doch, was mit dir los ist!«

Susanne musterte mich besorgt. »Bist du vielleicht deinem Doktor Fausto wiederbegegnet?!«

Doktor Fausto? Wie kam sie denn auf den? Mir eine Affäre mit meinem früheren Psychologieprofessor, den ich einige Semester lang angehimmelt hatte, zu unterstellen, war schon voll daneben! Aber natürlich hatte ich ihr ein paarmal von ihm erzählt.

»Ach was!« Jetzt musste ich fast lachen. »Dass du dir das gemerkt hast! Nein, an den guten alten Fausto denke ich schon lange nicht mehr!«

»Und mit Jon ist alles in Ordnung?«

»Ja, alles wunderbar. Echt.«

»Und wieso fährst du morgens einen Umweg, wenn es nicht Fausto ist, mit dem du dich heimlich triffst?«

Plötzlich hatte ich das Bedürfnis, mit der Wahrheit herauszurücken. Auch wenn es sehr unvorsichtig war, ihr von meiner geplanten Kündigung zu erzählen, tat ich es doch. Ausführlich berichtete ich von der ganzen Geschichte.

»Juliane!«, sagte sie entsetzt. »Du willst dein ganzes Leben umkrempeln wegen dreier Kinder, die du noch nie gesehen hast?«

»Ich WILL sie ja sehen«, protestierte ich schwach. »Deswegen drücke ich mich ja morgens und nachmittags mit dem Hund vor dem Kinderheimgelände herum!«

»Diese Frau Nölle scheint ja eine grässliche Sumpfkuh zu sein!«

»Warum ißß Frau Nölle eine gräßßliche Sßumpfkuh?«, lispelte Gesche-Saskia, mit der wir gerade das englische »Th« geübt hatten. Ich musste mir ein Lachen verbeißen. Verdammt. Hier konnte man wirklich nicht ungestört sprechen.

»Ich rede doch von Frau Holle«, beteuerte ich. »Susanne, es geht nicht um diese Frau … ähm Holle, sondern um Hänsel und Gretel. Immer wieder sehe ich vor mir, wie sie sich im Wald verlaufen haben und drohen, der bösen Hexe zum Opfer zu fallen. Die sie in einem schrecklichen Industriegebiet einsperrt! Sie haben nichts anzuziehen und dürfen nicht zur Schule und …«

»Ach, Juliane, ich versteh dich ja.« Susanne nahm meine Hand. Die Dreijährige ebenso: »Dann musst du Hänßel und Gretel aber vor der Hexße retten. Und dem Indußtriegebiet!«

»Ja, nichts anderes ist meine Rede!«

»Und ihr habt wirklich schon die Zimmer umgeräumt?«, erkundigte sich Susanne ungläubig. »Obwohl ihr noch gar nicht wirklich wisst, ob ihr … Hänsel und Gretel … wirklich kriegt?«

»Ja, Frau Holle hat gesagt, bevor wir nicht gründlich die Betten ausschütteln, können sie leider nicht bei uns einziehen.«

»Und jetzt will Frau Holle auch noch, dass du … ähm … nicht mehr in den Märchenwald gehst?«

»Genau. Ich soll ihr zeigen, dass ich es ernst meine mit Hänsel und Gretel. Und ein Pfefferkuchenhaus bauen.«

»Die spinnt doch wohl, die Frau Holle!«

»Ja, aber sie bestimmt die Spielregeln, nicht wir.«

»Was ist das denn für eine merkwürdige Stiftung?«, regte sich Susanne auf. »Von solchen Methoden habe ich noch nie gehört!«

Da klingelte das Telefon. Susanne sprang auf und ging dran. Sekunden später rief sie aus der Teeküche: »Juliane! Für dich!«

Ich befreite mich von dem kleinen Goldlockenkind, das soeben beschlossen hatte, auf meinem Schoß einzuschlafen, und rappelte mich auf.

»Bressin?«

»Nölle.«

Wenn man vom Teufel spricht.

Mein Herz begann unrhythmisch zu poltern. Ich hatte Frau Nölle ausdrücklich gesagt, dass sie mich nur im Notfall an meinem Arbeitsplatz anrufen sollte, aber sie schien es regelrecht zu genießen, mich in Angst und Schrecken zu versetzen.

»Haben Sie immer noch nicht gekündigt?«, begrüßte sie mich.

»War der Urlaub schön?«, gab ich zuckersüß zurück.

»Welcher Urlaub?«

»Nun, in Ihrer Stiftung sagte man mir, Sie seien in Urlaub.«

»Ich war nicht in Urlaub. Schön wär's.« Sie lachte bitter. Also doch geliftet, dachte ich. »Hören Sie, ich habe hier gerade die Akte von Malie, der Ältesten …« Ich hörte sie blättern. »Frau Bressin.« Sie räusperte sich. »Würde sich etwas für Sie ändern, wenn Malie Missbrauchserfahrungen gemacht hätte?«

Mein Mund wurde staubtrocken. »Natürlich nicht«, presste ich tapfer hervor. »Können Sie mir Genaueres sagen?«

»Ja, hier steht eine Aktennotiz von 2004 …«

»Mein Gott, da war Malie neun!«

»Lassen Sie mich kurz gucken … Das Jugendamt hat sich schon vor Frau Sauerbiers Unfall gekümmert. Offensichtlich lagen damals schon Anzeichen von Verwahrlosung vor. Hier steht, dass eine Frau Reichel ab und zu nach dem Rechten gesehen hat, sie wurde aber schwanger und dann …« – sie blätterte geräuschvoll hin und her – »… wurde sie offensichtlich nicht mehr ersetzt.« Sie zögerte.

»Frau Nölle?«, drängte ich, immer in der Angst, meine Chefin könnte zufällig vorbeikommen und dieses Gespräch belauschen. »Was ist da genau passiert?«

»Malie ist wohl einem Mann in die Schrebergartensiedlung gefolgt. Die Mutter hat sie sogar selbst dahin gebracht, und der Mann hat sie sexuell … Nun ja, komischerweise hat Frau Sauerbier Anzeige erstattet, die aber dann wieder zurückgenommen. Mehr steht da leider nicht, denn Frau Reichel ging anschließend in Mutterschutz.«

Mir schwante Fürchterliches. »Sie hat Anzeige erstattet und sie dann wieder … zurückgezogen?«

»Was an der Sache dran ist, weiß ich nicht, aber die Mutter kann ja nicht richtig Deutsch, also kann das Ganze auch auf einem Missverständnis beruhen. Aber ich fand es doch erwähnenswert …«

»Frau Nölle.« Ich straffte mich. »Jetzt reicht es. Wirklich. Da besteht doch dringender Handlungsbedarf!« Ich spürte, wie sich wieder rote Flecken über Gesicht und Hals ausbreiteten wie ein Flächenbrand. »Wann können wir die Kinder haben?«

Frau Nölle entfuhr ein klirrendes Lachen, das in Husten überging. »Ja, das klingt gut, Frau Bressin. Ich hatte schon Angst, Sie springen jetzt ab.«

»Natürlich springe ich nicht ab. Sie kennen mich noch nicht, Frau Nölle.« Ich schob die Küchentür mit dem Fuß zu und senkte meine Stimme zu einem ärgerlichen Flüstern. »Ich frage mich nur, wieso Sie mich hier in der Arbeit anrufen, wenn Sie mir das doch in Ruhe heute Nachmittag zu Hause hätten erzählen können!«

»Sie haben immer noch nicht gekündigt, nicht wahr?« Wieder dieses Husten.

»Nein, Frau Nölle«, zischte ich hinter vorgehaltener Hand. »Wieso sollte ich kündigen, ohne von Ihnen eine definitive Entscheidung zu haben?« Langsam war ich es leid.

»Beruhigen Sie sich, Frau Bressin. Schreiten wir zur Anbahnungsphase. Sie müssen sich jetzt alle mal beschnuppern und dabei herausfinden, ob denn die Chemo … also, ich meine die Chemie zwischen Ihnen stimmt!«

Ausgerechnet jetzt, wo es spannend wurde, hörte ich Schritte auf dem Gartenweg und schob die Gardine beiseite. Meine Chefin näherte sich gerade telefonierend der Haustür. Sie hatte einen großen Korb mit Obst dabei, das sie gerade auf dem Markt erstanden hatte.

»Wir gehen das allerdings erst mal ganz langsam an. Deshalb wird es zunächst nur ein kurzes Treffen geben, sagen wir ein bis zwei Stunden. Meinetwegen können Sie mit den Kindern ein Eis essen gehen. Wenn das gut läuft, können weitere Treffen vereinbart werden. Später vielleicht auch eine Übernachtung oder sogar ein gemeinsames Wochenende bei Ihnen in Ihrem netten Häuschen.«

Ich atmete tief ein und aus. »Natürlich. Das ist der übliche Weg.«

Die Chefin kam geräuschvoll in den Flur. »Alles klar hier?«

»Alles klar!« Susanne nahm ihr den Obstkorb ab. »Juliane telefoniert gerade mit … zu Hause.«

»Den Kindern falsche Hoffnungen zu machen, wäre fatal«, sagte Frau Nölle gleichzeitig.

»Natürlich sind wir uns unserer Verantwortung voll bewusst.«

»Und Sie sind sicher, dass Sie kündigen werden, wenn ich Ihnen grünes Licht gebe?«

»Frau Nölle! Können wir das bitte ein andermal besprechen?«, zischte ich panisch in den Hörer.

Sie lachte. Fast klang es, als hätte sie Spaß daran, mich zu quälen.

»Wenn Sie nach fünf Terminen immer noch kein gutes Gefühl haben, dann lassen wir's«, sagte sie in ihrer üblichen kalten Art. »Dann wird nix mehr draus.«

»Frau Nölle! Es geht hier um eine Lebensentscheidung, wir sind hier nicht beim Ottoversand! Warum können wir uns nicht zufällig mal auf dem Spielplatz, im Zoo oder im Park treffen? Das kann doch nicht sein, dass die Kinder seit Monaten nicht aus ihrem Zimmer kommen«, redete ich mich in Rage. »Ich sehe die nie draußen auf dem Hof!«

»Stalken Sie die Kinder etwa?«

»Frau Nölle, ich versuche nur, sie mal unverbindlich zu sehen!« Selbst Jon wusste nichts davon, und er hätte mich bestimmt geschimpft, wenn er es erfahren hätte.

»Unverbindlich! Frau Bressin, Sie enttäuschen mich! Jetzt sind wir schon so weit, und Sie wollen die mal unverbindlich sehen?! Nein, dann wird nichts draus!«

»Frau Nöll…«

Peng! Da hatte sie schon aufgelegt.

7

Köln, Montag, 2. Juli 2007

»Juliane, ich fahr noch mal schnell tanken!« Jon setzte den Bus rückwärts aus der Garage. »Wär toll, wenn ihr fertig seid, wenn ich wiederkomme. Es sieht nach Regen aus, aber im Süden scheint die Sonne. Lasst uns schnell Land gewinnen. Soll ich noch was mitbringen?«

»Mineralwasser! Und vielleicht noch ein paar Liederkassetten! – Kinder, habt ihr alles?«

Gestresst lief ich noch mal nach oben. Lilli und Tim hatten ihre Zimmer inzwischen längst wieder eingeräumt. Wir hatten uns die thailändischen Kinder nun endgültig abgeschminkt. Frau Nölle war einfach unmöglich in ihrer Art. Sie ließ sich wochenlang Zeit mit ihren Anrufen, verlangte dieses und jenes, machte uns Hoffnungen und zerstörte sie wieder – sie war mir durch und durch unsympathisch. Jon und ich hatten uns damit abgefunden, dass wir ihren Ansprüchen nicht genügten.

Obwohl es uns das Herz brach, die Kinder immer noch in diesem Heim und die Mutter im Koma zu wissen, waren wir schließlich zur Tagesordnung übergegangen. Es sollte nicht sein. Sie würden andere Pflegeeltern finden. Wir würden jetzt jedenfalls in den wohlverdienten Sommerurlaub zu meinen vier Brüdern ins Allgäu fahren. Die wohnten noch in unserem Elternhaus – einem großen Bauernhof mit mehreren Wohnungen –, und wir waren dort jederzeit willkommen. Von dort hatte man strahlenden Sonnenschein gemeldet, also nichts wie weg aus dem grauen regnerischen Köln! Einen Urlaub in Kroatien zu buchen, wie ursprünglich geplant, hatten wir uns wegen der wetterwendischen Frau Nölle nicht getraut. Das hätte sie uns sofort als Minus angerechnet.

»Mama, wo soll Socke denn sitzen? Müssen wir die auch anschnallen?«

»Nein, die kann sich im Fußraum ausstrecken. Oder wir legen sie auf eine Wolldecke zwischen euch. Habt ihr die Hörkassetten? Und zur Not die Regenjacken griffbereit halten, bitte!«

»Ja. Und die Wanderschuhe und das Fernglas.«

»Gut. Ich bringe jetzt den Schlüssel zu Frau Sacher und bitte sie, die Blumen zu gießen, obwohl der Regen das wohl erst mal selber macht.«

»Mama?«

»Ja, Großer?«

»Dürfen wir das Zelt mitnehmen?«

»Das Zelt? Aber wir schlafen doch bei Onkel Bert!«

Da alle meine Brüder einen Namen mit »Bert« hatten, war »Onkel Bert« auf jeden Fall immer eine sichere Bank.

»Wir wollen aber im Garten zelten!«

Ich seufzte. »Von mir aus, dann hol ich das Zelt noch aus dem Keller.«

Als ich die Kellertreppe wieder hinaufeilte, hörte ich das Telefon im Wohnzimmer klingeln. Kurz erwog ich, es einfach klingeln zu lassen, folgte dann aber doch dem Hauch einer Ahnung. »Bressin?!«

»Nölle.«

»Oh, Frau Nölle. Wir fahren gerade in Urlaub«, stellte ich klar, um ja keine Missverständnisse aufkommen zu lassen. »Wir sind sozusagen schon weg.«

»Jetzt warten Sie mal, Frau Bressin. So geht das nicht! Sie

wussten doch, dass ich an der Sache noch arbeite. Ich habe Herrn Falke erst heute erreicht. Erst war ich in der Klinik, dann zur Kur, anschließend war Herr Falke in Urlaub. Jetzt hab ich alles arrangiert, und die Kinder warten auf Sie. Heute Nachmittag um vier. So ist es jetzt vereinbart.«

»Mit wem?«

»Mit Herrn Falke, mit Herrn Fricke, mit Frau Wilke und mit Herrn Schanz. Was glauben Sie, was das für ein langwieriges Prozedere ist?«

Ich verzichtete darauf zu fragen, wer Herr Schanz sei, und wollte dieses Gespräch nur noch beenden.

»Nein, Frau Nölle. Alles was recht ist. Dieses Hin und Her mach ich nicht mehr mit. Schön für Sie, dass Sie alle in Urlaub waren. Und wir fahren JETZT in Urlaub. Wir sind in vier Wochen wieder zurück.«

»Sie wollen die Kinder NOCH vier Wochen warten lassen?« Ihr anklagender Tonfall war wirklich die Höhe! Erst war sie wieder zu irgendwelchen Schönheitsoperationen in der Klinik gewesen und fuhr danach wochenlang zur Kur – wahrscheinlich weil niemand sie mit ihrem geschwollenen Gesicht sehen durfte –, und jetzt sollten WIR UNSEREN Urlaub ausfallen lassen?

»Frau Nölle, das ist jetzt aber extrem unfair.«

»Das Schicksal ist selten fair.«

Und Sie spielen Schicksal, nicht wahr, hätte ich sie am liebsten angebrüllt. Da standen Tim und Lilli schon erwartungsvoll neben mir, die Regenjacken an sich gepresst. Ich ließ das Zelt, das ich die ganze Zeit in der Hand gehalten hatte, langsam zu Boden fallen.

»Mama? Was hast du denn?«

»Die Kinder warten auf Sie«, sagte Frau Nölle. »Sie sind schon ganz aufgeregt.«

»Ja.« Ich straffte mich. »Die Kinder warten auf mich und

sind in der Tat schon ganz aufgeregt. Ich muss dann jetzt auch …«

»Frau Bressin. Malie, Kamon und Araia warten auf Sie. Heute. Um vier. Sie haben zwei Stunden Zeit. Wenn es gut läuft, können Sie die Sommerferien nutzen, sich näher und besser kennenzulernen. Das gilt auch für Ihre Kinder. Also, wollen Sie diese Chance nun nutzen oder nicht?«

Ich schluckte. Wie krass war DAS denn?!

Aber wie krass wäre es, jetzt in Urlaub zu fahren?

»Wir kommen«, hörte ich mich kraftlos sagen.

Dann ging ich in die Knie und umarmte meine beiden verwirrten Schätze.

»Wie wär's, wenn wir den Urlaub zu Hause verbringen?«

»Ja, kommen die thailändischen Kinder jetzt DOCH zu uns?« Ihre Augen leuchteten hoffnungsvoll, und ich hätte sie in diesem Moment vor Liebe auffressen können.

»Es sieht ganz danach aus«, sagte ich. »Aber bei Frau Nölle weiß man nie. Leider dürft ihr heute noch nicht mit ins Heim.«

»Dann machen wir ihnen ein Video!« Tim schleppte augenblicklich das Zelt wieder in den Keller und stand fünf Minuten später mit unserer Videokamera vor mir. »Wir filmen einfach unser Haus, Socke und uns und sprechen mit ihnen, und ihr lasst sie dann über Video antworten!«

Auch Lilli war sofort Feuer und Flamme. »Ich fahre Einrad, und ihr filmt das! Da werden die staunen! Mami, das ist fast wie Kennenlernen in echt!«

Als Jon vom Tanken wiederkam, hatten sich unsere Pläne für die Sommerferien komplett geändert. Und nicht nur für die Sommerferien …

Nachmittags stand ich mit Jon vor dem Kinderheim.

Besser gesagt saß ich mit ihm in unserem Bus, aus dem wir all das Gepäck mühsam wieder herausgewuchtet hatten. Die

Scheibenwischer quietschten. Erwartungsgemäß regnete es immer noch, und die scheußliche Gegend wirkte noch viel trostloser.

»Wir sind eine halbe Stunde zu früh dran.«

»Sollen wir einfach klingeln?«, schlug ich vor.

»Nein. Wir sollten uns korrekt verhalten. Das ist alles ein Test.«

Ich starrte auf den Müllcontainer, aus dem leere Flaschen quollen. Eine nasse Katze suchte Unterschlupf unter einem abgestellten Lastwagenanhänger. Ich nahm Jons Hand. »Danke, dass du das alles mitmachst.«

Er sah mich von der Seite an.

»Juliane. Wir schaffen das. Wenn nicht wir …«

»… wer dann«, beendete ich seinen Satz. Ich liebte ihn in diesem Moment so sehr, dass ich die Tränen zurückdrängen musste. »Zeig mir noch mal das Video.«

Jon holte die Videokamera aus seinem Rucksack und spulte den Film zurück, den wir eben noch ganz aufgeregt bei uns zu Hause gedreht hatten.

Unser Haus. »Und jetzt: Action!«, hörte man Tim rufen, als auch schon Lilli auf ihrem Einrad ins Bild radelte und zur Krönung ihrer zirkusreifen Darbietung auch noch beide Arme in die Luft riss: »Willkommen, meine Damen und Herren, bei uns im Butterblumenweg!«

Dann wurde das Bild unscharf, Schnitt, Tim: »Hallo, ihr drei, wir wollen euch mal euer zukünftiges Heim von innen zeigen.« Er lief rückwärts vor Kamerafrau Lilli her. »Hier ist das Wohnzimmer … Lilli, nicht wackeln. Ups, das ist Socke, unsere Zwergschnauzerdame, die tut aber nichts, die will nur spielen. Und hier geht's jetzt in mein Zimmer … also, Kamon, wenn du dann zu uns kommst, kannst du hier schlafen.«

Sorgfältig wurde jedes Bücherregal, jedes Bild und jedes Spielzeug abgefilmt.

Gerührt sahen wir uns dieses improvisierte Video an und versuchten, es mit den Augen der drei thailändischen Kinder zu sehen.

»Das muss der Traum für die sein.«

»Keine Ahnung. Vielleicht auch der Albtraum. Versetz dich mal in die kleinen Kinderseelen. Auf einmal soll alles perfekt sein? Die werden dem Braten nicht trauen.«

»Stimmt. Und plötzlich vier wildfremde Menschen, denen sie jetzt ausgeliefert sind. Wir müssen so behutsam wie möglich vorgehen.«

»Insofern verstehe ich sogar die Nölle«, meinte mein Mann nachdenklich.

»Echt?«

»Ich denke, die gibt ihr Bestes, auch wenn sie oft so scheiße drauf ist. Ich glaube, die ist einsam.«

»Ach, Jon. Du siehst aber auch in allen nur das Gute. Ich kann die Frau nicht ausstehen.«

»Wart's ab.«

»Jetzt ist es fünf vor. Sollen wir?«

Mit über den Kopf gehaltenen Rucksäcken rannten wir zur Tür und klingelten.

Die Sprechanlage knackte.

»Wir sind's, Jonathan und Juliane Bressin! Wir haben einen Termin mit den thailändischen Kindern und ihrer Betreuerin, Frau Wilke!«

Die Tür sprang auf, und wir kämpften uns durchweicht nach oben.

Herr Falke erwartete uns bereits rauchend in dem uns bekannten schmucklosen Büro.

»Tachchen. Na, dat hätt ja dann doch noch mal joht jejange.«

»Et kütt wie et kütt«, kalauerte Jon zurück. »Mer lasse der Dom in Kölle.«

»Die Kinder sind im Nebenjebäude. Also dann noch mal raus in die Natur!«

Wir liefen durch den Morast zu einer zweistöckigen Bruchbude. Wieder mussten wir klingeln und warten. Dann wurde von innen aufgeschlossen. Wir sahen uns Frau Wilke gegenüber. Die kürzere Stoppelhälfte ihrer Frisur war inzwischen rot gefärbt.

»Hallo. Kommen Sie rein. Was haben Sie denn für ein Wetter mitgebracht?«

Mein Herz raste. Nicht nur vom Treppensteigen, sondern auch vor Spannung und Aufregung. Jetzt kam der große Moment, auf den wir seit Monaten gewartet hatten!

»Kinder!«, rief Frau Wilke und klopfte an zwei gegenüberliegende Türen. »Euer Besuch ist da!«

Nichts regte sich.

»Kommt, macht mal auf, Mädels. Ich happet euch doch gesacht, dat ihr heute Besuch kricht! Ihr könnt domma Hallo sagen!«

Beide Türen blieben geschlossen. Wie bei verschreckten Tieren, schoss es mir durch den Kopf. Die ducken sich auch in ihren Höhlen und hoffen, dass der Feind sie nicht bemerkt.

»Ach komm jetzt, Malie, sei doch kein Frosch! Und du, Kamon! Araia! Die beißen nicht!«

Frau Wilke hämmerte munter weiter.

Schließlich öffnete sich die Tür der Mädels einen Spalt. Zwei Paar dunkle Kinderaugen unter langen schwarzen Haaren spähten hervor und wichen dann einen Schritt zurück.

Vorsichtig betrat ich das Zimmer. Zwei schmale Betten standen hintereinander an der Wand, es roch muffig nach abgestandenem Essen, wenn nicht sogar nach Urin.

Beide Mädchen standen dicht aneinandergeschmiegt hinter der Tür. Die Große schirmte die Kleine ab, als wollte sie diese vor Schlägen schützen. Die Kleine hatte die Augen zusammengekniffen und hielt sich die Ohren zu.

Ich setzte mich vorsichtig auf die Bettkante, um mit ihnen auf Augenhöhe zu sein.

»Hallo, ihr Mäuse«, flüsterte ich ganz sanft. »Ich bin Juliane. Und draußen steht mein Mann Jon. Der ist ziemlich groß, der muss hier den Kopf einziehen, damit er nicht an die Decke stößt. Aber er ist ganz lieb und sehr lustig.«

Stille.

»Und ihr müsst Malie und Araia sein? Ich hab mich schon so darauf gefreut, euch kennenzulernen. Und unsere Kinder, der Tim und die Lilli, die freuen sich auch schon ganz doll auf euch.«

Nichts. Sie stellten sich tot. »Wenn ihr Lust habt, gehen wir gleich zusammen ein Eis essen. Aber jetzt schau ich erst mal nach Kamon. Ist das okay für euch?«

Nachdem sie keine Meinung dazu äußerten, schlich ich auf Zehenspitzen hinüber ins Jungenzimmer. Jon hatte sich bereits zu Kamon gesetzt. Der Junge starrte stur auf eine uralte Spielkonsole, ließ irgendwelche Figuren aufeinanderprallen und explodieren, wobei nervtötende, immer gleiche aggressive Geräusche ertönten.

»Na, Kamon, biste am Spielen?«, war alles, was mir zur Begrüßung einfiel.

»Kannst du mir das mal zeigen?«, fragte Jon. Doch Kamon beachtete uns nicht.

»Wir haben uns schon sehr darauf gefreut, euch kennenzulernen«, sagte ich meinen Spruch auf. »Und deshalb haben wir gedacht, wir gehen jetzt alle zusammen ein Eis essen.«

Kurz zuckte es in seinem schmalen Gesicht.

»Und dann haben wir auch noch ein Video für euch gemacht«, lockte ich. »Darauf fährt unsere Tochter Einrad …« Weiter kam ich nicht.

»Das will ich auch sehen!« Malie stand in der Tür, gefolgt von Araia, die ihr Gesicht immer noch am Rücken der Älteren verbarg.

Ich lachte. »Na, haben wir dich neugierig gemacht?«

»Wie geht das, Einrad?«

»Was haltet ihr davon, wenn wir euch das in der Eisdiele zeigen?«

Ich wollte nur noch raus hier aus diesem dunklen Mief.

Kurz darauf saßen wir mit den drei Kindern und Herrn Falke in der Eisdiele, zu der wir mit unserem Auto gefahren waren. In der Nähe des Heimes gab es nichts dergleichen, wie Herr Falke versichert hatte. Schnell hatten die Männer zwei Tische zusammengeschoben, und nun starrten die drei sowohl in ihre Eisbecher wie auch auf das Video.

Ich nutzte die Gelegenheit, um in Ruhe ihre Gesichter zu betrachten.

Alle Kinder waren sehr dünn und viel zu klein für ihr Alter. Sie trugen Klamotten, die nicht zusammenpassten, und von allen ging ein unangenehmer Geruch aus.

»Hallo, ich bin der Tim. Ich spiele gerne Fußball und Gitarre, und im Keller haben wir eine Tischtennisplatte. Und wenn du zu uns kommst, lieber Kamon, dann machen wir ganz viel zusammen. Tschühüüss!« Er winkte sommersprossig-grinsend in die Kamera. Dann setzte er noch einen drauf: »Tschö mit ö.«

Die Eisbecher blieben unberührt.

»Willkommen, meine Damen und Herren, im Butterblumenweg!«, hörte ich die fröhliche Stimme meiner Lilli. Ich wusste, dass sie gerade beide Arme hochriss und freihändig fuhr.

Mir wollten die Tränen kommen.

Ich wollte diese drei kleinen verwilderten Kinder aus ihren Höhlen holen und in unsere perfekte Butterblumenwelt stecken! Sie augenblicklich mit Liebe überschütten und ab sofort glücklich machen. Sie hatten es so was von verdient!

Herr Falke kam vom Rauchen wieder rein.

»Na, seid ihr am Filmgucken?«

Als er seine nasse Windjacke auszog, schlug mir kalter Rauch entgegen. Alles in mir schrie nach unserem gemütlichen Zuhause!

Die thailändischen Kinder waren ganz nah an Jon herangerückt und wollten das Video wieder und wieder sehen. Es war schön zu sehen, wie sich diese Kinderseelen öffneten. Wie Blumen, die sich der Sonne zuwandten. War ich die Sonne? Ich wollte es so gerne sein! Liebevoll lächelte ich die Kinder an, die allerdings nur auf das Display der Videokamera starrten. Bloß Malie hatte sich darangemacht, das schmelzende Eis gierig in sich hineinzulöffeln. Dabei umklammerte sie den Eisbecher so, als wollte sie ihn vor den Blicken der anderen abschirmen.

Herr Falke wandte sich an mich. »So. Wie sieht es jetzt aus mit Schule.«

»Ähm … weiß ich doch nicht? Heute ist der erste Ferientag.«

»Also gut. – Malie, sach ma eben. Du gehst doch inne Hauptschule.«

Malie nickte nur, vom Heile-Welt-Video und vom Eisbecher abgelenkt.

»Willze da denn auch bleiben?«

Malie zuckte mit den Schultern.

»Und du, Kamon. Du hast 'ne Hauptschulempfehlung, seh ich das richtig?«

»Ich will aufs Gymnasium«, gab Kamon schüchtern von sich. Plötzlich spürte ich seine schwarzen schmalen Augen auf mir. »Genau wie Tim!«

»Ja, das können wir gerne probieren, aber …«

»Ich will auch aufs Gymnasium«, fiel mir Malie plötzlich ins Wort. »Auf meiner Schule ist es total scheiße, und die Lehrer können mich nicht leiden und sind voll ungerecht.« Sie schlürfte fast aggressiv ihre Eissauce.

»Ach wirklich? Woran liegt das denn, Malie? Soll ich mal mit deinen Lehrern sprechen?«, erbot ich mich – froh, dass die Kinder so schnell aufgetaut waren.

»Dat lassense mal alles schön auf sich zukommen. Se ham recht, sind ja Ferien.« Herr Falke suchte schon wieder in seinen Taschen nach der Zigarettenpackung. »Und die Kleine … Huhuuu Araia! Du kommst ja nach den Ferien in die Schule. Freusse dich denn schon drauf?«

Araia schmiegte sich an ihre Schwester und zog es vor, ihr Gesicht zu verstecken.

»Das nehmen wir bald alles in Angriff«, versuchte ich, sie zu trösten, und legte meine Hand auf ihr schmales Ärmchen. »Du bekommst auf jeden Fall eine große Schultüte.«

»Auf jeden Fall«, sagte Herr Falke, indem er sich mitsamt seinen Zigaretten bereits wieder erhob, »müssen Sie die Schulentscheidungen mit dem Vormund besprechen.«

»Welcher Vormund?«, fragte Jon. Er spulte das Video gerade zum fünften Mal zurück, und ich konnte nicht anders, als auf seine langen schmalen Finger zu schauen.

»Na, die Kinder haben natürlich einen Vormund.« Herr Falke klopfte ungeduldig mit seiner Roth-Händle-Packung auf den Tisch. »Da der Vater verstorben ist und die Mutter ebenfalls … ähm … klinisch … also keine Verantwortung mehr übernehmen kann.«

Er hustete und schaute auf die Kinder, die schon wieder in die Kamera starrten. »Also, das ist der Herr Schanz. Der ist bei uns im Amt. Der hat die Elternrechte übernommen und ist daher eine ganz wichtige Person für die Kinder.«

»Ich dachte, wir hätten …?«

»Sie sind die Pflegeeltern und übernehmen die Elternpflichten«, sagte Herr Falke. »Die Elternrechte sind aus gutem Grund bei einer neutralen Amtsperson.«

»Versteh ich nicht«, entfuhr es mir. »Damit wären es schon fünf Personen, mit denen wir uns abstimmen müssen.« Ich zählte an den Fingern auf: »Frau Nölle von der Sonnenschein-Stiftung. Frau Wilke, Betreuerin im Kinderheim. Herr Fricke, Leiter des Kinderheims. Sie, Herr Falke, vom Jugendamt. Und jetzt auch noch ein Herr Schanz, Vormund der Kinder? Das ist ja ein ganzer Hofstaat.«

»Dat muss alles seine Ordnung haben.« Herr Falke war schon in der Tür. Seine Nikotinabhängigkeit trieb ihn in den strömenden Regen hinaus. »Der Vormund regelt alles, was mit längerfristigen Entscheidungen zu tun hat. Solange Malie noch nicht achtzehn und damit volljährig ist, brauchen die Kinder einen rechtlichen Vormund, der ihre Interessen gegenüber dem Jugendamt vertritt.«

»Moment. Sie brauchen jemanden, der IHNEN gegenüber die Rechte der Kinder vertritt?«

»Genau. Und IHNEN gegenüber auch.«

»Aber das klingt ja nach einem strategischen Kampfspiel!«

»Herr Schanz ist der Personensorgeberechtigte, und als solcher nimmt er auch am HPG teil.«

»Was ist HPG?«

Herr Falke sprang erschrocken zurück, als es von der Markise heftig auf seine Windjacke tropfte, weil die Eisverkäuferin von unten energisch mit dem Besen dagegengeschlagen hatte. »Schitt! Dat ist die Abkürzung für Hilfeplangespräch.«

»Hilfeplangespräch? Wer gegen wen?«

»Ich fürchte, da kommt noch einiges auf Sie zu.« Er schüttelte sich das Wasser aus den Haaren. »Ein Hilfeplangespräch findet einmal im Jahr statt. Um die pädagogischen Ziele zu erreichen, wird für jedes Kind ein individueller Förderplan erstellt, der regelmäßig überprüft wird.«

Er schrie den Kindern zu, die inzwischen damit beschäftigt waren, ein Antwortvideo für Tim und Lilli zu verfassen: »Mit euch werden dann gemeinsam Ziele festgelegt, an denen ihr arbeiten solltet. Malie, du hattest doch schon im Heim so ein Gespräch, ne? Du hast auch schon mit Frau Wilke so einen Tages- und Wochenplan erarbeitet.«

Da die Kinder ihn völlig ignorierten und mit Jon kicherten und lachten, wandte er sich wieder mir zu.

»Zur Vorbereitung auf das Hilfeplangespräch müssen Sie vorab einen ausführlichen Bericht schreiben, aber Frau Nölle wird Ihnen sicherlich noch Genaueres dazu sagen und Ihnen mit Rat und Tat zur Seite stehen.«

Also wenn ich eines nicht wollte, dann das. Irgendwie hatte ich das Gefühl, dass das mit Frau Nölle eher ein zäher Kampf werden würde als ein harmonisches Miteinander. Ich fand dieses blutleere Geschwafel unerträglich, und wären die drei süßen Mäuse nicht bereits an Jon gehangen wie die Kletten, hätte ich dieses amtliche Treffen gern hier und jetzt beendet.

»Es wäre ja ganz nett gewesen, wenn man mir diesen ganzen Behördenkram schon in den letzten Monaten nahegebracht hätte«, sagte ich verstimmt. »Wir wollen uns in Liebe und Fürsorge um diese drei Kinder kümmern, aber jetzt sehe ich mich einem Bürokratiemonster gegenüber, das mich doch sehr überrascht!«

»Ach, es wird nichts so heiß gegessen, wie es gekocht wird!« Inzwischen hatte sich Herr Falke einen Espresso bestellt und rührte fünf Stück Würfelzucker hinein. »Dat müssense janz jelassen sehen, sonst werdense irre.«

Er selbst schien es jedenfalls gelassen zu sehen. Mir schwirrte der Kopf, wenn ich an den ersten Schultag dachte! In den ersten Tagen herrschte erfahrungsgemäß das reinste

Chaos. All das wollte ich ja noch in Angriff nehmen, aber bitte ohne die Einmischung von Frau Nölle, Herrn Falke und diesem Vormund! Die würden mir den letzten Nerv rauben mit ihrer besserwisserischen Paragrafenreiterei.

»So, Kinder, die zwei Stunden sind um, verabschiedet euch mal von Herrn und Frau Bressin!« Herr Falke steckte seine Zigaretten ein.

Wir quetschten uns alle wieder ins Auto. Herr Falke, der vorne neben Jon saß, drehte sich um, nahm den Fünfeuroschein, den er als Wechselgeld bekommen hatte, und steckte ihn der kleinen Araia zu. »Hier. Kauf dir was Schönes.«

Blitzartig schnellte Malies Arm vor. »Gib her!«

Als die Kleine die Faust nicht öffnen wollte, bog Malie ihr brutal die Finger auf und riss den Schein an sich. Schon war er in ihrer Jogginghosentasche verschwunden.

»Du verlierst das ja nur. Ich spare das für dich, okay?«

»Aber, Malie«, warf ich ein, »das macht man doch nicht!«

Ich fand es zwar auch nicht okay, dass Herr Falke nur einem der Kinder was zugesteckt hatte, aber die Älteste war wirklich sehr grob zu ihrer Schwester gewesen.

Ihre Augen waren nur noch zwei schmale Striche. »Die ist zu doof, die kapiert doch gar nichts!«, zischte sie.

Araia begann lautlos zu weinen. Herr Falke tat so, als wäre nichts geschehen, und plauderte mit Jon über den 1. FC Köln.

Vor dem Heim schnallten sich die Kinder ab. Ich wollte sie umarmen, aber Malie stieß mich einfach weg, Araia machte sich ganz steif, und Kamon rannte ganz schnell davon.

Ein paar Tage später wählte ich die Nummer der Sonnenschein-Stiftung.

»Frau Nölle? Hallo. Ich wollte mich nur mal melden und sagen, dass das erste Anbahnungstreffen gut geklappt hat.« Ich wollte es mir mit ihr wirklich nicht verderben, sie sollte von Anfang an das Gefühl haben, für mich erste Ansprechpartnerin zu sein.

»Weiß ich doch längst alles«, blaffte Frau Nölle zurück.

»Ja, dann ist es ja gut.«

»Die Kinder mögen Sie sehr und haben Vertrauen zu Ihnen gefasst.« Sie hustete. »Besonders zu Ihrem wunderbaren Mann. Der ist ja auch so groß und stark und erinnert mich an Henning Baum.«

Ah. Sie mochte also Jon. Dass sie mich damit herabwürdigte, überhörte ich geflissentlich.

»Gut, Frau Nölle. Dann möchte ich jetzt mit Ihnen besprechen, wie unser zweites Treffen aussehen könnte. Es muss ja alles seine Ordnung haben, nicht wahr?«

»Nächsten Sonntag dürfen Sie die Kinder wieder abholen«, ließ sie mich gnädig wissen. »Diesmal gern mit Ihren Kindern.«

»Ja, wir haben uns schon überlegt …« Ich spielte mit einer meiner widerspenstigen Haarsträhnen, wie immer wenn ich ganz in einer Sache aufging. »Es gastiert ein Zirkus in unserer Nähe. Wir würden die Kinder gerne einladen …«

»Kommt nicht infrage.«

»Oh. Ja. Natürlich. Ist ja auch blöd, die Kinder in so ein Gedränge …« Ich blätterte in meinen Notizen. »Dann fällt das Straßenfest in Ehrenfeld bestimmt auch weg … mit Gauklern und Straßentheater und so …«

»Sie sagen es.«

»Dann hätten wir noch das Müngersdorfer Freibad oder wahlweise wetterbedingt die Bowlingbahn zu bieten.«

»Das können Sie sich alles aus dem Kopf schlagen. Vollkommen unmöglich.«

»Aber, Frau Nölle, darf ich fragen, warum?«

»Sie dürfen nur etwas ganz Kleines mit den Kindern unternehmen.«

»Verstehe ich nicht.«

»Für alles andere benötigen Sie eine Einverständniserklärung von Herrn Schanz, eine sogenannte gesonderte Bade- und Sporterlaubnis. Diese Erlaubnis brauchen Sie für Ausflüge, Schwimmen, Reiten, Klettern, Kajakfahren, Wandern, Fahrradfahren – also wirklich für alles.«

»Gut, Frau Nölle, dann werde ich Herrn Schanz um eine solche Genehmigung bitten. Wir haben ja noch fünf Tage Zeit. Jon könnte auf dem Rückweg von der Uniklinik schnell beim Jugendamt vorbeifahren.«

»Nein! Das geht auf keinen Fall! Sie sind überhaupt nicht berechtigt, mit Herrn Schanz in Verbindung zu treten, das ist meine Aufgabe!« Sie hustete angestrengt.

»Ich versteh das nicht, Frau Nölle, mir scheint, dass wir hier gegeneinander arbeiten, dabei sollten wir doch miteinander und zum Wohle der Kinder …«

»Sie haben hier gar nicht zu entscheiden, was zum Wohle der Kinder ist«, keifte sie plötzlich. »Das entscheide immer noch ich!«

Ich zwang mich, tief durchzuatmen und bis zehn zu zählen. Denn Ihro Gnaden hatte die Kinder nach wie vor noch nie gesehen!

»Solange Sie die Kinder nicht aufgenommen haben, können Sie sowieso keinerlei Genehmigung bekommen.«

»Frau Nölle, so regen Sie sich doch nicht gleich so auf!« Ich versuchte, heiter und gelassen zu bleiben. »Wir sind eine aktive Familie und unternehmen gern am Wochenende etwas zusammen. Sie können uns doch nicht dazu zwingen, zu Hause zu sitzen?«

»Zu Hause dürfen Sie überhaupt noch nicht mit den Kindern sein. Sie müssen an einem neutralen, ruhigen Ort sein.« Sie schnaufte. »Es handelt sich immer noch um die Anbahnungsphase, in der die Kinder Sie in Ruhe kennenlernen sollen. Was fällt Ihnen ein, die Kinder mit Entertainment zu überhäufen oder Ihnen Ihr Zuhause zu zeigen, wenn es nachher nichts wird!«

»Beruhigen Sie sich, Frau Nölle.« Am liebsten hätte ich der blöden Sumpfkuh vorgeschlagen, den Kindern mal ihre Villa zu zeigen. Mitsamt den toten Hirschgeweihen an der Wand! Aber ich beherrschte mich. Offensichtlich hatte Frau Nölle echt ein Problem. Wechseljahre mindestens, wenn nicht eine waschechte Hysterie.

»Wie reden Sie denn mit mir! Ich beruhige mich, wann ich will!« Sie japste regelrecht nach Luft und steigerte sich in einen Hustenanfall.

Meine Güte, war die empfindlich! So jemanden hatte ich noch nie kennengelernt. Gott, ich stellte mir vor, diese egomanische, geltungssüchtige Schnepfe als Mutter zu haben, und bekam augenblicklich die erste Hitzewallung meines Lebens. Ich fächelte mir Luft zu.

»Frau Nölle, wäre es für Sie vertretbar, wenn wir ein schlichtes Picknick im Stadtwald machen? Wir bewegen uns auch nur wenige Meter. Wir treffen auch niemanden und reden mit keinem. Wir sitzen nur da und bahnen an.«

»Geht doch«, röchelte sie. »Endlich haben Sie es kapiert.«

»Dann wünsche ich Ihnen noch einen wunderschönen Tag«, heuchelte ich ins Telefon und warf den Hörer erschöpft auf die Gabel. »Was ist denn mit der los! Die hat sie ja wohl nicht mehr alle!«, brummelte ich vor mich hin. Wir würden mit Sicherheit keine innigen Freundinnen mehr werden.

8

Köln, Sonntag, 15. Juli 2007

Am Sonntag standen wir mitsamt Tim und Lilli um Punkt zehn vor dem Heim, um unsere drei kleinen thailändischen Freunde abzuholen. Doch als wir zu ihnen raufkamen, versteckten sie sich wieder. Kamon hatte so einen Respekt vor Tim, dass er sich sogar unter seinem Bett verkrochen hatte. Tim und Lilli verschlug es ebenfalls die Sprache, als sie die trostlosen Räumlichkeiten betraten. Kleinlaut griffen sie nach meiner Hand.

Wir hatten inzwischen noch ein ganz anderes Problem gehabt, nämlich den siebten Autositz.

Unser Autohändler hätte ihn erst langwierig bestellen müssen, und beim Schrotthändler gab es keinen passenden, doch schließlich war Jon auf die Idee gekommen, einen unserer Nachbarn zu fragen, der das gleiche Modell fuhr wie wir. Herr Maier stellte eine Menge Fragen und hörte sich erstaunt unsere Geschichte an. Doch schließlich rückte er großzügig den Sitz heraus und meinte, wir dürften ihn so lange behalten, wie wir wollten. Jon trug ihn wie eine Trophäe zu uns herüber und baute ihn sofort in unseren Bus ein.

Damit waren wir gerüstet. Nach erneutem Locken und Schmeicheln saßen endlich alle fünf Kinder auf ihren Plätzen, und Socke hechelte, unter ihren Zotteln hervorblinzelnd, die fremden Kinder an. Erleichtert fuhren wir über die Zoobrücke in unsere linksrheinische Seligkeit.

Sosehr ich Lust gehabt hätte, mit den Kindern in den Zoo zu gehen, so sehr hielt ich mich an Frau Nölles Spielregeln.

Hinten im Auto war es still. Ich schaute mich um. »Alles klar dahinten?«

Die Kinder musterten sich gegenseitig aus den Augenwinkeln. »Wir hatten noch nie ein Auto«, ließ sich schließlich Malie vernehmen. »Meine Mama konnte gar nicht fahren, und mein Papa hatte auch keinen Führerschein mehr. Wir waren immer nur mit dem Bus und der Straßenbahn unterwegs, aber dafür hatte unsere Mama auch kaum Geld. Eigentlich sind wir immer gelaufen.«

Unsere Kinder schwiegen geschockt. Nur Socke gelang es, das beklemmende Schweigen zu brechen, indem sie sich von allen kraulen ließ.

Beim Stadtwald parkten wir an unserer Lieblingsstelle neben der Grillhütte, ganz in der Nähe des Tiergeheges.

»Ponyreiten?«, fragte mich Jon unauffällig, als er ein paar der zotteligen Exemplare dort stehen sah.

»Die Nölle bringt uns um«, murmelte ich zurück.

»Los, Kinder, packt alle mit an!«

Wir schleppten unsere Tüten zu einem Rasenstück neben einem ehemaligen Planschbecken, das jetzt zu einer Skateboardpiste umgebaut worden war. An den Bäumen hingen Strickleitern, sodass man sich damit wie Tarzan an Lianen über den benachbarten Teich schwingen oder aber auf Steinplatten darüber hinwegbalancieren konnte. Der Abenteuerspielplatz im hinteren Bereich hatte noch Schaukeln, eine Seilbahn, eine Kletterburg mit zahlreichen Wackelbrücken und eine superlange Rutschbahn zu bieten. Für alle Fälle hatten wir noch den Kofferraum mit Fußball, Federball, Stelzen, Roller und Einrad vollgepackt. Doch erst wurde es Zeit für ein leckeres Picknick. Bereits in den frühen Morgenstunden hatte ich verschiedene Salate vorbereitet und einen leckeren Schokobananenkuchen gebacken.

Nichts von alledem interessierte die Kinder. Sie ließen alles fallen und rannten los.

Unendliche Freiheit für drei eingesperrte Kinderseelen, dachte ich. Wie lange die wohl nicht mehr an der frischen Luft gewesen waren?

»Bitte seid vorsichtig«, rief ich ihnen noch hinterher, aber genauso gut hätte ich mit den Steinplatten sprechen können.

»Ach, die packen das schon«, beschwichtigte mich Jon, der sich mit der Grillkohle beschäftigte.

»Frau Nölle killt uns, wenn was passiert.«

»Das sind doch ganz normale Kinder«, äffte Jon sie nach, und plötzlich mussten wir beide lachen.

»Wenn die eines nicht sind, dann normal. Wie sollten sie auch!«

»Dafür sind wir auch nicht normal, dann passt es wieder: Minus und minus ergibt plus.«

»Was ab sofort unser Lebensmotto ist!« Ich strahlte ihn an. Ich war so verliebt in meinen Mann!

Nach kurzer Zeit brachte Lilli Araia zurück. »Mama, kannst du auf sie aufpassen? Malie und ich wollen Einrad fahren, ich bring es ihr bei.«

»Natürlich, mein Schatz. Viel Spaß. – Komm her, kleine Araia, willst du mir helfen?«

Scheu musterte mich das magere Kind, und in seinen dunklen Augen stand Angst, aber auch Neugier. Ihre dürren Ärmchen erinnerten an Stöckchen. *Sind so kleine Hände, winz'ge Finger dran. Darf man niemals schlagen, die zerbrechen dann*, ging mir das Lied von Bettina Wegener durch den Kopf. Ich zeigte auf den Korb mit dem Pappgeschirr.

»Sei so lieb und deck schon mal den Tisch. Gut, dass du da bist, ich wusste gerade nicht, wie ich das alleine schaffen soll.«

Stolz glomm in ihren Augen, als sie unter meiner Anleitung Plastikbesteck, Pappteller, Becher, Servietten und Schüsseln auf einer Papiertischdecke verteilte.

»Super machst du das, Araia. Und jetzt geh und ruf die anderen. Das Essen ist fertig.«

Ihr kleines Stimmchen hallte durch den Wald. Bestimmt hatte sie sich noch nie so wichtig gefühlt wie jetzt.

Die Kinder stürmten herbei, und Jon legte jedem von ihnen ein gegrilltes Würstchen und etwas Fleisch auf den Teller. Dazu durften sie sich von den Salaten und dem frisch aufgeschnittenen Baguette bedienen. Glücklich stopften sie mit den Fingern das Essen in sich hinein, als gäbe es kein morgen. Bei meinen Kindern hätte ich das niemals durchgehen lassen, aber diese drei schienen komplett ausgehungert zu sein.

»An der frischen Luft schmeckt es doch gleich ganz anders als im Heim, was?«, brummte Jon im Holzfällerhemd.

Die Kinder nickten und kauten mit vollen Backen.

Gegen fünf mussten wir unsere Zelte abbrechen, weil wir um sechs wieder pünktlich im Heim sein mussten. Ich sammelte den herumliegenden Abfall ein, ohne zu begreifen, wie er überhaupt den Weg auf den Waldboden gefunden hatte. Bei uns wurde alles automatisch in einen Abfallsack gesteckt.

»Können wir nicht schon jetzt bei euch bleiben?«, fragte Malie. »Ist doch scheiße, jetzt wieder in das blöde Heim!«

»Malie, wir müssen uns alle an die Regeln halten, okay? Hier, halt mal diesen Sack auf!« Ich warf das Zeug hinein, während sie mir nur unwillig gehorchte.

»Aber wir wissen doch jetzt schon, dass wir zu euch wollen!« Malie wollte den Sack einfach fallen und am Waldrand liegen lassen.

»Dann wird das auch ganz bald klappen. Hab noch ein wenig Geduld. Und wir nehmen den Abfall wieder mit und bringen ihn dorthin, wo er hingehört, Malie.«

»Hab ich noch nie gemacht«, maulte Malie. »Wir haben immer alles liegen lassen.«

»Aber jetzt machen wir das nach unseren Regeln, ja?« Ich sah ihr fest in die Augen, und sie senkte den Blick.

Als wir ins Auto stiegen, sagte Kamon ganz leise zu Jon: »Wir könnten doch noch zwei Stunden Auto fahren, bitte! Ihr müsst uns auch gar nicht mit nach Hause nehmen, nur einfach Auto fahren!«

Mir wollte das Herz brechen.

»Ihr Lieben, wir werden sonst eine Menge Ärger bekommen«, sagte ich so leichthin wie möglich. »Aber wir dürfen euch schon in drei Tagen wieder abholen, ist das nicht toll?«

»Drei lange schreckliche Tage«, maulte Malie. »Die gehen NIE rum!«

Araia klammerte sich an das Papierschirmchen, das in einer Frucht gesteckt hatte. Wieder und wieder drehte sie es in ihren kleinen Händen.

»Wir haben das ja mit Frau Nölle besprochen«, rief ich munter über die Schulter nach hinten. »Falls ihr uns noch wollt – wir wollen euch! Oder, Tim und Lilli?«

»Jaaaa!«, machten meine zwei. Ich sah, dass Lilli den beiden Mädchen die Hände drückte, und Tim knuffte Kamon kameradschaftlich in die Seite.

Jon sah mich an. »Nett, dass du mich auch fragst.«

»Aber, Jon!«

»Nur so fürs Protokoll. Ja, ich bin auch einverstanden.«

Ich drückte ihm zärtlich die Hand.

Mit schweren Schritten liefen die drei schließlich um Punkt sechs auf die Heimtür zu. Als Frau Wilke von innen aufmachte, drehten sie sich noch mal kurz zu uns um. Sie winkten nicht. Dann verschwanden sie in ihrem Bunker.

Nachdem wir uns so weit einig waren, wurde es auch für uns ernst.

»Komm, Lilli, wir räumen dein Zimmer wieder aus. Vielleicht kannst du dich ja noch von ein paar Dingen trennen, damit wir mehr Platz schaffen?«

Meine neunjährige Tochter half mir tapfer. Sie war bereit, ihr Reich den beiden thailändischen Mädchen zu überlassen, und diese sollten in ein frisch renoviertes Zimmer mit neuer Bettwäsche einziehen.

»Sie sollen nicht das Gefühl haben, in unseren abgelegten Sachen wohnen zu müssen«, erklärte ich Lilli, die heldenhaft weiter aussortierte.

»Weißt du noch, die Spielzeugeisenbahn?« Sorgsam legte sie jede einzelne Holzschiene in den Karton. »Wie wir die immer bis zu dir in die Küche haben fahren lassen, und du musstest die Waggons dann mit Naschsachen füllen!«

»Ja, mein Schatz, das weiß ich noch.«

»Das Puppenhaus könnte doch Araia bekommen! Ich habe fast gar nicht damit gespielt!«

»Das ist schon richtig, Mäuschen, aber jetzt ziehen ja zwei Mädchen in ein Zimmer, das früher nur für ein Mädchen gedacht war. Und da hat das Puppenhaus einfach keinen Platz mehr.«

»Sollen wir es in den Keller stellen?« Hoffnungsvoll blickte mein Kind zu mir auf. »Dann können wir vielleicht doch noch damit spielen?!«

»Mal sehen, Süße. Im Keller steht ja schon das ganze ausrangierte Zeug von Tim!« Ich zählte auf, was ich am Vortag alles mit meinem Großen entsorgt hatte, um in seinem Zimmer Platz für Kamon und sein Bett plus Schreibtisch plus Schrank zu schaffen: »Pfeil und Bogen, Lanze, zwei Ritterburgen, ein Märchenschloss aus Holz, ein Kaufladen und das schöne Kasperletheater, die Hockeyschläger, die Sturzhelme und vieles mehr!«

Es war wirklich eine Riesenaktion, unser Häuschen auf gleich drei neue Bewohner vorzubereiten.

Während Jon mehrere Fuhren zum Sperrmüll brachte und den brauchbaren Rest unter unseren Nachbarn verteilte, verabschiedeten wir uns Stück für Stück von lieb gewordenen Erinnerungen.

Die Lieblingskuscheltiere und Puppen durften allerdings mit Lilli in die Hochetage umziehen.

Die meisten Bewohner des Butterblumenwegs wussten inzwischen Bescheid über unser Vorhaben, und eine besonders liebe Anwohnerin stellte uns noch die Hälfte ihres Kellers zur Verfügung.

»Jon, sieh dir das Wohnzimmer an. Wir brauchen ein neues Sofa, am besten eines über Eck, damit wir alle darauf Platz haben. Und der Esstisch ist auch zu klein.«

»Okay, dann lass uns gleich ins Möbelhaus fahren und vorher unsere alten Sachen an die Straße stellen.«

»Du glaubst, die will noch jemand?«

»Wirst schon sehen!«

Zu zweit schleppten wir Sofa und Tisch hinaus und hingen Zettel daran: »Zu verschenken.«

Als wir Stunden später mit neuem Mobiliar, Bettwäsche, Handtüchern, Geschirr und Besteck für sieben Personen zurückkamen, war unser »Sperrmüll« schon weg.

Ein junger Mann aus der Nachbarschaft fragte, ob wir ihm helfen könnten, das Zeug in seine Wohnung zu tragen. Dafür half er uns, den vollgestopften Van auszuladen.

Wenige Tage später sollten eine nicht ganz billige »Wohnlandschaft« aus Leder, ein neuer großer Esstisch, weitere Stühle, Lampen, Teppiche und zwei weitere Schreibtische angeliefert werden.

Jon stöhnte, als er die Rechnung sah.

»Das ist ein Fall für die Nölle«, tröstete ich ihn mit einem

Lächeln, das eine gewisse Genugtuung enthielt. »Die Stiftung übernimmt die komplette Erstausstattung!«

»Es ist trotzdem ein Wahnsinn, was wir hier machen!« Mein baumlanger Kerl sank ermattet auf einen Karton, und ich beeilte mich, ihm ein kühles Bier aufzumachen.

Tim und Lilli schleppten, was sie tragen konnten. Sie waren sehr motiviert, den thailändischen Kindern zu helfen, nachdem sie dieses Heim gesehen hatten. Ich wusste, dass wir das Richtige taten. Alles andere hätte mich nicht mehr in den Spiegel schauen lassen. Uns ging es so gut! Und Geben macht glücklicher als Nehmen.

»Die einen nennen es Wahnsinn, die anderen sagen Hilfsbereitschaft dazu.«

Jon trank durstig direkt aus der Flasche. »Juliane, wir haben uns damals bei der Hochzeit versprochen, nicht nur füreinander, sondern auch für andere da zu sein. Und dieses Versprechen lösen wir jetzt ein.«

»Und dafür liebe ich dich!« Ich drückte ihm einen Kuss auf die unrasierte Wange. »Weißt du was, Jon, ich würde so gern etwas thailändisches Flair hier reinbringen.«

Eifrig ließ ich meinen Blick schweifen. »Ein paar Palmen, vielleicht ein Poster von Bangkok? Oder wenigstens von einem exotischen Strand?«

»Findest du das nicht ein bisschen übertrieben? Die drei haben Thailand schließlich nie kennengelernt!« Er fuhr sich erschöpft übers stoppelige Kinn. »Die haben bis jetzt in einer abgeranzten Schrebergartenbude in Köln-Chorweiler gehaust.«

»Ebendrum. Gib mir die Autoschlüssel.« Ich streckte fordernd die Hand aus. »Lass mich einfach mal in einem Dekoladen stöbern gehen.« Fröhlich warf ich den Autoschlüssel in die Luft. »Zahlt ja alles die Nölle«, rief ich im Gehen, und irgendwie stimmte mich das froh.

9

Köln, Samstag, 21. Juli 2007

Für unser drittes Anbahnungstreffen hatte Frau Nölle ihre Anwesenheit angekündigt, und nach Absprache mit ihr sollte es heute, wegen des Regens, das Schokoladenmuseum sein.

Dieser Vorschlag fand nicht nur bei allen fünf Kindern, sondern auch bei Frau Nölle Anklang.

Irgendwie sah sie wieder anders aus, als sie vor dem Eingang auf uns wartete.

»Ist sie neu geliftet?«, flüsterte ich Jon zu. »Oder hat sie eine neue Frisur?«

»Keine Ahnung, mir fällt so was nicht auf. Sie guckt genauso sauertöpfisch drein wie immer.«

»Ja, weil sie die Rechnung gekriegt hat.« Ich kicherte. »Kinder, sagt Frau Nölle bitte sehr höflich guten Tag. Heute geht es um alles oder nichts!«

Ich schnallte die ganze Bagage ab, und wie die Orgelpfeifen begrüßten sie Frau Nölle mit Handschlag und Diener. Jedenfalls unsere beiden. Die drei Thailänder reichten ihr verschüchtert ein schlaffes Händchen und starrten dabei zu Boden.

»Ihr wisst, dass ihr es nur mir zu verdanken habt, wenn ihr zu dieser Familie kommt?!« Frau Nölle blickte streng auf die Kinderschar. »Und alle eure neuen Sachen kommen von mir.«

»Ja, Frau Nölle, vielen Dank, wir wissen das sehr zu schätzen«, sagte ich schnell.

»Vielen, vielen Dank«, dienerte Tim ein bisschen zu übertrieben. Er hatte sich einen korrekten Seitenscheitel gezogen, und ich wusste nicht, ob er die gute Frau ein bisschen veräppelte. Zuzutrauen war es ihm.

»Sie sind wirklich eine ganz reizende Dame«, zirpte Lilli zuckersüß. Jon und ich mussten ganz schnell woandershin schauen, sonst hätten wir laut losgeprustet.

»Ja, voll nett«, echote schließlich Malie. »Können wir jetzt endlich reingehen?«

Wir drängten uns ins Schokoladenmuseum, und der junge Mann an der Kasse fragte irritiert, ob wir eine Familie seien und folglich eine Familienkarte erwerben wollten.

»Das geht alles auf Rechnung dieser Dame.« Jon zeigte auf Frau Nölle.

»Meine Schwiegermutter«, flüsterte ich zwinkernd. »Der absolute Volltreffer!«

Drinnen duftete es verführerisch, und wir begutachteten die Kupferkessel, aus denen flüssige Schokolade sprudelte. Von dem jungen Mann ließen wir uns erklären, wie sie hergestellt wurde.

Die Augen der Kinder wurden immer größer, als er uns in Aussicht stellte, am Ende davon probieren zu dürfen.

»Ich ertrag das nicht.« Frau Nölle fächerte sich Luft zu. »Von diesem süßlichen Geruch wird mir schlecht.«

Tatsächlich war sie ganz grün im Gesicht und tat mir fast ein bisschen leid.

»Ich muss gehen, Sie kommen allein zurecht?« Mit diesen Worten wankte sie davon und hielt sich ein Taschentuch vor den Mund.

»Mein Gott, was hat sie denn schon wieder?«

»Sie ist allergisch gegen Kinder«, erklärte Tim den anderen. »Sobald sie Kinder sieht, muss sie kotzen.«

»Tim!« Ich musste mir auf die Lippen beißen. »Sie war schon vorher sehr blass, findest du nicht?«, fragte ich Jon.

»Keine Ahnung, ich achte auf so was nicht. Mal hat sie mehr Schminke im Gesicht, mal weniger. Wie gesagt, im Grunde tut sie mir leid. Sie scheint einsam zu sein und will was Gutes tun.«

Bald saßen wir in der Cafeteria. Wieder fiel mir auf, dass die thailändischen Kinder an sich rafften, was sie nur kriegen konnten, während unsere beiden artig je ein Stück Schokolade vom Tablett nahmen, das der Museumsführer ihnen anbot. Malie machte sich die Taschen voll und riss der kleinen Araia ihre Ration aus den Händen. Kamon hortete auch, wenn auch verschämt heimlich.

»Die haben so viel nachzuholen.« Jon hatte sich einen Espresso bestellt und rührte nachdenklich darin.

»Aber ihnen wird doch schlecht!«

»Ich glaube, das ist denen egal. Sie denken nur an den Moment. Fressen oder gefressen werden.«

Ich schüttelte ungläubig den Kopf. »Eigentlich brauchen die alle eine Therapie«, mutmaßte ich.

»Pssst, Juliane. Sie kommen.«

»So, ihr Mäuse. Es regnet immer noch.« Unternehmungslustig sprang ich auf. »Was machen wir jetzt mit dem angebrochenen Nachmittag?« Ich wollte sie unauffällig von der Schokolade weglocken, sonst würden sie uns noch das Auto vollkotzen.

Wir standen unter dem Vordach des Schokoladenmuseums, und der alte Vater Rhein hatte Hochwasser. Allerlei Unrat trieb in seiner braunen Brühe.

»Mama?« Lilli zog mich flüsternd am Ärmel. »Sollen wir ihnen einfach unser Haus zeigen?«

»Aber das geht doch nicht, Schatz, Frau Nölle …«

»Frau Nölle kommt in die Hölle«, meinte Tim spitzbübisch und trat nach einem Stein.

»Tim!« Schon wieder musste ich mir das Lachen verbeißen. »So darfst du doch nicht …«

»Frau Nölle ist jedenfalls nicht hier«, stellte Jon grinsend fest. »Und was sie nicht weiß, macht sie nicht heiß.«

»Ihr meint, wir sollen einfach …« Ich sah auf die Uhr. Zwei Stunden hatten wir noch.

»AU JA!« Die drei Thailänder hüpften um uns herum. »Wir fahren zu euch nach Hause! Bitte! Nur mal gucken!«

»Okay, aber kein Wort zu Frau Nölle!«

»Wir versprechen es auf der Stelle!«

»Großes Indianerehrenwort!«

Unter großem Gejubel krabbelte die Bagage wieder ins Auto, und zwanzig Minuten später hielten wir vor unserer Garage. Das Tor öffnete sich automatisch.

»He, Leute, wir nehmen den Hintereingang – nur falls Frau Nölle uns nachspioniert!« Tim hatte den Spaß seines Lebens. Mit geduckten Köpfen schlichen wir in die Wohnung.

»Schuhe aus, Leute!«

Tim und Lilli konnten es nicht abwarten und eilten voraus.

»Meine Damen und Herren: Herzlich willkommen!« Lilli stand in Gastgeberinnenpose auf der Treppe und breitete stolz die Arme aus. »Bitte folgen Sie mir unauffällig!«

Nie werde ich die staunenden Augen meiner drei Pflegekinder vergessen, als sie andächtig unsere Räume abschritten. Zwar standen immer noch Kisten an den Wänden, und das Wohnzimmer war noch nicht wirklich wohnlich. Aber selbst in diesem Zustand war es heimeliger als alles, was sie je gesehen hatten. Mir wollten die Tränen kommen, als Araia sich an Malie klammerte, weil sie das Ganze hier für einen Traum hielt und fürchtete, jeden Moment wieder daraus zu erwachen.

»Und hier schlaft IHR.« Mit einladender Geste öffnete Lilli ihre ehemalige Zimmertür, und die beiden Mädchen hielten die Luft an, als sie den lichtdurchfluteten Raum mit den bauschigen Vorhängen und dem kuscheligen Teppich erspähten.

Tim hatte inzwischen Kamon in sein Zimmer geführt und moderierte jedes Regal und jedes Schrankfach an.

»Und das hier ist das Modell ›Birte‹, das hab ich unter Papas Anleitung ganz allein zusammengebaut! … Man muss nämlich mit dem Kreuzschraubenzieher, oder nee, Schlitzschraubenzieher …« Kamon starrte ihn überwältigt an.

»Oh, Mist, Viertel nach fünf!« Ich klatschte in die Hände. »Kinder! Aufbruch! Um sechs müsst ihr wieder im Heim sein!«

»Oh MENNO!« Malie warf sich frustriert auf den Fußboden. »IMMER müssen wir in dieses bescheuerte Scheißheim!«

»Malie, bitte. Bald könnt ihr hoffentlich hier einziehen. Aber jetzt müssen wir uns zusammenreißen.«

Kamon begann zu weinen. »Bitte bringt uns nicht mehr dahin zurück!«

»Ja, das ist eine verschissene Kackbude«, setzte Malie noch einen drauf.

»Kinder, eines sage ich euch gleich: Solche Worte benutzen wir hier nicht. Okay?«

»Sonst fällt das Haus in sich zusammen«, verkündete Jon.

»Ironie kennen die nicht«, mahnte ich ihn, als wir wieder im Auto saßen. »Überfordere sie nicht! Sie sollen uns jedes Wort glauben dürfen. Vertrauen ist das Allerwichtigste.«

»Du hast recht«, murmelte er, als wir die Aachener Straße runterfuhren und er bei Dunkelorange sportlich die Ampeln nahm. »Ich muss auch noch viel lernen im Umgang mit den drei beschädigten kleinen Seelen.«

»Versprich mir, dass wir immer sofort über alles offen reden.«

»Versprochen.« Er nahm meine Hand.

»Und nie beleidigt sind, wenn wir einander auf Fehler aufmerksam machen.«

»Ehrenwort.« Er lächelte.

Hatte ich nicht einen tollen Mann?

10

Köln, Sonntag, 22. Juli 2007

»Eigentlich hätten wir ja jetzt Sommerferien und könnten in Kroatien sein.«

»Jon.« Ich schüttelte tadelnd den Kopf. »Was soll das denn jetzt.«

»Ja, sorry. Tut mir leid.« Mein baumlanger Mann wanderte nervös im Wartezimmer des Zahnarztes auf und ab, der heute Notfalldienst hatte. Es war Sonntagmorgen, und wir hatten wieder einen Ausflug mit allen Kindern geplant. »Mitgehangen, mitgefangen. Ich weiß, ich weiß.«

Wer konnte auch ahnen, dass die kleine Araia, kaum dass wir sie und ihre Geschwister heute früh um neun wie vereinbart abgeholt hatten, im Auto jämmerlich weinen und sich die Backe reiben würde?

Sofort hatten wir kehrtgemacht und hatten von der diensthabenden Frau Wilke erfahren, dass Araia schon die ganze Nacht gejammert habe. »Vielleicht ist es die Aufregung, weil Sie heute die Kinder wieder holen. Vielleicht hat sie auch wirklich Zahnschmerzen. Wenn es schlimmer wird, sollten Sie zum zahnärztlichen Notdienst fahren!«

Kaum waren wir auf der Zoobrücke gewesen, hatte Araia nur noch lauter gejammert. Ich hatte die ganze Stadt durchtelefoniert, bis ich endlich die Auskunft erhalten hatte, dass der zahnärztliche Notdienst heute in Rodenkirchen sei.

So waren wir eine Stunde durch die Stadt gegondelt, und nun saßen wir hier.

Mit allen fünf Kindern. Während draußen strahlender Sonnenschein herrschte.

Der freundliche Zahnarzt bat mich mit ins Sprechzimmer, während Jon die restlichen Kinder im Wartezimmer bespaßte.

»Was hat sie denn?!«, fragte der nette Doktor.

»Das weiß ich nicht. Ich kenne das Kind ja kaum! Wir haben sie gerade aus dem Heim abgeholt und werden vielleicht ihre Pflegeeltern.«

»Und wo ist die Mutter?«

»Im Koma. Bei den Barmherzigen Schwestern.«

Bis ich dem guten Mann alle Zusammenhänge erklärt hatte, war noch mehr Zeit vergangen, in der die völlig verängstigte Araia ihr Jammern um weitere Dezibel hinaufgeschraubt hatte.

»Wo ist sie denn dann versichert?«

»Nächste Frage.«

»Und wie heißt ihre Mutter?«

»Sauerbier.«

Der Zahnarzt stutzte. »Humor haben Sie aber?!«

»Nee, echt. Die heißt Sauerbier.«

»Sollen wir an die die Rechnung schicken?«

»Nein, die ist ja im Koma. Die Rechnung geht an Frau Nölle.« Ha, dachte ich. Wenigstens das.

Schließlich musste Malie hereingebeten werden, damit sie ihre zappelnde Schwester festhielt.

»Ist das Kind denn noch nie beim Zahnarzt gewesen?«

»Keine Ahnung. – Malie?«

»Nein. Wir waren alle noch nicht beim Zahnarzt.«

»Ihr putzt auch überhaupt nicht die Zähne, was?« Der Arzt schüttelte missbilligend den Kopf.

Araia übertönte weitere mögliche Fragen mit schrillen Schreien und strampelte panisch mit den Beinen.

Es war ein Kraftakt, und ich war schweißgebadet und fast taub, als ich mit dem nun unter Beruhigungsmitteln stehenden Kind und der zitternden Malie wieder draußen war.

»Uff. Was machen wir jetzt?«

»War es so schlimm?« Lilli streichelte Araias schlaff herabhängende Hand. »Wir gehen immer zum Zahnarzt, da sind Karius und Baktus und …«

»Liebes, lass mal eben gut sein, ja?« Jon trug die Kleine behutsam zum Auto zurück. »Die steht ja völlig unter Schock.«

Der Zahnarzt hatte mir ein Rezept mitgegeben und gesagt: »Im Grunde hat sie nur Druckschmerzen unter einem Milchzahn, weil der richtige Zahn rauswill. Ich hätte ihr den Milchzahn problemlos ziehen können, aber so hat sich noch nie ein Kind gewehrt. Hat sie Gewalterfahrungen gemacht?«

Mir war eiskalt geworden. »Keine Ahnung! Ich kenne das Kind zu wenig, um Ihnen dazu Auskunft geben zu können … vielleicht beim nächsten Mal.«

»Malie, stimmt das, dass ihr noch nie beim Zahnarzt wart?«, fragte ich auf der Heimfahrt.

»Wir waren überhaupt noch nie beim Arzt. Dafür hatten wir überhaupt kein Geld.«

»Schon mal was von Krankenversicherung gehört?«, fragte Tim.

Ich schüttelte nur stumm den Kopf.

»Und ihr habt euch auch nie die Zähne geputzt?«

»Nö.« Sie baumelte mit den Beinen und guckte aus dem Fenster. »Wozu denn.«

Ich war entsetzt. Das war doch schon Verwahrlosung! Wie konnte Frau Nölle von »drei ganz normalen Kindern« sprechen?

Unsere kleinen Gäste hatten sich ein Willkommensessen

gewünscht, das ich schon weitestgehend vorgekocht hatte: Schnitzel, Kartoffeln, Salat und zum Nachtisch Schokoladenpudding mit Sahne. Zum Glück hatten sie sich nichts Thailändisches gewünscht, denn das hätten wir wohl heimlich beim Schnellimbiss geholt, und ich wollte doch unbedingt selber kochen.

Endlich saßen wir gemeinsam am Tisch. Wir hatten uns für einen ovalen Glastisch entschieden, der trotz seiner Größe das Esszimmer nicht erschlug. Die neuen bunten Holzstühle passten wirklich gut dazu. An den Wänden hingen nun große gerahmte Fotomotive von Strand, Meer, Palmen, aber auch von der Skyline Bangkoks. Außerdem hatte ich neue Zimmerpflanzen besorgt.

Die Kinder beachteten die liebevoll gestaltete Kulisse allerdings gar nicht, sondern schlangen wieder gierig das Essen in sich hinein. Sogar Araia, die gerade noch über starke Zahnschmerzen geklagt hatte.

Tim und Lilli aßen manierlich mit Messer und Gabel. Sie zuckten sichtlich zusammen, als sie die miserablen Tischmanieren Malies und Kamons wahrnahmen. Die beugten sich tief über ihre Teller. Statt das Schnitzel zu schneiden, rissen sie es mit den Zähnen von der Gabel.

»Ihr Lieben, wir nehmen euch nichts weg!« Lachend schob ich ihnen das Schälchen mit den Preiselbeeren hin. »Probiert das mal! Es ist auch noch mehr da!«

In diesem Moment wünschte ich mir nichts sehnlicher, als ihnen all das zurückzugeben, was sie bis jetzt an Fürsorge, Erziehung und Bildung nicht bekommen hatten. Sie konnten ja nichts dafür!

Nach dem Essen schickte ich die Kinder auf die Spielstraße und machte mich ans Aufräumen der Schlacht ums kalte Buffet.

Jon half mir. »Die haben nie erfahren, wie es ist, täglich zuverlässig eine warme Mahlzeit zu bekommen.« Nachdenklich schaute er aus dem Küchenfenster, wo die Mädchen inzwischen auf Stelzen herumwackelten. Kamon versuchte, auf Tims Fahrrad zu fahren, was ihm nicht gelang. Er trudelte jämmerlich und fiel um, sosehr Tim sich auch bemühte, ihn festzuhalten. Die Kleine saß apathisch im Sandkasten und starrte nur auf das wilde Treiben.

»Die haben noch nie so richtig gespielt«, sagte ich.

»Da kommt ein hartes Stück Arbeit auf uns zu.«

»Kneifst du etwa?« Lachend schlug ich ihm das Küchenhandtuch um die Ohren. »Mein baumstarker Bär, für den Frau Nölle heimlich schwärmt?«

»Nein, ich kneife nicht. Ich hab dir versprochen, dass ich das hier mit dir durchziehe, und das halte ich auch.«

Als wir später etwas verfrüht auf dem Rückweg ins Heim waren, kam mir eine Idee.

»He, was haltet ihr davon, wenn ihr uns jetzt EURE Wohngegend zeigt? Schließlich haben wir euch auch gezeigt, wo WIR wohnen.« Ich sah Jon von der Seite an. »Das ist nur fair!«

Die thailändischen Kinder hatten unsere heile Welt kaum ertragen, wegen Kleinigkeiten angefangen zu heulen, weshalb wir sie ins Auto gepackt hatten. Tapetenwechsel.

»Geht sich ein Abstecher über Chorweiler noch aus?«

Blick auf die Uhr: Ja.

Als wir die Venloer Straße stadtauswärts fuhren, wurden Malie und Kamon auf ihren Rücksitzen plötzlich lebendig. Wir erreichten eine ziemlich gruselige Schrebergartensiedlung, und Jon fuhr langsamer.

»Hier links rein!«, schrie Malie ganz aufgeregt.

»Links?«, fragte Jon, da links nur ein trostloser Acker war.

Wir tuckerten über unbefestigte Straßen und Wege.

»Hier haben wir gewohnt!«, rief Kamon.

Ein Trecker tuckerte am Horizont über ein Feld, sonst lag alles verlassen da in der sommerlichen Hitze.

»Hier? Aber da ist ja nur ein abgebranntes Haus.«

Schwarze Balken ragten aus einem Schutthaufen, und ich hätte schwören können, ein paar Ratten darin herumwuseln zu sehen.

»Noch 'n Stück weiter!«

»HIER habt ihr gewohnt?«, fragte Tim entsetzt. Lilli schwieg und starrte aus dem Fenster, als sähe sie einen Gruselfilm.

Vor einem verkommenen Schrebergartenhaus werkelte ein alter Mann herum.

»Da ist der Schmitz«, sagte Kamon und begann, auf seinen Fäusten zu kauen.

»Sollen wir dem Herrn Schmitz Hallo sagen?« Ich ließ schon die Scheibe hinunter.

»Nein!«, gellte es von hinten.

»Ja, aber warum denn nicht?«, fragte Jon. »War das euer Nachbar?«

»Der ist ein Scheißarsch!«

»Also bitte, Kamon!«

»Hat der euch nicht ins Heim gebracht?«

Verstörte Mienen, verschränkte Arme. »Los, fahr weiter!«, blaffte Malie.

»Okay, verstanden, kein Herr Schmitz.« Jon wendete auf einem unbefestigten Stück Feld. »Das war ja alles ziemlich naturnah hier.«

»Das war eine Scheißidee, ich will hier weg, sonst muss ich an die Mama denken!«, jammerte Kamon.

»Halt die Fresse, du Wichser«, zischte Malie.

Araia hatte die Augen zugekniffen und hielt sich beide Ohren zu – wie bei unserer ersten Begegnung.

»Kinder, wir haben Regeln: NICHT in diesem TON«.

Jon strebte schon wieder der Venloer Straße entgegen.

»Gut, Kinder, wollt ihr uns noch eure Schule zeigen?«

Malie dirigierte ihn hin. Es war ziemlich weit über endlose Landstraßen und menschenleere Kreuzungen, an denen einsame Jesusfiguren an Kreuzen hingen. Schließlich zeigte sie auf eine alte Landschule aus rotem Backstein. »Hier. Aber Herr Bertram ist scheiße. Der mag mich nicht.«

»Wieso mag der dich nicht, Malie?«

»Der ist gemein zu mir, glaubt mir nicht und ist voll rassistisch.«

»Aber, Malie.«

»Und hier …«, sie zeigte auf einen schäbigen vergitterten Kiosk, »hier hab ich mir immer mein Frühstück gekauft.«

»Was denn, Malie?«

»Chips!«

»Wie, nur Chips?«

»Chips und Cola.«

»Und was gab's als Mittagessen?«

»Auch Chips und Cola. Aber das musste bis zum nächsten Tag reichen.« Malie sah zum Fenster hinaus. »Oder bis zum übernächsten.«

»Hat eure Mama denn nicht gekocht?«

»Nö. Die war ja meist nicht da.«

»Wo war sie denn?«

Achselzucken. Armverschränken.

»Und du, Kamon?«

»Ich war auf der Grundschule. Aber da will ich auch nicht mehr hin.«

»Und du, Araia?«

»Ich war im Kindergarten, da war es voll schön.« Araia kaute auf einem Tuch, das ich ihr gegeben hatte. »Die Tanten waren immer voll nett. Am liebsten wäre ich für immer bei denen geblieben.«

»Aber jetzt hast du ja uns«, sagte Lilli und legte ihre Hand auf Araias.

»Wir müssen zurück ins Heim«, befand Jon, legte den dritten Gang ein und gab Gas.

11

Köln, Donnerstag, 26. Juli 2007

Die ersten Treffen mit den Kindern waren schon ein kleiner Kulturschock für uns gewesen. Jon und ich hatten lange darüber gesprochen, dass wir diesen Kindern mit großer Geduld und Liebe entgegenkommen wollten. Für ihre offensichtliche Verwahrlosung konnten sie ja nichts! Sie waren viel zu früh aus einem ohnehin maroden Nest gefallen, diese drei kleinen Vögelchen. Und es war für uns völlig selbstverständlich, sie ohne Wenn und Aber bei uns aufzunehmen.

Wir kamen überhaupt nicht auf die Idee, uns zu fragen, ob wir das uns und vor allen Dingen Tim und Lilli zumuten durften. Unsere Einstellung war: Wir haben es so gut! Und wir teilen unser Glück mit denen, die es nicht so gut haben. Das ist doch nur fair!

Hätte ich damals schon gewusst, was noch alles auf uns zukommen sollte, hätte ich vielleicht die Notbremse gezogen, aber so fieberten wir dem Einzug der Kinder regelrecht entgegen.

Frau Nölle bremste uns immer noch aus und bestand auf der Einhaltung der »Anbahnungsphase«. »Denn später gibt es kein Zurück mehr, Frau Bressin! Nehmen Sie sich Zeit!«

Als ich sie vorsichtig nach einer begleitenden Therapie für die drei fragte, reagierte sie ziemlich wütend. »Integration in Ihre Familie ist das Einzige, das wir ihnen jetzt zumuten dürfen. Alles andere schießt weit übers Ziel hinaus!«

Das erste Übernachtungswochenende stand bevor. Frau Nölle hatte sich erweichen lassen, uns den Montag dazuzugeben. Schließlich waren Ferien.

Bevor es so weit war, wollte ich ihnen unsere Regeln mitteilen, am besten schriftlich, damit keine Missverständnisse auftreten konnten. Jon hatte Nachtdienst, und so saß ich am Abend vor ihrer Ankunft allein im Wohnzimmer und hackte das pädagogisch wertvolle Regelwerk in den Laptop.

»*Unser Zusammenleben findet in einer respektvollen, freundlichen Atmosphäre statt. Bei uns herrscht eine offene Gesprächskultur, in der die Meinungen jedes Einzelnen respektiert werden.*«

Ich nahm einen Schluck Wein. War das nicht alles viel zu theoretisch? An der Pädagogischen Hochschule war das unser Vokabular gewesen, aber war das kindgerecht?

»*Die Klärung von Unstimmigkeiten und Konflikten erfolgt durch Gespräche und Diskussionen. Jeder soll lernen, Verantwortung für sein Handeln zu übernehmen.*«

Die Kinder würden gar nichts damit anfangen können. Aber Frau Nölle wollte ich das so vorlegen. Sie wollte doch immer alles schriftlich. Wir waren Profis, und wir nahmen die Sache ernst.

»*Kinder brauchen für eine gesunde seelische Entwicklung Bewegung*«, schrieb ich eifrig weiter. »*Bei den Pflegekindern fällt auf, wie wenig Erfahrung sie damit haben: Der zehnjährige Kamon kann noch nicht Fahrrad fahren, alle drei Kinder können nicht schwimmen. Deswegen legen wir Wert darauf, dass die Kinder sich in verschiedenen Bereichen ausprobieren und bis an ihre Grenzen gehen dürfen. Das erfordert Mut. Aber dadurch wächst ein gesundes Selbstbewusstsein. Deswegen möchten wir die Kinder so schnell wie möglich in verschiedenen Sportvereinen anmelden. Dazu brauchen wir dringend die Genehmigung des Vormunds, um die wir hiermit ersuchen. Auch Musik ist förderlich für die Entwicklung einer gesunden …*«

Ich ließ die Hände sinken. Musikalische Frühförderung. Das lag alles so fern! Die Kinder konnten noch nicht mal die einfachsten Dinge. Sie waren verängstigt und unterernährt, misstrauisch und raffgierig, ihr Sozialverhalten war kaum ausgeprägt!

»*Ernährung*«, wechselte ich rasch das Thema. Ich wollte gar nicht darüber nachdenken, was diese Kinder bisher an Vernachlässigung erfahren hatten.

»*Gut essen gehört zu den schönsten Dingen des Lebens. Wir wollen uns regelmäßig und gesund ernähren. Wir essen viel Salat, Rohkost und Vollkornprodukte. Wir trinken viel Wasser, Tee und Säfte. Nicht so gern trinken wir Cola, wir essen auch nicht so gern Fett und Zucker. Wir kaufen uns keine Fertignahrung am Kiosk. Dafür bekommen wir jeden Morgen ein gesundes Frühstück mit in die Schule, bestehend aus Vollkornprodukten und Obst. Tiere*«, lautete mein nächster Punkt. »*Wir respektieren Socke. Wenn sie im Körbchen liegt, will sie in Ruhe gelassen werden. Sie darf auch nicht mit Essensresten gefüttert werden.*«

Vielleicht sollte ich die Regeln für die Kinder lieber in kleinen Zeichnungen zuammenfassen? Damit konnte ich sie besser erreichen. Aber das würde ich später machen.

»*Haushalt: Alles, was man sich nimmt, räumt man wieder an seinen Platz zurück. Jeder macht sein Bett selbst und räumt seine Sachen auf. Die Schmutzwäsche kommt in den Wäschekorb. Ich freue mich, wenn jemand im Haushalt hilft oder zum Einkaufen geht.*«

So, was noch?

»*Nachbarn*«, fuhr ich fort. »*Wenn möglich, solltet ihr unsere Nachbarn immer höflich grüßen, denn sie sind alle sehr nett. Sie wissen, dass wir euch bei uns aufgenommen haben, und sind auch schon ein wenig neugierig. Deshalb sollte man sich draußen vor dem Haus gut benehmen.*«

So bastelte ich völlig theoretisch an unserer heilen Welt, als ich Jon zu später Stunde nach Hause kommen hörte. Er zog die Schuhe aus, bevor er mit langen Schritten ins Wohnzimmer kam, sich zu mir hinunterbeugte und mich küsste. Er warf einen Blick auf mein Geschreibsel und zog die Stirn in Falten.

»Sammelst du wieder Fleißkärtchen bei Frau Nölle?«

»Diese Regeln sind sehr gut«, verteidigte ich mich. »Wir haben mit dem nächsten Wochenende die letzte Prüfung zu bestehen, und ich denke ...«

Jon überflog die Zeilen auf dem Bildschirm, während er aus meinem Weinglas trank.

»... es hängt doch viel davon ab, denn nach diesem Probewochenende sollten wir uns mit Herrn Falke, Frau Wilke, Frau Nölle und den Kindern zusammensetzen und klären, wann die drei bei uns einziehen können.«

»Streberin!« Er schüttelte grinsend den Kopf. »Die Kinder wollen einziehen, und die Nölle ist froh, wenn sie das Thema von der Backe hat.«

»Nicht gut?« Enttäuscht lehnte ich mich zurück.

»Schleim dich bei der Nölle nicht so ein!«

»Aber sie zahlt doch alles und will immer einen perfekten Bericht ...«

»Wenn's dir Freude macht.« Jon ließ sich neben mich auf das Sofa fallen und legte mein Bein auf seinen Schoß. Er begann, meinen Fuß zu massieren. »Juliane. Du bist so unglaublich verkrampft in deinem Bemühen, alles richtig zu machen. Glaubst du nicht, dass die olle Nölle das voll durchschaut?«

»Darum geht es doch gar nicht. Es geht um die Kinder, und da möchte ich natürlich alles richtig machen!«

»Juliane. Liebes.« Jon strich mir eine Strähne aus dem Gesicht. »Es geht auch um uns. Um Tim und Lilli. Bist du ganz sicher, dass du das alles auf dich nehmen willst?«

»Aber, Jon! Das haben wir doch längst besprochen! Die Kinder freuen sich doch, und ich möchte diese Aufabe wirklich gern übernehmen. Du hast doch auch schon Ja gesagt … oder hab ich dir die Sache aufgedrängt? Jon?« Ich tippte gegen seine Brust. »Du machst doch jetzt keinen Rückzieher?« Enttäuscht zog ich meine Hand weg. »So kenn ich dich gar nicht!«

Er zögerte. »Die Nölle hat schon recht mit ihrer übervorsichtigen Anbahnungsstrategie. Wenn die Kinder erst mal hier eingezogen sind, gibt es kein Zurück mehr. Deshalb sollten wir uns darüber im Klaren sein, dass wir jetzt eine sehr folgenschwere Entscheidung treffen!«

Energisch schüttelte ich den Kopf. »Jetzt, wo wir die drei kennengelernt haben – wie könnten wir sie da noch im Stich lassen?«

»Dann ist das letzte Wort also gesprochen«, sagte Jon feierlich.

Ich schmiegte mich an ihn. Und besiegelte das Ganze mit einem Kuss.

12

Freitag, 27. Juli 2007

»Wir haben eine klitzekleine Überraschung für euch!«

Die kleinen Thailänder hatten mit ihren Übernachtungs-Plastiktüten bereits an der Tür des Heimes auf uns gewartet und sich atemlos auf uns gestürmt. Es war Punkt zehn.

»Was denn? Was denn?«

Im Nu hatten sie sich angeschnallt.

»Wir fahren jetzt ...« Ich weidete mich an ihren neugierig glänzenden Augen. »Wir fahren jetzt in ein Zoogeschäft, und dann darf sich jeder von euch einen eigenen Fisch aussuchen!«

»Au ja, au ja!« Araia klatschte in die winzigen Hände und strampelte vor Freude mit den Beinen. »Einen eigenen Fisch!«

»Ja, die dürfen mit euch bei uns einziehen. Und ihr habt dann gleich ein kleines Lebewesen, um das ihr euch kümmern könnt.«

Als wir eine Stunde später mit der aufgeregten Bande vor unserer Haustür standen, hatte jedes Kind eine Plastiktüte mit einem eigenen Fisch in den Händen, und gemeinsam ließen wir sie in unserem Aquarium zu Wasser.

»Das war eine tolle Idee, Juliane!« Jon strich mir zärtlich über die Wange, während die Kinder andächtig ihre Fische betrachteten, die sich in ihrer neuen Umgebung offensichtlich schon wohlfühlten.

Mit feuchten Augen sah ich meinen Göttergatten an:

»Hoffentlich geht es mit den Kleinen so einfach wie mit den Fischen!«

»Träum weiter, Juliane.« Jons Mundwinkel zuckten belustigt. Er klatschte in die Hände: »Okay, meine Damen und Herren, wenn Sie mir jetzt bitte zum Probeliegen folgen würden!«

Lilli führte die »Herrschaften«, stolz wie eine Hotelbesitzerin, in ihre neuen Zimmer, und wieder genoss ich den Augenblick sehr, als unsere drei Neuankömmlinge ihre liebevoll eingerichteten Zimmer in Augenschein nahmen. Ich hatte jedem Kind ein Kuscheltier aufs Kopfkissen gelegt, denn sie hatten selber keine, außerdem gab es für alle nagelneue Fleecedecken zum Reinkuscheln. Für Malie eine in Rot, für Araia eine in Gelb und für Kamon eine in Blau. Während die Kinder sehr ernsthaft Probe lagen und Tim mit Lilli die Szene von Loriot im Schlafzimmergeschäft nachspielte – »meine Frau nimmt Tee und Gebäck, wenn sie erwacht« –, bereitete ich eine riesengroße Pizza und Obstsalat vor. Wieder verputzten unsere Neuzugänge alles im Nu.

»Wo lassen die das bloß?«, raunte Jon mir zu. »Hast du gesehen, wie Araia sich die Backen vollgestopft hat?«

»Pssst!«, machte ich. »Sie fühlen sich wie im Paradies, und ich freue mich mit ihnen!«

Nach dem Essen bat ich Malie, mir beim Abräumen zu helfen, was sie auch eifrig tat, während die Kleinen auf der Spielstraße Ball spielten.

»Ich hab euch Zahnbürsten gekauft«, sagte ich leichthin. »Jeder hat einen eigenen Zahnputzbecher mit seinem Namen drauf.«

»Geil«, sagte Malie.

»Und eine Eieruhr. Die zeigt dir an, wie lange du putzen sollst.«

»Okay.«

»Wirst du das auch machen, oder soll ich es dir zeigen?«

»Das kann ich schon alleine.«

»Na, dann ist es ja gut.«

Jon kam gut gelaunt pfeifend in die Küche, wozu er wie immer den Kopf einziehen musste.

»Wie sieht's aus, Große, würdest du mit mir zum Einkaufen in den Biomarkt fahren?«

»Echt? Darf ich?« Malie war begeistert. Sie durfte im Van vorne sitzen und im Supermarkt ihre Lieblingslebensmittel in den Einkaufswagen legen.

Völlig erschlagen vom gigantischen Warenangebot, kamen sie nach zwei Stunden zurück. Ihr Blick war leer, und sie ließ sich erschöpft auf einen Stuhl fallen.

»Boah ey. Das war ja voll Hammer, voll geil!«

»Der Supermarkt war also gut bestückt?«

Ich räumte die Kisten aus, die Jon hereinschleppte. »Was hast du denn für dich und deine Geschwister ausgesucht?«

»Boah eh, keine Ahnung, das war ja voll der krasse Scheiß.«

»Liebes, wir benutzen solche Wörter nicht.« Ich ging vor ihr in die Hocke: »Sag doch zum Beispiel: ›Die Auswahl war total groß.‹«

»Hä? Was willst DU denn?«

Ups. Da war ich wohl etwas zu schnell vorgeprescht mit meinen gut gemeinten Erziehungsversuchen. Ich ließ es auf sich beruhen. Und entdeckte ziemlich schnell, was sie sich ausgesucht hatte: Chips und Cola in rauen Mengen.

»Du magst das, nicht wahr?« Ich verstaute das Zeug ganz hinten im Vorratsschrank.

Sie zuckte mit den Schultern. »Das essen wir halt immer.«

Ich sah sie besorgt an. »Aber ihr müsst doch auch mal was anderes gegessen haben als dieses Zeug mit den Geschmacksverstärkern und dem versteckten Zucker!«

»Also, das war so«, Malie zog einen Kaugummi lang und hängte die Beine über die Stuhllehne. Dabei erinnerte sie mich ein bisschen an Pippi Langstrumpf, und ich wollte auf keinen Fall diese humorlose Lehrerin Fräulein Prüsseline sein.

»Erzähl!«, sagte ich und haute mich ebenfalls lässig aufs Sofa. »Wie war das?«

»Manchmal hatte die Mama Geld. Dann sind wir einkaufen gegangen. Aber nur zum Büdchen.«

»Zum Büdchen? Du meinst den Kiosk an der Bushaltestelle.«

»Ja, das habe ich euch doch gezeigt. Da haben wir dann alles gekauft, was wir wollten. Und was wir tragen konnten.«

»Und wenn die Mama kein Geld hatte?«

»Dann haben wir eben nix gekauft.« Sie wandte mir ihr spitzbübisches Gesicht zu. »Aber manchmal hab ich uns auch was organisiert.«

»Wie … organisiert?«

Sie machte eine typische Handbewegung. »So halt. Zack und weg.«

»Du hast Sachen ge…«

»…klaut. Bleib mal locker, eh. Aber nur manchmal. Wenn wir echt nix mehr zu fressen hatten. Meist ist die Mama zum Herrn Schmitz, und der hat ihr dann Geld gegeben.«

»War Herr Schmitz nicht der Mann, der in seinem Schrebergarten gearbeitet hat und dem ihr nicht Hallo sagen wolltet? Der euch im Heim abgegeben hat?«

Sie schwang die Beine zurück auf die Erde und vergrub ihren Kopf zwischen den Armen.

Ich tippte ihr leicht an die Schulter: »Hallo? Jemand zu Hause?« Ich wollte Schmitz-technisch nicht weiter in sie dringen und versuchte deshalb, ihr zu erklären, warum wir uns noch von anderen Sachen als von Chips und Cola ernährten.

»Schau, wir haben hier ein Vollkornbrot.« Schon machte ich mich an Schubladen und Türen zu schaffen. »Und hier sind verschiedene frische Kräuter, hier das frische Gemüse und dort im Kühlschrank verschiedene Aufstriche. Hast du Lust, mit mir das Abendessen vorzubereiten?«

Sie erhob sich zwar ächzend, aber doch willig, und klebte den Kaugummi erst unter den Stuhl, warf ihn aber dann bereitwillig in den Küchenabfalleimer.

Gemeinsam bereiteten wir eine riesige Platte mit Schnittchen vor, bunt verziert mit Gürkchen, hart gekochten Eiern, Tomaten, Paprika und Fenchel.

Dann rührte ich einen Dip aus Quark, Sahne und Kräutern zusammen. Malie saß auf der Küchenanrichte und stippte den Finger hinein, um ihn genüsslich abzulecken.

»Süße, bitte nimm einen Löffel und einen kleinen Probierteller – schau, so.« Ich stellte ihr beides hin. »Die anderen wollen ja auch noch davon essen.«

Das war verlorene Liebesmüh, das verstand sie gar nicht. Auch von den Broten klaute sie heißhungrig Käse und Wurst, und den Eiern konnte sie schon gar nicht widerstehen.

Obwohl ich ihr am liebsten die Arme festgehalten hätte, um ihr deutlich zu machen, dass wir uns in diesem Haus manierlich benahmen – so, wie ich das bei Lilli und Tim getan hätte –, versuchte ich immer wieder, mich in diese kleine verlorene Seele hineinzuversetzen.

»Das kennst du alles nicht, nein?«

»Nä!« Sie schmatzte und schluckte. »Das haben wir alles nie gehabt.«

Wie konnte das sein, dass in Deutschland noch Kinder hungerten? Beim Abendessen stopften sich die Kinder sogar die Jackentaschen mit Broten voll. Ihr Vertrauen in die Welt war gleich null.

Es brach mir das Herz. Aber sie würden schon noch merken, dass es bei uns zuverlässig dreimal am Tag was Leckeres zu essen gab, sodass sie nichts horten mussten.

Am nächsten Tag gingen wir mit Freunden und deren Kindern zum Bowling. Unsere drei Neuen hatten einen Riesenspaß und machten ihre Sache gut.

»Woher könnt ihr das denn?«, fragte ich überrascht.

»Das haben wir noch nie gemacht!«

»Donnerwetter, ihr seid ja Naturtalente!«

Für die Gewinner hatten Jon und ich schon zu Hause kleine Tütchen mit Naschereien vorbereitet – für die Verlierer natürlich auch. Kaum hatten die Kinder die Päckchen in den Händen, rissen sie die Verpackung auf, ließen Papier und Schleife achtlos zu Boden fallen und stopften alles auf einmal in sich hinein: Gummibärchen, Colafläschchen, Lakritzschnecken, Karamellbonbons und kleine Schokolädchen. Die Backen waren hamsterdick. Lachend überspielte ich das Ganze vor unseren Freunden, während Lilli und Tim sorgfältig einzelne Leckereien auswählten und sich diese genüsslich auf der Zunge zergehen ließen. Den Rest würden sie gelassen mit nach Hause nehmen. Sie wussten ja, dass man ihnen nichts wegnehmen würde.

Jon, unsere Freunde und ich wechselten mehr als nur einen Blick des Erstaunens, aber auch Blicke reinen Mitleids.

Als Socke zu uns gekommen war, hatte sie auch in panischer Angst ihr Fressen ins Maul genommen und schnell in ein Versteck getragen. Damals musste ich täglich hinterm Sofa staubsaugen. Auch der kleine Hund musste schon die Erfahrung gemacht haben, dass man ihm sein Fressen wegnahm, wenn er es nicht sofort in Sicherheit brachte. Und so war es mit den Kindern wohl auch.

Es wurde Sonntag.

»Und: Vorwärts – rückwärts – seitwärts ran! Und eins und zwei …« Unter Tims und Lillis begeistertem Kommando marschierten wir durch die Sauerländer Natur, bevor wir schließlich ein Picknick auf der Wiese veranstalteten. Vorsorglich hatte ich zwanzig belegte Körnerbrötchen, sieben Laugenbrezeln, eine Packung mit zwanzig hart gekochten Eiern, sieben Schokoladenmuffins, sieben Äpfel und sieben Wasserflaschen eingepackt. Für den Notfall waren sogar noch zwei Großpackungen mit Vollkornkeksen im Rucksack. Kein einziger Krümel war übrig, als ich eine Stunde später die Decke ausschüttelte!

Weil es heiß war, erlaubten wir den Kindern, ein wenig im nahe gelegenen See zu planschen, aber nur bis zu den Waden, da wir ja offiziell keine Badeerlaubnis hatten und die Drei anscheinend nicht schwimmen konnten. Am Ufer war es ein wenig rutschig. Obwohl Lilli schon mehrere Schwimmabzeichen hatte, rief sie:

»Malie, kannst du mich halten? Gibst du mir die Hand?«

Ich kannte mein Kind. Sie wollte Malie das Gefühl geben, gebraucht zu werden. Malie gab ihr auch die Hand, aber als Lilli ins Straucheln geriet, ließ sie plötzlich los. Ich betrachtete die ganze Szene mit einer Mischung aus Entsetzen und Belustigung.

Denn Lilli fiel zwar ins Tiefe, lieferte sogar eine reife schauspielerische Leistung, indem sie sich untergehen ließ und strampelte, aber im Ernstfall hätte Malie ihr nicht mehr helfen können.

Oder ihr sogar … nicht mehr helfen wollen?! Diese Erkenntnis schnürte mir die Kehle zu.

Lilli kam mühelos ans Ufer zurückgeschwommen, schüttelte sich genüsslich wie ein junger Hund und ließ sich von mir mit einem flauschigen Handtuch abrubbeln. Zu Malie sagte ich kein Wort, sah aber, wie sie diese zärtliche Geste zwischen Mutter und Tochter mit zusammengekniffenen Augen beobachtete. Lag Hass in ihrem Blick? Neid? Oder einfach nur die Verwunderung darüber, dass es so etwas gab? Hatte ihre Mutter sie je liebevoll in den Arm genommen? Oder wäre sie für so einen »Ausrutscher« brutal von ihr verprügelt worden? Ich konnte es mir einfach nicht vorstellen. Was hatte dieses Kind alles schon erlebt, und welche Risse in seiner Seele würden wir reparieren müssen? Brauchte sie nicht eine Therapie, damit sie ihre Defizite behutsam unter professioneller Leitung aufarbeiten konnte? Alleine würde ich das nicht stemmen können. Ich würde Frau Nölle damit noch mal auf die Nerven gehen müssen. Doch im Moment verdrängte ich dieses Erlebnis und hakte es ab: Kinder sind oft unberechenbar, und es war ja nichts passiert. Und hätte Frau Nölle erfahren, dass wir die Kinder ins Wasser gelassen hatten, wären wir unsere Pflegschaft auf der Stelle wieder los gewesen.

Später machte ich mit Malie und Socke noch einen ausgiebigen Spaziergang im Stadtwald, während die Kleinen unter Jons Aufsicht im Garten spielten. Es hatte sich bereits herauskristallisiert, dass Kamon sich an Tim hielt und Lilli sich um Araia kümmerte. Mir blieb Malie – wie ich es bereits erwartet hatte.

Ich wusste, dass Malie die größte Herausforderung sein würde, aber Jon und ich waren schließlich Profis! Und als solcher wollte ich die Sache mit dem Loslassen im tiefen Wasser doch noch zur Sprache bringen: Kinder brauchen schließlich Grenzen.

»Sag mal, Malie, hast du das vorhin mit Absicht gemacht?«

»Was?!« Sie stopfte die Hände in die Jogginghosentaschen, und ihre Augen wurden genauso schmal wie ihre Lippen.

»Dass du Lilli losgelassen hast.« Ich kickte beiläufig einen Stein zur Seite.

»Hab ich doch gar nicht!«

»Doch, hast du. Ich hab's genau gesehen.«

»Das stimmt nicht, sie hat sich von mir losgerissen!«

»Und ist ins Tiefe gefallen.«

»Na und? Ist doch nicht mein Problem!«

»Finde ich doch, Malie. Wenn wir von nun an eine Familie sein wollen, müssen wir uns umeinander kümmern. Und aufeinander aufpassen.«

Sie trat ebenfalls gegen einen Stein, aber so fest, dass er fast einem vorbeifahrenden Radfahrer in die Speichen gekommen wäre. Der drehte sich um und brüllte eine Beschimpfung in unsere Richtung.

»Immer muss ich auf alle aufpassen. Das ist so ungerecht und so voll scheiße!«

»Malie!« Ich zog sie an den Wegesrand und sah ihr in die Augen. »Du bist ein Kind, und wenn ihr drei in unsere Familie kommt, ist es MEINE Aufgabe, auf euch aufzupassen. So was macht eine Mutter. Hat das deine Mutter denn nie gemacht?«

»Die hatte keine Zeit.«

»Ja, was hat sie denn gemacht den ganzen Tag?«

Malie schwieg, riss sich los und stapfte weiter, den Kopf gesenkt und das Gesicht hinter einem Vorhang aus schwarzen Haaren verborgen.

Ich eilte hinter ihr her.

»Hat die Mama denn nicht mit euch gespielt?«

»Quatsch. Wie denn.«

Wütende Schritte. Ich sah, wie sich ihr krummer Rücken unter ihrem T-Shirt abzeichnete.

»Manchmal. Aber meist hat sie mit uns geschimpft und uns gehauen.«

»Aber weshalb denn?!«

»Können wir über was anderes sprechen?« Sie blieb abrupt stehen, sah mich von der Seite an. »Das nervt voll. Ich hab keinen Bock auf das Thema.«

»Schade«, sagte ich und warf Socke ein Stöckchen. Das Tier

hechtete begeistert hinterher. »Ich wollte nämlich gerade fragen, wann wir eure Mama besuchen gehen.«

Sie erstarrte. Und stampfte mit dem Fuß auf.

»Eh, vergiss es!«

»Warum willst du sie nicht besuchen?«

»Scheiße, eh, kein Bock, eh!«

»Vielleicht wartet sie darauf! Sie würde sich freuen, da bin ich mir sicher.«

»Quatsch, die merkt eh nichts mehr!«

»Woher willst du das wissen?«

»Keine Ahnung, Mann!« Ihr kleiner Körper war pure Aggression. »Lass mich in Ruhe, eh!«

Rasch schwenkte ich um und erzählte ihr eine Geschichte aus meiner Kindheit. Irgendeinen Streich, den ich einer Nachbarin als einziges Mädchen mit vier Brüdern gespielt hatte. Irgendwas Harmloses, das sie auf andere Gedanken brachte.

»Alle vier Brüder haben einen Namen mit Bert: Albert, Herbert, Robert und Norbert. Und wenn ich ein Junge geworden wäre, hieße ich Engelbert«, versuchte ich, sie aufzuheitern.

»Echt? Ich will auch vier Brüder! Wie geil ist das denn!« Sie sah mich von der Seite an. »Die haben dich bestimmt verteidigt.«

»Ja. Meistens. Manchmal haben sie mich auch geärgert.«

»Was haben die dann mit dir gemacht?«

»Keine Ahnung … an den Haaren gezogen. Ich hatte schon immer so eine wirre Mähne, die sich nicht bändigen ließ …«

»Und was noch?«

Worauf wollte sie hinaus?

»Sachen versteckt und so.«

»Haben sie dich geschlagen?«

Uff. »Nicht wirklich, höchstens mal ein bisschen geknufft, aber es hat nicht wehgetan. Ich hab dann trotzdem immer besonders laut geheult, damit meine Mama kommt und mich tröstet.«

»Und, ist sie dann gekommen?«

»Ja natürlich. Dafür ist eine Mama doch da! – Warum fragst du, Malie?«

»Also nicht mit dem Stock, dem Gürtel oder dem Stuhlbein oder so?«

»Nein! Natürlich nicht!« Mir schwante Fürchterliches. Hatte Malie solche Erfahrungen gemacht?

Sie waren so kleine, zarte Kinder! Welche Mutter konnte ihren eigenen Kindern so etwas antun! Welch schreckliches Geheimnis hatte Malie tief in ihrer Seele vergraben?

»Schau, Malie, was hat Socke denn da im Maul? He, du Streunerin, gib das her …«

Ich musste dieses Gespräch erst mal verdauen. Malie hatte eindeutig Gewalterfahrungen. Hatte sie versucht, ihre Geschwister zu beschützen? Bestimmt! Wie viel Verantwortung lastete auf dieser Seele? Ich spürte, dass ich sie nicht direkt danach fragen durfte. Dann machte Malie zu, wurde verstockt und auch böse. Malie musste Vertrauen zu mir fassen. Ich durfte sie nicht mit solchen Fragen in die Enge treiben. Sie war ein Kind. Ein überfordertes emotional unterkühltes Kind. Und ich wollte sie mit all meiner Mutterliebe auftauen, wärmen und trösten. Wie gut, dass Jon an meiner Seite war.

13

Köln, Montag, 30. Juli 2007

»Hallo, Frau Wilke, sind Sie immer noch im Dienst oder schon wieder?«

Ich versuchte zu scherzen, als wir die Kinder am Montagabend wieder im Heim abgaben. Sie heulten und schrien, hatten sich wohl auch in die Hose gemacht, sodass ich die Sitze würde reinigen müssen.

»Wie kann ich Frau Nölle davon überzeugen, dass sie dringend einen Therapieplatz brauchen?«, fragte ich Frau Wilke, doch die hatte ihrerseits etwas auf dem Herzen.

»Frau Bressin, haben Sie eine Minute?« Frau Wilke schob sich ihre inzwischen lila gefärbte lange Strähne hinters Ohr und wies mir den Weg ins bereits bekannte Büro. »Wie war's?«

»Eigentlich ganz gut. Malie zeigt Auffälligkeiten, ich fürchte, sie hat wirklich massive Gewalterfahrungen! Die Kleinen sind süß und haben schon Vertrauen gefasst. Aber die haben ja auch je eines von meinen Kindern, die sich um sie kümmern und sie bespaßen.«

Ich versuchte ein heiteres Lachen, das leider aufgesetzt klang.

Frau Wilke spielte mit ihrem überlangen Ohrring.

»Waren Sie auch einkaufen?«

»Ja klar. Jon hat Malie mit in den Großmarkt genommen, sie war ganz überwältigt …«

Frau Wilke nahm das Ohrgehänge raus, sah es prüfend an und steckte es wieder rein.

»Wir versuchen hier, die Kids mit alltäglichen lebenspraktischen Fähigkeiten auszustatten. Ein wichtiges Thema ist auch der Umgang mit Geld.«

Ich nickte. »Super. Worauf wollen Sie hinaus?«

»Es spricht alles dafür, dass Malie Geld gestohlen hat.«

»Wem?« Hastig inspizierte ich meinen Rucksack, aber meine Geldbörse war noch in ihrem angestammten Innenfach.

»Hier im Heim. Schauen Sie.« Sie schob eine Schranktür auf und zeigte mir eine Art Tresor. »Um den aufzukriegen, braucht man einen Schlüssel, der hängt hier hinterm Schrank. Das wissen eigentlich nur die Mitarbeiter und natürlich Herr Falke. Darin befindet sich unser Haushaltsgeld, übrigens gesponsert von Frau Nölle.«

»Ach.«

»Ja, und von den dreihundert Euro, die sie uns noch vor dem Wochenende gebracht hat, sind zweihundert weg.«

»Ja aber ...«

»Es kann eigentlich nur Malie gewesen sein.«

»Sie war doch die ganze Zeit bei uns!«

»Dass Geld fehlt, haben wir schon am Freitagabend bemerkt. Von den anderen Kindern kommt niemand infrage. Die sind erstens zu klein, und zweitens waren sie die ganze Nacht in ihren Zimmern in anderen Stockwerken. Malie muss aus ihrem Container rübergekommen und durch das Fenster eingestiegen sein.«

Ich biss mir auf die Unterlippe. Hatte sie mir nicht sogar erzählt, dass sie manchmal klaute? Aber doch nur aus Hunger? War sie so ein durchtriebenes kleines Luder? Ich wollte sie doch so gern ins Herz schließen, ihr vertrauen – so, wie sie mir vertrauen sollte!

Mein Mutterinstinkt trieb mich sofort in eine Verteidigungshaltung.

»Warum sollte Malie das machen?«

»Ich weiß es nicht, Frau Bressin«, sagte die Mitarbeiterin des Kinderheims. »Vielleicht hatte sie Angst, dass es bei Ihnen nicht klappen könnte, und hätte so Geld für eine Art Flucht …?«

»Aber nein, sie hat sich bei uns sehr wohlgefühlt!«

»Sie ist sehr …« Frau Wilke suchte nach den richtigen Worten. »Sie ist sehr misstrauisch und immer auf der Hut. Sie tut alles, um ihre Geschwister zu beschützen und auch Essen für sie zu organisieren.«

Ich legte meinen Rucksack auf den Tisch und strich mit den Händen darüber. »Sie ist gerade dabei zu lernen, dass sie uns vertrauen kann. Wir haben auch festgestellt, dass sie Essen an sich rafft und hortet, aber das muss sie ja jetzt nicht mehr.«

»Beim Kiosk hier um die Ecke hat sie bereits Hausverbot. Dort hat sie immer wieder Chips und Cola mitgehen lassen.« Frau Wilke senkte die Stimme. »Frau Nölle sollte nicht sagen, dass das ganz normale Kinder sind. Sie spiegelt Ihnen falsche Tatsachen vor, und das kann ich nicht zulassen.«

Ich seufzte. »Danke für Ihre Ehrlichkeit, Frau Wilke. Ich habe selbst schon gemerkt, dass die Vergangenheit der Kinder alles andere als rosig war.«

Frau Wilke nickte. »Wir wissen nicht, was ihnen alles widerfahren ist. Ihre Mutter haben wir ja nie kennengelernt. Der alte Mann, der sie gebracht hat, konnte uns auch keine nützlichen Informationen geben. Die Kinder schienen nicht gerade Vertrauen zu ihm zu haben.«

»Gibt es denn keine Verwandten – niemanden, der sich um sie kümmern wollte?«

»Nicht dass ich wüsste.« Frau Wilke schüttelte bedauernd den Kopf. »Wir sind wahnsinnig froh, dass SIE sich gemeldet haben. Alle setzen große Hoffnungen in Sie!«

Es klopfte, und Jon schob die Kinder herein. »Hier, die drei Mäuse wollen dir Tschüs sagen.«

Alle drei Kinder heulten. Tim und Lilli heulten auch.

Ich ging in die Hocke, verteilte Taschentücher. »He, ihr Süßen. Das war doch nicht das letzte Mal! Ihr kommt ja wieder, es dauert gar nicht mehr lange!«

»Wir wollen nicht hierbleiben!«, jammerte Malie. »Wir wollen für immer zu euch!«

Ich umarmte die zarte Araia, die sich an mich klammerte wie ein Äffchen, und auch Kamon, der sich aber sofort versteifte und aus meiner Berührung losmachte, als Malie ihn am Ärmel riss.

»Malie?« Frau Wilke schob die anderen zur Tür hinaus. »Können wir dich mal kurz sprechen?«

»Was ist denn jetzt schon wieder! Ich hab Kamon nix getan gerade!«

»Malie!« Ich setzte mich auf einen Stuhl, um mit ihr auf Augenhöhe zu sein. »Frau Wilke möchte dich was fragen.«

»Nee eh! Scheiße eh! Ich will hier weg!«

»Malie, hast du Geld genommen?«

»Seid ihr bescheuert oder was?«

»Malie. Es fehlt Geld. Hier aus diesem Schrank. Du wusstest, dass wir hier unser Geld aufbewahren, das Frau Nölle uns großzügigerweise spendet.«

»Eh, die Scheiß Nölle, eh!«

»Nee, nix die Scheiß-Nölle! Die unterstützt uns, und wir können froh darüber sein.«

»Voll die olle Kuh. Mit ihrer Scheißfresse. Guck mal, wie scheiße die aussieht, eh.«

»Malie, das ist hier nicht das Thema. Es fehlt Geld. Wir machen uns Sorgen, dass du es genommen haben könntest.«

»Wieso denn ich! Ihr seid ja bescheuert! Ich war das nicht, eh! Ich war das ganze Wochenende nicht in diesem Heim! Nie glaubt mir einer, das ist zum Kotzen ist das!«

»Ist ja gut, Malie. Beruhige dich. Wir sehen uns bald, ja?« Ich versuchte, sie zu umarmen, aber sie machte sich steif.

»Dann wünsch ich dir jetzt eine gute Nacht.«

»Ach, ihr könnt mich alle mal! Fuck!« Wutschnaubend knallte sie die Tür.

Ich sah Frau Wilke an. Seufzend spielte sie wieder am linken Ohrgehänge. Und ihre lila Strähne fiel ihr wieder vors rechte Auge.

Für uns verging die Zeit wie im Flug. Im Nu war wieder Freitag, und die Entscheidung war gefallen. Frau Nölle hatte uns grünes Licht gegeben. Und wir hatten – allen Vorahnungen zum Trotz – beschlossen, die Kinder bei uns aufzunehmen. Auch wenn Malie eine Herausforderung war: Aber entweder alle oder keines, das war von Anfang an unser Motto gewesen. Die Kleinen aufnehmen und die Große in die Wüste schicken, weil sie bald in die Pubertät kam und sich dementsprechend danebenbenahm – das hätten die anderen Bewerber auch gekonnt. Wir wollten beweisen, dass wir diese Aufgabe bewältigen würden. Wir waren ausgebildete Sozialpädagogen. Und felsenfest davon überzeugt, die verletzte Seele Malie trösten, heilen und auf den rechten Weg bringen zu können.

Und so hatte Jon die drei vom Kinderheim abgeholt, während ich noch letzte Vorbereitungen traf.

»He, ihr Mäuse, willkommen daheim! Ist das alles an Gepäck?«

Statt der erwarteten Taschen oder Koffer hatten sie nur ein Dutzend vergammelte Plastiktüten dabei.

Jon warf mir einen vielsagenden Blick zu. »Das große Gepäck kommt mit der Bahn«, sagte er grinsend.

Ich schüttelte warnend den Kopf. »Die Kinder verstehen keine Ironie. Lass den Quatsch!«

Mir tat es leid um die Sachen, die wir ausgemistet hatten.

Da wären noch sehr viele brauchbare Kleidungsstücke und sinnvolle Spiele dabei gewesen. Wie konnte ich nur so naiv sein zu glauben, dass die Kinder brauchbare Dinge mitbringen würden, an denen sie hingen? Was aus den muffigen Plastiktüten zum Vorschein kam, waren abgetragene und aus der Mode gekommene Kleidungsstücke. Araia hatte noch zwei Plastikspielsachen dabei, die kaputt waren. Das war alles.

»Wisst ihr was, ihr Lieben?« Mit spitzen Fingern prüfte ich das Zeug. »Das packen wir erst mal in den Keller. Sind ja Winterklamotten.« Nur über meine Leiche würde ich die Kinder mit solchen Fetzen in die Schule schicken.

»Frau Nölle?« Jon rieb Daumen und Zeigefinger aneinander, während ich die Sachen in blaue Säcke stopfte.

»Genau.« Ich nickte weise. »Wir gehen vielleicht mal alle zusammen in die Hohe Straße zum Shoppen. Frau Nölle lädt uns danach bestimmt schick zum Mittagessen ein.«

»Ich dachte, die Kinder verstehen keine Ironie?« Jon grinste schief.

»Eins zu eins für dich.« Ich versuchte, meine Haare zu einem Dutt zusammenzubinden. »Sag mal, Malie, sind das alle Schuhe, die du hast?«

Ich zog ein Paar völlig verdreckte Turnschuhe aus einer Plastiktüte.

»Die hab ich aus dem Altkleidercontainer geholt!«

»Wow. Die sind … schön. Aber alt. Was hältst du davon, wenn wir dir neue kaufen?«

»Aber ich will genau die Marke!«

»Das kriegen wir hin.«

»Dann wären wir mit dem Einräumen auch schon fertig!«, sagte ich lachend. »Warum geht ihr nicht spielen? Tim und Lilli warten schon auf euch!«

Kaum waren sie weg, stand ich fassungslos vor dem Lumpenhaufen.

»Jon, wahrscheinlich gibt es viele Kinder, die so aufwachsen müssen.« Frustriert ließ ich mich auf den Fußboden sinken.

Jon zuckte mit den Achseln. »Hier bei uns in Deutschland?«

»Hast du mal Zeitung gelesen? In der Presse steht, dass jedes fünfte Kind von Armut betroffen ist. Eine nicht zu unterschätzende Anzahl von Kindern und Jugendlichen wächst in Risikofamilien auf«, dozierte ich. »Familien, die in Armut leben, Familien mit Alkohol- und Drogenproblemen.« Ich seufzte. »Nicht selten führt die Armut der Eltern auch zu Gefühlsarmut. Die Eltern resignieren und können ihren Kindern nur wenig Zuneigung, Selbstbewusstsein und Perspektive geben.« Ich rappelte mich auf und griff nach dem Müllsack: »So, wie ich das Zeug jetzt entsorge, werde ich auch die bisherigen Lebensumstände der drei kleinen Thailänder entsorgen!«

Jon nahm mir den Sack ab und stieß sich fast den Kopf an der Lampe. »Juliane, ich hoffe, dass wir die Thais auf die richtige Spur bringen.« Er umarmte mich. »Ich hoffe es so sehr, für uns alle. Dass wir das schaffen. Und ich schwöre dir, ich steh dir bei, auch wenn es schwierig wird.« Er drückte mir einen Kuss auf den Scheitel, überreichte mir das Haargummi, das sich gelöst hatte, und sagte feierlich: »Auf dass die kleinen Thailänder leichter zu bändigen sind als deine Haare.«

Dann schleifte er den Kleidersack die Treppe runter in den Keller.

Natürlich hatten wir es stolz herumerzählt: Wir haben Familienzuwachs bekommen!

Ich war froh, dass wir – dank Frau Nölle – nun einen großen Tisch, viele Stühle und natürlich auch genügend Geschirr besaßen, denn keiner unserer neugierigen Besucher kam nur auf ein kurzes »Hallo«, sondern alle ließen sich gern zu Kaffee und Kuchen oder gleich zum Abendessen einladen. An manchen Tagen kam ich mit der Bewirtung kaum noch hinterher. Unsere Gäste gaben sich förmlich die Klinke in die Hand: Alle wollten die Kinder sehen und Geschenke überreichen. Es war ein bisschen wie »Heilige Drei Könige«, nur ohne Weihrauch, Myrrhe und Gold. Zum Glück hatten wir genügend Vorräte angelegt. Malie half mir an manchen Tagen eifrig und war sichtlich stolz, einmal im Mittelpunkt des allgemeinen Interesses zu stehen. An anderen Tagen war sie bockig, frech und faul. Dann lag sie maulend auf ihrem Bett und futterte ununterbrochen Süßigkeiten. Ich ließ sie zur Ruhe kommen und wollte sie auf keinen Fall vorführen.

»Wo lässt sie das alles? Sie ist so dünn!« Susanne, meine Freundin und ehemalige Kollegin aus der Kita, war mit dem Fahrrad vorbeigekommen und saß nun mit mir im Garten. »Meinst du, sie kotzt?«

Auf die Idee war ich noch gar nicht gekommen. »Lieber Himmel! Ich sollte sie beobachten.«

»Juliane, ich bewundere dich wirklich. Was hast du dir da angetan! Und die beiden Kleinen?«

»Haben je ein Geschwisterkind. Tim und Lilli gehen vollkommen in ihrer Aufgabe auf. Ich bin begeistert, wie verantwortungsvoll sie sich um ihre Schützlinge kümmern.«

»Ihr habt wunderbare Kinder.« Susanne nahm einen Schluck Sekt. »Ihr seid tolle Vorbilder. Da kann man sehen, was ein liebevolles Elternhaus aus Kindern macht. Meine Kids in der Kita sind ja auch eher pflegeleicht.«

»Ja, siehst du, pflegeleicht kann jeder!«

In dem Moment kam Lilli mit Araia angelaufen: »Mami, ich glaube, sie hat wieder in die Hose gemacht.«

»Ist schon gut, Liebes. Komm, Araia, wir zwei gehen mal eben ins Badezimmer.«

Während ich die arme Kleine von ihren nassen Klamotten

befreite und ihr ein Bad einlaufen ließ, hörte ich Susanne im lockeren Plauderton mit Lilli sprechen. Die Jungen tollten mit Socke auf der Straße herum.

»Liebes, du musst dir keine Sorgen machen, wir kriegen das in den Griff, okay?«

Araia weinte vor Scham. Als ich das magere kleine Mädchen in die Wanne heben wollte, wehrte sie sich plötzlich heftig. »Was ist los? Hab ich dir wehgetan?«

Ihre Knochen zeichneten sich deutlich unter der Haut ab, die fast durchsichtig zu sein schien.

»Liebes. Ich tu dir nichts. Ich lass dich ganz allein in die Wanne steigen, schau ich stell dir einen Hocker hin.«

Erst nach Minuten ließ sie sich helfen. Es dauerte, bis sie sich in der Wanne sichtlich entspannte und das Bad genoss.

»Darf ich dich jetzt alleine lassen? Ich geh schnell runter zur Waschmaschine, und du rufst mich, wenn du fertig bist?«

Ich wollte ihr etwas Privatsphäre lassen.

Als ich mit dem Wäschewännchen zurückkam, reichte mir Susanne das Telefon. »Frau Nölle!«

»Na endlich! Ich habe schon hundertmal versucht, Sie zu erreichen! Schaust du nach der Kleinen?«, bat ich Susanne flüsternd. »Unauffällig? Die Badezimmertür ist angelehnt. – Hallo, Frau Nölle.«

»Hallo, Frau Bressin. Wie geht es Ihnen und den Kindern? Wie ich höre, haben Sie schon eine Menge Besuch und Spaß?«

»Frau Nölle.« Ich setzte mich auf die unterste Treppenstufe. »Schön, dass Sie sich endlich melden. Ich konnte Sie eine Ewigkeit nicht erreichen.«

»Es ging nicht eher«, blaffte sie. »Was glauben Sie, was ich sonst noch alles zu tun habe.«

»Oh, das sollte kein Vorwurf sein, ich wollte nur dringend anregen, für die Kinder Therapieplätze …«

»Ich war lange in Behandlung. Mir ging es nicht gut.«

»Das tut mir leid, und ich wünsche Ihnen gute Besserung. Aber nach meinen Erfahrungen in den letzten Tagen glaube ich, dass alle drei Kinder, speziell Malie, dringend eine Therapie brauchen. Ich sagte schon zu Frau Wilke …«

»Frau Bressin. Sie überschätzen Ihre Kompetenzen.«

»Na ja, Frau Nölle, ich denke, dass wir uns schon etwas ausführlicher austauschen sollten. Sie wollen von mir über alles einen schriftlichen Bericht, aber ich bekomme umgekehrt kaum Informationen!« Ich faltete instinktiv bereits ein paar Kinderhosen, T-Shirts und Handtücher.

»Das sind ganz normale Kinder, und mehr gibt es dazu nicht zu sagen.«

»Moment, Frau Nölle, das stimmt so nicht. Es gibt Anzeichen dafür, dass die Kinder Gewalterfahrungen haben. Besonders Malie scheint große seelische Belastungen erlebt zu haben.«

»Schauen Sie nach vorn.«

»Damit ist es nicht getan, Frau Nölle. Inzwischen waren wir bei ihrem ehemaligen Zuhause und haben auch einen Nachbarn kurz gesehen, diesen Herrn Schmitz, der die Kinder gebracht hat, auch das abgebrannte Haus. Aber die Kinder wollten überhaupt nicht …«

»Was fällt Ihnen ein, die Kinder mit ihrer Vergangenheit zu konfrontieren und alte Wunden wieder aufzureißen!«, unterbrach sie mich barsch.

»Stopp, Frau Nölle!« Schon wieder fühlte ich mich wie eine hilflose Schülerin, die von ihrer Lehrerin zusammengestaucht wird. »Wir wollten sehen, wie die Kinder gewohnt haben, wir wollten unser Interesse zeigen, denn ohne zu wissen, woher sie kommen …«

»Unterstehen Sie sich, im Alleingang solchen Quatsch zu machen!«

»Aber genau das ist es ja. Deswegen bin ich auch für therapeutische Begleitung.« Hilflos strich ich die Wäschestücke glatt. »Die Vergangenheit der Kinder ist doch wichtig! Die muss doch aufgearbeitet …«

»Gar nichts müssen Sie aufarbeiten!«, schnauzte Frau Nölle mich an. »Ihre Aufgabe ist es, den Kindern ein Zuhause zu geben, sie zu bekochen und sauber anzuziehen. Ende Gelände. Ist das denn so schwer zu verstehen?«

»Aber, Frau Nölle, wir können unseren pädagogischen Aufgaben doch nur gerecht werden, wenn wir mehr über sie wissen und …«

»Papperlapapp!«, keifte sie mich an. »Das überlassen Sie mal schön den Fachkräften, Herrn Falke, Herrn Schanz und mir. Wir wissen schon, was für die Kinder das Richtige ist.«

Sprachlos horchte ich auf meinen Herzschlag, der mir in den Ohren dröhnte. Was war nur mit dieser Frau los? WIR hatten doch die Kinder an der Backe, nicht sie! Sie hatte sie erst zweimal kurz gesehen! Was fiel ihr überhaupt ein? Und wieso lehnte sie eiskalt eine Therapie ab?

Kalte Wut stieg in mir auf, und ich musste mich schwer beherrschen, sie nicht anzuschreien. Ich schlug mit der flachen Hand auf einen Wäschestapel.

»Okay, Frau Nölle. Dann sagen Sie mir, was zu tun ist. Malie ist auffällig aggressiv, launisch und verschlossen.« Energisch faltete ich das oberste Wäschestück. »Kamon spricht kaum, höchstens mit Tim, aber dann auch nur ganz leise. Er kann niemandem ins Gesicht sehen und versteckt sich auch tagsüber unter seiner Bettdecke. Dort hortet er Essen. Nachts nässt er ein.« Ich zerrte am nächsten Teil. Warum hatte ich wohl so viel Wäsche! »Und Araia hat panische Berührungsängste, nässt und kotet sich ein und schreit nachts. Alle drei Kinder haben massive Ess- und Verdauungsprobleme. Zwischen wässrigem Durchfall und tagelanger Verstopfung ist alles drin.« Mit einer Schlafanzughose wischte ich mir den Schweiß von der Stirn. »Aber Sie haben ja gesagt, das sind ganz normale Kinder.« Mein Herz pumpte Adrenalin.

»Jetzt regen Sie sich mal nicht so auf«, unterbrach mich Frau Nölle in einem herablassenden Ton. »Ich dachte, Sie sind ausgebildete Pädagogin. Dann sollten Sie doch wissen, dass Kinder in Pflegefamilien erst mal ihre Grenzen austesten.« Sie hustete ziemlich lange und theatralisch. »Zuerst legen sie ein Verhalten an den Tag, das den Pflegeeltern gefällt. Geben sich dankbar und zutraulich. Das haben Sie doch alles an Ihren Probewochenenden erlebt.«

»Ja, aber nicht nur. Auch da gab es Spannungen und Probleme, die ich gern im Vorfeld mit Ihnen besprochen hätte.«

»Da konnte ich mich leider nicht um Sie kümmern, weil es mir selbst nicht gut ging.«

Im Schokoladenmuseum war ihr ja auch schon schlecht geworden. Bestimmt ein hartnäckiger Virus oder so was.

»So. Aber jetzt kümmere ich mich wieder. Es ist also alles ganz normal, was Sie da gerade schildern.«

»Ach ja?«

»Haben Sie schon mal das Wort Übertragung gehört?«

»Allerdings! Die Kinder übertragen gerade die Wut und den Zorn, der eigentlich ihren eigenen Eltern gilt, auf uns, die Pflegeeltern. Das ist mir völlig klar, Frau Nölle.«

»Eben. Sie benehmen sich mit voller Absicht daneben. Damit wollen sie testen, ob Sie dieser Herausforderung auch standhalten, sie trotzdem lieb haben und nicht wieder abschieben – wovor sie sich natürlich fürchten.«

»Das klingt mir jetzt alles ein bisschen zu einfach, Frau Nölle. Ess- und Angstattacken, Einnässen und nächtliches Schreien sind doch wohl mehr als absichtlich schlechtes Benehmen.«

»Gut, dann kommen Sie bitte am nächsten Mittwoch um sechzehn Uhr zu einer Besprechung mit Falke, Schanz und mir ins Jugendamt«, schlug sie einen anderen Ton an … um plötzlich eine ganz neue Bombe platzen zu lassen. »Eine Tante der Kinder ist gerade auf dem Weg von Thailand nach Andernach, wo eine Cousine der Tante wohnt. Die beiden sind die einzigen Verwandten und wollen die Kinder sehen.«

Ich schluckte. »Die Kinder haben Verwandte in Deutschland? Ich hatte doch extra noch gefragt!«

»Wen?«

»Frau Wilke.«

»Frau Wilke ist nicht Ihre Ansprechperson. Ich bin Ihre Ansprechperson. Hören Sie auf mit Ihren Alleingängen!«

»Ja, aber dann hätten doch die Verwandten in Andernach die Kinder nehmen können?«

Meine Hände krallten sich ins letzte Küchenhandtuch, das noch in dem Wännchen lag. Alles andere bildete einen ordentlichen Stapel auf der Treppe.

»Das steht nicht zur Debatte. Aber die Verwandten fordern ein Umgangsrecht.«

»Und wenn ich nicht möchte?«

»Das haben SIE gar nicht zu entscheiden, Frau Bressin.«

»Hören Sie, Frau Nölle, das kommt mir jetzt doch etwas zu überraschend. Wenn SIE schon keiner Therapie zustimmen, dann stimme ich keinem Verwandtenbesuch zu.«

»Frau Bressin, Sie überschreiten schon wieder Ihre Kompetenzen. Das sind nicht IHRE Kinder, Sie haben das nicht zu entscheiden.«

»Frau Nölle, lassen wir doch diese Machtspiele! Es geht ausschließlich ums Kindeswohl!«

»Da stimme ich Ihnen zu.«

»Lassen Sie den Kindern bitte die Zeit und Ruhe, die sie brauchen, um bei uns anzukommen!«

Ich versuchte, nicht allzu laut in den Hörer zu schreien.

Frau Nölle fiel mir barsch ins Wort: »Das Jugendamt, der Vormund und ich sind der Meinung, dass die Kinder ihre thailändischen Wurzeln nicht verlieren sollten. Und deshalb kommen Sie am Mittwoch pünktlich zu diesem Termin. – So, das war's für heute. Ich muss mich hinlegen.« Die letzten Worte hauchte sie nur noch.

»Was haben Sie eigentlich, Frau Nölle?«, fragte ich mitfühlend, aber da hatte sie schon aufgelegt.

14

Köln, Donnerstag, 9. August 2007

»Sind wir zu spät?« Jon und ich hatten irritiert an die Bürotür des Jugendamts geklopft. Anscheinend war die Besprechung darin bereits in vollem Gange. Fünf Personen saßen da am Resopaltisch: Nölle, Schanz, Falke und zwei Thailänderinnen.

»Nein, nein, kommen Sie rein. Wir haben nur schon mal angefangen.«

Frau Nölle sah wirklich nicht gut aus. Sie hatte stark abgenommen, und jetzt konnte ich es genau sehen: Ihre komisch aufgetürmten Haare waren eine Perücke.

»Das hier ist Frau Ayutthaia, die Schwester von Frau Sauerbier, und das ist ihre Cousine, Frau Ayutthaia-Newes. Sie ist mit einem Deutschen verheiratet und lebt in Andernach.«

Wir gaben den beiden kleinen gedrungenen Thailänderinnen die Hand. Sie hatten ziemlich viel Gold an Fingern und Hals, sahen aber trotzdem billig aus. Sie trugen hochhackige Sandaletten und zu eng sitzende Kleider.

»Herrn Falke kennen Sie ja schon … und das hier ist der Vormund der Kinder, Herr Schanz.« Auch ihm drückten wir die Hand. Ich hoffte so sehr, einen Verbündeten in ihm zu finden! Ich beäugte den unscheinbaren bebrillten Mittfünfziger mit dem hellblauen Blouson über grauen Bundfaltenhosen neugierig. Sein Lächeln gab den Blick auf ziemlich naturbelassene Zähne frei, die dringend einer Sanierung bedurft hätten. Dazu quoll ein beachtliches Bäuchlein aus seinem Hosenbund. Dieser Wonneproppen hatte also das alleinige Bestimmungsrecht über unsere drei kleinen Thais. Das zu akzeptieren fiel mir schwer: Er hatte die Kinder erst einmal in unserer Abwesenheit gesehen, während wir sie Abend für Abend ins Bett gebracht, bei ihnen gesessen, Händchen gehalten und ihnen vorgelesen hatten, um ihnen ein Minimum an Vertrauen abzuringen. Wieso sollte dieser Mann entscheiden, ob die Kinder Rad fahren, schwimmen oder turnen durften? Das war doch absurd! WIR hatten sie nachts zur Toilette gebracht und sie getröstet. WIR wussten inzwischen, was man ihnen zumuten konnte! Weder er noch Frau Nölle hatten auch nur einen blassen Schimmer davon! Geschweige denn diese Verwandten.

»Frau Ayutthaia ist extra aus Bangkok hergekommen. Sie spricht kein Deutsch, aber die Cousine übersetzt.« Frau Nölle wies uns zwei Stühle zu. »So. Wir waren schon mitten im Gespräch.«

»Wieso eigentlich?« Ich zog mein Handy aus dem Rucksack und kontrollierte die Uhrzeit. »Sie haben uns doch für sechzehn Uhr bestellt, und jetzt ist es erst zehn vor vier.«

»Weil wir uns intern schon mal ausgetauscht haben.« Frau Nölle legte die Arme um ihren Oberkörper. »Kann mal jemand das Fenster zumachen, hier ist es unerträglich kalt.«

Jon sprang hilfsbereit auf und schloss das Fenster, obwohl draußen ein herrlicher Sommertag war. Frau Nölle quittierte das mit einem angestrengten Lächeln.

»So, wo waren wir stehen geblieben. Ach ja, übersetzen Sie noch mal, Frau Newes, was Ihre Cousine, Frau Ayutthaia, eben gesagt hat.«

»Meine Cousine möchte, dass die Kinder regelmäßig Kontakt zu ihrer Verwandtschaft in Andernach haben.«

»Und wieso?«, wollte ich wissen. Mir ging schon wieder die

Hutschnur hoch. »Sie kennen die Kinder doch offensichtlich gar nicht.«

»Deshalb wird es Zeit, sie kennenzulernen«, gab die Frau ungerührt zur Antwort. »Sie sollen ihre Wurzeln nicht verlieren.«

Jon räusperte sich unwillig, sagte aber nichts.

»Frau Nölle, ich finde, die Kinder sollten sich jetzt erst mal in unserer Familie zurechtfinden«, wiederholte ich mich, aber sie winkte bloß ab. »Die Herrschaften waren gerade dabei, sich vorzustellen. Wer gehört denn alles zu Ihrer Familie?«

»Das sind mein Mann, meine anderen Cousinen und deren Männer und ich.«

»Und Sie leben alle in Andernach.«

»Ja. In Andernach und Umgebung.«

Unwillig schaute ich zu Jon hinüber. »Damit bin ich gar nicht einverstanden. Jon, sag doch auch mal was!«

»Das haben Sie überhaupt nicht zu entscheiden«, ließ Frau Nölle mich abblitzen. »Das sagte ich Ihnen bereits am Telefon.«

»Es geht einzig und allein um das Kindeswohl«, mischte sich der Vormund ein.

»Woher wollen Sie denn wissen, was zum Wohle der Kinder ist?«, sprang mir nun endlich Jon bei. »Offensichtlich bestand doch bisher noch gar kein Kontakt! Weder zu Ihnen, Herr Schanz, noch zu diesen Herrschaften aus Thailand.«

»Die Tante aus Bangkok ist die Schwester Joy Sauerbiers«, mischte sich nun Herr Falke ein, während er sich in seine Akten vertiefte. »Und da liegt es auf der Hand, den Kindern die Möglichkeit zu geben, ihre noch verbliebene Familie regelmäßig zu sehen.«

»Und wie stellen Sie sich das vor?«, zischte ich erbost. »Andernach ist ja nicht gerade um die Ecke. Wir haben mit fünf Kindern wirklich genug Hin-und-her-Gefahre.«

»Der sehr liebenswürdige Herr Bressin wird das wohl noch hinkriegen, die Kinder da einmal im Monat hinzufahren. Übers Wochenende.« Frau Nölle zeigte auf Jon, an dem sie offenbar einen Narren gefressen hatte. »Selbstverständlich bekommen Sie die Fahrtkosten ersetzt.«

»Immer schön die Tankquittungen aufbewahren«, mahnte Herr Falke, der schon wieder nach einer Zigarettenpackung in seiner Jacke suchte.

Frau Nölle holte sich nicht etwa unsere Zustimmung für ihren unzumutbaren Vorschlag, sondern steckte den Kopf mit Herrn Falke und Herrn Schanz zusammen. Die beiden Thailänderinnen saßen mit wichtiger Miene dabei und unterhielten sich gestenreich in ihrer Muttersprache.

Nein, schrie alles in mir. Guckt euch diese zweifelhaften Damen doch mal an!

»Dann nehmen wir das jetzt so zu Protokoll.« Herr Schanz machte sich bereits Notizen. »Die Kinder haben regelmäßig Kontakt zu ihrer thailändischen Familie und verlieren so nicht ihre Wurzeln.« Er schrieb eifrig vor sich hin, als wollte er ein Fleißkärtchen bei Frau Nölle abholen. »So leben sie ihre Kultur und halten telefonisch Kontakt zu ihrer Verwandtschaft in Thailand. Eines Tages wollen sie bestimmt mal dorthin fahren. Das ist sehr wichtig.«

Beifall heischend schaute er Frau Nölle an.

Hallo, wollte ich schreien. Merkt ihr eigentlich, dass es hier um UNSER Leben geht? WIR versuchen gerade, eine gewisse Ordnung in den Alltag der Kinder und auch in unser Leben zu bringen! Ich holte tief Luft und blies die Backen auf. Mein hilfsbereiter Mann hatte doch nicht gerade … genickt?

»Heißt das, dass mein Mann alle vier Wochen in seiner Freizeit Chauffeur spielen muss?«

»Frau Bressin. Erst vor ein paar Tagen haben Sie mir noch

vorgejammert, wie überlastet Sie mit Ihrer neuen Aufgabe sind.« Frau Nölle warf mir einen herablassenden Blick zu. »Da sollte Ihnen ein freies Wochenende im Monat doch sehr gelegen kommen!«

»Somit wäre die Umgangsvereinbarung getroffen und schriftlich festgehalten. Ich würde sagen, damit ist alles erledigt, ganz im Sinne der Kinder. Das Kindeswohl hat oberste Priorität, auch wenn es für die Pflegeeltern auf den ersten Blick unbequem zu sein scheint.«

Unbequem! »Darum geht es doch gar nicht! Auch wir sehen das Kindeswohl ...«

Herr Schanz erhob sich. »Ich hab noch einen anderen Termin und Frau Nölle ebenfalls. Sie müssen noch in die Uniklinik, nicht wahr? Frau Nölle, darf ich Sie in meinem Auto mitnehmen?«

»Nein danke, ich bin selbst mit dem Wagen da.« Sie verabschiedete sich von allen mit Händedruck, Herr Falke holte seine Zigaretten aus der Hemdbrusttasche, und die Thailänderinnen trippelten Arm in Arm davon.

Damit war die Sitzung beim Jugendamt beendet.

Auf der Rückfahrt kochte ich vor Wut. »Wenn sie so scharf darauf sind, dass die Kinder ihre thailändischen Wurzeln nicht verlieren, warum haben sie die Kinder dann nicht der Tante in Andernach angeboten, sondern uns?«

»Bestimmt will sie die Verantwortung gar nicht übernehmen«, versuchte Jon, mich zu beruhigen. »Schau dir die doch an. Ich möchte nicht wissen, in welchem Gewerbe ...«

»Ja, findest du nicht auch?«, brach es aus mir heraus. »Die sahen mir überhaupt nicht vertrauenerweckend aus.« Ich knabberte nervös am Daumennagel. »Die waren doch überhaupt nicht wirklich an den Kindern interessiert, haben keine einzige Frage zu ihnen gestellt. Und dann das viele Gold, mit dem die behangen waren, diese geschmacklosen langen Fingernägel mit Strass …«

»Die könnte ich mir so richtig in Bangkok auf dem Strich vorstellen«, sagte Jon.

»Jon!«, stöhnte ich entsetzt auf. »Meinst du wirklich?«

»Es sind jedenfalls keine netten Bauersfrauen aus Andernach, die samstags Apfelkuchen backen und sonntags im Hochamt im Chor singen.«

Halb musste ich lachen, halb wollte ich weinen. »Aber grundsätzlich hat dieser Schanz recht«, versuchte Jon, mich zu beruhigen. »Sämtliche Bezugspersonen, die für das Kind wichtig sind, sollten ein Recht auf Umgang haben. Diese Kontakte sind wichtig, um Brüche zu verhindern. Fahr ich sie eben einmal im Monat dahin! Dann haben wir wenigstens mal wieder Sex.«

»Autsch, das tut weh!«, sagte ich.

»Zu Hause kommen wir ja gar nicht mehr dazu. Du lässt jede Nacht die Schlafzimmertür offen und schießt alle zehn Minuten wie ein Wachhund in den Flur.« Auf einmal lag seine Hand auf meinem Knie.

»Das wird sich sicher bald einspielen«, versuchte ich, ihn zu besänftigen. »Ich horche halt auf jedes Geräusch, und manchmal hab ich das Gefühl, Malie schleicht nachts durchs Treppenhaus.«

Jon schaltete herunter und bog rechts ab. »Warum sollte sie?«

»Ich weiß nicht. Sie vertraut uns noch nicht. Und Araia hat nachts die Hose voll.«

»Ich konnte ja nicht ahnen, dass die Aufnahme der Kinder bedeuten würde, keinen Sex mehr zu haben! So steht das nicht beim Schanz im Protokoll.« Jon grinste schief.

»Entschuldige, Jon. Wir werden wieder Sex haben. Das versprech ich dir.«

»Ja. Alle vier Wochen. Wenn sie in Andernach sind.«

Ich griff nach seiner an mir herumfummelnden Hand und hielt sie fest. »Jon, du musst mir versprechen, beim ersten Mal in der Nähe zu bleiben, wenn sie in Andernach sind.«

»WAS?« Sein Kopf schnellte zu mir herum.

»Ich hab einfach kein gutes Gefühl. Und wenn sie da nicht bleiben wollen, holst du sie ganz schnell ab, ja?«

»Also doch kein Sex.«

»Jon! Bitte!« Ich streichelte seine Hand, die er mir gerade entziehen wollte. »Weißt du, was mich richtig sauer macht?«

»Was?«

»WIR mussten uns bewerben, brauchten ein polizeiliches Führungszeugnis, einen Erstkontakt, einen Anbahnungsprozess und was weiß ich noch alles, um die Kinder aufnehmen zu können«, ereiferte ich mich. »WIR müssen Genehmigungen für irgendwelche sportliche Aktivitäten einholen, von diesem Herrn Schanz, der die Kinder kaum kennt!« Wütend ließ ich das Fenster herunter und ließ mir den Fahrtwind um die Nase wehen. Sofort standen meine Haare senkrecht wie bei der Werbung für Cabriolet-Leihwagen. »Aber welche Art Prüfung hat denn bei den Thailänderinnen stattgefunden? Die konnten da einfach auftauchen und verlangen, die Kinder gebracht zu bekommen. Sofort wurde das beschlossen und zu Protokoll genommen.«

»Du hast recht«, sagte Jon. »Eigentlich eine Riesenfrechheit!«

Als wir in unseren Butterblumenweg einbogen, bot sich uns kein schönes Bild.

Malie hatte dem kleinen Jan der Maiers, die uns den siebten Autositz geliehen hatten, die Sandkastenschippe abgenommen und befeuerte den Dreijährigen genüsslich mit Sand.

Er hatte schon die Haare voll und das ganze Gesicht verklebt, weinte jämmerlich und wollte seine Schippe wiederhaben.

»Spinnst du!« Ich sprang aus dem Auto und riss ihr die Schaufel aus der Hand. »Warum tust du das?« Ich schnappte mir den heulenden Kleinen, wischte ihm Augen und Mund ab und brachte das schreiende Bündel zu seinen Eltern.

»Tut mir wahnsinnig leid, wir sind gerade erst dazugekommen, und ich werde ihr ins Gewissen reden.«

Bettina Maier sah zwar nicht gerade glücklich aus, sagte aber: »Halb so schlimm.«

»Malie wird sich entschuldigen!«

Ich stürzte zurück zu Malie, die inzwischen schaufelweise Sand auf die gefegten Platten fremder Gartenwege geschüttet hatte. »Was soll das! Das fegst du wieder auf!«

»Wieso denn! Immer ich!« In ihren Augen stand purer Hass. In diesem Moment hatte ich richtig Angst, sie könnte mit der Schaufel auf mich einschlagen. Mühsam entrang ich ihr das Ding. »Was ist denn in dich gefahren! Warum bist du so!«

Eine Frage, die man einem solchen Kind niemals stellen sollte. Das weiß es doch selbst nicht!

»Au, das tut weh!«, heulte sie und rieb sich das Handgelenk.

»Wieso quälst du einen Dreijährigen? Hast du das nötig? Du bist zwölf, Malie, du solltest dich schämen!«

»Er hat aber angefangen, die Kackbratze!«

»Malie! Komm sofort ins Haus!« Ich zog sie in den Flur. Sie hielt schützend die Hände über den Kopf, als erwartete sie Schläge.

»Ich hau dich nicht, Malie. Komm zu dir. Was ist denn das? Warum liegen hier überall Scherben?«

»Das war ich nicht!«

Inzwischen war auch Jon von der Garage hereingekommen, und die anderen Kinder standen im Flur.

»Malie hat alle Bilder von den Wänden gerissen«, berichtete mir Tim aufgeregt. »Da hab ich mich mit Lilli, Kamon und Araia in mein Zimmer verzogen.«

Die hübschen thailändischen Fotodrucke, die ich aufgehängt hatte, lagen in Scherben.

»Warum machst du das, Malie?!«

»Das WAR ich nicht!« Ihr Gesicht war eine einzige wutverzerrte Fratze. »Das waren die anderen!«

Lilli und Tim waren ganz blass geworden und zitterten. »Mama, das musst du uns glauben, das waren wir nicht!«

»Das glaub ich euch. Bitte geht wieder in eure Zimmer, ja? Ich werde das hier mit Malie klären.«

»Du hast dich ja angeschissen, du Baby!« Malie lachte ihren Bruder hämisch aus.

»Ich kümmere mich drum.« Jon nahm ihn bei der Hand, doch ich hörte Kamon angsterfüllt flüstern: »Macht Jon mich jetzt fertig?«

»Quatsch, der steckt dich in die Badewanne und gibt dir frische Sachen«, sagte Tim. »Dummkopf!«

Ich wollte weinen. Was war nur mit diesen Kindern los!

Während ich begann, die größten Scherben aufzusammeln, hörte ich Geräusche aus Jons Arbeitszimmer.

»He! Was machst du da!«

Malie beugte sich über die geöffnete Schreibtischschublade und suchte offensichtlich nach etwas.

Der PC war an, obwohl Jon ihn bestimmt heruntergefahren hatte.

»Du hast hier nichts verloren, Malie! Das ist Jons Arbeitszimmer, das geht dich nichts an!«

»Na und? Heul doch«, sagte Malie und ging seelenruhig an mir vorbei.

»Nein, junge Dame. Du holst jetzt den Staubsauger und hilfst mir, die Scherben aufzusaugen!« Ich packte sie am Pulloverärmel, aber sie riss sich los.

»Mach du doch!«

»Malie! So kommen wir nicht weiter. Lass uns reden.«

»Pah! Immer nur reden, reden! Da scheiß ich doch drauf!«

Ich war so perplex, dass ich erst mal in die Küche ging, um mir einen Tee aufzusetzen. Es hatte keinen Zweck, Malie anzuschreien und meinen Frust an ihr auszulassen. Ich würde sie gleich in aller Ruhe bei einer Tasse Tee an unsere Regeln erinnern, die ich ihr ja schon am Probewochenende vorgelesen hatte. Umgang mit den Nachbarn, Respekt vor Eigentum, keine bösen Wörter und so weiter.

Ach ja, wenn das so einfach wäre! Jon hatte recht, wenn er mich ab und zu auf den Arm nahm. Das hier ging nur mit viel Humor und Gelassenheit. Wenn nur Frau Nölle nicht auch noch gegen mich arbeiten würde! Wenn sie eine echte Hilfe wäre, ein fester Rückhalt! Aber das konnte ich mir abschminken. Sie war meine größte Gegnerin. Nur Jon war ein Fels in der Brandung.

Nachdem es plötzlich verdächtig still war, warf ich einen Blick aus der Küche.

Malie streifte durchs Wohnzimmer, öffnete Schubladen, nahm Gegenstände aus den Regalen und warf genüsslich mit dem ausgestreckten Zeigefinger Bücher um. Sie hatte eindeutig unbändige Wut im Bauch. Doch mir war klar, dass sie nicht uns galt. Das musste ich mir immer wieder vor Augen führen. Wie hatte die Nölle gesagt? Übertragung. Grenzen austesten.

»Malie. Komm mal her. Magst du mir nicht sagen, was dich so unglücklich macht?« Ich zog sie an mich.

»Ihr schickt mich ja doch wieder zurück. Die Kleinen habt ihr lieb, aber mich nicht.« Sie machte sich ganz steif.

»Aber, Malie.« Ich musste die Tränen zurückdrängen. *Jedem Anfang wohnt ein Zauber inne* hatte ich vor ein paar Wochen noch glückselig gedacht. Als ich alles so liebevoll dekoriert und ohne Ende Lieblingsspeisen gekocht hatte. Als wir an den ersten heimeligen Abenden zusammen von unserem Kuschelsofa aus Filme geschaut hatten. Da hatte sie sich noch an mich geschmiegt.

»Malie. Das wird schon. Wir halten zusammen, ja?«

Doch sie riss sich los und flüchtete zwischen Schrank und Klavier, wo sie sich zitternd zusammenkauerte.

»He! Spielst du Theater? Ich tu dir doch nichts!«

»Hau ab!«

Gefiel sie sich in der Rolle des Opfers? Oder war das etwas, das ihr in Fleisch und Blut übergegangen war?

Ach, Frau Nölle, dachte ich. Komm doch mal her und sieh dir den wahren Alltag mit den Kindern an, statt immer nur alles besser zu wissen und eine Therapie zu verweigern.

»Malie. Eines kann ich dir hoch und heilig versprechen: Ich werde dich nie schlagen. Jon auch nicht. Wir schlagen unsere Kinder nicht. Niemals.«

»Ist mir doch egal.«

»Es kann sein, dass ich manchmal mit dir schimpfe, wenn ich wirklich wütend bin. Und das war ich eben auch, das kannst du mir glauben. Erst den kleinen Jan mit Sand bewerfen, dann die Gartenwege unserer Nachbarn und außerdem die Bilder von den Wänden reißen und in Jons Arbeitszimmer rumschnüffeln. Das war gerade ein bisschen viel auf einmal.«

»Du magst mich eben nicht.«

»Oh ja, ich mag dich, Malie. Aber gerade deswegen will und muss ich dir auch sagen, wenn etwas nicht in Ordnung ist.«

»Ich war das nicht mit den Bildern! Das waren deine eigenen Kinder!«

»Malie. Das glaubst du doch selbst nicht.«

»IMMER bin ich schuld«, schrie sie. Sie hob den Klavierdeckel und ließ ihn mehrmals mit Krach wieder zufallen. »IMMER glaubst du nur den anderen!« Rums! Dann begann sie, mit den Fäusten auf den Tasten herumzuhämmern, dass unser armer Hund den Kopf jaulend zwischen den Pfoten versteckte. Wäre es nicht so traurig gewesen, hätte ich laut gelacht.

»Malie. Sei nicht albern. Komm zu mir aufs Sofa und trink einen Tee mit mir. Dann reden wir in Ruhe über alles, ja?« Ich reichte ihr eine Schale mit Keksen, um sie aus ihrer Ecke zu locken. »Ich hab nämlich Neuigkeiten.«

Endlich kam sie hervor und ließ sich auf einen Stuhl sinken. Misstrauisch beäugte sie mich, bevor sie blitzschnell in die Keksschale griff und sich gleich drei oder vier Kekse auf einmal in den Mund stopfte. Mit einer weiteren blitzschnellen Geste ließ sie ein paar in der Hosentasche verschwinden.

»Liebes, du kannst die ganze Schale haben. Schau … keiner nimmt sie dir weg.«

»Lass mich in Ruhe.«

Sie fegte die Schale mit dem Ellbogen vom Tisch.

Ich bückte mich und hob sie beiläufig auf, zum Glück war sie auf den weichen Teppich gefallen und noch ganz. Ich setzte mich wieder an den Tisch und umfasste vorsichtig meine Tasse.

»Hast du gewusst, dass deine Mutter eine Schwester hat?« Ich spitzte die Lippen und schlürfte meinen Tee. »Und eine Cousine? Die wollen euch sehen.«

Sie starrte mich misstrauisch an.

»Wie geht es dir damit?«

»Ich will die nicht sehen!« Schon wieder sprang sie auf, dass ihr Stuhl umkippte, raste in den Flur und schloss sich in der Toilette ein.

Zaghaft klopfte ich an die Tür. »Malie?!«

»Lass mich bloß in Ruhe, du elende Lügnerin«, schrie sie.

»Du hast gesagt, du hast mich lieb, aber das stimmt nicht, du willst mich bloß wieder loswerden! Ich hasse dich!«

Das Entschuldigen bei Maiers und dem kleinen Jan konnte ich mir wohl erst mal abschminken. Stoisch holte ich den Staubsauger und saugte die Scherben auf.

15

Köln, Freitag, 17. August 2007

»Mama, hier, das ist mein Bild, das habe ich gemalt!«

Stolz zog Tim mich hinter sich her und zeigte auf ein sehr interessantes abstraktes Gemälde zum Thema »Schöpfung«, das im Gemeindehaus der evangelischen Kirche neben vielen anderen Kunstwerken ausgestellt war. Es war der Tag der offenen Tür, und ich hatte die Gunst der Stunde genutzt, um mit allen Kindern herzukommen. Die Gemeinde hatte eine neue Pfarrerin, von der Tim gar nicht aufhören konnte zu schwärmen. Sie hatte eine Jugendgruppe und einen Chor gegründet und schien sehr engagiert zu sein. Vielleicht würde Malie hier bei der christlichen Jugend Anschluss oder sogar eine gleichaltrige Freundin finden? Nach den letzten turbulenten Ereignissen war sie wieder lammfromm gewesen. Ich hatte allabendlich an ihrem Bett gesessen und ihr Geschichten vorgelesen, aber sie hatte das Buch immer zur Seite geschoben und mich aufgefordert, aus meiner Kindheit zu erzählen. Stundenlang erzählte ich ihr alle möglichen Erinnerungen an meine Kindheit auf dem Bauernhof. Diese Heile-Welt-Geschichten liebte sie mehr als alles andere auf der Welt. Araia lag währenddessen im anderen Bett und starrte mich fasziniert aus ihren dunklen Augen an.

Ich hatte die Mädchen inzwischen wirklich lieb gewonnen. Sie saugten meine Zuwendung förmlich auf.

Tim kümmerte sich wie ein großer Bruder um Kamon, der ihm nicht von der Seite wich.

Jon dagegen hatte sich gleich mal in den ersten Wochenenddienst gestürzt. Schließlich musste er ja für die Andernach-Wochenenden vorarbeiten! Und so versuchte ich, mit den Kindern so viel wie möglich zu unternehmen und ihm den Rücken frei zu halten. Und heute waren wir eben im evangelischen Gemeindehaus, um uns die Ausstellung anzusehen.

»Das sieht wundervoll aus, Tim. Und wo ist dein Bild, Lilli?«

»Ich hab mich an einer Gruppenarbeit beteiligt, das ist eine Plastik, die steht weiter hinten.« Lilli zog mich schon in einen anderen Raum. Lächelnd begrüßte ich die anderen Mütter, die sich die Kunstwerke ihrer Sprösslinge zeigen ließen.

Die hübsche blonde Frau mit dem kecken Pferdeschwanz, das musste die neue Pfarrerin sein. Hoffentlich würde sich eine Gelegenheit finden, mich mit ihr bekannt zu machen. Sie wirkte sehr sympathisch.

»Toll, Lilli, aus welchen Materialien habt ihr denn das hergestellt? Das muss aber eine Menge Arbeit gewesen sein.«

»Mama!« Tim zupfte mich besorgt am Ärmel. »Malie ist in die Privatwohnung der Pfarrerin gegangen!« Er wies mit dem Kopf auf eine Tür, die nur angelehnt war.

»Entschuldige, Lilli. Ich komm gleich wieder, ja?«

Hastig verließ ich die Ausstellungsräume und suchte nach Malie. Die gegenüberliegende Tür führte eindeutig in eine Privatwohnung und gehörte nicht mehr zur Ausstellungsfläche.

»Malie?«

Was sollte ich denn jetzt machen! Die Pfarrerin war drüben bei den Leuten, und ich schlich durch ihre Räumlichkeiten. Fluchend tappte ich durch den dunklen Flur.

Vorsichtig öffnete ich eine Tür. Die Küche. Niemand.

»Malie?!« Das Wohnzimmer, das Bad, das Arbeitszimmer.

Mist. So was hatte ich noch nie gemacht. Hatte Tim sich vielleicht geirrt? Oder Malie sogar nur zum Spaß einer schlimmen Tat bezichtigt, weil sie immer die Übeltäterin war und ihm schon gehörig auf die Nerven ging? Nein. So war doch mein Tim nicht!

Da hörte ich oben etwas scheppern. »Malie?!«

Im Nu war ich die Treppe hinaufgeeilt.

Sie stand im Schlafzimmer der Pfarrerin. Und hatte eine Schublade aufgezogen. Interessiert beugte sie sich darüber, zog ein Wäschestück nach dem anderen heraus. Schlüpfer, BHs, Strumpfhosen … bis sie auf einmal ein Sparschwein in der Hand hatte. Mein Gott, das durfte doch nicht wahr sein! Ich fühlte mich wie in einem schlechten Film.

»Malie! Leg das sofort wieder hin!« Mit zwei Sätzen war ich bei ihr, riss ihr das Sparschwein aus der Hand, das daraufhin auf den Parkettboden fiel und zerbrach. Es waren Scheine drin und eine Menge Münzen, die nun über den Fußboden kullerten, sogar bis unters Bett. Mir wurde schwindelig. »Malie! Was hast du gemacht!« Ich schlug mir die Hände vor den Mund.

»Gar nichts!« Ihre Augen funkelten mich böse an. »DU hast das kaputt gemacht!« Schon wollte sie davonlaufen, aber ich packte sie am Handgelenk. Sie war so zerbrechlich! Und gleichzeitig so durchtrieben! Hass funkelte in ihren schmalen schwarzen Augen.

»Malie! Das hier ist ein privater Raum in einer privaten Wohnung, du hast hier gar nichts zu suchen!« Meine Stimme zitterte. Ich wusste nicht, was ich machen sollte! Wie schöpferisch reagieren? Von wegen pädagogisch wertvoll! Das stand doch in keinem Lehrbuch!

»Lass mich in Ruhe, du Fotze! Fass mich nicht an!«

»Was hast du da gerade zu mir gesagt?« Das Blut rauschte in meinen Schläfen.

»Schlag mich doch! Na los! Tu's! Nimm doch gleich die Bürste hier! Oder den Kleiderbügel!«

»Leg das weg!«

»Oder den Stuhl da?«

»Lass den Stuhl stehen!«

»Bind mich doch ans Bett! Na los! Worauf wartest du!« Sie brüllte mich an und war so außer sich, dass ihr die Spuckebläschen aus dem Mund quollen. Ich fühlte mich so hilflos wie noch nie im Leben. In meinen Ohren gellte ein schriller Pfeifton.

»Hallo? Was ist denn hier los?!«

Ich fuhr herum und sah die Pfarrerin in der Tür stehen. Ihr blonder Pferdeschwanz wippte noch vom Treppensteigen. Erstaunlicherweise sah sie kein bisschen böse aus. Eher so, als hätte sie ein Spiel verpasst und wollte mitspielen.

Ich schüttelte verzweifelt den Kopf und raufte mir die Haare, die wieder in alle Richtungen abstanden.

»Sie müssen die Pfarrerin sein. Hallo, ich bin Juliane Bressin.«

»Ah, die Mutter von Tim. Der hat mir schon viel von dir erzählt. – Also von Ihnen. Coole Familie seid ihr, ich bin echt beeindruckt.« Verstohlen zwinkernd reichte sie mir die Hand. »Ich bin Anne. – Und du bist sicherlich Malie? Ich hab schon viel von dir gehört.« Sie setzte sich auf die Bettkante und streckte ihr ebenfalls die Hand hin. »Wolltest du mal gucken, wie ich wohne?«

»Sie hat …« Ich wies verschämt auf die Scherben, die mal ihr Sparschwein gewesen waren, und auf das Geld am Boden. »Es tut mir wahnsinnig leid, ich konnte ja nicht ahnen …«

»So ein Schwein tut man ja auch nicht in die Wäsche«, sagte Anne, die fröhliche blonde Pfarrerin. »Da findet es ja wirklich jeder Depp.«

Sie bückte sich, um das Geld und die Scherben aufzuheben, und ich ging sofort auf alle viere und half ihr dabei.

»Malie«, sagte sie über die Schulter hinweg, »in der Kammer steht der Staubsauger. Bist du so lieb und bringst ihn mir?«

Zu meiner grenzenlosen Überraschung ging Malie ihn gehorsam holen.

»Vorsicht«, sagte die Pfarrerin. »Die ganz kleinen Scherben können gemein stechen.«

Ich war so erschöpft und überwältigt, dass ich nur noch mit Tränen in den Augen auf dem Bett saß und mechanisch die Füße hob, während Malie dort mithilfe der Pfarrerin saugte.

»So«, rief die schließlich und stellte das heulende Ding aus. »Das wär geschafft. Uff.«

Sie ließ sich neben mich aufs Bett fallen. Malie stand in der hintersten Ecke neben dem Wäschekorb, hatte die Arme verschränkt und starrte uns feindselig an.

»Jetzt haben wir uns endlich kennengelernt.« Die Pfarrerin lächelte mich an. »Ich war schon so gespannt auf die Frau, die drei Kinder aufgenommen hat. Respekt. Und wo ist Ihr Mann?«

»Der hat Wochenenddienst in der Uni, wo er Pflegedienstleiter …«

»Ach, ich glaub, den kenn ich«, sagte die Pfarrerin lachend. »Wir sind uns schon mal über den Weg gelaufen. So ein ganz Großer, der ein bisschen so aussieht wie Henning Baum?«

»Ähm … ja!« Ich blinzelte meine Tränen weg. »Woher kennen Sie ihn denn?«

»Weil ich mich in der Uniklinik um Pflegefälle kümmere. He! Sie weinen ja! Oder darf ich Du und Juliane sagen?«

»Ich möchte mich gerade ganz weit weg beamen«, gestand ich.

Die Pfarrerin tätschelte mir den Rücken. Zum Glück stand eine Kleenex-Box auf ihrem Nachttisch. »Auch Jon ist ein echter Kümmerer, das hab ich gleich gemerkt. Wir haben eine gemeinsame Patientin, die ist echt schwierig. Ohne Jon hätte ich die nicht geknackt.«

»Die Welt ist ein Dorf.« Ich lachte unter Tränen. Ach, Jon, dachte ich. Ich vermisste ihn im aufreibenden Alltag mit den vielen überraschenden Zwischenfällen, die ich einfach nicht allein bewältigen konnte.

Die Pfarrerin drehte sich zu Malie um: »Deine Pflegeeltern sind wirklich die Besten. Pflegeelterntechnisch hast du einen Sechser im Lotto gewonnen, Malie, weißt du das?«

Malie nickte, überwältigt von dieser Charmeoffensive.

»Was meinst du, Malie, hättest du nicht Lust, in unsere Jugendgruppe zu kommen? Wir treffen uns immer dienstags und freitags, und in der letzten Ferienwoche wollen wir sogar noch zusammen ins Zeltlager, so richtig aufregend mit Lagerfeuer, Gitarre und selber Fische fangen …«

Tu dir das nicht an, Anne, hätte ich am liebsten gesagt. Um dann einzuwenden: »Ich fürchte, das scheitert an Frau Nölle und Herrn Schanz. Die werden nie ihre Erlaubnis dazu geben. Die Dame von der Sonnenschein-Stiftung, das Jugendamt und der Vormund haben alle viel mehr zu sagen als ich …«

Zu meinem Erstaunen kam Malie mit leuchtenden Augen aus ihrer Ecke hervor, setzte sich vertrauensvoll neben mich auf die Bettkante, nahm meine eiskalten Hände und fragte mit bebender Stimme: »Wow, Juliane, das ist voll cool! Ich möchte so gern! Darf ich?«

Anne brachte uns noch zum Auto und drückte den Kindern Päckchen mit übrig gebliebenem Kuchen in die Hand.

»Lass von dir hören, Juliane. Du bist mit der Sache nicht allein.« Sie klopfte fröhlich auf die Motorhaube und winkte.

Ich saß hinterm Steuer und musste mich erst mal sammeln. Meine Beine zitterten immer noch.

»Warum fährst du nicht los?«, maulte Malie, die bereits die Alufolie aufgerissen hatte und den krümeligen Mohnkuchen in sich reinstopfte. Kaum waren wir wieder unter uns, war ihre Stimmung umgeschlagen. »Ich darf ja doch nicht mit ins Zeltlager. Nie darf ich was. Immer sind alle nur voll gemein zu mir.« Ich spürte ihre spitzen Knie im Rücken. Sie schien sie mit voller Absicht in meine Lehne zu bohren.

Weil ich jetzt auf der Stelle sterben möchte, dachte ich. Darum fahr ich nicht los. Ich schaff es einfach nicht mehr. Mein armer Tim und meine arme Lilli hatten das echt nicht verdient! Das waren auch ihre Ferien, und ich hatte ihnen schon mehr zugemutet, als sie verkraften konnten.

»Ich bin immer noch sauer auf dich, darum fahr ich nicht los.«

Schon wegen Lilli und Tim konnte ich doch diesen Hausfriedensbruch und versuchten Diebstahl nicht einfach so unkommentiert im Raum stehen lassen. Auch wenn die Pfarrerin noch so nett war und so getan hatte, als wär das überhaupt nicht schlimm!

Ich drehte mich zu Malie um. »Du kannst doch nicht in fremde Wohnungen gehen, nur weil sie nicht abgeschlossen sind, und fremde Schubladen aufziehen.«

»Du siehst ja, dass ich das kann.« Ungerührt kaute sie auf ihrem Kuchen.

»Das war aber das letzte Mal, Malie. Hast du mich verstanden!«

Sie ignorierte mich, also fuhr ich doch los. Ich war einfach am Ende mit meinem Latein! Sollte ich vor den Kindern hysterisch werden und losheulen? Ich atmete tief durch und zählte innerlich bis zwanzig. Immerhin schien Gott mir eine neue Freundin geschickt zu haben, die mir vielleicht in Zukunft beistehen würde. Tapfer wechselte ich das Thema.

»Die Anne ist ja vielleicht nett, Kinder! Das habt ihr mir ja noch gar nicht erzählt!«

»Doch, ich hab dir schon oft von Anne erzählt«, widersprach Tim, der artig sein Kuchenpäckchen auf den Knien hielt. »Hörst du mir denn gar nicht mehr zu?«

»Doch natürlich, Tim. Es stimmt, du hast schon von ihr erzählt.«

»Die Anne ist voll nett, Mama!«, bestätigte Lilli. »Und die hat auch eine Tochter, die schon fünfzehn ist, die heißt Tina! Und die will gerne mal mit Malie was machen!«

Ich reckte den Hals und spähte in den Rückspiegel.

»Malie, das wäre doch was, hm? Eine Freundin, nur für dich? Sollen wir Anne und Tina mal zu uns nach Hause einladen?«

»Mir egal.« Malie kurbelte ihr Fenster hinunter und ließ die Alufolie samt der Plastiktüte aus dem fahrenden Auto segeln.

Ich verriss fast das Lenkrad vor Schreck. »Malie! Was soll das jetzt wieder! Wir werfen doch keinen Abfall auf die Straße!«

»Wieso denn! Ist doch nur Papier!«

»Das ist Alufolie und Plastik! Das verschwindet nicht von alleine, das verschmutzt die Umwelt!«

»Mama, darf ich es ihr sagen?« Lilli hob den Arm wie in der Schule. »Wir trennen den Abfall. Das Altpapier und die Flaschen bringen wir zurück zum großen Container, und zu Hause trennen wir Biomüll, Restmüll und Plastik. Mama, guck mal, was die Malie macht!«

Meine Augen huschten erneut panisch zum Rückspiegel.

Malie spuckte gerade genüsslich einen großen blauen Kaugummi in ihre neue blaue Trinkflasche.

Ich riss im Fahren den Kopf herum. »Was machst du denn jetzt schon wieder! Den krieg ich doch kaum wieder da raus!«

»Ist mir doch scheißegal. Dann schmeiß ich die eben auch noch weg.« Klirrend zerschellte die teure Trinkflasche am Wartehäuschen der Straßenbahn.

Die Leute sprangen erschrocken zur Seite und sahen uns verdutzt hinterher.

Eine Frau wedelte mit der Hand vor ihrem Gesicht hin und her – so nach dem Motto: Wie gestört sind SIE denn! Gott, was schämte ich mich! Mein Wagen geriet beinahe ins Schlingern. Das war zu viel. Meine Hände umklammerten das Lenkrad, ich biss mir auf die Lippen. Leider konnte ich auf der vierspurigen Straße nicht anhalten und mich bei den Leuten entschuldigen.

Bei der nächsten Möglichkeit fuhr ich rechts ran. Mein Herz raste. Die Augen der anderen Kinder waren schreckgeweitet, als ich Malie aus dem Auto zerrte und wie eine Furie auf sie einbrüllte.

»Jetzt reicht es, hörst du? Es reicht! Wenn du in unserer Familie leben willst, hältst du dich an unsere Regeln, ist das klar?«

»Und wenn nicht?« Malies schwarze Augen waren eiskalt. »Sperrst du mich dann wieder ins Heim?«

Ich zuckte zusammen. Mir fehlten die Worte.

»Dann … dann … wirst du mich noch kennenlernen!«

Vor lauter Wut fand ich keine einzige pädagogisch wertvolle Lösung mehr. Eigentlich hätte ich gute Lust gehabt, diesem Früchtchen eine zu knallen. Oder sie Frau Nölle vor die Tür zu setzen. Sollte die sich doch an diesem »normalen« Kind erfreuen, wenn sie mir jede professionelle Hilfe verwehrte.

16

Köln, Samstag, 18. August 2007

Schon am nächsten Tag meldete sich Anne, die sympathische blonde Pfarrerin mit dem wippenden Pferdeschwanz.

»Habt ihr heute schon was vor?«

»Nein, ich … äh … sitze gerade ehrlich gesagt in der Küche und heule.«

»Das habe ich doch gespürt. Warte, Tina und ich sind gleich da! Wir könnten zum Tiergehege in den Stadtwald gehen, da haben zwei Esel ganz süße Junge gekriegt!«

Das passt ja total, dachte ich zynisch. Wir zwei Esel haben auch »süße« Junge gekriegt.

Laut rief ich: »Anne, dich schickt der Himmel …«

»Das ist mein Beruf. – Nein, ehrlich, ich bin hier neu und freue mich über eine Freundin mit Familienanschluss.«

Überglücklich scheuchte ich die ganze Bande aus ihren Zimmern.

»Schuhe an, wir gehen in den Stadtwald!«

»Boah, nicht schon wieder!« Malie trat den Rückzug an und knallte mir die Tür vor der Nase zu.

»Malie, Anne bringt ihre Tochter Tina mit – extra für dich, also los! Es wird bestimmt lustig, und hinterher können wir noch Minigolf spielen!«

Endlich ließ sie sich dazu herab, die Treppe hinunterzustampfen.

Der kleinen Araia hatte ich die Schuhe selbst angezogen,

weil sie immer noch keine Schleife binden konnte. Sie saß ganz geduldig auf der Bank im Flur und hatte ihr kleines Händchen daraufgelegt, als Malie plötzlich mit dem Bein ausholte und ihr heftig auf die Hand trat. Die Kleine zuckte zusammen und weinte lautlos.

»Was soll das, Malie? Warum tust du deiner kleinen Schwester weh?«

»Hab ich überhaupt nicht! Die soll sich nicht so anstellen! Warum sitzt sie auch im Weg!«

Ich hätte Malie schütteln können, aber da standen zum Glück schon Anne und Tina vor der Tür. Tina war blond wie ihre Mutter, aber eher schüchtern und blass. Vielleicht hatte sie auch schon von Malie gehört und Angst vor ihr. Wir zogen los.

Jetzt hatte ich eine starke Freundin an meiner Seite, mit der ich meine Sorgen teilen konnte! Natürlich erleichterte ich mein Herz, während wir in Richtung Stadtwald marschierten. Hinter uns trotteten Kamon und Tim mit Socke an der Leine, und dahinter die vier Mädchen. Tina versuchte, Small Talk zu machen, und gab sich alle Mühe, Malies verstocktes Herz zu erweichen.

»Es ist manchmal so verdammt schwer, dass ich alles hinschmeißen möchte«, vertraute ich Anne an. »Aber das geht jetzt natürlich nicht mehr.«

Ich erzählte Anne, wie lange Frau Nölle uns hingehalten hatte und wie sehr ich ihr immer wieder versichert hatte, dass wir die richtige Pflegefamilie seien!

»Die Nölle hat immer wieder behauptet, die drei seien ganz normale Kinder!«, schnaubte ich empört. »Dabei sind sie hochgradig verhaltensauffällig und bräuchten dringend eine Therapie.«

»Du weißt nicht, was die drei erlebt haben.« Anne sah mich von der Seite an. Sie hatte blitzblaue Augen und trotz ihres jugendlichen Aussehens schon viel Erfahrung. Sie war, wie sie mir erzählte, alleinerziehend. Ihr Mann Sören, ein Orthopäde aus Norddeutschland, war vor zwei Jahren an Hodenkrebs gestorben. Sie hatte ihn bis zum Schluss begleitet. Danach war sie mit Tina nach Köln gezogen, um neu anzufangen. Sie wollte nicht darüber reden: »Sonst heul ich gleich wieder los.«

»Gott, Anne, wie ich dich bewundere. Wie schaffst du das, dich dann auch noch um eine Gemeinde und dein Kind zu kümmern.«

Heiße Sympathie wallte in mir auf.

»Jeder wächst an seinen Aufgaben. Als Pfarrerin sehe ich so viele Probleme, mit denen die Menschen zu kämpfen haben. Du ahnst ja nicht, was sich alles so abspielt in den Familien um uns herum. Und in den Pflege- und Altenheimen, die ich so nach und nach besuche.«

»Erzähl doch mal«, forderte ich sie neugierig auf.

»Du weißt, ich habe Schweigepflicht. Dein Jon darf ja auch nicht alles ausplaudern. Aber glaub mir, jeder bekommt vom Schicksal die Aufgabe, die er auch meistern kann. Und ihr werdet das auch schaffen. Ich bin jederzeit für euch da – soweit es in meiner Macht steht natürlich.«

Beschwingt wanderten wir weiter.

»Anne, ich bin so erleichtert, dass ich dich getroffen habe.« Ich sah mich nach den Mädchen um. Tina ging inzwischen alleine, die Jungs rannten mit Socke durchs Dickicht und sammelten Stöcke, und ganz weit hinter uns liefen Malie und Araia. Ich sah, wie Malie mit Drohgebärden auf Araia einredete, die weinte.

»He, Mädels. Gebt mal ein bisschen Gas. Wir sind gleich da.«

Araia machte sich los und rannte zu mir. Vertrauensvoll legte sie ihre kleine Hand in meine und sah sich ängstlich nach ihrer Schwester um.

»Was macht sie denn nun schon wieder?« Wir kamen gerade am Weiher vorbei, auf dem Enten und Schwäne mit ihren Jungen gemächlich ihre Bahnen zogen. Malie riss Kamon und Tim die gesammelten Stöcke aus den Händen und schleuderte sie gezielt auf die Enten, deren Küken nun panisch piepsend durchs Wasser pflügten.

»Malie, spinnst du!« Ich ließ Araia los und stürzte mich auf sie.

Sie hob einen Stock, und ich befürchtete schon, sie könnte mich schlagen. Aber meine Empörung verlieh mir Bärenkräfte. Ich entwand ihr den Knüppel. Zwei Schwäne zischten Malie drohend an. Socke bellte wie verrückt, und mir brach der Schweiß aus. Spaziergänger blieben kopfschüttelnd stehen.

»Malie, warum tust du das!« Zum Glück war ich immer noch stärker als sie.

»Frag ein solches Kind nie nach dem Warum.«

Anne war mir zu Hilfe geeilt und nahm Malie beiseite. Sie zog sie aus der Gefahrenzone, denn die Schwäne hackten bereits nach ihr. Dankbar überließ ich mein Sorgenkind meiner neuen Freundin und schritt mit den anderen Kindern energisch weiter. Ich brauchte dringend etwas Abstand.

»Kommt, wir schauen nach den neu geborenen Eseln – und ich wette, die Wildschweine haben auch neue Ferkelchen.«

Ich sah, wie Anne mit Malie redete und diese sich weinerlich verteidigte. Anne legte dem trotzigen Mädchen den Arm um die Schultern und zog sie weiter.

Bei den Wildschweinen hielten wir uns die Nase zu und stiegen über die sehr würzig riechenden schwarzen Pfützen hinweg, als Malie plötzlich direkt neben uns mit Anlauf in die dreckigste Pfütze sprang und uns alle mit stinkenden Sprenkeln »beschenkte«.

»Malie!!!«

»Das hab ich nicht mit Absicht gemacht!«

»Doch, hast du. Blöde Kuh!« Tim wischte sich angewidert schwarze Spritzer vom weißen T-Shirt.

»Tim, bitte keine Schimpfwörter.«

»Aber die! Die darf dauernd verfickte Schlampe und Hurensohn sagen.«

»Bitte, Tim, das ist nicht unser Vokabular.«

»Schaut nur, schaut nur, da sind die kleinen Esel!«, rief Anne. »Die sind ja noch ganz wacklig auf den Beinen. Oh wie süß! Komm, Araia, wir versuchen, sie zu streicheln …«

»Ich hab keinen Bock auf diese Kinderkacke«, maulte Malie.

»Dann bleibst du eben hier und wartest, bis wir wiederkommen.« Ich ließ sie stehen.

»Dann renne ich eben vor ein Auto«, schrie sie mir hasserfüllt nach. »Das ist euch doch sowieso am liebsten!«

Mit Unbehagen registrierte ich die viel befahrene Kitschburger Straße. »Nein, das tust du nicht«, sagte ich so gelassen wie möglich. »Wir brauchen dich noch, Malie, sonst wird's ja langweilig.«

Mein Herz raste, schon hörte ich ein Auto hupen und zuckte nervös zusammen. »Leute, ich schaff das gerade nicht mehr …«

»Tina!« Anne machte nur eine Kopfbewegung, und Tina zog Malie von der Straße.

»Gott, ich würd sie manchmal so gern zurückgeben!«, entfuhr es mir.

»Tja, und genau davor hat dich die Nölle gewarnt. Nein, meine Liebe. Der Zug ist abgefahren. Du schaffst das. Und ich helf dir dabei.« Anne legte den Arm um mich. »Wer wird denn gleich aufgeben, wenn es ein bisschen schwierig wird!«

»Ein BISSCHEN?«, entfuhr es mir. »Sie ist ein Satansbraten!«

»Andere Leute haben NUR solche Kinder«, grinste sie und stieß mir in die Rippen.

»Aber die haben das auch verdient«, knurrte ich.

»Du etwa nicht?«, lachte sie mich aus. »Gutmensch, der du bist?«

Ich musste wider Willen grinsen. Wir fütterten und streichelten die Tiere und hatten sogar ein bisschen Spaß.

»So, ich schlage vor, wir machen jetzt unser Picknick.« Suchend sah ich mich nach Malie um. »Wenn die weggelaufen ist, wird Frau Nölle mich verklagen!«

Doch Anne zeigte auf eine einsame schmale Gestalt hinten am Zaun. »Beruhige dich. Da steht sie. – Glaub mir, Juliane, sie trägt in sich schreckliche Kämpfe aus.«

Insgeheim beschloss ich, Anne bei nächster Gelegenheit zum Dank auswärts zum Essen einzuladen. Sie hatte keinen Mann, und nächstes Wochenende würde ich Strohwitwe sein, wenn Jon die Kinder zu den Thailändern nach Andernach brachte. Meine eigenen Kinder waren pflegeleicht und konnten auch mal einen Abend allein zu Hause bleiben.

Erleichtert gingen wir auf unser Sorgenkind zu. Ich hatte beschlossen, den Vorfall von vorhin nicht weiter zu erwähnen, sondern zur Tagesordnung überzugehen.

»Was haltet ihr davon, wenn wir das Picknick am Abenteuerspielplatz machen?«

»Au ja, das ist cool, da können wir Marshmallows grillen!« Tim hatte sich wieder gefangen. »Komm, Kamon, wir schwingen uns an den Lianen über den Teich! Und du auch, Malie! Spiel mit!«

»Ich hab nasse Füße«, jammerte Malie. »Ich muss nach Hause, duschen und frische Sachen anziehen!«

Ich wollte mich schon in Bewegung setzen wie ein gehorsamer Esel, da rief Anne: »Es sind achtundzwanzig Grad, da machen ein paar nasse Füße nichts aus. Komm, sei kein Frosch, wir wollen doch noch Minigolf spielen!«

»Dann seid ihr schuld, wenn ich mich erkälte und krank

werde«, schrie Malie wütend. »Und wenn ich tot bin, habt ihr, was ihr wollt!«

»So schnell stirbt man nicht«, sagte Anne lachend. In ihrer erfrischenden Art erzählte sie, dass sie von einer Nordseeinsel stamme und ihr Leben lang nasse Füße gehabt habe. Die Kinder hingen ihr nur so an den Lippen, und Tim betete sie geradezu an. Gott, wie sehr ich diese herzliche Frau mochte, die selbst Ähnlichkeit mit einer frischen Nordseebrise hatte!

»Ist das normal, dass Malie sich dauernd im Badezimmer einschließt, dreimal am Tag duscht und sich ständig neue Sachen anzieht?«, flüsterte ich, als das Mädchen wieder außer Hörweite war.

Ich kam mir vor wie eine alte Petze.

»Sie probiert sich aus.« Anne winkte gelassen ab und zuckte lachend mit den Schultern. »In diesem Alter stehen die Mädels doch alle stundenlang vor dem Spiegel. Eben noch Stinktier, jetzt Pubertier!«

»Cremt Tina sich auch dreimal am Tag mit Körperlotion ein, verbraucht literweise Shampoo und vergreift sich an deinem Parfüm?«

»Klingt verdächtig nach Pubertät! Tina hat andere Macken.«

»Anne. Was soll ich tun?«

»Ich würde das rationieren. Gib ihr kleine Probepackungen aus der Drogerie. Die gehören ihr ganz allein. Aber mit denen muss sie auskommen.«

»Und die viele frische Wäsche?«

»Lass sie sie selber waschen und bügeln.«

»Ist das nicht Kinderarbeit?«

Statt einer Antwort gab mir Anne einen freundschaftlichen Stups. »Fang an, das Mädchen zu erziehen! Sei freundlich, aber bestimmt. – Tina, erzähl Juliane, was ich mit deinem Handy gemacht habe!«

»Sie hat es aus dem Autofenster geworfen«, sagte Tina.

»Du hast was?« Nun starrten wir Anne alle mit aufgerissenen Mündern an.

»Ja, ich hatte Tina gesagt, wenn sie noch einmal ihre Hausaufgaben nicht macht, sondern auf dem Handy spielt, schmeiße ich es aus dem Fenster.«

»Das hast du wirklich gemacht?!«

»Natürlich! Wenn man etwas androht, muss man es auch wahr machen!«

Fröhlich lachend schob Anne uns am Kassenhäuschen vorbei auf den Minigolfplatz.

»So, Freunde. Wer fängt an?«

»Ich würde sagen, die Kleinsten!«

»Also, hier Araia, schön vorsichtig, der Schläger. Und hier Lilli, du kennst das ja schon. Kamon, hast du schon mal Minigolf gespielt? Achtung, immer schön Abstand halten. Tim und Malie, ihr seid die Letzten …«

»Gib her!«

»Malie! Du bist noch nicht dran! Wir haben doch gerade gesagt …«

Malie scherte sich nicht darum. Sie riss mir einen Schläger aus der Hand, holte aus, obwohl Lilli hinter ihr stand, und schlug ihr mit voller Absicht den Schläger ins Gesicht.

Lilli taumelte und fiel um.

»Malie! Bist du verrückt geworden!«, kreischte ich und half meinem Kind auf, aus dessen Nase Blut quoll. Was sollte ich denn jetzt für eine Drohung konsequent wahr machen? Malie erdrosseln? Erschlagen? Am Kassenhäuschen abgeben? Gerne!

All die schönen Ratschläge Annes lösten sich in Luft auf.

Lilli war leichenblass. Wenn sie wenigstens heulen würde! Aber sie war ganz still. Und spuckte einen Zahn aus.

In ohnmächtiger Wut brüllte ich Malie an: »Du schreckliches Kind! Jetzt reicht es aber! Jetzt hast du eine Grenze überschritten!« Ich fletschte die Zähne wie ein verletztes Tier und fauchte: »Das wird Folgen für dich haben!« Welche Folgen, wusste ich nicht. Womit konnte ich sie strafen, außer mit Liebesentzug? Oder damit, sie ins Heim zurückzugeben? Ach, Frau Nölle hatte so recht gehabt! Ich war unfähig, ich schaffte es nicht, ich hasste dieses Kind, ich hasste es aus ganzem Herzen und wollte es auf der Stelle los sein.

»Beruhige dich, Juliane.« Anne legte warnend die Hand auf meine Schulter.

»Nein ich beruhige mich NICHT«, fauchte ich und schüttelte ihren Arm ab.

Lilli verdrehte die Augen und verlor das Bewusstsein vor Schmerzen. Ihre Wange schwoll in Sekundenschnelle an, war die Nase gebrochen? Mein liebes kleines Mädchen!

Anne hatte schon das Handy gezückt und orderte einen Krankenwagen.

»Interessiert dich gar nicht, was du angerichtet hast?«, schrie ich Malie an, die völlig unbeteiligt dem Golfball gefolgt war und weiterspielte, als wäre nichts geschehen. Die anderen Kinder starrten uns geschockt an. Araia machte sich auf der Stelle in die Hose.

»Warum bist du so?«, brüllte ich. »Warum tust du so etwas. So geht das mit uns nicht weiter, ich lass das nicht mehr zu. Was bist du nur für ein Monster!«

»Juliane, beruhige dich, du darfst jetzt nichts Falsches sagen und frag sie nie nach dem Warum. Sie weiß es doch selbst nicht!«

Jemand reichte mir ein Glas Wasser, und ich flößte Lilli etwas davon ein. Sie blinzelte irritiert.

»Na bitte, sie kommt schon zu sich«, meinten einige Umstehende beruhigend.

»Alles halb so schlimm, junge Frau. Das ist schon vielen passiert.«

»Immer schön Abstand halten, das ist die wichtigste Grundregel …«

Als ob ich das nicht gerade laut und deutlich gesagt hätte!

»Ich geh mit dem Rest der Kinder nach Hause«, bestimmte Anne. »Gib mir deinen Hausschlüssel. Ich kümmere mich um alle.«

Der Notarztwagen war schon zur Stelle, und wenige Sekunden später ging es in die nahe gelegene Uniklinik.

»Jon, oh Jon«, heulte ich ins Handy. »Komm runter in die Notaufnahme, Malie hat Lilli mit dem Minigolfschläger ins Gesicht geschlagen! Mit voller Absicht! Ich hasse dieses Kind!«

»Bitte beruhigen Sie sich«, mahnte der Arzt. »Sie hat nur eine Platzwunde, der Kiefer ist nicht gebrochen und die Nase auch nicht, soweit ich das auf den ersten Blick sagen kann.«

»Meine schöne kleine Lilli«, schluchzte ich, ihr Händchen in meiner Hand. »Was hab ich dir nur angetan!«

»So was kommt in den besten Familien vor«, tröstete mich der Arzt, der mich für schwer hysterisch halten musste. »Sie wird mit einer kleinen Narbe davonkommen.«

»Mama, es ist nicht so schlimm«, nuschelte mein tapferes Mädchen mit blutig verschmiertem Mund. Sie nahm meine Hand. »Ist doch nur der Wackelzahn!«

Nein, es ist nicht der Wackelzahn, dachte ich erschüttert. Es war ein bleibender Zahn, den sie dir ausgeschlagen hat. Du bist neun. Du hast wunderschöne Zähne gehabt, um die wir uns konsequent gekümmert haben. Das strahlendste Lächeln, das man sich als Mutter nur wünschen kann. Du hast dir jeden Tag dreimal nach der Eieruhr die Zähne geputzt!

Abends war ich schon etwas beruhigter: Es hatte wirklich schlimmer ausgesehen, als es war. Lilli war schon wieder guter

Dinge und kokettierte mit ihrer Zahnlücke. In der Kinderklinik sollte ein Stiftzahn hergestellt werden, man hatte bereits einen Abdruck gemacht. Letztlich waren wir mit dem Schrecken davongekommen. Auch Jon hatte mich gebeten, den Ball flach zu halten. »Weißt du, in wie vielen Familien das vorkommt? Bitte beruhige dich, Juliane. Und steigere dich jetzt nicht in einen Hass auf Malie hinein. Vielleicht hat sie es wirklich nicht mit Absicht gemacht. Wir wussten, dass sie schwierig ist. Sie kann nichts dafür, dass sie so ist.«

Ich schämte mich inzwischen schrecklich, dass ich so fürchterliche Dinge zu Malie gesagt hatte. Monster hatte ich sie genannt – das war unverzeihlich! Ich wollte im Erdboden versinken vor Reue! Ich war hereingefallen auf ihre Provokation, und als ausgebildete Pädagogin gab ich mir selbst ein Ungenügend.

Aber als Mutter hatte ich einfach nur normal reagiert! Sie hätte Lilli eben kein Haar krümmen dürfen. Bei so etwas wurde doch jede Mutter zum Tier! Sei es nun Schwanen-, Löwen- oder Menschenmutter!

Anne und die Kinder saßen einträchtig bei Gesellschaftsspielen, als ich mit der leicht lädierten, aber schon wieder putzmunteren Lilli zu Hause auftauchte.

Malie sprang auf, rannte zu Lilli und streichelte sie am Arm. »Das tut mir voll leid, Lilli, das hab ich nicht mit Absicht gemacht. Ich hab dich da einfach nicht stehen sehen, so dicht hinter mir. Bitte, glaub mir, Lilli!«

Lilli entblößte ihre Zahnlücke und grinste schief. »Ich glaub's dir, Malie.«

»Bitte, glaub du mir auch, Juliane!« Malie war ungewohnt reumütig. »Ich hab doch noch nie Minigolf gespielt, ich wollte das einfach bloß ausprobieren!«

»Sie hat uns allen glaubhaft versichert, wie fasziniert sie von dem Schläger war«, sagte Anne, die Araia auf dem Schoß hatte. »Und das nehmen wir ihr auch ab. Nicht wahr, Kinder? Sie wollte es einfach nur ganz schnell ausprobieren.«

»Ja, und ich tu es auch ganz bestimmt nicht wieder«, versicherte mir Malie flehentlich. »Beim nächsten Mal schaue ich vorher, wer hinter mir steht.«

»Goldene Regel«, nickte Anne. »Haben inzwischen alle verinnerlicht.«

Erst wollte ich kalt sagen: Es wird kein nächstes Mal geben, riss mich dann aber zusammen und rang mir ein Lächeln ab. Dankbar nahm ich den Tee, den Anne mir fürsorglich eingeschenkt hatte.

»Jetzt haben wir alle schön *Mensch ärgere dich nicht* gespielt, Kekse gegessen und Kakao getrunken«, meinte Anne. »Aber nun muss ich ganz schnell meine Predigt für Sonntag vorbereiten.« Sie stand auf und befreite sich von Araia, die sich an sie klammerte wie ein Äffchen an seine Tierpflegerin. »Wenn du willst, lass ich dir Tina über Nacht da.«

»Willst du das, Tina?« Das konnte ich mir gar nicht vorstellen.

Tina nickte scheu. Sie war sehr blass um die Nase, dieser Vorfall hatte sie sichtlich mitgenommen. Aber sie war auch gut erzogen und gab ihrer Mutter keine Widerworte.

Ich bewunderte Anne maßlos. Wie sie das als alleinerziehende Mutter geschafft hatte!

»Tina kann bei Malie schlafen und Araia bei Lilli«, schlug ich vor. Mein Instinkt sagte mir, dass Araia mittlerweile Angst vor Malie hatte. Tina war schon fünfzehn, und vor ihr hatte Malie sichtlich Respekt.

»Dann wollen wir mal den Abend einläuten.« Ich brachte Anne dankbar zur Tür. »Danke, Anne, du bist wirklich eine Traumfreundin, dich hat der Himmel geschickt. Darf ich dich nächstes Wochenende zum Essen einladen? Wir könnten vorher ins Theater gehen!«

»Sehr gerne, Juliane. Ich kenne hier außerhalb meiner Gemeinde kaum Leute. Theater klingt wundervoll. – Und jetzt ruh dich aus und trink ein schönes Glas Wein.«

Mit wippendem Pferdeschwanz sprang sie davon, als wäre der Nachmittag der reinste Kinderspaziergang gewesen. In gewissem Sinne war das ja auch so …

Besänftigt machte ich mich daran, das Abendessen für sechs Kinder vorzubereiten, und machte Pfannenkuchenteig. An stürmischen Tagen muss man süße Pfannkuchen essen. Während ich mit zwei dampfenden Pfannen auf dem Herd zugange war, spähte ich immer wieder aus der Küche. Die Kinder saßen einträchtig auf dem Boden und spielten Mikado. Lilli hielt sich immer noch tapfer ein Coolpack auf die lädierte Wange, die jetzt ein liebliches Veilchenblau zeigte. Wäre Frau Nölle des Weges gekommen, hätte sie bestimmt gleich das Jugendamt eingeschaltet.

Tina versuchte, das Spiel zu moderieren, und erklärte den thailändischen Kindern die Regeln. Offensichtlich hatten sie noch nie Mikado gespielt. »Wer wackelt, hat verloren. Also ganz vorsichtig. Und immer ein Stäbchen nach dem anderen.«

»Ich fang an«, rief Malie.

»Nein, lass Lilli anfangen.« Tina warf ihr einen warnenden Blick zu.

»Menno! Immer die anderen! Nie ich!«

»Du weißt, warum«, sagte Tina eindringlich.

Lilli ließ das Bündel Mikadostäbe auf den Parkettboden fallen. Mit konzentriertem Blick angelte sie sich die ersten zwei Stäbchen hervor, dann wackelte eines, und sie zog ihr Händchen sofort zurück. »Du bist dran«, wandte sie sich an Araia. Das kleine Mädchen hockte verschüchtert am Boden und starrte auf die Stäbchen.

Ich wendete die Pfannkuchen, die schon warnend zischten.

»Gewackelt, gewackelt«, hörte ich Malie schreien. Araia

hielt sich die Ohren zu und klammerte sich an Tina. Kamon saß wie immer schräg hinter Tim und stellte sich tot. Er war regelrecht sein Schatten.

Mit dem Küchenhandtuch in der Hand lugte ich aus der Tür. Malie griff gierig und völlig ungeschickt in die Stäbe, und selbst ich konnte aus drei Meter Entfernung sehen, dass der ganze Haufen wackelte.

»Gewackelt«, rief Tim.

»Nein, hab ich nicht!«

»Doch, hast du! Wir haben es alle gesehen!«

»Malie, du hast gewackelt«, rief ich scharf aus der Küchentür. »Tim ist dran!«

»Nein, ihr Wichser, hab ich NICHT!« Malie packte den ganzen Stapel Mikadostäbe, und dann sah ich in Zeitlupe, wie sie die Stäbe mit voller Wucht in Tims Handrücken bohrte. Sie glitten hinein wie ein Messer in einen Laib Brot.

Mein Herz setzte einen Schlag aus. Meine Haare standen senkrecht. Ich war einer Ohnmacht nahe.

»Auuu, Mama! Ich blute!« Dünne rote Rinnsale tropften aufs Parkett. Die anderen Kinder fingen an zu schreien.

Das konnte doch nicht wahr sein! Wie eine Furie stürzte ich auf dieses Ungeheuer und drosch mit dem Küchenhandtuch auf sie ein. »Du grässliches Geschöpf, das lasse ich dir nicht durchgehen, dass du meine Kinder verletzt! Gott, ich werde wahnsinnig! Was habe ich uns nur angetan!« Ich war wie von Sinnen. Zwei hinterhältige gemeine Angriffe an einem Tag auf meine beiden geliebten Kinder! Wenn Jon wenigstens da gewesen wäre! »Du gehörst mal richtig verdroschen!«, brach es unkontrolliert aus mir heraus.

»Das hab ich nicht mit Absicht …«

»DOCH! HAST DU! ICH HAB ES GESEHEN! HÖR AUF ZU LÜGEN!!«

Schon wieder war ich komplett außer mir, nur dass jetzt

keine vernünftige Anne mehr da war, die mich vor mir selbst beschützen konnte. Mein Mutterinstinkt ließ mich durchdrehen. Ich hatte mir ein gefährliches, unberechenbares Monster ins Haus geholt! Am liebsten hätte ich Malie in den Keller gesperrt. Lauter drakonische Strafen fielen mir ein, von denen meine Eltern mir noch erzählt hatten. Nie hätte ich mir vorstellen können, dass man ein Kind so verabscheuen konnte. Dabei tat Malie wahrscheinlich nur, was man ihr selbst angetan hatte. Hin und her gerissen zwischen heißem Zorn, Reue und Panik, wusste ich nur eines: Ich brauchte Abstand von ihr, sofort!

»Hau ab auf dein Zimmer und komm da bloß nicht mehr raus«, brüllte ich Malie an. »Ich will dich heute nicht mehr sehen!« In blinder Wut drosch ich mit dem Küchenhandtuch auf ihren Popo ein.

Das hatte ich noch nie gemacht! Ich hatte noch nie ein Kind geschlagen! Entsetzen durchflutete mich. Ich wollte aus diesem Albtraum aufwachen!

Ihr schienen die lächerlichen Schläge mit dem Küchenhandtuch nichts auszumachen, sie wehrte sie ab wie eine lästige Mücke. »Pah. Das tut mir nicht weh. Dann geh ich eben, aber oben spring ich aus dem Fenster.«

Am liebsten hätte ich geschrien: Ja, mach das! Dann sind wir dich los! Aber im gleichen Moment schämte ich mich schon wieder. Ihr ganzes Verhalten war ein einziger Hilfeschrei. Theoretisch wusste ich das. Hatte ich in unzähligen Seminarstunden bei Fausto gelernt und verinnerlicht. Aber als Mutter drehte ich komplett durch.

Während ich meinen geschockten Tim ins Badezimmer manövrierte, um seine Hand zu desinfizieren, rief ich Tina in Panik zu: »Lauf ihr nach, bitte!«

Wenn Malie sich jetzt auch noch verletzte, war die Hölle auf Erden komplett.

Während ich meinen tapferen Jungen verarztete, der meinte, ein Indianer kenne keinen Schmerz, hörte ich Malie oben brüllen wie am Spieß.

»Alle hassen mich, alle! Ich will tot sein!«

Tina redete leise auf sie ein, ich verstand nicht, was sie sagte.

»Na und! Sie will mich doch bloß loswerden! Alle wollen mich loswerden! Keiner will mich haben!«

Dann wieder beschwichtigende Worte von Tina.

»Die ist kein bisschen besser als meine eigene Mutter! Geschlagen hat sie mich auch schon! Dann kann sie mich auch gleich verkaufen! Na bitte! Ich springe aus dem Fenster!«

Gott, wie theatralisch, dachte ich verächtlich. Doch dann wurde mir eiskalt. Wie kam sie denn auf »verkaufen«? War ihr das wirklich angedroht worden, von der eigenen Mutter? Kein Kind kam von selbst auf so einen Gedanken!

Oh Gott! Ich wollte im Boden versinken! Der Mutterinstinkt war erneut mit mir durchgegangen, und die professionelle Pädagogin war völlig verstummt.

Ja, theoretisch und auf dem Papier hatte ich für alles super Vorschläge und Lösungen. Aber in der Praxis sah es anders aus. Plötzlich sehnte ich mich nach Fausto, meinem ehemaligen weisen Professor. Ihm wollte ich mein Herz ausschütten und mir von ihm Rat und gütige Absolution holen.

Denn eines war mir klar: Ich hatte auf ganzer Linie versagt.

Stunden später saß ich apathisch im Wohnzimmer. Ich hatte mir tatsächlich einen Rotwein aufgemacht, aber genießen konnte ich ihn nicht.

Die Kinder waren mit Mühe und Not eingeschlafen, ich hatte sie alle noch liebevoll zu Bett gebracht. Araia schlief bei Lilli, Kamon suchte Trost und Geborgenheit bei Tim.

Nur einem Kind hatte ich keine Gute Nacht gewünscht. Ich

hatte es nicht übers Herz gebracht, dieses Zimmer zu betreten. Malie sollte in ihren Schuldgefühlen schmoren!

Jon hatte die ganze Woche Nachtdienst, und wenn Tina nicht da gewesen wäre, hätte ich einfach nur Horror vor Malie gehabt! Irgendwann würde sie mit dem Messer hinter mir stehen. Sie war jederzeit in der Lage, uns, aber auch sich selbst, etwas anzutun!

Was war nur mit diesem Kind geschehen? Wer hatte diese kleine Seele so zerstört? Ihr Verhalten war ein einziger Hilfeschrei, aber jetzt brauchte ich selber Hilfe!

Ich lehnte den Kopf an die Sofalehne und heulte erst mal eine Runde.

Sollte ich in diesem Zustand die Nölle anrufen? Um diese Uhrzeit? Und ihr wieder mal mit einer dringend erforderlichen Therapie in den Ohren liegen? Sie würde mich kaltschnäuzig abweisen und Falke und Schanz alles petzen. Und die würden sagen: Sehen Sie?! DESWEGEN haben wir so lange gewartet. Aber SIE wollten die Kinder ja unbedingt haben.

Also riss ich mich zusammen, holte Jons Laptop hervor und schrieb eine E-Mail:

Sehr geehrte Frau Nölle,

meine Bitten um einen geeigneten Therapieplatz für Malie haben Sie bisher alle abgeschmettert. Doch meine Familie kann ihre Probleme nicht mehr auffangen. Malie hat große Schwierigkeiten, sich in unsere Familie zu integrieren. Seit sie bei uns lebt, provoziert sie ihre Geschwister und unsere Kinder. Sie bedroht sie nicht nur, sondern wurde allein heute schon zweimal gewalttätig. Ich musste mit Lilli ins Krankenhaus und Tims blutende Wunden verarzten. Sie hat meiner Tochter mit dem Mini-

golfschläger einen Zahn ausgeschlagen und meinem Sohn mutwillig Mikadostäbe in die Hand gerammt. Es kommt nicht nur in unserer Familie, sondern auch in der Nachbarschaft ständig zu Konflikten. Sie ist schon eingebrochen und hat versucht zu stehlen. Sie hat Vorgärten verwüstet und kleine Kinder gequält. Sie hortet Essen, hat einen manischen Waschzwang – kurz, sie ist hochgradig verhaltensgestört.
Mittlerweile will niemand mehr etwas mit ihr zu tun haben. Man kann sie keinen Moment aus den Augen lassen.
Ich bin mit meinen Nerven und meinen Kräften am Ende und benötige dringend Hilfe. Ich bitte Sie um einen zeitnahen Termin, um Malies Verhalten zu besprechen und eine Lösung für uns alle zu finden. Malie ist seelisch krank, Frau Nölle! Sie braucht dringend professionelle Hilfe.
Ich kenne die richtigen Leute, habe Beziehungen zu einer Koryphäe auf diesem Gebiet: Professor Fausto, bei dem ich studiert habe. Es besteht dringender Handlungsbedarf, und ich erwarte unverzüglich Ihre Antwort. Sollte ich innerhalb von einer Woche nichts von Ihnen hören, werde ich selbst tätig werden.

Mit freundlichen Grüßen
Juliane Bressin

17

Köln, Sonntag, 19. August 2007

Am nächsten Morgen stand Frau Nölle um acht Uhr auf der Matte. Ich war peinlicherweise etwas verkatert, denn in meinem Frust hatte ich die ganze Flasche Rotwein allein ausgetrunken. Jon war gerade von seinem Nachtdienst nach Hause gekommen und hatte frische Brötchen mitgebracht. Als wäre nichts geschehen, sprang Malie fröhlich die Treppe hinunter und deckte den Frühstückstisch.

»Jaaa, Brötchen, danke, Jon!« Sie drückte ihm einen Kuss auf die Wange.

»Alles klar?«, fragte Jon beim Anblick meines zerknautschten Gesichts.

Ich zog nur eine Grimasse und massierte mir die pochenden Schläfen.

Malie half Araia beim Anziehen und zeigte Kamon, wie man bei Cornflakes den Löffel hielt.

»Sieht doch alles ganz gut aus!« Frau Nölle saß bei uns am Tisch und beobachtete das scheinbar friedliche Szenario.

Nach dem Frühstück ging Jon duschen und zog sich auf ein Schläfchen zurück. Tina verabschiedete sich höflich, bot aber an, jederzeit wieder einzuspringen. Ich umarmte sie dankbar und bat sie, ihre Mutter ganz herzlich von mir zu grüßen.

Malie war sanft wie ein Lämmchen und spielte die perfekte Haustochter. Sie räumte den Tisch ab und lächelte zuckersüß. Pah, dachte ich. Falsches Luder. Und gleichzeitig zog sich mein Herz zusammen vor Mitleid mit ihr. Sie gab sich doch solche Mühe, wollte doch funktionieren und schaffte es einfach nicht über einen längeren Zeitraum.

Frau Nölle kam zu uns in die Küche. Sie hatte noch mehr abgenommen. Geschwächt ließ sie sich auf einen Küchenstuhl fallen und kratzte sich am Kopf. »Mein Gott, wie das juckt!«

Ohne jede Vorwarnung fasste sie sich in die Frisur und riss sich die Perücke vom Kopf. Darunter prangte eine stattliche Glatze!

»Nicht erschrecken, Kindchen, aber Sie haben hoffentlich nichts dagegen?« Sie warf die Perücke auf die Fensterbank.

»Nein, natürlich nicht …« Ich schluckte. Sie sah gespenstisch aus.

»Sie werden es ja sicher schon gemerkt haben«, krächzte Frau Nölle. »Ich habe Krebs.«

»Nein, das wusste ich nicht …«

»Lungenkrebs. Sieht schlecht aus. Ich schleppe mich von Chemo zu Chemo, aber die Ärzte geben mir höchstens eine zehnprozentige Überlebenschance.«

Geschockt lehnte ich mich an die Spülmaschine und suchte krampfhaft Halt an der Besteckschublade. »Um Gottes willen, Frau Nölle, nein, das wusste ich nicht, das wusste keiner.«

»Ach papperlapapp, alle wissen es. Der Falke, der Schanz, die Wilke und die ganze Welt. Tun Sie doch nicht so, als sähe man das nicht!«

»Nein, ich hatte nur gedacht, dass Sie …« Ich suchte nach Worten. Ständig irgendwelche Schönheitsoperationen haben, die nach hinten losgehen, konnte ich ja schlecht sagen.

»Dass ich auf Diät bin? Kindchen, das sind die Nebenwirkungen der Chemo.«

»Ja, und wie ist das denn passiert?« War das eine angemessene Frage? Wie passiert Krebs?

Doch Frau Nölle war hart im Nehmen. Sie konnte austeilen wie ein Schwergewichtsboxer, aber auch einstecken.

»Ich bin selber schuld, ich blöde Kuh. Ich war Kettenraucherin. Deshalb könnte ich den Falke auch an die Wand klatschen.«

Ich starrte sie sprachlos an. Das haute mich gerade um! Jetzt verstand ich auch, warum sie oft wochenlang abgetaucht und dann wieder so launisch war!

»Haben Sie denn jemanden, der sich … ähm … um Sie kümmert? Einen Mann, Kinder …?«

Sie winkte verächtlich ab. »Mann ist schon lange abgehauen, Sohn kümmert sich nicht.«

»Bitte, was? Wie kann denn so was passieren?« Schon wieder stellte ich so eine dämliche Frage. Nervös knabberte ich an meinem Daumennagel herum.

»Hab nur einen Sohn, aber der Kontakt ist schon lange abgebrochen.« Sie lächelte mich verbittert an. »Ich kann seinen Lebenswandel nicht ab – und er meinen nicht.«

Füllten sich ihre Augen etwa mit Tränen? Um Gottes willen! Ich räusperte mich.

Ich merkte, dass das Thema uns nicht weiterbrachte, und beschloss, den Grund ihres Besuches anzusprechen.

»Frau Nölle, bei allem Respekt vor Ihrer Krankheit und Ihrem Zustand wollte ich Sie eigentlich um Rat fragen, was Malie anbelangt. Ich sage Ihnen ganz ehrlich …« Ich würgte an einem Kloß im Hals. »Ich weiß nicht, ob wir Bressins für Malie die richtige Pflegefamilie sind.« Meine Stimme zitterte, und meine Augen füllten sich nun auch mit Tränen. »Ich hab mir wirklich alle erdenkliche Mühe gegeben und bin weit über meine Toleranzgrenze, aber auch die meiner Kinder hinausgegangen. Inzwischen bin ich zu der Auffassung gelangt, dass eine psychotherapeutische Einrichtung speziell für Kinder und Jugendliche … Ich kenne da jemanden, Professor

Fausto. Aber natürlich ist es Ihre Stiftung, die ... Ich fühle mich nur so alleingelassen.« Jetzt überrollte mich eine heiße Woge von Selbstmitleid, und am liebsten wäre ich an Frau Nölles Brust gesunken und hätte in ihr Chanel-Kostüm geheult.

»Sie braucht dringend einen Therapieplatz! Sie ist ein Notfall!«

»Passen Sie auf, Kindchen«, unterbrach sie mich. »Was soll ich da zuerst sagen? Unterstehen Sie sich, jetzt hier irgendeinen Alleingang zu machen. Sie nehmen sich selbst viel zu wichtig. Ihre Beziehungen zu irgendwelchen Professoren interessieren mich nicht.«

»Aber ich sehe mich nicht als Sauber-Satt-Stelle, wie in vielen Pflegeheimen, sondern als Pflegemutter, die sich für die Belange ihrer Kinder einsetzt. Und Malie ist ganz besonders hilfsbedürftig!«

»Die Kinder sollten ZUSAMMEN in eine Pflegefamilie. Und nicht in ein Heim oder eine Klinik oder sonst was. Das hätte ich auch allein hingekriegt. Ich hab mir sehr lange Zeit gelassen, die geeignete Familie zu finden.« Verärgert wischte sie einen Krümel vom Tisch. »Ich hab nicht mehr viel Zeit. Und auch nicht mehr viel Geduld oder Nerven. Ich hab lange überlegt, ob ich Ihnen die Kinder gebe. Sie haben einen tollen Eindruck gemacht mit all Ihren ...« – sie machte eine weit ausholende Geste ... »tollen Plänen und Erziehungskonzepten. Und am Geld soll es auch nicht scheitern. Ich bin gern bereit, selbst mal mit dem Früchtchen da oben zu sprechen.« Sie erhob sich ächzend und wandte sich zur Tür. »Aber ein anderes Fass mache ich nicht mehr auf.«

»Bitte, Frau Nölle!« Ich nahm die Perücke von der Fensterbank und reichte sie ihr.

»Ach so, ja, danke. Ich weiß, ich sehe aus wie ein Monster.« Sie stülpte sich das Teil auf, das verrutschte, sodass ihr jetzt wie bei Frau Wilke eine längere Strähne überm Auge hing.

»Ich werd mir das Fräulein mal zur Brust nehmen … und SIE sollten vielleicht nicht so viel Alkohol trinken.«

»Aber ich trinke überhaupt NIE Alkohol«, protestierte ich schwach. Dabei pochte es hinter meiner Stirn, als wären dort kleine Presslufthämmer zugange.

»Das riecht man zehn Meter gegen den Wind«, ätzte sie und arbeitete sich die Treppe hinauf. »Das erwähne ich in meiner nächsten Vorstandssitzung lieber nicht.«

Ich schämte mich abgrundtief, während ich schluchzend die Küche aufräumte. Gott, wohin hatte mich diese Malie getrieben! Ich konnte gar nicht mehr aufhören zu weinen.

Nach einer halben Stunde kam Frau Nölle wieder herunter.

»Das ist ein ganz armes Menschenkind ist das«, schnaufte sie und riss sich sofort wieder die Perücke herunter. »Haben Sie mal ein Glas Wasser?«

Ich gab ihr eines, und sie löste mit schmerzverzerrtem Gesicht mehrere Brausetabletten darin auf. »Das ist ein bedauernswertes Würmchen. Hat so viel mitgemacht, Vater tot, Mutter klinisch auch irgendwie tot, das Nachbarhaus ist abgebrannt, aus dem der Bruder gerade noch fliehen konnte, dann Kinderheim und jetzt Sie. Das Mädchen hat totale Verlustängste. Sie testet ihre Grenzen aus, das habe ich Ihnen doch schon mal erzählt! Reißen Sie sich doch ein bisschen zusammen«, sagte sie mit Blick auf meine geröteten Augen.

Sie klammerte sich an die Anrichte. »Malie ist am Boden zerstört. Sie weiß, dass das hier ihre letzte Chance ist. Und tun Sie mir bitte einen Gefallen und geben Sie sie ihr. Vorher kann ich ja auch nicht sterben.«

»Aber Sie sterben doch nicht, Frau Nölle!«, murmelte ich lahm. »Ich möchte doch nur psychologische Hilfe für Malie in Anspruch nehmen, das ist doch …«

»SIE sind die psychologische Hilfe. IHRE FAMILIE. So war das ausgemacht.«

»Bitte. Frau Nölle, ich komme alleine nicht klar ...«

»Das hätten Sie sich früher überlegen müssen. Ich rede mit dem Vormund und dem Jugendamt, sobald es mir wieder etwas besser geht. Und jetzt rauben Sie mir nicht noch den letzten Nerv.«

18

Samstag, 25. August 2007

»Werd ich zum Augenblicke sagen: ›Verweile doch, du bist so schön! So magst du mich in Fesseln schlagen, so will ich gern zugrunde gehn.‹«

Der Faust dort oben auf der Bühne schlug Anne und mich voll in seinen Bann. Wir saßen in der dritten Reihe und starrten zu ihm hinauf. Mein ganzer Körper war von einer wohligen Gänsehaut überzogen. Diesen Theaterabend hatten wir dringend mal gebraucht!

Drei ganze Stunden ließen wir uns von Fausts unstillbarem Wunsch gefangen nehmen, einmal das Glück zu spüren. Der Mephisto lockte den Lebenshungrigen immer weiter in die Abgründe irdischen Lebens, Faust lebte seine Lust und Liebe aus, bis das arme Gretchen irre geworden war und sich und ihr Baby umgebracht hatte. Am Ende fuhr Faust in die Hölle, und Mephisto bekam, was er wollte: Fausts Seele.

»Dieser Schauspieler hat mich total verzaubert«, schwärmte Anne, als wir im Strom der beeindruckten Zuschauer in die laue Nachtluft hinaustraten.

Kurz darauf hockten wir in einer Pizzeria an einem gemütlichen Zweiertisch, den ich extra reserviert hatte. »Der ist ja unfassbar begabt.« Anne legte ihr rotes Schultertuch ab und schüttelte ihren blonden Pferdeschwanz. Sie trug ein pastellfarbenes Abendkleid mit Spaghettiträgern, das ihre zarten

Schlüsselbeine voll zur Geltung brachte. Ihre Augen strahlten. »Ich hab, glaube ich, drei Stunden nicht geatmet.«

»Wie merkt der sich nur diese stundenlangen Texte?« Ich legte die Speisekarte beiseite.

»Dafür muss man brennen.« Anne nippte an ihrem Wein. »Der WAR der Faust, der hat den nicht gespielt.«

Sie bestellte eine große Pizza Quattro Stagioni, und ich freute mich auf einen großen Nizza-Salat mit warmem Knoblauchbrot.

»Herrlich. Ich hatte schon ganz vergessen, wie das ist – ganz ohne Kinder.«

Jon war verabredungsgemäß mit den Pflegekindern in Andernach bei deren Verwandten, und Tim und Lilli hatten in Tina eine gute Babysitterin. Ich genoss diesen Mädels-Abend mit meiner neuen Freundin, und auch Anne tat er sichtlich gut.

»Das sollten wir öfter machen.« Wir prosteten uns zu.

»Sag, hast du schon wieder … Bist du schon … Gibt es in deinem Leben …« Oh Gott, ich brachte die Frage einfach nicht über die Lippen. Ob Anne wusste, wie schön sie war?

»Ich bin noch nicht so weit«, sagte sie schlicht. »Aber danke der Nachfrage.«

Sie machte sich über ihre Pizza her, und ich stocherte aufgeregt in meinem Salat.

»Wie geht es dir damit, dass die Kinder weg sind?« Anne sah mich aufmerksam an.

»Einerseits fühle ich mich so erleichtert, als hätte ich plötzlich Flügel.« Ich nahm einen Schluck Weißwein und kam mir fast schon faustisch vor. »Andererseits ist mir einfach nicht wohl bei dem Gedanken, dass sie jetzt bei diesen komischen Leuten sind.«

»Jon übernachtet doch in der Nähe.«

»Ja, das tut er. Er ist großartig.« Tatsächlich hatte Jon wieder ewig viele Nachtdienste geschoben, damit er das ganze

Wochenende freihatte und in der Nähe der Kinder bleiben konnte.

»So ein Mann hat Seltenheitswert.« Annes Blick wurde ganz warm. »Ich hatte auch so einen, der immer mit angepackt hat und immer für uns da war. Ein Mann zum Pferdestehlen.«

Ich starrte sie einen Moment lang an. »Es muss entsetzlich schwer für dich gewesen sein, als er starb.«

»Wir haben es lange vorher gewusst, und ich war darauf vorbereitet.« Sie verstummte, und ihre Stimme schwankte. »Ich möchte nicht drüber reden.« Anne säbelte an ihrem Pizzarand herum. »Sonst heule ich hier noch los.« Sie wischte sich hastig über die Augen. »Lass uns über die Kinder reden. Ich bin so froh, dass ich euch kennengelernt habe.«

»Ich bin auch froh, DICH kennengelernt zu haben!« Wir hoben unsere Gläser und sahen uns einen Moment lang innig an.

»Erzähl mir von Malie. Geht es besser mit ihr?«

Ich schob meinen Teller weg. »Ich schäme mich schrecklich, dass ich neulich so ausgeflippt bin.«

»Habt ihr drüber geredet?« Anne warf ihre Serviette auf den Teller. Sie hatte kaum die Hälfte ihrer Pizza geschafft. »Reden und Vertrauen ist das Einzige, was euch weiterbringt! Alles konsequent ausdiskutieren. Nichts unter den Teppich kehren. Sie braucht Rückmeldung.«

Ich nickte. »Ich hab jeden Abend an ihrem Bett gesessen. Seit die Nölle ihr ins Gewissen geredet hat, ist sie wie verwandelt. Lieb, hilfsbereit, eifrig, geradezu rührend bemüht. Sie hat panische Angst, uns wieder zu verlieren. Ich versichere ihr stundenlang, dass wir sie nicht im Stich lassen, dass sie zu uns gehört. Sie kann gar nicht ohne mich einschlafen.«

Anne hörte mir aufmerksam zu. »Sie liest nicht und hört keine Hörbücher?«

»Nein. Ich hab ihr Bücher aus deiner Bücherei gegeben, ihr vorgelesen, sie ermuntert, selbst weiterzulesen. Sie klammert regelrecht, hält meine Hand, lässt mich nicht mehr aufstehen, will, dass ich mit ihr rede.« Ich sah Anne hilfesuchend an.

»Sie hat zwei Gesichter, als hätte sie zwei Seelen in ihrer Brust. Genau wie der Faust eben: Einmal kommt das Böse mit Macht in ihr hervor, ein andermal sehnt sie sich einfach nur nach Liebe und möchte alles richtig machen.«

Anne spielte mit ihrem Weinglas und sah mich nachdenklich an. »In meinen Augen braucht sie wirklich dringend eine Therapie.«

»Du glaubst gar nicht, wie oft ich die Nölle schon darum gebeten habe.« Ich verzog das Gesicht. »Sie sagt, WIR seien die beste Therapie und Schluss.« Ich studierte die Nachtischkarte, die der Kellner uns gereicht hatte, schüttelte dann aber vernünftigerweise den Kopf.

Auch Anne klappte die Nachtischkarte zu. »Meine Güte, so spät schon. Ich würde sagen, genieß das freie Wochenende, und schlaf dich aus, denn am Montag geht die Schule wieder los … und dann beginnt für dich der wahre Horror!«

Beim Abschied vor meiner Haustür umarmte ich Anne lange und innig. Diese neue Freundin hatte mir der liebe Gott geschickt.

Im Nu war es Montag, und ein neuer Abschnitt begann.

»Ihr Mäuse! Aufstehen!«

Um sechs Uhr klopfte ich, selbst noch völlig verschlafen, bei Malie und Araia an die Tür.

Da wir nur ein Badezimmer hatten, das von sieben Personen benutzt werden musste, hatte ich einen Plan an die Tür gehängt:

6 Uhr Juliane Bad. Juliane weckt Malie.
6 Uhr 15 Malie Bad. Malie weckt Araia.
6 Uhr 30 Araia Bad. Araia weckt Kamon.
6 Uhr 45 Kamon Bad. Kamon weckt Tim.
7 Uhr Tim Bad. Tim weckt Lilli.
7 Uhr 15 Lilli Bad. Lilli weckt Papa.
7 Uhr 30 Papa Bad.
Abflug 7 Uhr 45.

Erfreulicherweise kam Malie auch sofort aus dem Bett und schlurfte ins Bad. Alles lief glatt: Im Viertelstundentakt tauchte je ein gewaschenes und frisch angezogenes Kind bei mir in der Küche auf und holte sich sein Frühstück samt Schulbrot in der Tupperdose ab. Ich kam mir vor wie auf einem sehr gut organisierten Militärstützpunkt.

»Tschüs, meine Große. Vergiss deinen Fahrschein nicht.« Malie musste leider als Einzige mit Straßenbahn und Bus raus nach Chorweiler. Eigentlich hatte ich auch für sie einen Schulwechsel organisieren wollen, aber es war schon schwierig genug gewesen, für Kamon und Araia je einen Platz in der weiterführenden Schule zu ergattern, in die auch Lilli ging. Aber sie war tapfer und wie umgewandelt. Brav stapfte sie davon.

Mit dem Rest der Kinder konnte ich eine gute Stunde später zu Fuß den Weg zu Tims Gymnasium und zu Lillis, Kamons und Araias Grundschule gehen. Araia hatte heute ihren ersten Schultag und trug stolz ihre prall gefüllte Schultüte vor sich her.

»Gell, Juliane, wir verstecken sie aber nachher vor Malie!«

»Machen wir, Schätzchen. Wir bringen sie einfach rauf in Lillis Hochetage.«

Längst hatte mich Araia mehrfach schüchtern gebeten, zu Lilli in die Hochetage ziehen zu dürfen, aber ich zog nicht so recht: Das ganze Prozedere mit Lillis Umzug in die Hochetage war ja dem Wunsch geschuldet, die Schwestern nicht zu trennen.

Die Kleinen lebten sich ganz gut ein, nicht zuletzt, weil sie sich an Lilli und Tim dranhängen konnten. Tim, von dem ich manchmal im Spaß sagte, er sei bereits mit einem Seitenscheitel zur Welt gekommen, war ein echter Vorzeigeschüler und Klassensprecher. Seine Hilfsbereitschaft und sein positives Denken ließen mich oft Kraft schöpfen, wenn ich selbst nicht mehr weiterwusste.

Jon hatte gerade wieder vermehrt Nacht- oder Spätdienst. Ich ließ ihn, soweit das bei dem Getrappel auf der Treppe möglich war, ausschlafen. Dafür erledigte er den Großeinkauf und stellte sich auf regelmäßige Andernach-Fahrdienste ein. Von ihrem Besuch dort wollten die Kinder übrigens rein gar nichts erzählen. Sie deuteten nur an, dass sie da nicht noch mal hinwollten, und ich beschloss, das mit Frau Nölle zu besprechen, sobald sie sich wieder etwas besser fühlte.

So ging in den ersten Tagen alles seinen üblichen Gang. Ich hetzte mit den Kindern zum Schreibwarengeschäft, bestellte Bücher und Hefte, band sie zu Hause sorgfältig in Klarsichtfolie ein, übte mit Araia erste Buchstaben und Zahlen, brachte die Kinder nachmittags zum Chor, zum Sport und zum Ballett und stand ab halb fünf Uhr nachmittags mit einer warmen Mahlzeit für Malie bereit, um dann ganz für sie da zu sein.

Um ihr einen guten Start ins neue Schuljahr zu ermöglichen, erledigten wir gemeinsam gewissenhaft sämtliche Hausaufgaben und besprachen ausführlich alle Themen, die sie beschäftigten. Nur das Gespräch mit Frau Nölle und der Verwandtenbesuch in Andernach waren absolut tabu. Wenn ich das vorsichtig ansprach, machte sie plötzlich komplett zu. Ich war sicher, dass sie dringend psychologische Hilfe brauchte, und wartete nach wie vor auf einen günstigen Moment, diesen dringend erforderlichen Schritt mit Frau Nölle, Herrn

Falke und dem Vormund, Herrn Schanz, zu besprechen. Ich hatte schon mehrmals bei Herrn Falke vom Jugendamt vorgesprochen, der mich jedoch immer wieder an Frau Nölle verwies. Die sich ihrerseits verbat, dass ich eigenmächtig Kontakt zu den offiziellen Stellen aufnahm. Und ich hielt mich daran, um es mir nicht mit ihr zu verscherzen.

Mitte September, als ich mich bereits an den Stress einer fünffachen Mutter gewöhnt hatte, klingelte eines Tages das Telefon, und Malies Klassenlehrer, Herr Bertram, meldete sich.

»Ich höre, Sie sind die neue Pflegemutter von Malie Sauerbier?!«

»Ja. Guten Tag, Herr Bertram. Das ist nett, dass Sie anrufen. Ich wollte mich auch schon bei Ihnen melden und fragen, wie es läuft.«

»Einerseits viel besser als im letzten Schuljahr. Malie kam ja immer zu spät, war ungepflegt und hatte – auch das muss ich leider sagen – öfter mal blaue Flecken, Striemen oder Würgemale am Hals. Das hat sich jetzt total geändert, und darüber bin ich sehr froh.«

»WAS sagen Sie da? Würgemale? Wurde sie misshandelt?«

»Nicht nur einmal, Frau Bressin. Ich habe das Jugendamt mehrmals darauf aufmerksam gemacht.«

Ich sank mit dem Telefon in der Hand auf das Sofa. »Herr Falke vom Jugendamt hätte mir das doch sagen müssen!«

Frau Nölle hatte so etwas angedeutet – damals bei dem überraschenden Telefonat in meiner Kita. Dass da eine Mitarbeiterin gewesen sei, die mal nach dem Rechten geschaut habe. Die sei aber schwanger geworden, in Mutterschutz gegangen und offensichtlich nicht ersetzt worden.

»Wissen Sie mehr darüber, Herr Bertram?«

»Dazu kann ich nichts sagen, Frau Bressin. Malie war eine aufsässige Schülerin, die nie ihre Hausaufgaben gemacht, viel gelogen, gestohlen, den Unterricht gestört hat und keine Freunde hatte. Inzwischen kommt sie pünktlich, ist sauber und gepflegt, hat ihre Hausaufgaben gemacht und erfreulicherweise auch immer ein Schulbrot dabei.«

Woran das lag, wusste ich natürlich. Aber was wollte Herr Bertram von mir? Ich sollte es gleich erfahren.

»Ja, weshalb ich heute anrufe: Sie hat mal wieder eine Bombe platzen lassen.«

»Oh Gott.« Ich fasste mir an den Hals.

»Malie hat ihren Religionslehrer beschuldigt, sie sexuell belästigt zu haben.«

»WAS?!«

»Unter uns, Frau Bressin, der Religionslehrer ist uns seit Jahren bekannt, der tut keiner Fliege was zuleide, auch keinem kleinen Mädchen. Der ist nämlich, aber das muss unter uns bleiben, Frau Bressin …«

»Ja?« Mir rauschte das Blut in den Ohren.

»Na, der lebt mit einem Mann zusammen, aber das sage ich nur, um Ihnen zu veranschaulichen, dass die Anschuldigungen haltlos sein dürften.«

»Aber warum macht sie das?«

»Das weiß ich nicht, Frau Bressin. Aber es ist nichts Neues, dass Malie das Blaue vom Himmel herunterlügt, um sich irgendeinen Vorteil zu verschaffen.«

»Aber was für ein Vorteil könnte das sein?«

»Ich weiß es nicht, Frau Bressin. Ich wollte Ihnen das alles nur mal gesagt haben. Und mich für Ihr Engagement bedanken. Es gibt ja wohl doch noch Engel auf Erden. Lassen Sie uns in Kontakt bleiben, wir ziehen da an einem Strang.« Mit diesen Worten legte er auf.

Wenig später kam Malie nach Hause und machte sich heißhungrig über den Möhren-Kartoffel-Hackfleisch-Eintopf her, den ich ihr vom Mittagessen aufgewärmt hatte.

»Langsam, Malie. Keiner nimmt dir dein Essen weg.« Ich beobachtete sie und gab ihr Zeit, erst mal anzukommen. Mein Herz klopfte. »Na, Malie, wie geht's dir in der Schule?«

»Schrecklich«, sagte sie mit vollen Backen. »Der Herr Bertram ist voll gemein. Der mag mich nicht und hat mich heute sexuell belästigt.«

Ich schnappte mir einen Stuhl und setzte mich verkehrt herum darauf mit der Rückenlehne als Schutzschild und um etwas zum Festhalten zu haben. Ich schob ihren Teller weg und nahm ihr die Gabel aus der Hand. »Herr Bertram? Dein Klassenlehrer?«

»Ja, genau der. Gib her, ich will weiteressen!«

»Moment. Erst mal bleiben wir bei der Wahrheit. WER hat dich sexuell belästigt? Herr Bertram oder der Religionslehrer?«

Malies Augen wurden zu schmalen Strichen, und wir starrten uns an wie zwei Boxer im Ring.

»Malie. Sag die Wahrheit.«

»Die Wahrheit ist: Der Religionslehrer ist eine schwule Sau. Nee. Der Bertram hat mich sexuell belästigt.«

»Malie, wir benutzen solche Wörter nicht.« Meine Stimme war messerscharf. »Was hat Herr Bertram denn getan?«

»Er hat gesagt: ›Nimm meinen Schwanz‹, und dann: ›Happy Ending.‹«

»Das hat HERR BERTRAM gesagt?«

»Ja. Und er hat mich unter dem Tisch getreten und gedroht, wenn ich es jemandem sage, dann schickt er mich nach Thailand auf den Strich.«

»Malie. Schau mich an. Das hat er nicht gesagt.«

»NIE glaubst du mir!« Malie sprang auf. »Und ich dachte, du stehst auf meiner Seite!«

Sie rannte die Treppe hoch und schloss sich im Bad ein. Ich hörte sie würgen.

Gott, was tat mir dieses Mädchen leid. Wie kam sie nur auf dieses Vokabular? Selbst wenn das mit dem Bertram komplett gelogen war, musste sie das doch irgendwo herhaben. Ich saß ratlos am Tisch und starrte an die Wand. Bestimmt schnappte sie viele hässliche Wörter auf dem Schulhof auf, und möglicherweise zeigten die Jugendlichen ihr dort auch schon schmutzige Filme auf dem Handy. Aber woher kannte sie die Drohung, in Thailand auf den Strich geschickt zu werden? Und woher kannte sie dieses schmuddelige Wort »Happy Ending«?

Da ich wusste, dass es zwecklos war, an die verschlossene Badezimmertür zu klopfen, und da Jon Spätdienst hatte und nicht an sein Handy ging, rief ich Anne an. Ich musste jetzt einfach mit jemandem reden.

»Hast du einen Moment Zeit für mich?«

»Für dich doch immer. Wie geht's mit Malie?«

»Bis heute überraschend gut. Doch jetzt sagt sie, ihr Klassenlehrer hätte sie sexuell belästigt, und sie schildert so präzise Einzelheiten, dass mir ganz schlecht wird. Woher kennt sie das Wort Happy Ending?«

»Oh. Das hört sich nicht gut an.«

»Nein.« Ich schluckte trocken. Oben rauschte die Dusche.

»Happy Ending klingt nach schmierigem Massagesalon. Geben Thais nicht manchmal solche Massagen? Also nicht alle Thais natürlich.«

»Du meinst, Malie könnte da vielleicht mal zugesehen haben? Mir wird ganz anders.«

»Das sind alles nur Vermutungen. Wir dürfen uns nicht von Vorurteilen leiten lassen.« Anne mahnte zur Vernunft. »Lass uns lieber nach einer Lösung suchen.«

»Ach, Anne. Was ist bloß in dieser Schrebergartensiedlung passiert?« Ich massierte mir den steifen Nacken. »Wenn ich Malie doch nur helfen könnte!«

»Ich könnte mir vorstellen, dass Malie einfach nur keinen

Bock mehr auf ihre alte Schule hat«, mutmaßte Anne. »Da holt sie ja auch ihre Vergangenheit brutal wieder ein. Vielleicht will sie so einen Schulwechsel erzwingen?«

»Mag sein. Aber das könnte sie mir doch ganz normal sagen!« Ich raufte mir die Haare. »Sie weiß doch, dass ich alles tue, um ihr zu helfen.«

Anne schwieg eine Weile. Ich hörte, wie es in ihrem Kopf arbeitete.

»Malie fährt halt gern schwere Geschütze auf, um ans Ziel zu kommen.«

»Anne, ich hab dir das noch gar nicht erzählt, aber Frau Nölle hat mich mal angerufen, als ich noch in der Kita war. Ich konnte da nur mit halbem Ohr zuhören, weil meine Chefin in der Nähe war, aber da meinte sie, Malies Mutter hätte mal Anzeige wegen sexuellen Missbrauchs erstattet, sie dann aber wieder zurückgezogen …«

Ich fasste mir an den Kopf, weil mir plötzlich ganz schwindelig wurde.

»Das ergibt aber doch überhaupt keinen Sinn«, sagte Anne ungläubig. »Bist du sicher, dass du das richtig verstanden hast?«

»Ich weiß es nicht.« Mutlos schüttelte ich den Kopf. »Malies Mutter kann angeblich nicht lesen und schreiben. Wie soll sie da Anzeige erstattet und die dann wieder zurückgenommen haben?« Ich erzählte ihr, dass Herr Bertram das Jugendamt eingeschaltet habe. Dass mir auch Frau Nölle erzählt habe, eine Jugendamtsmitarbeiterin sei öfter zu Malies Mutter geschickt worden, nur dass die dann irgendwann schwanger geworden und nicht mehr ersetzt worden sei.

»Wenn das alles wahr ist, ist das eine Riesenschlamperei!«, empörte sich Anne.

Ich kam mir vor wie eine Detektivin, die nicht weiß, wo sie anfangen soll.

»Du musst dir unbedingt diese Akte vom Jugendamt geben lassen.« Annes Ton war bestimmt.

»Ja.« Ich stieß einen abgrundtiefen Seufzer aus. Diese Sache wurde immer undurchsichtiger. »Aber dieser Falke blockt alles ab und verweist auf die Nölle! Und die beharrt wieder darauf, wie normal die Kinder sind, dass sie sich nur bei uns einleben müssen und ich nicht so hysterisch sein soll. Es ist zum Haareraufen!«

Anne stieß ein ärgerliches Schnalzen aus. »Mit diesen Pappnasen kommen wir nicht weiter. Keiner will es gewesen sein, und keiner will was gewusst haben. Das wäre nicht das erste Mal.«

»Es nützt ja auch nichts, im Nachhinein einen Schuldigen zu suchen! Ich will Malie da rausholen und eine neue Zukunft geben, das ist alles!«

»Hör zu. Ich hab da eine Idee.« Anne war schon wieder ganz pragmatisch. »Ich unterrichte doch an der Gesamtschule Religion. Die Klassenlehrerin der Siebten ist eine ganz Nette. Ich frage sie, ob sie Malie noch in ihre Klasse aufnimmt. Dann schaffen wir das mit dem Schulwechsel vielleicht, und das akute Problem ist gelöst.«

»Anne, das wäre großartig, dann hätte sie auch nicht mehr den langen Schulweg!«

»Und könnte ihre Vergangenheit abstreifen. Wir sind doch bereits auf einem so guten Weg! Gib jetzt nicht auf, Juliane.«

Ich dankte Anne tausendmal für ihre Hilfe. Und dennoch schlug mir das Herz bis zum Hals. Konnte ich Malie eigenmächtig aus der Schule nehmen und Frau Nölle übergehen? Die würde mir die Hölle heißmachen!

Eins nach dem anderen, Juliane, beschwor ich mich. Verschieben wir es doch auf morgen.

Jetzt musste ich mich erst mal um Malie kümmern.

19

Köln, Freitag, 21. September 2007

»Frau Nölle. Haben Sie eine Minute?«

»Es ist schlecht. Ich hab gerade Therapie.«

»Ich fasse mich kurz.« Ganz sicher würde ich mich jetzt nicht abwimmeln lassen. Anne hatte mir Kraft gegeben. »Sie haben mir doch mal am Telefon angedeutet, Malie könnte Missbrauchserfahrungen gemacht haben. Dazu möchte ich sofortige Akteneinsicht.«

»Dazu haben Sie überhaupt kein Recht.« Frau Nölle hustete unwillig. »Lassen Sie das, legen Sie das weg«, sagte sie zu jemandem, der offensichtlich gerade bei ihr war. Dann wieder zu mir: »Ich habe Ihnen im Vorfeld nichts vorgemacht. Und jetzt lassen Sie mich …« Meinte sie mich? Oder den Therapeuten?

»Soll ich zu einem anderen Zeitpunkt noch mal …?«

»Was ist denn! Was fällt Ihnen denn ein!« War ich angesprochen, fragte ich mich wieder. Oder derjenige, der sie gerade behandelte oder quälte?

Ich fasste mir ein Herz. Eigentlich sollte Frau Nölle doch froh sein, in mir eine so kompetente und aufmerksame Pflegemutter gefunden zu haben.

»Frau Nölle. Malie möchte gern die Schule wechseln, und durch meinen Kontakt zur hiesigen Pfarrerin könnte sie einen Platz an der hiesigen Gesamtschule bekommen. Dann hätte sie den langen Schulweg nicht mehr und käme auch nicht mehr in Kontakt mit Leuten, die … ihr nicht guttun.«

Ich schluckte. War sie noch dran? Warum sagte sie denn nichts? »Ich wollte das nur vorsorglich mit Ihnen absprechen, damit Sie sich nicht wieder aufregen und mir vorwerfen, ich würde eigenmächtig handeln«, sagte ich tapfer. »Ich tue das nur zum Besten von Malie, die mit ihrer alten Schule offensichtlich schlimme Erinnerungen verknüpft und schmutzige Wörter von dort mitbringt.«

Nach wie vor herrschte Stille am anderen Ende der Leitung. Vielleicht wurden ihr gerade Spritzen gegeben oder Zugänge gelegt? Vielleicht überlegte sie? Vielleicht würde sie endlich nachgeben und mir die Erziehung der Kinder überlassen? Vielleicht merkte sie endlich, wie engagiert ich war? Vielleicht vertraute sie mir nun?

»Kommt überhaupt nicht in die Tüte!«, echauffierte sie sich plötzlich. Sie gab sich einem langen Hustenanfall hin, und ich hörte im Hintergrund eine beruhigende Frauenstimme.

»Frau Bressin«, keuchte sie, als sie wieder sprechen konnte. »Das ist doch wirklich eine Unverschämtheit. Sie können doch nicht einfach eine neue Schule für Malie suchen! Sie müssen das vorher mit mir absprechen!«

Ich fasste mir an den Kopf. »Das tue ich ja gerade, Frau Nölle! Hören Sie, das tue ich gerade!« Meine Stimme wurde laut.

»Aber Sie haben doch schon wieder eigenmächtig entschieden …« Ihre Stimme schraubte sich ebenfalls in ungeahnte Höhen.

»WEIL SIE KRANK SIND!«

»Frau Bressin. Meine Krankheit geht Sie gar nichts an. Genauso wenig wie irgendwelche nicht vorhandenen Akten. Das sind NICHT IHRE KINDER! Wie oft soll ich Ihnen das denn noch sagen! Sie überschreiten Ihre Kompetenzen!«

Jetzt brüllten wir uns nur noch an.

»Aber ich handle doch nur zum Wohle und im Sinne Malies!«

»Das können Sie doch gar nicht beurteilen! – Au! Was MACHEN Sie denn da!«

Aber SIE!, wollte ich schreien, unterließ es aber in Anbetracht ihres erbärmlichen Zustands.

Ich verlegte mich aufs Betteln. »Malie will so gerne wechseln! Und eine Gesamtschule bietet doch viel mehr Zukunftschancen als eine Hauptschule!« Ich raufte mir die Haare, die längst wieder in alle Richtungen abstanden. »Ich habe mir die alte Schule angesehen, Frau Nölle! Auf dem Pausenhof habe ich kleine Mädchen beobachtet, billig aufgetakelt, und die Jungen haben sich geprügelt und mit den ordinärsten Schimpfwörtern nur so um sich geworfen! Sie zeigen sich gegenseitig schmutzige Filme auf dem Handy. Woher hat Malie denn dieses Vokabular! Es kann doch unmöglich zum Kindeswohl sein, sie dort zu belassen!«

»Nein! So ein Schulwechsel bedeutet immer auch einen Beziehungsabbruch für das Kind! Und das darf dieses Kind einfach nicht mehr erleben, Frau Bressin! Dafür ist einfach schon zu viel passiert!«

»Frau Nölle«, schnauzte ich jetzt dazwischen, ohne Rücksicht auf Verluste. »SIE haben mir immer wieder versichert, das seien ganz normale Kinder!«

»Was reiten Sie denn immer wieder auf diesen drei Worten herum!«

»Das werd ich Ihnen sagen, Frau Nölle!« Ich holte tief Luft. »Hätte ich gewusst, dass es sich um so hochgradig traumatisierte Kinder handelt, hätte ich sie niemals in unserer Familie aufgenommen! WIR waren eine ganz normale Familie, Frau Nölle! WIR hatten ganz normale Kinder!«

Inzwischen quollen mir die Tränen nur so aus den Augen. Wütend riss ich Blätter von der Küchenrolle.

»Jetzt heulen Sie auch noch«, schnaubte Frau Nölle verächtlich. »SIE wollten diese Aufgabe unbedingt übernehmen! Soll ich Ihnen Ihr Bewerbungsschreiben vorlesen?«

»Nein«, brüllte ich stinksauer. »Sie verdrehen dauernd die Tatsachen, Frau Nölle, und das ist auch mit Ihrer Krankheit und deren Behandlung langsam nicht mehr zu entschuldigen!«

»Also, das ist doch die Höhe!« Sie regte sich dermaßen auf, dass sie nicht weitersprechen konnte.

Ich ließ ihre Hustentirade mit weit von mir gestrecktem Hörer über mich ergehen. Nein, diesmal ließ ich mich nicht mehr einschüchtern! Als sie sich wieder beruhigt hatte, setzte ich noch eins drauf.

»Langsam habe ich gute Lust, meinen ehemaligen Professor Fausto mit der Sachlage vertraut zu machen! Er sitzt in der Kinderpsychiatrie im Chefsessel und weiß, an welche Instanzen man sich wenden muss, wenn alle inkompetent sind und nur noch mauern!«

Das schien sie tatsächlich getroffen zu haben. Nach einer Pause schraubte sie ihre Stimme wieder auf Normallautstärke herunter. Vielleicht wirkte auch inzwischen ein Schmerzmittel.

»Jetzt beruhigen Sie sich, Frau Bressin. Schreiben Sie mir einen Bericht über die neue Schule, machen Sie ein Gesprächsprotokoll mit dem alten Lehrer und dem neuen Lehrer und so weiter, das ganze Prozedere.«

»Das wäre dann eine Lehrerin.« Ich seufzte erleichtert auf.

»Meinetwegen Lehrerin. Ist vielleicht sogar besser für Malie. Legen Sie eine Referenz Ihrer Pfarrerin dazu, und dann werde ich, sobald es mein Zustand erlaubt, bei Falke und Schanz ein gutes Wort für Sie einlegen.«

»Danke, Frau Nölle.« Ich stieß hörbar Luft aus. Eigentlich wollte ich schreien: SIE wollen bei diesen Sesselpupsern für

MICH ein gutes Wort einlegen?! Hören Sie sich eigentlich zu, Frau Nölle? Und ich bedanke mich auch noch für dieses Mindestmaß an gnädiger Unterstützung?

Aber in Anbetracht ihres erbärmlichen Zustands sah ich noch mal davon ab.

20

Köln, Montag, 1. Oktober 2007

»Malie. Ich drück dir die Daumen! Alles Gute für den Neuanfang! Du schaffst das!«

Ich umarmte das aufgeregte Mädchen mit ehrlicher Mitfreude noch mal ganz fest.

Malie hatte sich richtig aufgebrezelt. Wir hatten extra noch neue Klamotten für sie eingekauft, damit sie gleich einen guten Eindruck machen konnte. Sie trat ungeduldig von einem Fuß auf den anderen und hatte ganz leuchtende Augen. Endlich bekam sie auch mal eine Chance! Alles hatte geklappt, die Lehrerin und die Klasse warteten gespannt auf sie.

Anne, meine wunderbare Freundin, nahm sie mit in ihre neue Klasse und würde sie nach dem ersten Schultag auch wieder nach Hause bringen. Ich überbrückte die Wartezeit, indem ich einen »Erster-Schultag-Kuchen« backte, weil ich sie ja schlecht mit einer Schultüte losschicken konnte. Der Kuchen war mit bunten Smarties übersät, weil ich wusste, wie sehr Malie darauf stand.

Aufgekratzt kamen beide bei mir an.

»Danke, Anne, du bist ein Schatz! Hast du Zeit, auf einen Sprung mit reinzukommen? Alle anderen sitzen schon am Tisch und sind ganz gespannt!«

»Gerne!« Sie streifte sich die Schuhe ab und schnupperte erfreut. »Hm, was hast du denn schon wieder Leckeres gekocht?«

»Ein ganzes Biohuhn mit Gemüse und Kartoffeln. Komm,

wir legen noch ein Gedeck dazu! Und zum Nachtisch darfst du den Kuchen anschneiden, Malie!«

Während des munteren Mittagessens schilderte Malie begeistert, wie nett die neue Lehrerin war. »Stellt euch vor, als ich reinkam in die Klasse, stand da ganz groß an der Tür: ›Herzlich willkommen, Malie!‹«

»Das ist ja super«, freute ich mich. Mir fiel auf, wie diszipliniert Malie aß, wie ordentlich sie das Besteck hinlegte und ihre Serviette benutzte. Es schien ihr seelisch richtig gut zu gehen! Sie wirkte ausgeglichen und lerneifrig. Wunderbar!

Ich warf Anne dankbare Blicke zu. Dieser Schulwechsel konnte für Malie wirklich ein entscheidender Schritt sein, weg von dieser dubiosen Vergangenheit.

Natürlich hatte ich bisher weder Akteneinsicht bekommen noch Herrn Falke oder Herrn Schanz ans Telefon. Alle blockten ab, verwiesen auf Frau Nölle und die auf ihren Gesundheitszustand.

»Und, wie sind die anderen Kinder so?«, fragte Tim interessiert.

»Die waren alle total nett, und alle wollten, dass ich neben ihnen sitze und so!«

»Großartig!« Ich strahlte in die Runde. »Und was habt ihr heute so gelernt?«

»Also, wir haben darüber gesprochen, was wir von Beruf werden wollen, und ich will auf jeden Fall Abi machen und studieren!«

Anne und ich wechselten beeindruckte Blicke.

»Wow«, freute ich mich. »Malie, du bist auf dem besten Weg!«

Ich bemühte mich, die anderen Kinder mit einzubeziehen, und ließ die kleine Araia von ihrem Schultag erzählen. Auch sie strahlte und sang uns ein Lied vor, das sie heute gelernt hatte. Dann durfte Lilli berichten und schließlich Kamon.

Wie immer war der Junge schweigsam und senkte den Blick. Er konnte es nicht ertragen, im Mittelpunkt zu stehen. »Bei mir ist alles ganz okay«, brachte er schließlich hervor. »Wenn ich fleißig Hausaufgaben mache, bekomme ich eine Empfehlung fürs Gymnasium.«

»Dann helf ich dir gern«, meinte Tim sofort.

»Und ich kann dann gleich mitlernen«, freute sich Lilli.

Im Moment hatte ich die wunderbare Großfamilie, von der ich geträumt hatte. Ach, wenn es doch nur so bliebe!

Seit Anne in unser Leben getreten war, schien der Heilige Geist über uns zu schweben.

Ich klatschte in die Hände. »Das klingt ja alles so wundervoll, dass wir allen Grund zum Feiern haben! Lasst uns schnell die Küche aufräumen, und dann gehen wir zusammen in den Park!«

»Anne, kann ich dich mal was fragen?«, hörte ich Malie sagen. »Du bist doch Pfarrerin.«

»Ja?«

»Wie ist das mit dem Beichtgeheimnis?«

Ich zog die Kinder in die Küche und machte die Tür zu. »Die zwei haben was zu besprechen, da lassen wir sie gerade mal in Ruhe.«

Erleichterung durchflutete mich. Jetzt hatte Malie eine Art Patin in meiner neuen besten Freundin gefunden. Ich wusste, dass Malie großes Vertrauen zu Anne hatte. Vielleicht würde sie ihr mehr mitteilen als mir, und das sollte mir nur recht sein. Wie großartig Anne doch war! Wenn man bedachte, bei welcher Gelegenheit wir uns kennengelernt hatten! Ich wurde immer noch schamrot, wenn ich daran dachte, dass Anne uns auf frischer Tat in ihrem Schlafzimmer beim Klauen eines Sparschweins aus ihrer Wäscheschublade erwischt hatte!

Also sie, Malie, verbesserte ich mich insgeheim. Nicht uns. Da hörte meine Solidarität mit meiner Pflegetochter auf.

Später würde mir Anne sicherlich erzählen, was ich wissen musste, und der Rest konnte ja unter ihnen bleiben.

»Wir haben heute im Musikunterricht ein Quodlibet gelernt«, berichtete Tim munter, während er mir die Teller für die Spülmaschine anreichte. »Kennt ihr das?«

»Was ist ein Quodlibet?«, fragte Lilli, die eifrig die Anrichte abwischte.

»Das erklär ich ja gerade. Leg mal den Lappen hin und guck mich an. – Wir sind jetzt ein richtiges Orchester. Du singst: ›Die Klarinett', die Klarinett' macht dua dua dua gar so nett'‹.« Tim zeigte auf mich. Artig sang ich es ihm nach. »Okay, das geht. Und ihr singt: ›Das Horn, das Horn das ruht sich aus …‹«, wies er Lilli und Araia an. Da es sich nur um einen einzigen Ton handelte, schaffte Lilli das spielend. »Gut. Und du kriegst zwei Kochlöffel und einen Topf, du bist die Pauke, die hat's leicht, denn die hat nur zwei Töne: Fünf eins, eins fünf, bum bum bum bum bum«, wandte sich Tim an Kamon. Der strahlte, froh über seinen Extrajob mit den Kochlöffeln.

Allen stand die Erleichterung über Malies Schulwechsel und den damit verbundenen Wandel zum Guten ins Gesicht geschrieben. Insgeheim gratulierte ich mir, dass die anderen Kinder keinen größeren Schaden genommen hatten.

Wir übten und probten und machten eine Menge Krach und hatten einen Riesenspaß.

»Die Geige, sie singet«, fiel Tim nun mit seinem hellen Knabensopran ein und dirigierte uns begeistert. Es klang herrlich schräg, aber mit der Zeit auch immer besser.

»Das singen wir heute Abend Papa vor!«, lachte ich und klatschte vor Begeisterung in die Hände. So nach dem Motto: Zeig doch auch mal Papa deinen Tanz!

Jon arbeitete zurzeit Doppelschichten, weil jemand von den Kollegen ausgefallen war. Aber die Zeit musste sein!

Schließlich klopfte Anne an die Küchentür. Sie warf mir einen merkwürdigen Blick zu.

»Wir sind jetzt so weit.«

Singend und fröhlich zogen wir ab in Richtung Park. Die Kinder liefen voraus, während Anne mich bremsend am Ärmel zog.

»Hat sie dir irgendwas über sexuellen Missbrauch erzählt?« Ich sah sie von der Seite an. Mit ernster Miene schritt sie weiter, ihr Pferdeschwanz wippte bei jedem Schritt.

»Nein. Aber sie hat sich auf das Beichtgeheimnis berufen. Ich bin zwar evangelische Pfarrerin, und in der Form gibt es die Beichte bei uns nicht, aber …«

»Ich weiß. Du entscheidest, was du mir von eurem Gespräch weitererzählst.« Ich vergrub die Hände in den Jackentaschen. »Sie soll ihre Geheimnisse haben, aber wenn du meinst, dass ich was wissen soll, dann …«

»Sie hat ganz komische Fragen gestellt.«

»Nämlich?« Ich musterte sie besorgt.

»Ob ich der Polizei gegenüber Schweigepflicht hätte. Auch wenn mir jemand sagt, dass er einen Menschen ermordet hat.«

Abrupt blieb ich stehen.

»Um Gottes willen! Wie kommt sie denn darauf?«

»Es klang alles ziemlich wirr und zusammenhanglos.« Anne zuckte mit den Schultern. »Sie hat mich auch gefragt, wie das ist, wenn die Polizei Fingerabdrücke auf einem Glas sucht, das sie, Malie, zuletzt angefasst hat.«

Ich zog die Augenbrauen hoch. »Das klingt rätselhaft … und macht mir Angst.«

Anne starrte zu Boden. »Dann hat sie mir plötzlich anvertraut, dass sie mal verschiedene Putzmittel zusammengeschüttet und in ein Glas gegeben hat.«

Ich traute meinen Ohren nicht. »Wie bitte?«

»Sie hätte das Gebräu angeblich einem Mann gegeben, der

die Mama geärgert hätte.« Sie senkte die Stimme, weil wir die Kinder fast eingeholt hatten.

»Inwiefern geärgert?« Mir wurde ganz anders. Da taten sich Abgründe auf! Wir blieben stehen und taten so, als betrachteten wir einen Aushang am Gemeindehaus. »Um Gottes willen, Anne, das sind ja Schauergeschichten. Was für ein Mann war das denn?«

»Keine Ahnung. Sie meinte dann ganz übergangslos, er hätte es aber wieder ausgespuckt und es sei ihm nichts passiert.« Sie zog mich am Ärmel. »Ich denke, das sollten wir nicht so ernst nehmen. Sie hat eine blühende Fantasie.«

Vorne blieben die Kinder ebenfalls stehen.

»Was ist?« Malies Augen waren nur noch zwei schwarze Striche. »Verrätst du mein Geheimnis?«, fragte sie Anne drohend.

»Nicht, wenn du es nicht selbst erzählen willst. – So, wir singen mit euch, seid ihr schon durch damit? Dann kenne ich auch noch ein anderes Quodlibet: Die einen singen ›Es tönen die Lieder‹ und die anderen gleichzeitig ›Horcht was kommt von draußen rein …‹«

»Ach Quatsch! Das funktioniert doch gar nicht!«

»Nein? Wie funktioniert es denn dann?«

Mir blieb das Gelächter im Halse stecken. Was hatte Malie erlebt? Was hatte das Ganze zu bedeuten? Sie erfand ständig Geschichten und log das Blaue vom Himmel herunter, hatte oft das Bedürfnis, im Mittelpunkt zu stehen und sich interessant zu machen. Und gerade bei Anne mit ihrem vermuteten Beichtgeheimnis lag es nahe, ihr eine besonders skurrile Geschichte aufzutischen. Ich zwang mich, der Sache nicht allzu viel Bedeutung beizumessen. Jedenfalls nicht jetzt. Wie so oft in letzter Zeit kam mir das Motto von Scarlett O'Hara in den Sinn: *Verschieben wir's doch auf morgen.*

Wir erreichten die kleine Hütte mit der Bank davor und ließen uns darauffallen.

»Also, Malie und Anne, wir haben eben in der Küche was Tolles eingeübt, aber uns fehlt noch die Trompete, das ist jetzt deine Rolle.« Tim baute sich schon vor uns auf, und alle fingen wieder an zu singen. Anne gab die Trompete und machte entsprechende Handbewegungen, ich mit meiner Klarinette auch, Tim schrammelte auf einer imaginären Geige, während Kamon schüchtern, aber strahlend mit einem Stock auf die Bank schlug und die Pauke machte. Selbst Araia versuchte, mit Lilli den einen Ton zu halten.

Nur Malie machte nicht mit. Ihr schien es zu stinken, dass Tim plötzlich alle Aufmerksamkeit hatte. Wir sangen das Lied zweimal durch. Besorgt musterte ich Malie, die offensichtlich etwas ausbrütete. »Malie. Alles gut?«

Die sagte in die Stille hinein: »Anne, ist das strafbar, wenn man noch ein Kind ist und vielleicht jemand vergiftet wird?«

»Aber was redest du denn da, Malie? Wir singen doch gerade. Das letzte Instrument ist noch die Flöte, Araia, sollen wir die zusammen versuchen?« Ich wollte ihre kleinen Hände gerade zur Flöte formen, da riss Araia sich von mir los und schrie Malie hasserfüllt an: »Du, du bist schuld, du hast die Mama getötet!«

Ich hatte dieses zarte Kind noch nie so schreien hören. Kamon versteckte sich augenblicklich hinter der Hütte.

Plötzlich war es totenstill. Alle Kinder starrten Araia an. Sie zitterte am ganzen Körper.

Ich ging automatisch davon aus, dass Malie sich jetzt wie immer lautstark verteidigen oder sogar handgreiflich werden würde, doch ich hatte mich geirrt.

Malie saß neben Anne, hatte sich bei ihr eingehängt und sah sie fragend an. Araia schluchzte und wollte mit ihren kleinen Fäustchen auf Malie losgehen.

»Araia, Liebes, was ist denn damals passiert?« Ich zog das zitternde Bündel an mich.

Die imaginären Instrumente hatten sich plötzlich in Luft aufgelöst. Zurück blieb eine drückende Atmosphäre, ein schauriger Verdacht. Alle waren sichtlich verstört, doch ich fand es wichtig, in dieser Situation offen mit den Kindern zu sprechen und nicht so zu tun, als hätten wir nichts gehört.

Da Anne dabei war, fühlte ich mich sicher. Araia wurde von Schluchzern geschüttelt.

»Erzähl uns, was passiert ist«, ermunterte ich sie sanft.

»Ich und Kamon, wir haben ja schon geschlafen«, brach es aus ihr heraus. »Da wurden wir wach, weil die Mama plötzlich so gestöhnt und gewürgt hat. Dann hat sie zum Telefon gegriffen und da reingesagt, dass ihr schlecht ist. Anschließend hat sie gekotzt und ist umgefallen.«

»Und du, Malie?«, fragte ich behutsam. »Was hast du mitbekommen?«

»Ich hab nichts gemacht.«

»Doch, du hattest ein Glas in der Hand!«, schrie Araia anklagend.

»Na und?«

»Du bist schuld, und du hast es mir auch schon gesagt und Kamon auch!«

»Quatsch«, kam es hinter der Hütte hervor. »Gar nichts hat sie gesagt.« Kamon machte sich vor Angst buchstäblich in die Hose.

»Stimmt aber!«

»Ich habe nichts gesagt, und ihr kriegt von mir nachher den Arsch voll!«

Deeskalation, ging es mir durch den Kopf. Und keine Schauermärchen.

»Also, ich sage euch jetzt, was Frau Nölle mir erzählt hat.« Ich hustete mir einen Kloß von den Stimmbändern. »Frau Nölle hat mir erzählt, dass eure Mama einen Schlaganfall gehabt hat, einen Hirninfarkt. Das heißt, dass das Blut im Kopf nicht mehr so fließen kann, wie es soll, und da ist der Mama schwindelig geworden, und sie ist umgefallen. Malie hat sofort Hilfe geholt und ist zum Herrn Schmitz rübergelaufen, und der hat den Krankenwagen gerufen.«

»Ich bin nicht zum Schmitz gelaufen. Bin ich denn eine Schlampe oder was!«, schrie Malie.

»He, he, he, ganz ruhig, ja? Nicht schreien«, mahnte Anne. »Alles ist gut, Malie.«

»Aber du bist zu einem Nachbarn gelaufen. Und hast dadurch die Mama gerettet«, hörte ich mich sagen. Die Worte flogen mir nur so aus dem Mund. »Denn die Mama ist schließlich nicht tot, hört ihr? Sie liegt nur im Koma, und ich finde, wir sollten sie jetzt wirklich mal besuchen!«

»Das ist eine großartige Idee«, stimmte Anne mir bei. »Vielleicht kann die Mama schon sprechen und sagen, wie es wirklich war!«

»Nein, das ist eine Scheißidee«, heulte Malie auf. »Wir wollen die Mama nicht sehen!«

»Nein, wollen wir nicht«, echote jetzt auch Araia. Kamon spähte verängstigt hinter der Hütte hervor und biss sich auf die Fäuste.

»Darf ich mal was sagen?« Tim hob den Kopf. »Ich finde, ihr sollt eure Mama besuchen. Vielleicht wird sie davon wieder lebendig.«

In Malies mondsichelschmalen Augen stand die nackte Panik.

»Auf jeden Fall wird sie spüren, dass ihr da seid«, sagte ich schnell. »Das ist ganz wichtig.«

»Für eure Mama, aber auch für euch«, bekräftigte Anne mit ruhiger Stimme. »Alles wird sich klären, und niemand ist schuld.«

»Finde ich auch«, piepste Lilli.

Malie und Araia starrten blass vor sich hin, Kamon war zur Salzsäule erstarrt.

»Kommt mal her. Alle.« Ich nahm die Mädels in den Arm und zog Kamon näher.

»Alles, was wir jetzt hier besprochen haben, bleibt unser Familiengeheimnis.«

Ich streckte die Hand aus. »Großes Ehrenwort.«

Die Kinder schlugen nach und nach ein, selbst Sockes Hundepfote wurde von Lilli auf unsere Hände gelegt. Der kleine Hund hechelte begeistert und nahm der ganzen Szene ein bisschen den Schrecken. Am Schluss schlug noch Anne ein. Mit ihrer weißen glatten Hand, an der zwei Eheringe glänzten. »Niemand hat jemanden umgebracht. Alles ist wieder gut. Ihr seid in der besten Familie der Welt, und keiner tut euch was. Ihr müsst nur ganz fest zusammenhalten.«

Ich sah sie dankbar an. »Wir halten zu euch, Kinder. Vergesst das nicht. Und wir haben euch lieb.«

Wir sahen uns tief in die Augen und drückten diesen Turm aus Kinderhänden und einer Hundepfote ganz ganz fest.

Später am Abend, als endlich alle Kinder im Bett waren und schliefen, hörte ich den Schlüssel im Schloss und stürzte zur Haustür. Anne saß immer noch nachdenklich auf dem Sofa. Wir hatten geredet und geredet und waren zu keinem Schluss gekommen.

Zur Polizei gehen? Auf einen vagen Verdacht hin? Auf die Anschuldigung einer Sechsjährigen hin?

Und dann?

Malie anzeigen? Ihr endgültig das Leben verpfuschen? Jetzt? Wo endlich alles so gut lief? Wo wir zusammengewachsen waren und einen Plan hatten? Wo sie eifrig und voll guten Willens war?

»Jon! Wie gut, dass du da bist!« Erleichtert fiel ich meinem

Mann in die Arme. Sein Mantel war feucht vom Regen und seine bärtigen Wangen kratzig.

Er löste sich von mir. »Hallo, Anne! Welch Glanz in unserer Hütte!«

Täuschte ich mich, oder wurden seine grauen Wangen plötzlich rot?

Anne sprang in Socken vom Sofa auf und gab ihm rechts und links Wangenküsschen.

»Hallo, Jon. Wir haben hier gerade Krisensitzung ...«

Während ich für Jon ein Glas Wein aus der Küche holte und sein Essen aufwärmte, erzählte sie ihm, was heute vorgefallen war. Die beiden waren miteinander tatsächlich schon sehr vertraut. Ich wusste natürlich von Anne, dass sie sich gemeinsam um pflegebedürftige Patienten kümmerten, und Jon hatte mir erzählt, dass sie schon mal gemeinsam Nachtdienst geleistet hätten. Trotzdem gab es mir einen eifersüchtigen Stich, als ich auf einem Tablett das Essen hereintrug und die beiden auf dem Sofa sitzen sah. Sie berieten sich fachmännisch.

»Polizei macht überhaupt keinen Sinn.« Anne schüttelte vehement den Kopf.

Jon nickte. »Das ist endgültig eine Sache für den Psychotherapeuten. Das schaffen wir alleine nicht.«

»Was sollen wir tun? Wenn Malie wirklich versucht hat, jemanden zu vergiften, könnte sie es wieder tun.« Ich sah beunruhigt von einem zum anderen.

Jon drehte bedächtig das bauchige Weinglas hin und her und stürzte sich dann hungrig auf das Essen.

»Ich weiß nicht, Juliane. Vielleicht ist da überhaupt nichts dran. Wie oft hat sie uns schon irgendwelche Märchen aufgetischt!«

»Sie schreit nach Aufmerksamkeit«, musste ich zugeben. »Dafür ist ihr keine Geschichte zu weit hergeholt.«

»Das ist auch meine Meinung.« Anne hockte lässig im

Schneidersitz da. Im Schein der Leselampe glänzten ihre blonden Haare wie flüssiger Honig. Ob Jon das auch auffiel?

»Ich würde an eurer Stelle den Ball flach halten.«

Ich schluckte. »Aber ihre kleinen Geschwister klagen sie an! Wie kommt Araia denn auf diese Idee, wenn da nix dran ist?«

»Die werden zu Hause schon handgreiflich geworden sein«, vermutete Jon mit vollem Mund. Ich kaute an meiner Unterlippe. »Vielleicht hat sich Malie zum ersten Mal richtig gewehrt, als Joy ihr eine scheuern wollte. Und die hatte dann einen Hirninfarkt.«

»Es ist schon krass, was alles möglich wäre.« Anne starrte in ihr Glas. »Von versuchter Vergiftung, über Unfall und bis zu Hirninfarkt ist alles drin.«

»Was ist eigentlich mit dem Schrebergartenhaus?« Jon sah uns fragend an. »Hat sich denn die Polizei darin umgesehen?«

Ich zuckte mit den Achseln. »Ich trau mich gar nicht mehr, die Nölle irgendwas zu fragen. Die springt mir ins Gesicht.«

»Frau Nölle ist sehr, sehr krank«, sagte Anne.

»Die ist mit der Sache total überfordert«, fügte Jon hinzu. »Wieso sie diese Stiftung gegründet hat, ist mir ein Rätsel.«

»Mir nicht. Sie wollte halt noch was Gutes tun, bevor sie vor den Herrgott tritt.« Anne schenkte Jon ein strahlendes Lächeln.

Der wiederum sah sie lange intensiv an. Vielleicht ein bisschen zu lange? Sie war natürlich ein völlig anderer Typ als ich. Bestimmt gefiel sie auch ihm mit ihrer unkomplizierten, frischen Art. Sie war der Weiße-Blusen-Jeans-Sneakers-Typ, unkompliziert und frisch wie Zahnpasta – man musste sie einfach mögen. Und bildhübsch war sie auch noch. Ich dagegen war ja eher der Typ dunkle Zigeunerin. Wirre wilde schwarze Haare, dunkle Augen, nicht gerade figurbetonte Kleidung.

Ich straffte mich. Ausgerechnet jetzt, bei diesem vertraulichen Krisengespräch nagte der spitze Zahn der Eifersucht an mir? Die beiden sprachen die ganze Zeit, und ich malte mir aus, wie sie bei ihren gemeinsamen Nachtwachen im Krankenhaus …?

»Hallo? Juliane? Hörst du uns überhaupt noch zu?«

»Wie? Ja natürlich. Was sagtest du gerade, Jon?«

»Ich sagte, und selbst wenn Malie möglicherweise versucht haben könnte, einen Freier ihrer Mutter abzuwehren, wie sie das Anne ja heute Mittag geschildert hat, hat sie doch hier bei uns keinerlei Grund, so etwas wieder zu tun.«

»Nein.« Ich schluckte trocken. »Natürlich nicht.«

»Denn hier laufen nur nette Menschen rum«, sagte Anne herzlich.

Schon wieder ruhten Jons Blicke auf ihr. Ich fühlte mich unbehaglich.

»Wenn ich allerdings daran zurückdenke, wie Anne Malie und mich in ihrem Schlafzimmer überrascht hat, als unsere Pflegetochter sich gerade an ihrem Sparschwein vergriffen hat …«

»Im Schlafzimmer«, sagte Jon mit einem ganz merkwürdigen Ausdruck in den Augen. »Schade, dass ich nicht dabei war.«

Ich sah ihn nur kopfschüttelnd an. So kannte ich ihn gar nicht. Was war das denn jetzt für eine bescheuerte anzügliche Bemerkung?

Doch Anne warf den Kopf in den Nacken und lachte. In ihren Augen blitzte ein übermütiger Schimmer auf. »Sogar in meiner Wäscheschublade hat sie rumgekramt!«

War Jon etwa schon wieder rot geworden? Mein cooler, abgeklärter Jon?

»Ähm, wir sollten noch mal auf Malie zurückkommen«, warf ich irritiert ein. »Ich will einfach sichergehen, dass wir alles richtig machen. Fest steht, dass wir sie nicht anzeigen oder so, und auch mit Frau Nölle kann und werde ich darüber nicht sprechen, ganz zu schweigen von den Pupsern vom Jugendamt. Aber wenn ich ehrlich bin …«, verlegen zupfte ich an meinem Pullover, »… hab ich auch Angst vor ihr.«

»Musst du nicht«, sagte Jon. »Wir sind bei dir.«

Hatte er WIR gesagt?

»Ich schlage vor, wir lassen Malie sich erst mal entwickeln. Sie hat doch schon so einen guten Weg eingeschlagen.« Anne sah auf die Uhr und sprang auf. »Oh! Schon so spät! Ich muss dann jetzt auch …«

Jon sprang ebenfalls auf.

»Ich fahr dich schnell nach Hause!«

Anne lachte, dass ihre Zähne blitzten. »Das ist superlieb von dir, Jon, aber ich bin mit dem Auto hier!«

Dafür ließ Jon es sich nicht nehmen, sie mit der Taschenlampe zum Auto zu begleiten, das sowieso unter der Laterne stand. Ich hörte ihr perlendes Lachen und wie sie den Motor anließ. Er klopfte auf die Kühlerhaube und winkte, bis sie am Ende des Butterblumenwegs verschwunden war.

Gegen fünf Uhr morgens schreckte ich hoch. Diese Geräusche auf der Treppe hatte ich mir doch nicht eingebildet? Schlich Malie etwa wieder im Haus herum? Mein Herz raste.

Jon lag leise schnarchend neben mir und schlief den Schlaf des Gerechten. Wahrscheinlich träumte er von Anne.

Ich sprang auf und spähte in den dunklen Flur.

»Malie?«

Da huschte die kleine Araia, die Hand vor den Mund gepresst, an mir vorbei ins Badezimmer und erbrach sich dort geräuschvoll.

Ich stürmte hinterher. Wurde sie mir jetzt auch noch krank?

»Mäuschen! Was ist denn los?«

»Nix!«

»Aber was ist denn das da an deinem Hals?«

»Nix!«

Ich half dem armen Kind, bis es sich halbwegs wieder beruhigt hatte.

Als ich die Kleine zurück in ihr Zimmer bringen wollte, sträubte sie sich heftig.

»Bitte, ich will da nicht wieder rein!«

»Aber, Liebes, wir wollen doch noch ein Stündchen schlafen!«

»Nein, aber nicht da drin!«

Ich spähte ins Zimmer. Malie schien tief und fest zu schlafen, sie rührte sich nicht. Hatte sie ihrer kleinen Schwester gedroht? Ihr möglicherweise etwas angetan?

Araia zitterte auf ihren dünnen Beinchen. Tränen liefen ihr übers Gesicht.

»Bitte, kann ich zu euch ins Bett kommen?«

»Das geht nicht, wir wollen Jon nicht wecken!« – Das fehlt gerade noch, dachte ich. Nachher verbreitet Malie das Gerücht, Jon und ich hätten Araia sexuell belästigt. Bei Malie wusste man nie, was ihr wieder einfiel.

»Dann zu Lilli in die Hochetage?«, flehte das Mädchen.

»Nein, weißt du was, wir gehen beide runter aufs Sofa, ich koch uns einen Tee, und dann schlafen wir da noch ein bisschen.«

»Hat Malie dir etwas getan?« Sorgenvoll betrachtete ich Araia, die völlig verängstigt bei mir in der Küche auf der Bank saß, die Küchentür ständig im Auge.

»Nein.«

»Ganz sicher?«

»Sie hat mir nix getan.«

Ich glaubte ihr kein Wort.

Behutsam flößte ich ihr Früchtetee ein und strich ihr übers verschwitzte Haar.

Was hatte Araias gestriger Ausbruch im Mädchenzimmer für Folgen gehabt? War es richtig, die beiden Schwestern unbedingt zusammen in einem Zimmer schlafen zu lassen? Oder bildete ich mir das alles nur ein, und Araia hatte einfach bloß einen verdorbenen Magen?

Mit großer Sorge betrachtete ich das kleine Mädchen, das kurz darauf völlig erschöpft in meinen Armen einschlief. An ihrem zarten Hals waren Flecken zu sehen. Waren das etwa Würgemale? Ich starrte im Schein der Lampe darauf. Oder vielleicht die Masern? Ich würde gleich morgen früh mit ihr zum Kinderarzt gehen. Und zwar OHNE vorher Frau Nölle zu fragen.

21

Köln, Mittwoch, 3. Oktober 2007

»Okay, hier müsste es sein. Seid ihr so weit?«

Beladen mit Geschenken, Blumen und einer großen Collage aus Fotos von unserem neuen Familienleben, schlichen wir über den gebohnerten Flur des Pflegeheims der Barmherzigen Schwestern.

»Frau Sauerbier liegt in hundertvier«, hatte uns eine von ihnen, die mit ihrer weißen Haube an der Pforte saß, verraten. »Da wird sich die Mutti aber freuen.«

Am Vormittag war ich mit Araia beim Kinderarzt gewesen, der aber gar nichts hatte feststellen können. Die Fingerabdrücke an ihrem Hals waren verschwunden gewesen, und Araia hatte beteuert, dass alles in Ordnung sei. Der Arzt hatte mich beruhigt und mir erklärt, dass das Leben für so eine kleine Schulanfängerin zurzeit ganz schön aufregend sei, da könne durchaus mal nervöses Magendrücken auftreten. Ich solle es beobachten.

Und nun stand ich mit allen drei Kindern hier.

Malie drückte sich unschlüssig im Flur herum.

»Malie, was ist? Komm, wir gehen zusammen rein.«

»Ich will nicht!« Malie verschränkte die Arme vor der Brust und drehte sich mit dem Gesicht zu einem Rollwagen, auf dem Schnabeltassen, Medikamente, Inkontinenzeinlagen und Pflegeutensilien lagen.

Ich ließ Araia los, die sich die ganze Zeit wie ein nervöses

Äffchen an mich klammerte, und ging ein paar Schritte zurück. »Komm, Malie. Wir haben das doch alles besprochen. Bevor wir in die Herbstferien fahren, sagen wir deiner Mutter Hallo und Tschüs.«

»Ich kann da nicht rein.«

Die beiden Kleineren machten sofort auch eine Kehrtwende.

»Wir wollen die Mama nicht sehen!«

»Wir haben Angst vor der Mama!«

Ich ging in die Hocke und legte den Arm um sie: »Schaut. Das müsst ihr nicht. Wir erzählen eurer Mama, wie es euch geht. Ihr erzählt von eurer neuen Schule. Araia, du zeigst ihr deine neue Schultasche, und Kamon, du führst ihr dein neues Fußballtrikot vor. Und du, Malie, hast die tolle Collage für sie, die ihr gemeinsam gebastelt habt. Dann freut sie sich bestimmt und wird vielleicht wieder gesund!«

»Ich hab da voll keinen Bock drauf, eh …«

»Malie, Liebes! Ich bin doch bei dir!«

»Die ist mir unheimlich, wenn sie da so liegt. Vielleicht schimpft sie plötzlich mit mir und schreit mich an.«

»Das wird sie sicherlich nicht tun.«

»Aber wenn sie böse guckt!«

»Ich denke, sie hat die Augen geschlossen.«

»Ich hab total Angst, Juliane!«

Ich nickte. »Das kann ich verstehen. Aber sie wird spüren, dass du sie besuchst, und das gibt ihr bestimmt ganz viel Kraft.«

»Ich will nicht.« Malie legte sich mit dem Gesicht nach unten in einen alten grünen Sessel.

»Und dir geht es dann auch besser, glaub mir.« Ich ging wieder auf die Tür zu. »Weißt du was, Malie? Ich geh mit deinen Geschwistern schon mal rein, und du bleibst ein Weilchen da auf dem Sessel. Wenn du so weit bist, kommst du nach.«

Ich hatte keine Ahnung, ob das richtig war, was ich tat. Ich tat es einfach. Irgendwie wollte ich dem Rätsel ein klein wenig mehr auf den Grund gehen.

Zentimeterweise schob ich die beiden Jüngeren zur Tür, nachdem ich mit ihnen sicherheitshalber noch mal auf die Toilette gegangen war. Es war ja auch alles bedrückend genug: der typische Geruch nach Pflegeheim. Die Bewohner, die zum Teil in ihren Rollstühlen oder auf Gehhilfen saßen und mit leerem Blick in die Gegend starrten. Die merkwürdigen Geräusche, die manche machten.

»Kommt, kommt weiter, wir gehen jetzt ganz leise und vorsichtig da rein.«

Ich klopfte, obwohl ich wusste, dass Joy Sauerbier nicht antworten würde.

Zaghaft öffnete ich die Tür. Beide Kinder klammerten sich an mich.

Da lag sie, eine hagere Asiatin in einem Gitterbett. Sie war an ein Beatmungsgerät und diverse Infusionsschläuche angeschlossen. Am Bett hing ein Blasenkatheter, der zur Hälfte mit gelber Flüssigkeit gefüllt war. Sie hatte die Augen geschlossen. Es roch muffig und gleichzeitig nach Desinfektionsmitteln. Der Vorhang am Fenster bauschte sich leicht.

Die beiden Kleinen drängten sich an mich. Ich spürte ihre Panik. Mein Herz klopfte genauso, aber ich zwang mich, ruhig zu bleiben.

»Hallo, Frau Sauerbier«, sagte ich mit freundlicher Stimme. »Sie kennen mich noch nicht, ich bin Juliane Bressin. Und ich habe Ihre Kinder mitgebracht. Araia, Kamon und … Malie!« Ich drehte mich zur Tür, sah aber nur noch einen Schatten verschwinden.

»Mein Mann Jon und ich, wir haben Ihre Kinder in unsere Familie aufgenommen«, fuhr ich fort. »Wir haben selbst zwei Kinder, die heißen Lilli und Tim. Sie haben sich schon alle angefreundet, und Sie müssen sich keine Sorgen machen. Ich werde gut auf Ihre Kinder aufpassen. Araia ist vor ein paar Wochen in die Schule gekommen. Sie hat ihren neuen Schulranzen mitgebracht, den möchte sie Ihnen zeigen!«

Ich hob den Ranzen in die Höhe, aber Frau Sauerbier lag nur da und zeigte keine Reaktion.

»Araia und Kamon, kommt doch mal zu mir ans Bett, damit euch eure Mama auch fühlen kann. Vielleicht kann sie die Augen nicht aufmachen, aber sie spürt euch. Wollt ihr nicht ein paar Worte sagen?«

Aber die beiden Kleinen schüttelten nur verstört die Köpfe und starrten zu Boden.

Von der Tür her hörte ich ein Schluchzen.

»Malie ist auch hier, Frau Sauerbier. Sie hat Ihnen eine wunderschöne Collage gemacht, die stellen wir jetzt hier auf den Tisch.« Ich zog Malie mitsamt dem Kunstwerk sanft ins Zimmer. »Das sind wir mit unseren Kindern, das ist Socke, unser kleiner Hund, das ist unser Auto, da haben wir jetzt sieben Sitze drin. Wir fahren übermorgen in Urlaub, Frau Sauerbier. Die Kinder haben jetzt Herbstferien. Alle haben gute Leistungen in der Schule und haben sich ihre Ferien verdient. Nicht wahr, Kinder?«

Stille. Bedrückende Stille.

»Ich habe nämlich vier Brüder, die heißen alle was mit Bert …«, moderierte ich an, in der Hoffnung, die Kinder würden auch mal was sagen. Normalerweise konnten sie gar nicht genug davon bekommen, die Namen meiner Brüder aufzuzählen: »Albert, Herbert, Norbert und Robert. Und wenn ich ein Junge geworden wäre, dann hieße ich … na? Engelbert.«

An dieser Stelle lachten sich die Kleinen immer kaputt und nannten mich eine Weile Engelbert oder auch Juliabert, was ich gerne geschehen ließ. Jetzt waren sie in Panik verstummt und starrten auf die wächserne Gestalt, die ihre Mutter sein sollte.

Plötzlich vernahm ich leise Geräusche. Ich fuhr herum. Malie machte sich an Schränken und Schubladen zu schaffen.

»Malie! Was suchst du denn?«

Sie fuhr herum und versteifte sich. »Nix.«

Ich ging in die Hocke und nahm die verstörten Kinder in die Arme.

»Genug jetzt. Das strengt Sie bestimmt an. Es ist gut, dass Sie jetzt schlafen, Frau Sauerbier. Sie müssen viel schlafen, damit Sie sich ausruhen und neue Kräfte schöpfen können, um vielleicht wieder ganz gesund zu werden.«

Plötzlich entrang sich ihrer schmalen Brust ein leiser Seufzer.

»Seht ihr?«, flüsterte ich begeistert. »Sie hat uns gehört!«

Die Kinder pressten sich an mich, Malie war wieder zur Tür geflüchtet.

»Frau Sauerbier, Kamon hat Ihnen noch was mitgebracht.«

Aus der Schultasche zogen wir den Kuschelbären, den ich damals zu Kamons Begrüßung auf sein Bett gelegt hatte. »Kamon sagt, er braucht ihn jetzt nicht mehr, aber er lässt ihn hier bei Ihnen, damit er auf Sie aufpasst.«

Malie schluchzte laut auf.

»Malie hat Sie auch sehr lieb, Frau Sauerbier. Sie ist jetzt in einer neuen Schule und will ihr Abitur machen, und Kamon gibt sich auch ganz viel Mühe. Araia kann schon schreiben und lesen, malt gern und singt schön. Das wollten wir Ihnen nur alles sagen, bevor wir in Urlaub fahren.«

Ich sah die Kinder aufmunternd an. »Sagt eurer Mutter tschüs!«

»Tschüs, Mama«, piepste Araia dünn.

»Tschüs, Mama«, flüsterte Kamon heiser.

»Und?«

»Tschüs, Mama«, sagte Malie weinend.

»Gute Besserung«, flüsterte ich. »Wir kommen nach den Ferien wieder!«

22

Ein kleines Dorf im Allgäu, Sonntag, 7. Oktober 2007

»Kinder! Aufwachen! Wir sind da!«

Nach über sieben Stunden Autofahrt hielt Jon gut gelaunt in der Einfahrt unseres Ferienhauses in Süddeutschland, das auf dem Hof meiner Brüder stand. Sie hatten es uns für die gesamten Herbstferien zur Verfügung gestellt.

»Wer sind denn die vier gruseligen Opas?«, fragte Malie beim Aufwachen, als vier Männer freundlich durch die Windschutzscheibe schauten.

Ich musste lachen. »Das sind meine Brüder! Die vier Berte!«

»Ach, die heißen so, weil sie alle Bärte haben?« Araia rieb sich die Augen.

»Dann haben sie schon als Babys Bärte gehabt?« Verdutzt reckte Kamon sich.

Ich konnte gar nicht aufhören zu lachen. Auf die Idee musste man erst mal kommen! Gut, sie waren bärtige Naturburschen mit landesüblichen Hüten und Lederhosen, aber so alt sahen sie doch nun wirklich noch nicht aus!

»DAS sind deine Brüder?« Die Kinder spähten angsterfüllt aus dem Fenster, während Lilli und Tim sofort auf ihre Onkels zurannten und an ihnen hochsprangen, um sich von ihnen durch die Luft wirbeln zu lassen.

»Los, steigt mal aus und sagt Hallo!«, forderte ich sie auf.

»Na, wen haben wir denn da!« Albert, der Älteste, zog lustige Grimassen.

Nach kurzer Zeit war das Eis gebrochen, und die drei ließen sich ebenfalls von »den gruseligen Opas« durch die Luft schwenken.

Unter großem Hallo stürmten nun auch noch meine Schwägerinnen, Nichten und Neffen samt Hunden, Katzen und krakeelenden Gänsen aus den umliegenden Höfen, und das ganze Dorf stand Kopf. »Die Kölner sind da, die Kölner sind da!«

Das war aber auch ein Großereignis, die Großfamilie aus der Großstadt!

»Dann kommt mal rein in die gute Stube! Wer will welches Zimmer? Es ist Platz genug für alle!« Alberts Frau Hannelore wischte sich noch schnell die Hände an ihrer Schürze ab.

Es duftete nach Kindheit und Geborgenheit, nach Tieren, Herbstlaub, erstem Kaminfeuer und frisch gebackenem Zwetschgenkuchen, und mich überzog ein ungeahntes Glücksgefühl.

»Gott, tut das gut, wieder hier zu sein!«

Ich reckte mich genüsslich und gab jedem Bruder einen schwesterlichen Kuss.

»Also, Kamon und ich wollen das Doppelzimmer neben dem Hobbyraum, da steht die Tischtennisplatte!« Tim sprang an mir hoch und wollte mir den Schlüssel aus der Hand nehmen.

»Moment, immer mit der Ruhe.« Ich hielt die Arme über den Kopf. »Wenn Jon und ich bitte auch ein Doppelzimmer kriegen könnten …« Ich zwinkerte meinem Mann lachend zu. In letzter Zeit waren wir zu nichts gekommen, was unser Eheleben hätte auffrischen können, und dieser Urlaub sollte auch für Zweisamkeit genutzt werden.

»Ja, kriegt ihr, Schwesterherz!« Sogleich führte mich Albert in sein »Hochzeitszimmer« direkt unterm Dach, mit hellem Zirbelholz frisch renoviert. Auf dem Bett lag ein rotes Herzkissen, und ich musste kichern.

»Dann kriegen wir das kleine Doppelzimmer neben dem Kamin«, piepste Lilli aufgeregt.

»Wer ist wir?«

»Na, Araia und ich!« Die beiden standen Hand in Hand da. Hatte Araia etwa Angst, mit Malie in einem Zimmer zu schlafen?

»Ja, nehmt ihr das Doppelzimmer. Bleibt für dich das Einzelzimmer, Malie. Passt das?«

»Ich nehm Socke mit.« Sie schnappte sich das Hundetier und drückte es eine Spur zu heftig an sich. »Dann bin ich auch nicht alleine.« Socke stieß merkwürdige Laute aus, leckte Malie aber gleichzeitig die Finger.

Jon und ich wechselten einen kurzen Blick. Hier in der Weite der herrlichen Landschaft würde sich Malie bestimmt erholen.

»Leute, ich freu mich dermaßen auf lange schöne Wanderungen durch meine vertrauten Täler, vorbei an Felsen, auf denen wir früher immer rumgeklettert sind«, schwärmte ich aufgekratzt. Mein Herz weitete sich vor Freude, den kleinen Thais meine herrliche Heimat zeigen zu können. Sie würden hier alle ihre Sorgen vergessen.

Endlich saßen wir am riesigen Kaffeetisch und schlemmten Kuchen mit viel Sahne. »Greift ruhig zu, Kinder, wir werden uns hier viel bewegen!«

»Neee! Nicht schon wieder bewegen!«, protestierte Malie. »Wir wollen endlich chillen!«

»Dann werden wir euch grillen«, unkte mein jüngster Bruder Norbert.

»Au ja, grillen! Habt ihr noch euer Biofleisch?«, wollte Jon wissen.

»Gibt es den kleinen Wasserfall noch, in dem du mich immer mit Eiswasser getauft hast, Herbert?«

»Oh ja, liebe Schwester. Und ihr könnt sogar noch in dem

Naturbad planschen, in dem du schwimmen gelernt hast! – Könnt ihr schwimmen, Malie, Kamon und Araia?«

»Noch nicht so richtig«, gaben sie beschämt zu.

»Das bring ich euch bei«, versprach Robert, mein mittlerer Bruder. »Wie eurer Mama. Weißt du noch, Juliane? Einfach reingeschmissen und untergetaucht. Und danach konntest du schwimmen.«

Alle lachten und zeigten mit der Kuchengabel auf mich. Für diese göttliche Stimmung ließ ich die fiese Geschichte einmal unkommentiert im Raum stehen.

»Aber nicht dass ihr das nachmacht! Ins kalte Wasser getaucht zu werden, ist kein Scherz! Wär ich ein Junge gewesen, hätt ich euch alle verdroschen.«

»Nur die Harten kommen in den Garten.« Norbert grinste.

»Wie schaut's aus, worauf habt ihr Lust? Jeder darf sich jetzt für die nächsten zwei Wochen einen Tag wünschen, an dem alle machen, was er will.«

»Chillen«, stöhnte Malie.

»Ich will ins Automuseum«, rief Tim. »Und Kamon auch!« Er hob dessen Arm. »Jetzt gehen wir schon zwei Tage da hin, hahaha!«

»Wir wollen zu dem Pferdegestüt, von dem du erzählt hast, Mama!« Lilli hob Araias Ärmchen. Die Kleine wusste gar nicht, wie ihr geschah. »Du hast doch gesagt, da gibt es Warmblut, Schwarzwälder, Süddeutsches Kaltblut, Haflinger und Vollblutaraber!«

»Klingt ganz nach Torte und Schnaps«, meinte Jon und hielt seinen Teller auffordernd in die Runde. »Ich nehm noch eine Schwarzwälder und ein Warmblut.«

Herbert füllte die kleinen Schnapsgläser nach, und wir prosteten uns zu. Für die Kinder gab es Kindersekt, den ich extra in einer Kühltasche mitgebracht hatte.

»Ich will einen ganzen Tag lang Fußball spielen«, meldete

sich Kamon schüchtern zu Wort. »Sonst kenne ich nix, wovon ihr redet.«

Dafür erntete er von sämtlichen Brüder-Berts prasselnden Applaus. Er errötete vor Freude.

»Mein absoluter Favorit ist eine Höhle«, meldete auch ich einen Wunsch an. »Da muss man aber hinwandern! Und am Ende gibt es eine Überraschung!«

»Oh bitte bitte bitte! Verrat sie uns!«

»Sonst wollen wir nicht wandern!«

»Die Überraschung ist, dass man mit einer alten Holzeisenbahn siebzig Meter tief in die Höhle reinfahren kann, und ganz am Ende ist ein tintenschwarzer See!«

»Gibt es da Gespenster?!«

»Natürlich! Wuuuhhh!«

Die ersten Tage vergingen mit wunderschönen Unternehmungen. Das Wetter spielte mit, wir konnten sogar tatsächlich noch baden gehen. Jedes Kind bekam seinen Wunschtag und stand dann dementsprechend im Mittelpunkt.

Malie ermöglichten wir natürlich ihren Chill-Tag, an dem wir alle nur herumlagen, Gesellschaftsspiele spielten, lasen, Geschichten erzählten und Zwetschgenkerne spuckten.

Abends gingen wir mit den Brüdern in verschiedenen umliegenden Lokalen essen. Sie ließen es sich nicht nehmen, ihre Großstadt-Gäste auf allerhand Lukullisches aus der Gegend einzuladen.

Als der Kellner beim ersten Mal fragte, ob es allen geschmeckt habe, und anfing, die Teller abzuräumen, sprang Malie auf und nahm ebenfalls einen Stapel Teller, um sie hinter ihm her in die Küche zu tragen.

Sofort schossen mir zwei Dinge durch den Kopf: Meine Erziehung hat Früchte getragen! Und: Sie ist noch nie in einem Restaurant gewesen!

Die anderen brachen in schallendes Gelächter aus, und ich zog die zornig Errötende auf meinen Schoß: »Liebes, in einem Restaurant darf man sich bedienen lassen.«

»Kann ich doch nicht wissen, eh!«

»Da seht ihr, wie gut meine Pflegetochter erzogen ist«, wies ich die Familienbande in ihre Schranken. Ich drückte ihr spontan einen Kuss auf die Wange, und daraufhin wurden wir beide rot.

Auch dafür bekamen wir Beifall. »Der gilt uns«, flüsterte ich ihr ins Ohr. »Wir sind ein tolles Team!«

»Kriegen die Leute Geld dafür, dass sie die Teller abräumen?«, flüsterte sie zurück.

»Ja! Wir bezahlen dafür, dass sie das tun!«

»Dann hätte meine Mama auch so eine Arbeit machen können?«

»Bestimmt! Warum fragst du?«

»Och. Nix.«

Bei einem anderen Restaurantbesuch zeigte Kamon scheu auf die Speisekarte, als er sein Gericht aussuchen durfte. Was dann auf seinem Teller lag, war ein kleiner schwarzer Haufen Kaviar, mit Perlmuttlöffel und Blinis. Wir starrten erst sekundenlang darauf, bevor auch das mit brüllendem Gelächter aus bärtigen Brüder-Bert-Kehlen quittiert wurde.

»Der junge Herr wünscht, Kaviar zu speisen, hahaha, Kamon! Wie kommst du denn auf die Idee?«

Kamon gestand mit gesenktem Kopf, dass er mit keinem der Angebote auf der Speisekarte etwas habe anfangen können. Da hatte er eben auf ein Wort gezeigt, das so ähnlich anfing wie sein eigener Name.

Wir waren gerührt und schämten uns auch ein bisschen. Woher sollten die drei Kinder auch wissen, was sich außerhalb ihrer bescheidenen Schrebergartenwelt abspielte? Dafür durften wir sie nicht auslachen!

Nach einer Woche ungetrübtem Urlaub, in dem kein einziges böses Wort gefallen war, rief Anne mich auf dem Handy an. Ich balancierte gerade barfuß mit den Kindern über einen Baumstamm, der in einem Tümpel lag, und brachte mich erst mal in Sicherheit, bevor ich dranging.

»Anne! Hi! Schön, dass du anrufst!«

»Juliane, es tut mir wahnsinnig leid, aber ich fürchte, ich muss euch den Urlaub verderben.«

»Ach nein, Anne. Was ist denn passiert?« Im ersten Moment dachte ich an Frau Nölle.

So oder so war sie immer die Spielverderberin.

»Juliane, Frau Sauerbier ist heute ganz friedlich eingeschlafen.«

»Nein.« Fassungslos ließ ich mich auf einen Heuhaufen sinken.

»Gott, wie soll ich das den Kindern beibringen! Wie ist das denn so plötzlich passiert?«

»Es tut mir so leid, Juliane! Ich war heute Vormittag bei ihr, ich wollte einfach mal nach ihr sehen.«

»Du hast sie besucht?!«

»Ja, es hat mir keine Ruhe gelassen. Ich hatte sowieso einen Krankenbesuch in dem Heim zu machen, da hab ich bei ihr reingeschaut. Sie lag ganz friedlich da, die Augen geschlossen, die Hände auf der Decke. Da hab ich mich zu ihr gesetzt, ihre Hand genommen und dann leise mit ihr gesprochen: Dass die Kinder bei dir in guten Händen sind, dass ihr gerade in Urlaub seid und viel Spaß habt. Anschließend hab ich mit ihr gebetet. Da hat sie einen tiefen Seufzer getan und trotz der Schläuche aufgehört zu atmen.«

»Anne …«

»Ich hab dann sofort den Notknopf gedrückt, und die haben auch noch versucht, sie zu reanimieren, aber es war nichts mehr zu machen!«

»Gott, Anne, wir haben es gerade so schön!« Verzweifelt raufte ich mir die Haare und sah zu den Kindern hinüber. Die lachten und spielten, bespritzten sich mit Wasser und hatten einfach nur Spaß am Leben. Jon lag auf der Picknickdecke, die Hände hinterm Kopf verschränkt, schaute in die Wolken und kaute auf einem Grashalm.

»Ich weiß nicht, Juliane. Ihr wollt sie sicherlich noch mal sehen, oder? Ich hab erreicht, dass sie mit der Beerdigung warten, bis ihr wiederkommt. Aber das kann natürlich nicht Wochen warten.«

Ich straffte mich. »Unter diesen Umständen kommen wir natürlich sofort nach Hause!«

Es wollte mir das Herz brechen! Die Kinder hatten schon ihren Vater verloren und nun auch noch ihre Mutter!

»Juliane«, unterbrach Anne meine verzweifelten Gedanken. »Ich bereite hier alles vor. Ich lasse sie schön herrichten und …«

Ich konnte mich nicht mehr beherrschen und fing an zu weinen. »Ja danke, Anne.« Ich schluckte. »Wir sind morgen um diese Zeit zu Hause!«

Bevor ich es den Kindern sagte, vertraute ich mich erst mal Jon an. Tröstend legte er den Arm um mich.

»Schau sie dir doch an, sie sind zum ersten Mal in ihrem beschissenen kleinen Leben glücklich«, sagte ich leise. Mir ging ein Lied durch den Kopf, das die Comedian Harmonists gesungen hatten: »Irgendwo auf der Welt gibt's ein kleines bisschen Glück, und ich träum davon in jedem Augenblick …« Das war doch nun ihr Augenblick! Sie hatten noch nie Urlaub gemacht, hatten noch nie sorglos gespielt, ohne Angst vor Strafen, hatten noch nie ein verlässliches, warmes Zuhause gehabt! Plötzlich überkam mich heiliger Zorn auf diese Mutter. Sie hatte diese Kinder auf dem Gewissen!

»Jon! Sollen wir es ihnen einfach NICHT sagen?«

Ich erschrak über meinen eigenen Gedanken und dass ich ihn auch noch laut ausgesprochen hatte.

Jon stützte sich auf den Ellbogen. »Keine schlechte Idee. Wenn du es schaffst dichtzuhalten – ich krieg das hin.«

Er warf einen Blick auf die Kinder, die übermütig herumtobten. »Wenn wir dann wiederkommen, ist sie schon unter der Erde. Vielleicht fragen die Kinder gar nicht mehr nach ihr.«

Es klang verlockend, aber das stand uns nicht zu. Sie war doch ihre MUTTER! Ich schüttelte den Kopf und betrachtete eine Ameise, die auf der gewellten Decke herumkrabbelte, als müsste sie ein Riesengebirge überwinden. »Das können wir ihnen nicht antun. Sie sollen sich von ihrer Mutter verabschieden dürfen. Sonst werden sie uns das später vielleicht nie verzeihen. Aber ich schaff es einfach nicht, es ihnen zu sagen, nicht jetzt, nicht hier …«

»Engelbert! Warum weinst du?!« Malie kam zu uns auf die Decke. Ihre Füße hinterließen Schlammspuren. »Wieso spielst du nicht mehr mit?«

»Siehst du diese freche Ameise hier? Die hat ihr ans Bein gepinkelt.« Jon sah sie ernst an. »Und Ameisenpisse brennt schlimmer als Brennnesseln.«

»Iiiih! Wääähl!« Malie sprang wieder auf und hechtete zu den anderen. »Die Juliane hat Ameisenpisse am Bein!«

»Jon, danke für den Aufschub. Aber es wird Zeit für die Wahrheit. Ich sag es ihnen jetzt.«

»Okay, Juliane. Ich lenk Tim und Lilli solange ab.« Jon sprang auf und klopfte sich die Hosenbeine ab.

»Und morgen früh fahren wir nach Hause?«, fragte ich halblaut.

Er sah mich traurig an und zuckte mit den Achseln. »Wenn du es für richtig hältst.«

23

Köln, Montag, 15. Oktober 2007

Am nächsten Morgen saßen wir alle wieder im Bus. Jon lenkte unsere Familienkutsche schweigend über die Autobahn.

Ich saß hinten zwischen den Kindern und hielt ihre Hände. Vereinzelt schluchzte immer noch eines auf.

Gestern hatte ich die drei auf die Decke geholt, sie fest umarmt und schließlich gesagt: »Ich muss euch etwas ganz Trauriges mitteilen.«

Weiter war ich nicht gekommen. Ich hatte nicht weitersprechen können, die Tränen waren mir übers Gesicht geströmt.

»Das ist nicht die Ameise, nein?«

»Nein, Malie. Es ist etwas viel Schlimmeres passiert, und es tut mir leid, dass ich es euch erst jetzt sage. Aber ich brauchte Zeit, um zu überlegen, wie ich es euch beibringe.«

»Ihr wollt uns nicht mehr behalten, stimmt's?«, zirpte Araia. »Jon ist schon mit Tim und Lilli weggegangen!«

»Nein! Im Gegenteil. Wir werden euch immer bei uns behalten. Denn eure liebe Mama ist leider heute Morgen für immer eingeschlafen.«

Sie starrten mich ungläubig an, Entsetzen machte sich breit. Ich sah in ihre weit aufgerissenen schwarzen Augen. Auf einmal schrien sie los, schrien sich ihren ganzen Kummer von der Seele.

Kamon zitterte so fürchterlich, dass seine Zähne aufeinanderschlugen.

»Pssst«, machte ich hilflos und versuchte, sie sanft zu wiegen. »Pssst! Die Mama schläft jetzt für immer, sie ist jetzt an einem schönen Ort, wo es ganz hell und still ist.«

Es dauerte lange, sehr lange, bis sie keine Kraft mehr hatten und still in sich zusammensanken. Wie kleine verwelkte Blumen.

Ich kauerte mit ihnen auf der Decke, die Dämmerung war längst hereingebrochen, und die Bäume rauschten im Wind. Es war empfindlich kühl geworden. Der Mond schob sich wie eine silberne Scheibe über die dunklen Wipfel, und ich fing an zu singen: »Der Mond ist aufgegangen, die gold'nen Sternlein prangen, am Himmel hell und klar ... verschon uns Gott mit Strafen, und lass uns ruhig schlafen, und unsere liebe Mama auch.«

Die Kinder schluchzten und hielten sich die Ohren zu, wie immer wenn sie Stress hatten. Unaufhörlich redete ich gegen die Angst an: »Eure Mama ist gestorben, sie war der wichtigste Mensch in eurem Leben. Das ist sehr schlimm. Man möchte das nicht hören, will sich lieber die Ohren zuhalten. Man möchte das nicht glauben, aber wisst ihr was? Eure Mama hat so lange gewartet, bis ihr sie besucht habt, bis sie wusste, dass es euch gut geht! Da konnte sie loslassen, in Ruhe ihren letzten Atemzug machen. Die Anne war heute Morgen noch bei ihr und hat mit ihr gebetet. Da konnte ihre Seele endlich in den Himmel fliegen.«

Die Kinder kauerten wie eingefroren neben mir auf der Decke. Ich hatte ihre Jacken über sie gebreitet und wärmte sie, so gut ich konnte. »In einem könnt ihr euch ganz sicher sein: Wir, Jon, Tim, Lilli und ich, wir verlassen euch nicht. Wir bleiben bei euch, denn wir haben euch ja lieb. Viele Menschen möchten den Verstorbenen noch mal sehen. Wir können überlegen, ob ihr das möchtet. Man braucht keine Angst zu haben. Es macht einen am Anfang vielleicht noch trauriger, aber so kann man es besser verstehen und wirklich Abschied nehmen.«

»Wir wollen nicht nach Hause!«

»Wir wollen sie nicht mehr sehen!«

»Aber, Kinder! Es war eure Mutter!«

»Mir doch egal!«

»Malie! Das wirst du heute noch nicht verstehen, aber später wirst du mir recht geben. Man verabschiedet sich von seinen Toten.«

»Unsere Mama hätte das nicht gewollt«, beteuerte Malie. »Sie hätte gewollt, dass wir hierbleiben und Spaß haben!«

Das konnte ich ihr so gar nicht glauben.

Endlich näherten sich fünf Gestalten. Sie hatten Fackeln dabei. Es waren Jon, Norbert, Robert, Herbert und Albert. Drei meiner Brüder nahmen je ein Kind auf den Arm und trugen es nach Hause. Jon nahm meine Hand und führte mich heim.

Wir schritten in aller Stille dahin, nur ab und zu löste sich ein Schluchzer aus der Brust eines Kindes.

»Es ist gut«, sagten die Männer, die sie trugen. »Es ist gut. Ihr seid nicht allein.«

Und nun hingen die drei kraftlos in ihren Kindersitzen.

Jon fuhr tapfer sieben Stunden lang durch. Am frühen Abend erreichten wir das Pflegeheim. Anne hatte mir zwischenzeitlich am Handy gesagt, der Leichnam sei inzwischen hergerichtet, und man warte auf unseren Besuch.

»Da vorn ist ein Blumengeschäft.« Ich stieg aus und kaufte drei langstielige rote Rosen, die ich den Kindern in die Hand drückte.

»Das ist euer letztes Geschenk an die Mama. Wir werden ihr die Blumen jetzt bringen und auf ihr Bett legen. Ich glaube, sie sieht es von dort, wo sie jetzt ist, und sie wird sich sehr darüber freuen.«

»Wir wollen da nicht rein!«

Die Kinder sträubten sich. War es zu viel, was ich ihnen da zumutete? Aber sie würden mir später Vorwürfe machen! Es war richtig, so zu handeln! »Wir schaffen das.« Ich strich über ihre angespannten Gesichter. »Ich bin ja bei euch.«

Malie weinte laut und weigerte sich, das Gebäude zu betreten.

»Ich will die nicht mehr sehen!«

»Bitte, Malie. Deine Mama braucht dich. Ein letztes Mal. Hm?«

Schließlich schritt ich mit den drei weinenden Kindern die Einfahrt des Heims hinauf. Jon war mit Tim, Lilli und Socke schon mal nach Hause gefahren, um die Koffer auszupacken und das Abendessen vorzubereiten.

Die Nonne, die an der Pforte saß, kam mit ausgebreiteten Armen auf uns zu.

»Es tut mir ja so leid, ihr lieben Kinder!« Sie drückte uns warm die Hand. »Frau Bressin. Es ist so gut, dass es Sie gibt. – Kommen Sie doch erst mal in mein Büro.«

Dort bot sie uns heißen Tee mit Honig an und schob den Kindern Kekse hin. Es war das erste Mal, dass sie etwas Leckeres komplett ignorierten.

Sie wandte uns ihr mütterliches Gesicht zu. »Bestimmt habt ihr noch Fragen.«

Doch die Kinder starrten sie bloß an und wischten sich über die Augen. Wir nippten an unseren Tassen.

»Könnten Sie Anne … ich meine die Pfarrerin, bitte anrufen und ihr sagen, dass wir jetzt da sind?«, bat ich schließlich zaghaft.

Das tat die nette Nonne gerne. Während wir auf Anne warteten, erklärte sie uns die Formalitäten: »Sie wird erst heute Abend abgeholt, wenn ihr schon weg seid. Ihr braucht euch um nichts weiter zu kümmern. In diesem Fall übernimmt das

Sozialamt die Bestattungskosten und kümmert sich um die Beerdigung. Nun ja, das ist in der Regel eine einfache Beerdigung mit einem sehr schlichten Sarg. Die nette Pfarrerin hat angeboten, die Trauerrede zu halten, und es wird auch ein bisschen Musik geben.«

»Das ist wirklich … ähm … vielen Dank.«

»So, und jetzt dürft ihr die Mama noch einmal sehen«, verkündete die Nonne.

Die Kinder zerrten ängstlich an meiner Hand, als wir über den muffigen Flur schritten. »Wollen wir nicht auf Anne warten?«, fragte ich. Aber da öffnete Araia schon ganz tapfer die Zimmertür und schritt mit ihrer roten Rose auf die Tote zu.

»Schlaf gut, liebe Mami.« Sie nahm die Hand ihrer Mutter und streichelte sie sanft.

Mir schossen die Tränen in die Augen. Wie liebevoll sie war! Offensichtlich hatte sie noch nichts Schlimmes erleben müssen. Oder war ich es, die ihr so viel Kraft gab? Mir fiel ein Stein vom Herzen, als ich Annes federnde Schritte auf dem Gang hörte.

»Da seid ihr ja! Mein herzliches Beileid!«

Aufatmend fiel ich ihr um den Hals.

An Annes Hand traute sich auch Kamon, auf Zehenspitzen zu seiner Mutter zu schleichen und ihr die Rose aufs Kissen zu legen.

Sie lag schön angezogen und gekämmt im Bett. Ihre Augen waren geschlossen, die Hände über der Brust gefaltet. Die medizinischen Geräte und der Urinbeutel waren verschwunden.

Malie wollte den Raum nicht betreten und drückte sich unschlüssig an der Tür herum.

»Schau, Malie, sie sieht aus, als ob sie schläft.« Ich streckte die Hand nach ihr aus.

Schluchzend presste sie die Stirn gegen den Türrahmen.

»Weißt du was? Anne und ich nehmen dich jetzt beide in

die Mitte, gehen zur Mama, legen ihr die Rose aufs Kissen und marschieren dann ganz schnell wieder raus. Okay?«

Dazu ließ sie sich schließlich überreden.

Sie näherte sich ihrer Mutter wie einem gefährlichen Tier, das jederzeit sein Maul aufreißen und einen verschlingen kann. Sie warf ihr die Rose eher hin, als dass sie sie ablegte, und rannte dann, die Hände an die Ohren gepresst, wieder aus dem Zimmer.

Ob sie erwartete, dass die Tote sie anschreien würde? Oder sogar schlagen?

»Gut hast du das gemacht, Malie. Es war wichtig, dass du dich von ihr verabschiedest. Später wirst du das einmal verstehen.«

Sie weinte noch lange in meinen Armen und wollte sich gar nicht mehr beruhigen.

In Annes Wagen fuhren wir schließlich nach Hause. Dort duftete es nach Abendessen, Vanilletee und Geborgenheit. Jon hatte das Mozart-Requiem aufgelegt, das leise im Hintergrund lief.

Anne und er begrüßten sich mit Wangenküsschen und einer herzlichen Umarmung. Niemand konnte schlafen gehen, auch Tim und Lilli nicht. Sie hatten Frau Sauerbier zwar nie gesehen, aber für sie war es unvorstellbar, seine Mama zu verlieren.

Wir saßen noch lange mit den Kindern auf unserer Wohnzimmercouch. Anne beantwortete ihre Fragen nach dem Tod, der Seele, dem Himmel und dem Grab.

Dann ging sie nach Hause, und ich konnte mir nicht vorstellen, sie jemals nicht gekannt zu haben.

24

Köln, Donnerstag, 18. Oktober 2007

Drei Tage später war die Beerdigung auf dem Melatenfriedhof. Angesetzt war sie für elf Uhr. Ich hatte den Kindern schwarze Kleidung gekauft und half ihnen gerade beim Anziehen, aber wieder wollten sie nicht mit, sträubten sich mit Händen und Füßen, weinten, pressten die Hände auf die Ohren und warfen sich bäuchlings aufs Sofa.

Malie riss sich den schwarzen Pullover bereits wieder über den Kopf und schleuderte ihn in die Ecke.

»Aber, Malie! Das ist doch nicht irgendwer, das ist deine Mutter, und das ist die letzte Ehre, die man einer Person erweist!«

»Mir doch egal!«

»Nein, hör mir zu, Malie. Auf diesem letzten Weg begleitet man den Toten, so ist das jedenfalls in unserer Kultur und in Thailand bestimmt auch.«

»Ich will aber nicht!«

»Das hat auch nichts damit zu tun, ob man das will oder nicht, das macht man einfach so.«

»Ihr könnt ja gehen, ich bleib hier!«

Damit zog sie auch den Reißverschluss ihres schwarzen Faltenrocks auf, ließ ihn zu Boden gleiten und trampelte auf ihm herum.

»Malie! Ich versteh dich nicht …«

Dabei verstand ich sie insgeheim doch. Wenn die Mutter

sie tatsächlich geschlagen und drangsaliert hatte, war es kein Wunder, dass sie zwischen Trauer, Erleichterung und den damit verbundenen Schuldgefühlen hin und her gerissen wurde.

»Ich geh da nicht hin und Kamon und Araia auch nicht! Meine Mama hätte das nie gewollt! Sie hat immer gesagt, dass es Unglück bringt, wenn Kinder auf eine Beerdigung gehen!«

Kamon drückte sich im Treppenhaus herum – unschlüssig, ob er nach oben oder nach unten gehen sollte.

»Aber du kommst mit, Kamon, ja?«

»Wir haben uns doch schon im Pflegeheim von der Mama verabschiedet«, sagte er leise. »Als wir die Rosen aufs Kissen gelegt haben.«

»Ja, aber was kann euch denn passieren?«

»Da sind bestimmt so Leute …«

»Was denn für Leute? Wovor habt ihr Angst?«

Unten klingelte das Telefon, und Tim ging ran. Er brachte den Hörer rauf: »Für Malie.«

Malie nahm ihn und knallte uns die Tür vor der Nase zu. Ich kümmerte mich um Araia, die artig mit Lilli in der Hochetage hockte.

Kamon löste das Problem, nicht mitkommen zu müssen, auf seine Weise: Er machte in die nagelneue schwarze Hose. Seufzend befreite ich ihn von den nassen Beinkleidern.

Drinnen hörte ich Malie erst ruhig sprechen, dann schreien, dann weinen. Mit verheultem Gesicht kam sie herausgestürmt, pfefferte das Telefon aufs Sofa und schmiegte sich an mich. Ich konnte mich gerade noch vor dem Rotz in Sicherheit bringen, der ihr aus der Nase quoll.

»Malie! Liebes! Komm, nimm erst mal ein Taschentuch.«

»Diese Schlampen!«

»Malie! Bitte, wer war das denn?!«

»Die Tanten und Onkel aus Andernach!«

Mein Herz klopfte unrhythmisch. Jon hatte die Kinder

nach dem dritten Termin nicht mehr hingebracht, weil sie sich mit Händen und Füßen dagegen sträubten, und wir hatten Frau Nölle nichts davon erzählt, in der Hoffnung, dass sich die Sache damit erledigt hätte.

»Zuerst waren die Tanten dran«, schluchzte Malie verstört. »Die haben erst ganz normal gefragt, wie es uns geht und so. Und dann wollte die aus Bangkok wissen, ob ich nach der Beerdigung gleich mit ihr fahren will. Sie ist jetzt unsere nächste Verwandte. Ich hab gesagt, dass wir alle nicht zur Beerdigung kommen und dass ich sowieso nicht mit ihr fahren will.«

»Wie jetzt … nach Bangkok?« Mir wurde heiß und kalt.

»Ja. Sie meint, sie fliegt morgen wieder zurück, und ich soll mitkommen.«

Mir entfuhr ein spöttisches Lachen. »Aber nein, Malie … das lassen wir gar nicht zu!«

»Dann war der Mann von der Cousine dran, der Herr Newes, und der hat mich angebrüllt, dass er uns nachher auf der Beerdigung die Hosen strammzieht!«

»Bitte?«

»Ich hab ihn dann angeschrien, dass wir nicht zur Beerdigung kommen und dass sie uns alle am Arsch lecken können. Dann hab ich aufgelegt.« Sie zitterte am ganzen Leib, und ich zog sie tröstend an mich.

In dem Moment hupte es draußen, und die Kinder zuckten zusammen.

»He, ihr Lieben! Beruhigt euch! Das ist doch nur die Anne!«

Anne winkte durchs Fenster. Sie hatte ihren schwarzen Talar mit der weißen Halsbinde an und sah so ganz anders aus als sonst in Jeans, weißer Bluse und Sneakers.

Ich öffnete die Tür, immer noch drei verstörte Kinder im Arm.

»Grüß dich, Anne, ich glaube, das hat keinen Zweck, wenn wir mitkommen.«

Ein Blick auf das Bild, das sich ihr bot, und sie verstand sofort.

»Dann werde ich eine wunderschöne Predigt halten und eure Mama von euch dreien noch mal ganz lieb grüßen.«

»Hältst du nach ein paar verdächtigen Gestalten Ausschau?«, raunte ich ihr zu. »Nach zwei Thailänderinnen mit ihren Männern? Die kommen mir irgendwie nicht geheuer vor!«

Anne stieg winkend zu Tina ins Auto, die einen Kranz auf den Knien hielt, und gab mir unauffällig das Okayzeichen. Hinten auf den Rücksitzen sah ich zwei Jungs aus ihrer Blechbläsergruppe mit ihren Instrumenten auf den Knien.

»Sie schaffen das auch ohne uns.« Ich machte die Tür wieder zu. »Wisst ihr was, Kinder? Jetzt zieht ihr erst mal wieder eure Lieblingssachen an. Weg mit den schwarzen Kleidern. Und dann gehen wir alle in die Kirche und zünden für die Mama Kerzen an. Ist das okay?«

Dankbares Nicken. Die Erleichterung stand ihnen nur so ins Gesicht geschrieben.

Während die Kinder sich umzogen, hielt ich es für angemessen, Frau Nölle anzurufen.

Die war bereits im Bilde, dass Frau Sauerbier gestorben war.

»Geht es Ihnen einigermaßen?«, fragte ich einfühlsam.

»Ich krieg mühsam Luft, aber es geht.«

»Tun Sie mir einen Gefallen? Ich wollte Sie bitten, ob Sie für uns zur Beerdigung gehen könnten. Die Kinder wollen absolut nicht, aber ich würde so gern eine Vertretung für sie schicken.« Anne war zwar da, aber sie hielt ja die Predigt. Und ich wollte, dass von uns jemand unter den Trauergästen war.

»Das kann ich gerne machen.«

Ups! Das war das erste Mal, dass sie einfach Ja sagte! »Dürfen wir Sie nachher in der Sonnenschein-Stiftung besuchen?«

Verlegen spielte ich an meiner schwarzen Kostümjacke herum, in der ich mir auch ganz verkleidet vorkam. »Und könnten Sie den Kindern dann erzählen, wie es war und wo sie liegt, damit wir sie später in Ruhe besuchen können?«

»Das kann ich gerne machen.«

Ich war völlig sprachlos. Hatte Frau Nölle zweimal hintereinander »Das kann ich gerne machen« gesagt? Ohne mich anzuschreien, dass ich meine Kompetenzen überschritt? Noch nie hatte Frau Nölle eine Bitte von mir erhört und einfach so eingewilligt, etwas für die Kinder zu tun, ohne mich zu belehren oder herunterzuputzen!

Wenig später gingen die Kinder und ich in die leere Kirche, zündeten Kerzen an und steckten eine großzügige Spende für Anne und ihre Gemeinde in den Opferstock.

Dann setzten wir uns ganz ruhig in die erste Bank und ließen die Kühle und Stille des Gotteshauses auf uns wirken.

»Vielleicht mögt ihr der Mama einen Brief schreiben?«, regte ich schließlich an. »Einen Abschiedsbrief?«

Sie schauten auf ihre Füße und sagten nichts.

»Oder vielleicht magst du ein Bild für deine Mama malen, Araia?«, schlug Lilli mit ihrer hellen klaren Stimme vor. »Du malst doch so schön.«

»Und, Kamon, du könntest ihr später den Bären aufs Grab legen, den dir die Nonne mitgegeben hat«, meinte Tim. »Oder willst du den behalten?«

»Nein. Der gehört der Mama.«

»Kommt, Kinder. Wir machen jetzt einen Spaziergang in der schönen Herbstsonne.«

Ganz ruhig und gefasst, gingen wir am Rautenstrauchkanal entlang und setzten uns schließlich in ein kleines Gartenlokal. Der Minigolfplatz, der danebenlag, war nicht mehr bespielbar. Braune Schichten von Herbstblättern lagen auf den Bahnen. Es wäre aber auch keinem von uns danach gewesen, den Schläger zu schwingen. Ich lud die Kinder auf Kakao und Kuchen ein, um ihnen diesen schweren Tag zu versüßen.

Am Nachmittag fuhren wir dann in die Sonnenschein-Stiftung zu Frau Nölle. Malie hatte inzwischen tatsächlich einen Brief geschrieben und Araia ein Bild gemalt.

»Boah, ist das eine geile Villa!« Tim verrenkte sich den Hals, als wir durchs Eingangstor fuhren, das sich automatisch öffnete.

»Tim!«

»Ich meine natürlich, eine … ähm beeindruckende, hochherrschaftliche Villa.«

Ich musste grinsen. »Tim, du wirst noch mal ein Schriftsteller.«

»Darf Socke hier rumspringen?«, fragte Lilli.

»Bestimmt nicht! Die lassen wir so lange im Auto.«

Die drei Pflegekinder schauten eingeschüchtert aus dem Fenster.

Gesittet traten wir ein.

In ihrem Besucherbüro empfing uns Frau Nölle, immer noch im schwarzen Kostüm, aber dafür wieder mit zart sprießendem Echthaar. Sie wies den Kindern das Sofa zu, auf dem ein Plastikschonbezug lag, und mir einen geschwungenen Biedermeiersessel. Ein Bediensteter brachte Tee und Gebäck, das die Kinder nicht anrührten.

»Wie geht es Ihnen, Frau Nölle?«, versuchte ich, das Eis zu brechen.

»Im Moment ganz gut, danke. Sie testen ein neues Medikament an mir aus. Das hat zwar schreckliche Nebenwirkungen, aber Sie sehen ja …« – sie zupfte an ihren grauen fedrigen Härchen, die sie aussehen ließen wie ein Küken in der Mauser –, »… die Hoffnung stirbt zuletzt.«

»Das freut uns wirklich sehr, nicht wahr, Kinder?«

Die Kinder saßen stocksteif auf dem Plastikschonbezug und wagten nicht zu atmen.

»Wollen Sie uns ein bisschen von der Beerdigung erzählen?« Ich nippte an meinem Tee.

»Die Pastorin hat das ganz toll gemacht«, schwärmte Frau Nölle, und plötzlich bekamen ihre Züge etwas Weiches, Lebendiges. »Sie hat ganz wundervoll gepredigt, auch ganz viel von euch erzählt, euch alle beim Namen genannt und der Mama im Sarg erzählt, wie gut es euch jetzt geht.«

Sie schenkte mir die Andeutung eines Lächelns. »Sie hat gesagt, dass ihr euch alle von ihr verabschiedet habt und dass sie in Ruhe gehen konnte.«

»Und waren auch Thailänder da?«, fragte Malie, die bis zur Sofakante vorgerutscht war.

»Ja, genau. Die zwei Tanten von euch, die wir ja schon im Jugendamt kennengelernt haben, mit ihren Ehemännern. Die besucht ihr ja regelmäßig, nicht wahr?«

»Natürlich«, sagte ich schnell. Das war das erste Mal, dass die Kinder mich lügen hörten.

Araia begann leise zu weinen, und Malie gab ihr einen vorwurfsvollen Stups.

Ich hoffte, Kamon würde jetzt nicht in die Hose machen, und war dankbar für den Plastikschonbezug.

Doch Frau Nölle ließ nicht locker. »Wir haben im Anschluss nett geplaudert, und die beiden Tanten haben gefragt, warum ihr gar nicht mehr kommt, wie mit dem Jugendamt vereinbart?!«

»Sie möchten nicht«, sagte ich tapfer und knetete meine Hand, die vor lauter Händchenhalten mit Araia eingeschlafen war.

»Ach papperlapapp!«, echauffierte sich Frau Nölle. »Frau Bressin, jetzt zwingen Sie mich nicht schon wieder, Ihnen zu erklären, welche Kompetenzen Sie haben und welche nicht. Wir haben das schriftlich vereinbart …« – ihre Stimme schraubte sich gleich wieder in unangenehme Höhen –, »… und das können Sie gerne im Besprechungsprotokoll nachlesen.«

»Ich weiß ja, Frau Nölle, ich weiß.« Ich musste mich schwer beherrschen, sie nicht anzuschreien, dass ich Einsicht in die früheren Jugendamtakten haben wolle, aber in Anbetracht des besonderen Anlasses und der Würde der Toten ließ ich es bleiben.

»Wir waren nur zwischenzeitlich verreist, und da ist uns der letzte Termin durch die Lappen gegangen.« Ich dachte, dass es besser wäre, den Ball flach zu halten, statt in Anwesenheit der Kinder jetzt ein Riesenfass aufzumachen. Falsch gedacht!

»Wie, Sie waren verreist?«, brauste sie auf. Ihre Augen waren wieder so kalt und stählern wie eh und je. »Haben Sie das mit dem Jugendamt abgesprochen? Wenn schon nicht mit mir?«

»Nein, wir ähm … sind ja nicht ins Ausland gefahren. Die Kinder haben ja keine Pässe.«

»Wir waren nur bei Mamas Brüdern«, meldete sich Lilli tapfer zu Wort. »Die wohnen alle noch da, wo Mama groß geworden ist. Das war sehr schön, und da hatten wir eine gute Zeit.«

»Natürlich ohne Sport und Klettern und Schwimmen und Kajak fahren und den ganzen verbotenen Kram«, sagte Frau Nölle streng und musterte uns prüfend über den Rand ihrer Brille hinweg.

»Ja. Echt. Wir haben nur gechillt«, beteuerte Tim. »Stimmt's, Malie?«

Über Frau Nölles stark geschminktes Gesicht huschte ein winziges Lächeln.

»Dann wollen wir mal heute nicht so sein.« Sie erhob sich. »Wenn Sie noch auf den Friedhof gehen wollen, dann mal los! Der schließt um sechs.«

Wir rappelten uns auf und gaben ihr artig die Hand.

»Sie gehen durch den Haupteingang und halten sich rechts.

Sie müssen dann schon etwa fünfhundert Meter gehen. Ich hab das kaum geschafft. Am Zaun sind neue Bäume angepflanzt. Zwischen den mittleren Bäumen ist das Grab. Es sind ganz einfache Gräber von der Stadt. Wir konnten verhindern, dass es ein anonymes Grab wurde, aber das kann ich Ihnen, Frau Bressin, dann mal bei Gelegenheit erzählen. Ich muss mich jetzt hinlegen.«

Sie winkte uns erschöpft hinterher. Als ich ihre elende Gestalt in der Tür stehen sah, hatte ich auf einmal ein warmes Gefühl für sie. Wie musste das für sie gewesen sein, heute auf einer Beerdigung? Das war tapfer von ihr gewesen. Das rechnete ich ihr hoch an.

»Danke, dass Sie sich die Zeit genommen haben, Frau Nölle. Und gute Besserung.«

Auf dem Friedhof war es ganz ruhig. Niemand war mehr dort, außer ein paar Eichhörnchen, die ganz zutraulich um uns herumhuschten.

Als wir endlich am Grab standen, weinten die Kinder wieder. Tina hatte einen Kranz niedergelegt, auf dem die Namen der Kinder standen und »Ein letzter Gruß für unsere liebe Mami«.

Araia legte ihr selbst gemaltes Bild auf den Kranz, Malie steckte verstohlen ihren zusammengefalteten Brief zwischen die hinteren Blumen, und Kamon zog den Bären unter der Jacke hervor und legte ihn aufs Grab.

»Warum ist die Mami nur gestorben«, schluchzte Araia, die sich an meine Hand klammerte. »Bestimmt weil wir ihr immer nur Ärger gemacht haben!«

Wieder konnte ich nicht ermessen, was die kleine Seele am meisten beutelte. Trauer um die Mutter empfindet jedes Kind, auch wenn die Mama noch so grausam war. Aber in ihrer Verzweiflung schwang mehr mit: Schuldgefühle. Reue.

»Aber nein, Liebes, das habt ihr nicht.« Ich kniete mich neben sie und sah ihr ins Gesicht.

»Sie hat euch alle lieb gehabt, auch wenn sie das nicht immer so zeigen konnte!«

»Ne, ich weiß, warum sie gestorben ist«, meldete sich Malie zu Wort. »Am Tag bevor sie ins Koma gefallen ist, hat sie sich total über den Kamon geärgert. Weil er nämlich nach der Schule nicht nach Hause gekommen ist und sie ihn überall gesucht hat!«

»Du kennst doch den Grund!«, flüsterte Kamon und fixierte mit seinen schwarzen Augen das Grab. »Weil es beim Nachbarn gebrannt hat und ich fast nicht mehr rausgekommen wäre aus dem Kellerschacht!«

»Bist du aber!«, zischte Malie. »Sonst wärst du ja jetzt noch viel toter als die da!« Sie wies mit dem Kinn auf das Grab ihrer Mutter.

Eine kalte Zange legte sich um mein Herz.

»Kinder, ihr wollt euch doch jetzt hier nicht streiten!«

»Ich hab kurz davor geträumt, dass die Mama stirbt«, piepste Araia mit ihrem hellen Stimmchen. »Und ich konnte es nicht verhindern!«

»Ihr Lieben, eure Mama ist gestorben, weil sie einen Schlaganfall hatte«, ging ich liebevoll, aber bestimmt dazwischen. »Das haben wir doch schon besprochen. Keiner von euch ist schuld.«

Und dann erzählte ich ihnen, dass meine eigene Mutter ebenfalls am Schlaganfall gestorben war, als Tim noch ganz klein gewesen war und ich ihn stillte.

»Damals lag sie auch im Koma. Das hab ich euch noch nie erzählt, weil ich euch keine Angst machen wollte. – Ich war genauso traurig wie ihr und wollte erst gar nicht weiterleben. Aber ich hatte mein kleines Baby, und da wusste ich: Das Leben geht weiter.«

»Tut es das?«, fragte Kamon scheu.

»Ja«, nickte ich ernst. »Das versprech ich euch. Das Leben geht weiter.«

25

Köln, Montag, 22. Oktober 2007

Während Malie und Araia sich wieder mit Feuereifer auf die Schule stürzten, reagierte Kamon mit völligem Rückzug auf den Tod seiner Mutter. Er hatte eine Mauer um sich errichtet und sprach überhaupt nicht mehr. Das war sehr schwierig für mich, und ich wusste nicht, was ich machen sollte. Ihn in die Schule zwingen? Unmöglich. Er nässte sich ständig ein. Ich hatte schon mit seiner Lehrerin gesprochen, die ihm alle Zeit der Welt ließ. Mit Frau Nölle reden brachte nichts. Mit Therapeuten brauchte ich ihr bekanntlich nicht zu kommen. Und das Jugendamt? Wozu zwei Männer miteinbeziehen, die die Kinder kaum gesehen hatten – und das vor Monaten?

Teilnahmslos saß Kamon auch an diesem Morgen in seinem Bett, als ich wie zufällig mit frischer Wäsche kam und mich neben ihn setzte.

»Es ist in Ordnung, Kamon, wenn du trauerst.« Ich nahm ein paar T-Shirts und faltete sie. »Magst du mir helfen?«

Er schüttelte vehement den Kopf.

»Jedes Kind trauert anders. Manche laut, manche leise. Magst du mir vielleicht was von deiner Mama erzählen?«

Er schüttelte stumm den Kopf.

»Mich würde interessieren …«, sagte ich und drehte beiläufig Sockenpaare ineinander, »… wie deine Mama eigentlich gelebt hat, als sie ein Kind war.« Seine Hände verkrampften sich. »Ich meine, sie ist ja in Thailand aufgewachsen, nicht wahr? Ich hab euch jetzt gezeigt, wo ich meine Kindheit verbracht habe, nämlich auf einem Bauernhof mit vier älteren Brüdern. Hat sie euch je von ihrer Kindheit erzählt?«

Er schwieg, aber ich sah, wie seine Gehirnzellen arbeiteten, und schließlich hellte sich sein Gesicht auf.

»Sie war die Älteste von zwölf oder so.«

»Zwölf Geschwister?« Ich versuchte, das Gespräch am Laufen zu halten. »Na, wie viele Söckchen hat ihre arme Mutter denn da jeden Tag gerollt?«

Er sah mich verständnislos an, und ich knuffte ihn in die Seite. »Null. Stimmt's? In Thailand braucht man keine Socken. Da geht man in Flipflops.«

»Die hatten keine Flipflops«, sagte er ernst. »Die hatten gar nichts, so arm waren die.«

Ich sah ihn unverwandt an, in der Hoffnung, er würde weitersprechen.

»Die Mama musste um fünf Uhr früh aufstehen und dann auf dem Reisfeld arbeiten. Außerdem auf ihre kleinen Geschwister aufpassen.«

»Und was haben die da immer so gegessen?«

»Reis, Reis und nochmals Reis.« Die Andeutung eines Lächelns huschte über sein Gesicht.

»Und ist sie denn zur Schule gegangen?«

»Ja, aber da saßen alle Kinder in so einer Bambushütte am Boden. Und hatten keine Hefte und keine Stifte und so. Und nur einen Lehrer für hundert Kinder.«

»Das stell ich mir verdammt anstrengend vor.« Ich faltete seine und Tims Unterhosen und strich sie glatt.

»Ja, und am Nachmittag musste die Mama dann auf dem Markt sitzen und selbst gemachte Körbe oder so Zeug verkaufen. Die Familie war voll arm.«

»Verstehe.« Ich nickte. »Und wie ging es dann weiter mit der Mama?«

»Ja, dann kam eines Tages ein Mann mit einem Lastwagen in das Dorf. Und der hat sich die Mädchen angeguckt und gesagt, die schönsten dürfen hinten aufsteigen, für sie hat er Arbeit in der großen Stadt.«

Ich nickte wieder, wobei ich trocken schlucken musste.

»Und die Mama war natürlich schön?!«

»Mein Papa hat gesagt, sie war die Schönste.«

»Dein Papa? War das denn der Mann mit dem Lastwagen?«

»Nein!« Er schüttelte vehement den Kopf. »Der Mann mit dem Lastwagen, das war der Chef. Der hat den Mädchen Arbeit besorgt, schöne Kleider und sogar Lippenstift und so.« Voller Ernst sah er mich an. »Deswegen war die Mama dann die Schönste.«

Meine schlimmsten Ahnungen schienen sich zu bestätigen.

»Ja und eines Tages …«, er machte eine Kunstpause, »da kam der Papa aus Deutschland, hat sich in die Mama verliebt und sie mitgenommen.«

»Puh«, sagte ich, »das war ja was.«

»Ja, das war ein Glück für die Mama, weil der Papa Geld hatte. Also nicht so viel wie andere Papas, aber ein Haus und ein Auto und einen Job und so. Der Papa war ja Hausmeister.«

»Und dann haben sie geheiratet?«

Kamon nickte stumm.

»Gibt es davon Bilder?«

Er überlegte. »Ja! In unserem alten Haus, da gibt es eins! Der Papa war da noch ganz jung und hatte ein Motorrad. Und die Mama hatte lange schwarze Haare und war ganz dünn! – Aber da gab es mich ja noch nicht.«

»Und als sie geheiratet haben, ist Malie auf die Welt gekommen?«

»Mama hat immer gesagt, sie hat die Malie aus Thailand mitgebracht. Sie war schon in ihrem Bauch, aber das wusste der Papa nicht. Deshalb hat der Papa sie auch nicht so gemocht. Wenn er wütend auf sie war, hat er immer gesagt, sie ist ein Hurenkind.«

»Ach so«, sagte ich und tat, als wäre das nicht weiter von Belang. »Wie hat der Papa das denn gezeigt, dass er die Malie nicht so mochte?« Innerlich presste ich mir die Hände auf die Ohren. Ich wollte nicht hören, was da jetzt kommen würde.

»Der hat die Malie ganz oft verhauen. So!« Er griff nach einem Stuhl und versuchte, ihn nach mir zu werfen, was ihm wegen seiner schwachen Ärmchen nicht gelang.

Ich zuckte automatisch zurück. »Er hat sie mit einem Stuhl ...?«

»Ja. Und die Mama hat das später mit uns auch gemacht, wenn wir nicht brav waren.«

»Sie hat euch mit einem Stuhl ...?« Fassungslos starrte ich ihn an. Ich vergaß völlig, Wäsche weiterzufalten.

»Wir mussten uns auf den Boden setzen und die Hände über den Kopf halten. So!«

Er machte es mir vor, der arme kleine Kerl. »Und dann hat die Mama den Gürtel von ihrem Bademantel genommen und uns am Heizungsrohr festgebunden.«

Mir rauschte es in den Ohren, Sterne tanzten mir vor den Augen, und ich verspürte Brechreiz.

»Ach, Kamon, ich kann das gar nicht hören.« In einer Woge von Mitleid wollte ich den Jungen an mich ziehen, aber er machte sich steif.

Verzweifelt rieb ich mir die Stirn. »Hör zu, Kamon. Ich will, dass du eines weißt: Wir werden dich und deine Schwestern nie, niemals anrühren. Hast du das verstanden?«

Er senkte den Blick. »Hm.«

»Du bist jetzt bei uns in Sicherheit.«

Er schwieg, nickte aber andeutungsweise.

»Und wir haben euch genauso lieb wie unsere eigenen Kinder.«

Er knetete seine Hände und blickte zu Boden.

»Ich danke dir sehr, dass du mir das alles erzählt hast, Kamon. Und deine Mama, die konnte bestimmt manchmal einfach nicht anders. Die hat euch sicher auch sehr lieb gehabt.«

»Aber du hast die Malie mit dem Küchenhandtuch geschlagen«, flüsterte er kaum hörbar.

Ich sackte in mich zusammen wie der kleine Wäschehaufen, der eben noch so ordentlich auf dem Bett gelegen hatte, und schämte mich ganz fürchterlich.

26

Köln, Samstag, 27. Oktober 2007

»Juliane, das hier hat doch keine Zukunft mehr. Das Haus bricht aus allen Fugen. Für die Kinder ist das kein Zustand. Jedes Kind braucht sein eigenes Zimmer und seinen Platz und seinen Rückzugsort.« Jon stand mit der Samstagszeitung im Esszimmer und hatte schon einige Immobilienanzeigen rot angestrichen.

»Du willst unser gemütliches Heim, das wir extra für die Kinder umgebaut haben …?« Entrüstet starrte ich ihn an.

»Juliane, das ist alles nur improvisiert. Im Grunde müssen wir uns nach einem neuen Haus umsehen. Guck mal, die Küche ist auch schon viel zu klein für alle!«

Ich konnte es nicht fassen! Ich liebte unser kleines Häuschen, unsere ruhige Spielstraße, unsere netten Nachbarn, die Nähe zum Stadtwald und zu den Schulen! »Wir haben die Kinder gerade mit viel Mühe in der Nähe eingeschult! Das willst du doch nicht etwa alles aufgeben?«

»Doch, Juliane. Wir brauchen ein größeres Haus mit mindestens sechs Zimmern.« Jon hatte die Hände in den Hosentaschen vergraben.

»Aber, Jon, ich habe dir doch gerade erklärt …«

»Juliane. Ich hab schon im Internet nach Immobilien geschaut. Bitte sieh dir ein paar mit mir an.«

War das der Grund, warum er in letzter Zeit so oft weg gewesen war?

Fast erleichtert, dass Jon überhaupt wieder etwas mit mir unternehmen wollte, ließ ich mich, wenn auch widerwillig, darauf ein, ein paar Objekte mit ihm zu besuchen.

Noch am selben Wochenende besichtigten wir einen Neubau am Egelspfad. Das war die angesagteste Gegend neuerdings, und eine Villa reihte sich an die nächste. Hier wohnten Zahnärzte, Architekten, Rechtsanwälte und Mitarbeiter von RTL. Viele Familien mit Kindern hatten sich hier schon angesiedelt, davon zeugte ein übergroßer Abenteuerspielplatz. Doch als Jon und ich diesen Neubau besichtigten, wirkte er seelenlos und kalt mit all dem Chrom, Stahl und dem gläsernen Aufzug.

»Aber er hätte sieben Zimmer«, beharrte Jon. »Und wir könnten das Dachgeschoss noch ausbauen!«

Ich runzelte die Stirn. »Aber was würde das kosten, Jon!«

»Ja, wir müssten halt einen Riesenkredit aufnehmen.« Er zog einen Bleistift aus seinem Dutt und kritzelte ein paar Zahlen auf den Ausdruck mit dem Grundriss. Mir wurde schwindelig.

»Jon! Damit verschulden wir uns bis an unser Lebensende! Außerdem springt hier für mich kein Funke über!«

Es war einfach ungemütlich. Kein Bäcker, kein Metzger, kein gemütlicher Grüngürtel wie bei uns, nur Neubauten und fette Autos davor.

Jon war ziemlich angefressen, schluckte aber meine Einwände.

»Gut, dann gibt es in Brauweiler noch ein altes Pfarrhaus.«

»Brauweiler! Mein Gott, Jon, dann müssten die Kinder ja schon wieder die Schulen wechseln!«

»Na und«, raunzte er mich an, während wir wieder zum Auto stapften. »Dann wechseln sie halt die Schule!«

»Das meinst du jetzt nicht ernst!« Ich blieb stehen und stampfte mit dem Fuß auf. »Weißt du, wie viel Mühe es mich gekostet hat, die Kinder endlich in unserer Nähe in guten Schulen unterzubringen? Ich will gar nicht dran denken, wie es wird, wenn Kamon im Sommer in eine weiterführende Schule kommt. Dann geht doch das Klinkenputzen wieder von vorne los!«

»Im Gegenteil!«, widersprach Jon streitlustig. »Das wäre doch ein guter Grund, irgendwo neu anzufangen! Also Brauweiler.«

Ich kannte meinen kompromissbereiten Jon gar nicht mehr wieder!

Zum Glück war das alte Pfarrhaus ein Fachwerkgebäude mit so niedrigen Decken und Türen, dass Jon ständig den Kopf einziehen musste. Er redete zwar davon, sämtliche anheben zu lassen und das Hutzelhäuschen komplett zu renovieren, aber ich konnte ihn davon überzeugen, dass dieses Vorhaben auch nicht gerade sinnvoll war.

»Bitte, Jon. Lass uns in unserem Häuschen im Butterblumenweg bleiben«, bettelte ich.

»Das Büro und die Hochetage sind keine Lösung«, beschied er. »Die Kinder brauchen Platz und Privatsphäre.«

»Ich weiß was, Jon! Wie wäre es, wenn wir unser Schlafzimmer hergeben und ins Wohnzimmer ziehen?«

»Bist du jetzt komplett verrückt geworden? Damit wir überhaupt keine Intimsphäre mehr haben, ja?«

»Nein, Jon, so war das doch nicht gemeint …« Den Tränen nahe, lief ich neben ihm her, als wir das dritte Objekt besichtigten: ein großes frei stehendes Haus mit sechs Zimmern und schönem Garten, das allerdings an einer viel befahrenen Hauptstraße stand.

»So weit kommt es noch, dass ich im Wohnzimmer schlafe!«

Wir saßen schon wieder im Auto, und ich legte die Hand auf sein Knie. »Was wäre denn so schlimm daran, wenn wir das tun, Jon! Denk doch mal an unsere erste Studentenbude, wie gemütlich das war! Wir bräuchten nicht umzuziehen, müssten das Umfeld nicht aufgeben, keine neue Küche kaufen, keine Wände tapezieren und kein Parkett verlegen. Wir könnten mit der einfachen Lösung viel Zeit und Geld sparen. Das Einzige, was wir neu kaufen müssten, wäre eine Schlafcouch!«

Jon umzustimmen war extrem schwierig. Irgendwie hatte ich das Gefühl, dass er einfach aus seinem alten Leben rauswollte, während ich mit aller Macht daran festhielt.

»Bitte, nur ein halbes Jahr. Lass es uns probieren. Wenn wir in einem halben Jahr nicht damit zurechtkommen, bin ich einverstanden, und wir ziehen um.«

Endlich gab sich Jon missmutig geschlagen.

Es war Allerseelen, und als ich gerade überlegte, ob ich den Kindern einen Grabbesuch zumuten konnte, rief Herr Falke vom Jugendamt an. Was für eine Überraschung! Ich hatte schon ganz vergessen, wie der aussah. Ich legte das Kartoffelschälmesser weg und stellte den Herd ab.

»Frau Bressin, wir haben lange nichts mehr voneinander gehört.«

Das kann man wohl sagen, dachte ich. Danke, dass Sie sich so rührend um den Schulwechsel gekümmert haben. Auch wie Sie uns allen nach dem Tod der Mutter beigestanden haben – allererste Sahne!

»Herr Falke! Wie schön, dass Sie sich auch mal wieder melden«, begrüßte ich ihn sarkastisch, was ihm jedoch entging.

»Wie geht es den Kindern mit ihrer Trauerarbeit?«

Ich hörte ein Feuerzeug klicken und ihn kurz darauf tief inhalieren. Ich sah förmlich vor mir, wie er an seinem Schreibtisch saß und gemütlich die Beine auf den Tisch legte. Wie schön, dass du dein Zigarettenpäuschen mit mir teilst, dachte ich zynisch.

»Sie haben viele belastende Erinnerungen zu verarbeiten. Die Mädchen sind danach eher wieder zur Tagesordnung übergegangen – nicht so Kamon. Der hat sich eine Zeit lang sehr in sich zurückgezogen.«

»Schön. Was anderes, Frau Bressin.« Er stieß Rauch aus und trank einen Schluck, vermutlich Kaffee. »Das ist jetzt eine heikle Angelegenheit und erfordert viel Fingerspitzengefühl – schließlich waren die Kinder ja seitdem nicht mehr in dem Haus.«

Ich sank auf einen Küchenstuhl. Der wollte doch jetzt nicht etwa …

»Also Folgendes.« Die Tasse wurde klirrend abgestellt. »Den Hausschlüssel von Frau Sauerbier hat meines Wissens jetzt das Amtsgericht. Denn das Häuschen wurde ja versiegelt.«

»Wieso denn versiegelt, wenn es doch ein Hirninfarkt war?« Alle meine Körperhärchen stellten sich senkrecht auf. »Und wieso Amtsgericht?«

»Das ist reine Routine. Das machen die erst mal so. Das Amtsgericht hat dem Jugendamt ja die Kinder zugewiesen, nachdem dieser Nachbar aus der Schrebergartensiedlung, der Herr … Dingenskirchen …«

»Schmitz«, sprang ich ihm bei.

»Genau. Der Schmitz, der die drei ja frühmorgens im Heim abgegeben hat.«

»Aber Entschuldigung, Herr Falke. Häuser und Wohnungen werden doch nur dann versiegelt, wenn ein Verbrechen darin stattgefunden hat, oder?«

»Sie sehen zu viele Krimis, Frau Bressin.« Er ließ ein gönnerhaftes Lachen ertönen. »Die Verwalterin der Schrebergartensiedlung, eine Frau …« Ich hörte ihn blättern. »Genau, hier haben wir die Juhte. Frau Schneider. Die hat noch einen zweiten. Also Schlüssel.«

»Ich denke nicht, dass mich das was angeht, Herr Falke! Frau Nölle wird mir da ausnahmsweise recht geben.«

»Nein, doch, jetzt warten Sie mal einen Moment. Unterbrechen Sie mich bitte nicht. Das hier ist jetzt sehr … subtil. Es geht wie immer ausschließlich um das Kindeswohl.«

»Herr Falke, ich würde sagen, Sie besprechen das mit Frau Nölle.«

Herr Falke tat so, als hätte er mich gar nicht gehört. Geschäftig brabbelte er weiter, die Zigarette hörbar im Mundwinkel klebend: »Bevor die Wohnung jetzt aufgelöst wird, also eigentlich schon rückwirkend zum letzten Ersten, also im Prinzip gestern, aber das war ein Feiertag, also …« – er zog Rauch ein und pustete ihn beim Sprechen wieder aus – »… Sie als Pflegemutter sollten vor der Wohnungsauflösung den Kindern die Möglichkeit geben, ihre persönlichen Sachen zu holen. Damit sie mit ihrem alten Leben auch mal abschließen können.«

Am liebsten hätte ich schallend gelacht. Um Sachlichkeit bemüht, sagte ich: »Daran arbeiten wir hier Tag und Nacht, Herr Falke.«

»Juht. Isch höre von der Nölle ja auch nur Positives über Sie. Sie scheinen ja ne janz resolute Person zu sein, die nich zimperlich ist, wenn es ums Einjemachte geht.«

»Wo ich Sie endlich mal an der Strippe habe, Herr Falke: Ich ersuche dringend um psychotherapeutische Behandlung für Malie, wenn nicht auch für die anderen Kinder.«

»Die Nölle sagt, SIE sind die Therapie. Die Familie. Sie machen tolle Fortschritte.«

»Ja, aber …«

»Ja, aber …«, äffte er mich nach. »Jetzt ham wa ne andere Baustelle. Im wahrsten Sinne des Wortes.« Er freute sich über seinen eigenen Witz. »Vielleicht gibt es noch Wertgegenstände in der Wohnung, aber die würden dann Frau Schneider gehören, denn Frau Sauerbier schuldet ihr noch jede Menge Miete.« Er stieß eine neue Rauchwolke aus: »Das wäre also nicht Ihre Aufgabe. Auch um so was wie den Totenschein und die Kündigung der Wohnung müssen Sie sich nicht kümmern. Die Möbel, sofern sich da noch etwas Brauchbares findet, wird von den Mitarbeitern der Guten Tat abgeholt.«

Ich war ziemlich benommen von der Dreistigkeit, mit der der Falke alle meine Anliegen ignorierte.

»Also, dann hätten wir dat ja jetz jeklärt.«

Das gab's doch gar nicht? Der wollte jetzt auflegen? Auf die Gefahr hin, mich unbeliebt zu machen, hakte ich nach:

»Moment, Herr Falke. Sie haben meine Frage von eben nicht hinreichend beantwortet. Warum ist das Haus versiegelt worden? Ich möchte das jetzt wissen. Das geht mich nämlich sehr wohl etwas an. Ich muss doch wissen, was die Kinder erlebt haben!«

»Ach, da machen Sie sich mal keine Sorgen, Frau Bressin. Dass so ne Bude versiegelt wird, ist keine Seltenheit. Die Polizei muss sicherstellen, dass dort nichts verändert oder angefasst wird. Fingerabdrücke, Spurensicherung, der ganze Kram.«

»Ist denn ein Verbrechen verübt worden?« Mein Herz hämmerte.

»Nee, lassense mal. Beruhigen Sie sich, Frau Bressin. Jetzt nach dem Tod von Frau Sauerbier kann die Versiegelung wieder aufgehoben werden. – Also dann, Frau Schneider erwartet Sie mit den Kindern heute Nachmittag. Tschö mit ö!«

»Noch mal stopp, Herr Falke. Warten Sie mal! Fingerabdrücke? Polizei? Spurensicherung? Was hör ich denn da?«

Herr Falke redete ohne Punkt und Komma weiter, erzählte was von Todesursachen und Obduktion, aber das habe sich ja jetzt alles erledigt und sei kein Thema mehr.

»Obduktion?«, fiel ich ihm ins Wort. »Frau Sauerbier ist doch schon längst beerdigt.«

»Ja genau. Sehen Sie.« Er räusperte sich. »Und deshalb:

Sähde so joht und doht dat«, kölschte er jovial, als ob das dem Gespräch den Ernst nehmen würde.

»Bitte? Noch mal?«

»Seien Sie so gut und tun Sie das«, akzentuierte er nun auf Hochdeutsch, als hätte er es mit einer debilen Dreijährigen zu tun. »Ich gebe Frau Schneider jetzt Ihre Handynummer, und dann vereinbaren Sie ganz zügig mit ihr einen Termin.«

»Ja aber … Herr Falke … Herr Falke?«

»Schönen Tach noch, Frau Bressin.«

Er hatte mich abgewürgt! Was für eine Frechheit! Minutenlang saß ich wie betäubt am Küchentisch, das Kartoffelschälmesser noch in der Hand. Alles in mir sträubte sich vor dieser letzten Aufgabe. Warum musste ich den Kindern das überhaupt antun? Ich würde ihnen einfach nichts von Herrn Falkes Anruf erzählen. Schon mit der Beerdigung der Mutter hatte ich sie eindeutig überfordert. Wir hätten wirklich im Allgäu bleiben sollen. Warum war ich nur immer so überkorrekt! Die Kinder durften nicht mehr mit ihrer hässlichen Vergangenheit konfrontiert werden. Ich stand auf und schälte die nächste Kartoffel. Zugegebenermaßen etwas rabiater, als es die Erdfrucht verdient hatte.

Da klingelte das Handy erneut. Vielleicht Frau Nölle. Oder zur Abwechslung der amtliche Vormund, Herr Schanz? Ja genau, DER konnte doch in seiner unendlichen Wichtigkeit auch noch seinen Senf dazugeben.

»Hallo. Bressin!«

»Hier ist die Frau Schneider, Tach, Frau Bressin, isch will mit Ihnen janz schnell einen Termin machen, damit die Pänz ihr Jedöns abholen können.«

Wie bitte? Hatte sie gerade meine Kinder im Dialekt als Gesindel bezeichnet? So wie in dem berühmten Karnevalslied der Bläck Fööss? *Pänz, Pänz – wo man geht und steht, nur Pänz, Pänz, Pänz! Maht euch fod, hier habt her nix verloore, jottverdammte Pänz, dreckelige Pänz.* Doch ich wollte mich nicht mit ihr anlegen.

»Ja, Tag, Frau Schneider, das geht jetzt alles sehr schnell, und mein Mann ist auch nicht da.« Ich fasste mir an den Kopf. »Ich hätte gern, dass er dabei ist …« – weil mir das Ganze nämlich so gruselig vorkommt, dachte ich, und weil ich so was von keinen Bock habe, diese Schmuddelbude zu besichtigen.

Und erst recht nicht, die armen Kinder da reinzuzwingen, so wie schon in dieses Pflegeheim und zur Beerdigung.

»Nä, nä, dat moht jetz janz flügg!«, fiel sie mir mit tiefer Raucherstimme ins Wort. »Isch kann dat Dingen in dem Zustand nicht mehr vermieten, dat muss von Grund auf renoviert werden, aber dat Jugendamt sacht, die Pänz sollen ihre Sachen holen. Also. Heute Namittach. Morgen wird ausgeräumt.«

Na und, dachte ich. Eine Gänsehaut überzog mich vom Scheitel bis zur Sohle. Ich hatte weder Lust, Frau Schneider kennenzulernen, noch, die vergammelte Bude zu besichtigen. Aber hatte ich denn das Recht, den Kindern den Abschied von ihrem alten Zuhause zu verwehren? Schon wieder lieferten sich die Diplom-Sozialpädgagoin mit den hehren Zielen und die praktisch denkende, liebende Mutter in meinem Innern einen heftigen Zweikampf.

»Also, dann bis häute Namittach!«

»Ja, Frau Schneider. Bis dann.«

Ich saß noch immer regungslos da, als die Kinder aus der Schule kamen.

»Wieso ist denn noch gar nichts gekocht?«

»Was ist denn los, Juliane? Du siehst total blass aus!«

Hastig bereitete ich Bratkartoffeln zu.

»Mama, geht's dir nicht gut? Es ist doch nicht schon wieder was passiert?«

»Aber nein! Das sind die Zwiebeln!« Ich riss mich zusammen und teilte ihnen harmlos plaudernd mit, dass wir doch heute Nachmittag einen ganz tollen Ausflug in die Schrebergartensiedlung nach Chorweiler machen könnten, auf der Suche nach dem verlorenen Schatz!?

»Wie jetzt? Die olle Bruchbude in der Kleingartensiedlung? Was sollen wir denn da?«, fragte Malie ganz entsetzt.

»Das ist ja voll cool!« Kamon fiel über seine Bratkartoffeln her. »Dann kann ich meine Pokale holen!«

»Was denn für Scheißpokale?!«

»Die der Herr Schmitz mir geschenkt hat?«

Malie starrte ihn hasserfüllt an. Angewidert schob sie ihren Teller von sich und verschränkte die Arme vor der Brust. Ihre Augen waren nur noch zwei schmale Schlitze.

»Wofür hast DU denn Pokale gekriegt. Ich kotze gleich.«

»Na dann eben meine Gartenzwerge! Die von Karl-Heinz!«

Ich sah entsetzt von einem zum anderen. Was auch immer es mit diesen Geschenken auf sich hatte, sie waren mir nicht geheuer.

»Dann hole ich mir mein großes Puppenhaus«, freute sich Araia.

»Na denn«, gab ich von mir. Wenn ich daran dachte, dass ich Lillis teures handgefertigtes Holzpuppenhaus mit den vielen kleinen geschnitzten Möbelstücken und den fein angezogenen Püppchen damals weggeben hatte, um Platz für die thailändischen Pflegekinder und ihre Sachen zu schaffen – in meiner Naivität hatte ich damals gedacht, sie hätten unheimlich viel tolles Spielzeug aus der Heimat –, hatte ich plötzlich auch keinen Appetit mehr.

Frau Schneider sah genauso aus, wie ich sie mir vorgestellt hatte. Eine dickliche Frau mit Kittelschürze und gelb gefärbter Dauerwelle, die am Ansatz grau nachwuchs, am Hals eine

Warze und ein schlecht gepflegtes Gebiss, das ihr bei jedem Wort aus dem Mund zu fallen drohte. Sie watschelte wichtigtuerisch mit dem Schlüssel vor uns her durch die schon trostlosen Schrebergärten und blieb schließlich vor einem verfallen aussehenden Haus stehen.

»Hier. Evver flügg. Isch han och nich alle Zeit der Wällt.«

Aus dem dunklen muffigen Flur schlug uns ein solcher Gestank entgegen, dass ich Lilli und Tim zurückhielt. Die drei anderen Kinder waren Frau Schneider ganz selbstverständlich ins Innere gefolgt.

Heftiger Ekel überkam mich. »Ich glaube, die drei sollten sich mit Frau Schneider erst mal in Ruhe umsehen.«

Hier hatten die drei ihre Kindheit verbracht? Von innen öffnete Frau Schneider zwei marode Fenster, vor denen staubige Tücher hingen.

»Nä, hier hätt ja auch keiner mehr jeputz! Schwäinerei is dat«, fluchte sie hustend vor sich hin.

»Schaut mal, mein Fahrrad!« Kamon winkte uns mit Besitzerstolz herein.

Wir stiegen über Unrat, alte Zeitungen und kaputtes Linoleum hinweg. Die Tapete an den Wänden war in Fetzen gerissen. Ich stolperte über eine leere Flasche. »Vorsicht! Ist hier kein Licht?«

An der Decke hing keine Lampe, sondern nur eine Fassung ohne Glühbirne.

Lilli und Tim gruselten sich mit Wonne. »Da, Mama! Da krabbelt was!«

»Bitte, sag das nicht …«

»Das war 'ne dicke, fette Ratte!«

»Ach, das war doch nur 'ne liebe kleine Maus!«

Was Kamon uns als sein Fahrrad angepriesen hatte, war ein alter verrosteter Drahtesel, der ehemals blau gewesen war. Die Kette war rausgesprungen, die Räder waren platt.

»Aber, Kamon, du hast doch längst ein neues Fahrrad bei uns im Butterblumenweg!«

»Ja, aber das hier hat mir der Hans-Werner geschenkt!«

»Lass die alte Scheiße da stehen«, zischte Malie.

Ich warf einen Blick in das sogenannte Badezimmer. Grauenhaft! Die Toilette hatte weder Sitz noch Deckel und war von Urinstein so stark verschmutzt, dass man die Keramik nicht mehr sah. Ein stechender Gestank nahm mir die Luft zum Atmen.

»Danke, ich habe einen Eindruck!« Ich rannte rückwärts raus. Und prallte in das, was die Küche sein musste. Die Türen der Küchenzeile hingen schief in den Angeln. Überall Lebensmittelmotten und ihre Larven. Es stank faulig. In der Mitte des Raumes stand ein kleiner runder Tisch mit zwei kaputten Stühlen.

Waren das die Stühle, die die Mutter auf ihren Kindern zertrümmert hatte? Ich musste mich schwer beherrschen, nicht laut loszuschreien. Jede Menge Müll lag auf dem Boden. Alte Pizzakartons, viele leere Bier-, aber auch Schnaps- und Weinflaschen. Malie zerrte einen alten Rucksack aus dem Müll und wühlte fieberhaft darin herum.

Ich hatte genug gesehen und wandte mich ab, mein Blick fiel ins gegenüberliegende Wohnzimmer. Ein zerfetztes Sofa von undefinierbarer Farbe mit zerschlissenen Kissen stand vor der nackten Wand. Kein Bild, keine Lampe, kein Teppich, kein … Nichts.

Nur nacktes Elend und Verwahrlosung. Das war keine asiatische Kultur, sondern eine Ansammlung von Sperrmüll.

Der letzte Raum war das Schlafzimmer: eine nackte fleckige Matratze lag auf der Erde, zwei alte gammelige Decken ohne Bettbezüge und Laken. Ein Tuch war vor das komplett verdreckte Fenster gespannt, ansonsten lagen überall Klamotten auf der Erde. Und mittendrin ekelhafte Pornos.

»Ah, hier ist ja mein Puppenhaus!« Araia freute sich riesig, als sie das vermoderte Plastikding hinter einer Art zusammenklappbarem Tapetentisch hervorzog. Es sah aus, als hätte es Jahre draußen gestanden.

»Das wollten die Nachbarn nicht mehr haben«, frohlockte die Kleine. »Die haben das einfach vor die Tür gestellt. Da hab ich es mir geholt!«

»Was ist das hier für ein Ungetüm?«, fragte ich Malie, die fieberhaft in allen Ecken nach etwas suchte.

»Da hat die Mama manchmal dran gearbeitet.«

»Wie? Gebügelt?«

»Na ja, so Leute massiert und so. Thai-Massage halt. Und ich musste da auch schon mithelfen, das war voll eklig.«

»Wie bitte?«

»Ich sach Ihnen, Frau Bressin, die Frau Sauerbier hat hier ihre Kunden … ähm bedient. Dat war ihre Jeldquelle.« Frau Schneider bückte sich nach den widerlichen Pornoheften. »Und die Kinder waren oft mit im Raum. Oder sie hat se stundenlang nach draußen geschickt, je nachdem, wie dat Wetter war.«

Ich rang nach Luft. Das hier war einfach zu viel für mich.

Wir wuchteten das hässliche Puppenhaus ins Auto, und Kamon schleppte noch eine alte Kiste mit Gartenzwergen herbei. »Alles meine Geschenke«, lächelte er verschmitzt.

»Malie, hast du gefunden, was du gesucht hast?«

»Ich hab nichts gesucht. Voll die Lüge!«

Ich verzichtete darauf, Frau Schneider die Hand zu schütteln, die sich daraufhin kopfschüttelnd davonmachte.

»Glückwunsch, Frau Nölle«, sagte ich, als wir wieder auf der Hauptstraße waren. »Sie haben recht. Drei ganz normale Kinder.«

27

Köln, Donnerstag, 29. November 2007

»Bei euch ist es echt schön, Juliane. Wir haben das zu Hause nie gehabt, so Kerzen und Lebkuchen auf dem Tisch, und Nüsse und Mandarinen und Orangen und so.«

»Bei UNS ist es schön, Malie. Sag es. Bei UNS ist es schön.«

Malie starrte mich fassungslos an. Dann sagte sie es andächtig wie ein Gebet: »Bei UNS ist es schön.«

Ich hatte den ganzen Vormittag Plätzchen gebacken. Der Duft nach Vanille, Schokolade, Zimt und Nüssen durchzog unser sauberes kleines Häuschen.

Die anderen Kinder waren bei Anne im Gemeindehaus und bastelten einen Adventskranz. So saß ich mit Malie ganz allein in der Küche, denn Jon hatte wieder mal Spätdienst.

Natürlich hatte ich ihm völlig aufgelöst von dem Zustand der Hütte erzählt, auch von dem grässlichen Fund, diesen Pornoheften. Jon war entsetzt gewesen, daraufhin hatten sowohl er als auch ich immer wieder im Jugendamt angerufen, um eine Therapie für die Kinder zu bekommen, aber dort hieß es wiederholt, vor Weihnachten gehe gar nichts mehr.

Falke hatte Jon und mich mit einem »Feiern Sie erst mal schön Weihnachten, das ist schon die halbe Therapie« abgespeist. Und die Pornohefte hätten ja auch von jemand anderem dort vergessen worden sein können.

Der Vormund, Herr Schanz, verschanzte sich bereits hinter einem Weihnachtsurlaub, und Frau Nölle war kränker denn je.

Ich knabberte an einem Haferflockenkeks. »Seit ich gesehen habe, wie ihr gewohnt habt, kann ich mir ein bisschen besser vorstellen, wie deine Kindheit war.«

»Ach, Juliane, meine Kindheit war einfach nur scheiße.« Malie kokelte ein Streichholz in der Kerzenflamme an und schien sich absichtlich die Fingerkuppen verbrennen zu wollen. Vielleicht wollte sie sich auch nur spüren?

»Malie, wenn du mir was erzählen willst, ich hör dir gern zu.«

Na ja, von gern konnte hier wirklich keine Rede sein. Aber Malie hatte nur mich als Vertrauensperson.

»Die Mama hat mich oft so doll geschlagen …« Ich sah die Flamme winzig klein in ihren Augen züngeln.

»Das tut mir furchtbar leid, Malie. Weißt du, sie hat bestimmt nie gelernt, dass man mit Kindern reden muss, und vielleicht ist sie auch selbst geschlagen worden.«

Sie hob den Kopf und sah mir plötzlich in die Augen. »Ja klar. Der Papa hat die grün und blau geschlagen! Daran kann ich mich noch erinnern!« Sie ließ rotes Wachs auf die Tischdecke tropfen – vielleicht stellvertretend für Blut und Tränen?

»Aber ich war ja auch selber schuld, ich habe viel Ärger gemacht. Hab ihr halt immer Ärger gemacht.«

»Wie, Ärger?«

Sie überhörte das.

»Manchmal haben mich die Männer geschlagen, die die Mama besucht haben.«

»Was?« Mir zog sich das Herz zusammen.

»Und am Ende hat die Mama Geld dafür bekommen.«

Ich musste würgen. Das Haferflockenplätzchen lag angebissen auf meinem Teller. Dachte Malie sich so was aus? Hatte sie Spaß daran, mir Schauergeschichten aufzutischen? Wenn nur ein Bruchteil davon stimmte, brauchten wir doch inzwischen dringend therapeutische Hilfe! Ich war drauf und dran, einfach mit Malie zu einem Kriseninterventionsdienst zu fahren. Aber dort würde Malie vielleicht alles verharmlosen oder gar abstreiten. Und dann würde ich mir bestimmt anhören müssen, dass ich übertreibe und mich wieder mal zu wichtig nehme.

Immer wieder spielte ich mit dem Gedanken, mich einfach an Fausto zu wenden, aber der würde vor Weihnachten auch keine Termine mehr frei haben. Es war zum Verrücktwerden!

»Malie. Bitte schau mich an. Sagst du die Wahrheit, oder flunkerst du auch ein bisschen?«

»Nie glaubst du mir!«

»Doch, Malie. Ich glaube dir.« Ich hielt ihre schmalen Hände fest, weil sie schon wieder weglaufen wollte.

»Manchmal war die Mama auch tage- oder nächtelang weg.« Malie zündelte mit einem Tannenzweig, der zischend verglühte. »Dann hat sie uns im Haus eingesperrt, und ich musste auf Kamon und Araia aufpassen.«

Es roch verbrannt, aber ich ließ sie gewähren, denn ich hatte das Gefühl, dass sie jetzt endlich bereit war, sich zu öffnen.

Sie erzählte wie in Trance weiter: »Wenn die was kaputt oder ins Bett gemacht haben oder so, hat die Mama mir dafür die Schuld gegeben und mich wieder angeschrien und geschlagen. Da konnte man nix machen. Da hab ich dann Kamon und Araia auch gehauen, damit ich keinen Ärger kriege. Manchmal mussten wir auch ganz lange draußen warten, weil die Mama noch Besuch hatte, der auch manchmal bei ihr eingeschlafen ist. Dann hat Araia oft in die Hose gemacht und Kamon auch, weil wir ja nicht aufs Klo konnten. Da hab ich die beiden oft gehauen und getreten, weil ich deswegen ständig Ärger bekam. Ich musste das schließlich wegmachen.«

Jetzt war mir auch klar, warum sie ständig heimlich ihre kleinen Geschwister attackierte, oft durch Kneifen, Kratzen, Zwicken oder Treten. Erst gestern hatte ich wieder einen blauen Fleck an Kamons Hals bemerkt. Malie hatte immer noch verinnerlicht, dass alles, was ihnen widerfuhr, negative Konsequenzen für sie haben würde.

Ich schluckte und sagte behutsam: »Da fällt mir auf, Malie, ich hab bei euch gar keine Waschmaschine gesehen.«

Sie sah mich an, als hätte ich gefragt, ob es bei ihnen morgens Wachteleier gegeben habe. »So 'ne Maschine kannten wir nicht, Juliane.« Sie stieß ein verächtliches Lachen aus. »Ich hab alles von Hand gewaschen. Aber der Mama konnte ich trotzdem nichts recht machen. Die hat mich einfach nicht so gemocht wie Kamon und Araia. Weil ich …« – sie hielt ihren Finger so lange in die Flamme, bis sie ihn erschrocken zurückzog – »… aus Thailand mitgebracht bin. Ich war schon in dem Bauch von der Mama, als der Papa sie kennengelernt hat, aber das wusste der Papa nicht, und deshalb war er nachher auch immer so sauer.«

Sie war also das Ergebnis einer schnellen Nummer auf der Straße in Bangkok. Daher also auch ihre Selbstverachtung.

»Einmal habe ich ein Fahrrad geklaut und wollte das verkaufen, damit wir uns was zu essen kaufen können. Da hat der Kamon gesagt, das darf man nicht, und wollte es der Mama sagen. Aber die war bei einem Kunden irgendwo in der Siedlung, da hab ich ihn so doll geprügelt, bis er blutend auf dem Boden gelegen und sich nicht mehr gerührt hat. Ich dachte, er ist tot!« Ihre dunklen Augen glänzten im Flammenschein.

Ich bekam Gänsehaut, auf einmal war sie mir richtig unheimlich. So leid sie mir tat – nicht auszudenken, wenn sie meine Kinder erneut verletzte, wenn sie Tim und Lilli …

»Da hab ich voll den Schreck gekriegt und ganz laut geschrien, bis endlich jemand an die Tür geklopft hat. Das war die Polizei. Und die hat den Notarzt gerufen. Dann haben zwei Sanitäter den Kamon ins Krankenhaus gebracht, und als die Mama am nächsten Tag wiederkam, hab ich ganz doll

Ärger bekommen, weil der Kamon weg war und am Boden so viel Blut. Das musste ich dann wegwischen, und die Mama hat einen Stuhl auf mir zerhauen.«

Sie pustete angestrengt auf eine glühende Tannennadel. »Dann hat die Mama Ärger gekriegt von der Polizei, weil sie nicht da gewesen war. Und dann kam eine Frau vom Jugendamt, die hieß Elke und war total nett. Die hat uns einmal in der Woche mitgenommen – zum Schwimmen oder Schlittschuhlaufen oder Spielplatz oder so.«

»Und was ist aus Elke geworden?«

»Die war irgendwann schwanger und hat uns noch gesagt, sie schickt eine Kollegin, aber die ist nie gekommen.«

»Und dann wart ihr wieder mit der Mama allein«, sagte ich fassungslos.

»Ja.« Sie zuckte erneut vor der glühenden Tannennadel zurück. »Autsch!«

»Liebes, du verbrennst dich ja. Bitte lass das doch!«

Ich schob ihr ein Wasserglas hin und tauchte ihren Finger hinein, doch sie schien es gar nicht zu spüren.

»Und dann kam die Mama auf die Idee, dass der Kamon doch auch schon ein bisschen Geld verdienen kann.« Sie betrachtete ihren Finger, der deutliche Brandblasen aufwies.

»Liebes, komm her, ich hol dir Salbe.«

Sie beachtete mich nicht. »Der Kamon ist dann immer zu so alten Männern in die Hütten gegangen, zu dem Hans-Werner, dem Karl-Heinz und dem Herrn Schmitz und so.«

Ich hielt die Luft an. Bitte sag das jetzt nicht, dachte ich panisch und starrte auf ihre wachsverschmierten Finger, die weiter mit dem Feuer spielten.

»Ja, und dann hat mir der Kamon erzählt, dass die ihm ganz doll wehtun wollen und dass er das nicht mehr machen will.«

Ich wollte mir die Hände auf die Ohren pressen. NEIN,

schrie alles in mir. HÖR AUF! RED NICHT WEITER! DAS DENKST DU DIR ALLES NUR AUS!!

Was hatte ich an der Uni über Kinder und Missbrauch gelernt? Theoretisch hatte ich so viel gelernt! Theoretisch! Aber wer hatte mir gesagt, dass ich jemals drei kleine Missbrauchsopfer in meine Familie aufnehmen und damit völlig allein gelassen würde? Missbrauchsopfer, die aufgrund ihrer Erfahrungen wiederum andere, Schwächere, missbrauchten.

Mein Herz raste, und in meinen Ohren schrillte ein hässlicher Ton. Malie redete wie mit sich selbst, völlig emotionslos.

»Ich hab den Kamon schreien gehört. Bei dem Nachbarn im Keller. Ziemlich oft und immer wieder. Da hab ich dann …«

Sie zögerte.

Draußen hörten wir Kinderstimmen.

»Da hast du was?« Ich nahm ihre Hand und sah ihr prüfend in die Augen. Sie sah völlig durch mich hindurch.

»Ach nix.« Plötzlich pustete sie die Kerze aus. Brandgeruch lag in der Luft. Schwarze Rauchschwaden schlängelten sich vom Docht bis an die Zimmerdecke.

»Ich glaube, die anderen kommen.« Erleichtert sprang sie auf und rannte zur Tür.

Draußen standen vier rotwangige Kinder und hielten beglückt einen selbst gebastelten Adventskranz in den Händen. Es war, als hätte jemand den Fernsehsender gewechselt und auf heile Welt umgeschaltet. Mein Mutterinstinkt zwang mich, auf der Stelle ein heiteres Gesicht aufzusetzen. Dabei hätte ich schreien können. Jon! Warum war er nicht hier, jetzt, wo ich ihn so dringend brauchte?

»Schau, Juliane, die weißen Bänder hab ich reingeflochten!«

»Und die roten Kerzen hab ich draufgesteckt!«

»Und ich hab die Zimtstangen drangebastelt …«

»Boah, riecht das gut, Mama! Hast du Kekse gebacken?«

»Ach ja, und wir sollen dich von der Anne ganz lieb grüßen! Sie hat heute Abend Kirchenchorprobe, hat uns aber noch bis zur Straßenecke gefahren!«

Die Kinder drängten sich im schmalen Flur und balancierten ihren kostbaren Adventskranz wie ein Heiligtum vor sich her.

»Schuhe aus und Hände waschen!«, rief ich ins Stimmengewirr hinein.

Nach kaum jemandem sehnte ich mich mehr als nach Anne. Ich musste unbedingt mit jemandem sprechen, sonst würde ich noch verrückt! Nur mühsam beherrschte ich mich und spielte den Kindern einen besinnlichen Abend vor. Bis ich sie endlich im Bett hatte, vergingen Stunden.

Dann sprang ich ins Auto und fuhr direkt zum Gemeindehaus, um Anne nach ihrer Chorprobe abzupassen.

»Anne, ich brauch dich! Es ist wichtig!«

»Was ist passiert? Du bist ja ganz blass!«

»Kannst du bitte mit zu mir kommen? Jon ist nicht da, und die Kinder sind allein.«

Sie sah mich besorgt an und sprang zu mir in den Wagen. Auf der kurzen Heimfahrt sprudelte es nur so aus mir heraus.

»Malie hat seit frühester Kindheit Vernachlässigung erlebt und Gewalt erfahren. Sie hat mir heute so fürchterliche Sachen erzählt, dass ich nicht weiß, wohin mit meiner Verzweiflung. Und das Schlimme ist, dass sie ihre Gewalterfahrungen weitergibt! Sie muss sofort in Therapie, ich pack das nicht mehr!«

Zu Hause stellte ich Anne meine selbst gebackenen Kekse und eine große Kanne Tee hin, während ich ununterbrochen weiterredete.

»Malie war schwer traumatisiert, lange bevor die Mutter ins Koma gefallen ist, da sind ganz unaussprechliche Dinge vorgefallen, und alle vertuschen es!« Ich erzählte ihr von unseren Blitzbesuch in der Elendshütte. »Auf einmal sollte ich mit den Kindern ihre Sachen holen, und jetzt wird alles ausgeräumt.«

Anne pustete in ihre Tasse. »Juliane. Du hast bisher großartige Arbeit geleistet. Dreh jetzt nicht durch.«

»Ich bin an meine Grenzen gekommen«, heulte ich verzweifelt los. »Wie kann diese Nölle mir drei traumatisierte, sexuell missbrauchte Seelen andrehen und behaupten, das seien ganz normale Kinder!« Wütend schlug ich auf ein Sofakissen ein.

Anne nahm meine Hand. »He! Bleib stark. Du machst alles richtig. Du bist im Moment die beste Therapie für die Kinder.« Sie nahm einen Schluck Tee. »Die wollen im Moment noch nicht darüber reden. Erst mal müssen sie Halt und Geborgenheit in der neuen Familie finden. Und das bekommen sie auch, so liebevoll, wie du sie umsorgst.«

Kopfschüttelnd starrte ich sie an. »Ja, aber was die durchmachen mussten! Das hat Spuren hinterlassen, die ich nicht allein beseitigen kann. Kein Wunder, dass diese Erlebnisse, von denen Malie mir heute erzählt hat, zu Schlafstörungen, Entwicklungsverzögerungen, Essstörungen, Einnässen und vielen anderen psychosomatischen Problemen geführt haben. Und zu fürchterlichen Aggressionen unter den Kindern. Von denen das Jugendamt gewusst hat!«

»Was sagt denn Jon dazu?«

Ich schluckte. Da hatte sie einen ganz wunden Punkt getroffen. »Ach, Jon. Der glänzt vor allem durch Abwesenheit. Wir wussten ja nicht, was es mit den Kindern auf sich hat. Am Anfang hatten wir so große Träume! Die heile Großfamilie, cool, multikulturell, so nach dem Motto: ›Wir schaffen das‹ …« Ich stieß ein bitteres Lachen aus. »Inzwischen fühlt er sich eingeengt und überlässt mir die Erziehungsarbeit mehr oder weniger allein.« Ich schniefte.

Anne reichte mir ein Taschentuch. Es tat gut, mir alles von der Seele reden zu können. Sie hörte geduldig zu.

»Ach, Anne.« Ich wischte mir über die Augen. »Wenn die Nölle nur nicht so krank wäre! Sie tut mir ja auch leid. Aber ich hab sie immer wieder um professionelle Unterstützung gebeten, ständig hab ich ihr damit in den Ohren gelegen.«

»Und?« Anne pickte mit den Fingern Krümel vom Teller.

»Vor sechs Monaten hieß es, das sei noch zu früh. Die Kinder müssten erst mal ankommen in der Familie.«

»Das hab ich dir ja auch gesagt.«

»Und nach dem Tod der Mutter, dem schrecklichen Besuch in ihrem alten Zuhause, hab ich wieder darum gebeten, sich um eine Therapie zu kümmern. Diesmal bei Herrn Falke vom Jugendamt.«

»Und?«

»Weißt du, was er gesagt hat?«

»Sag du es mir.«

»Feiern Sie erst mal schön Weihnachten, das ist schon die halbe Therapie!«

Ich würgte an einem Kloß aus Wut und Hilflosigkeit.

»Frau Nölle ist sehr krank, ja«, fuhr ich fort. »Aber wenn man sich ehrenamtlich engagiert, dann bitte richtig! Statt sich nur wichtig fühlen zu wollen. Denn was sonst treibt diese Frau um?!«

Wütend tigerte ich im Wohnzimmer auf und ab.

Anne lehnte sich zurück und sagte behutsam: »Sie ist einsam. Und möchte unbedingt noch was Gutes tun in ihrem vielleicht sehr begrenzten Leben.«

»Ich heule gleich.«

»Warte, Juliane. Warte.« Sie beugte sich vor. »Frau Nölle war früher in einer Machtposition. Hatte Hunderte von Mitarbeitern unter sich. Musste sich Respekt verschaffen.«

»Was für 'ne Branche? Mit Kinderseelen hatte das wahrscheinlich nichts zu tun.«

»Baukräne. Weltweit.«

»Aha.«

»Daher ihr etwas harscher Umgangston und das herrische Auftreten. Ihr Mann ist mit einer Jüngeren abgehauen, die Firma musste sie sich bei der Scheidung erstreiten. Auch der Sohn hat sich von ihr abgewendet.«

»Und das berechtigt sie, mit drei traumatisierten verwahrlosten Kindern und einer überforderten Pflegemutter so umzuspringen? Ihnen dringend benötigte Hilfe zu verweigern?«

»Nein, Juliane. Natürlich nicht. Vor allem sehe ich, wie du dich aufreibst. So geht das nicht weiter. Pass auf!«

Anne zückte ihr Handy und sah auf das Display. »Mist. Schon so spät. Meine Tina wird mich auch noch wegen Verwahrlosung verklagen! Sie schreibt morgen eine wichtige Matheklausur.« Sie scrollte durch ihr Adressbuch. »Aber ich kenne da einen Kinder- und Jugend-Psychologen, der ist eine echte Koryphäe. Der Mann ist über Monate ausgebucht, aber wenn ich ihn anrufe …«

Sie wählte bereits! Es tutete! Plötzlich sprach sie Italienisch in den Hörer, sagte *mille grazie* und *sei un tesoro* oder so was Ähnliches und legte anschließend auf.

»Du hast einen Termin«, sagte sie. »Nächsten Samstag. Was starrst du mich denn so an?«

28

Köln-Rodenkirchen, Samstag, 8. Dezember 2007

»Juliane! *Bella casalinga!* Wie lang haben wir uns jetzt nicht mehr gesehen?«

Mit ausgebreiteten Armen empfing er mich in seiner Ordination. Fausto. Mein ehemaliger Psychologieprofessor, bei dem ich meine Diplomarbeit geschrieben hatte. Der mich geprägt hatte. In den ich jahrelang heimlich verliebt gewesen war. Dass er mich jetzt »schöne Hausfrau« nannte, war natürlich leiser Spott. Er hätte mich lieber in einer Führungsposition gesehen.

»Zwölf Jahre!«, stotterte ich verlegen. Seit er mein Supervisor bei meiner ersten Stelle, dem Jugendgästehaus für geistig und körperlich beeinträchtigte Kinder in Brühl gewesen war, duzten wir uns. Er schien kein bisschen älter geworden zu sein, hatte immer noch eine tadellose Figur, seinen gebräunten Teint und einen perfekt sitzenden Maßanzug. Und er roch immer noch nach demselben herben Rasierwasser. Alle weiblichen Wesen schwärmten für ihn, Anne offensichtlich auch! Er war nach wie vor der distinguierte grau melierte Charmebolzen, und meine Knie wurden weich.

»Setz dich doch, Juliane.« Er sprach immer noch mit seinem hinreißenden italienischen Akzent. »Wo drückt der Schuh?«

»Ich weiß nicht recht, sollten wir nicht auf Frau Nölle warten?« Korrekterweise hatte ich sie von meinem Ausnahmetermin an einem Samstag informiert, allerdings hatte ich ihr nur auf die Mailbox gesprochen, denn sie war wieder mal nicht an ihr Handy gegangen.

»Juliane, ich sehe doch, dass du ganz aufgewühlt bist. Leg einfach mal los.«

Ich knetete die Hände im Schoß und starrte auf die Schreibtischkante.

»Also. Jon und ich – du erinnerst dich noch an Jon, unseren Zivi von damals?«

Er nickte, und um seine Mundwinkel zuckte es. »Netter junger Bursche. Der mit dem Männerdutt.«

»Ja, den hab ich damals geheiratet.« Ich räusperte mich und spielte an den Schnallen meines Rucksacks herum.

»Gratuliere.«

»So, und nachdem wir zwei wunderbare Kinder haben – Tim ist elf und Lilli neun –, haben wir vor einem halben Jahr noch drei thailändische Pflegekinder in unsere Familie aufgenommen.«

»Respekt.« Fausto nickte und sah mich aufmunternd an. Seine graubraunen Augen unter den buschigen Augenbrauen ruhten abwartend auf mir.

»Es ging uns wahnsinnig gut, und wir wollten einfach was zurückgeben. So. Das lief über Frau Nölle …« Ich senkte die Stimme und schaute unwillkürlich zur Tür, aber Madame war noch nicht erschienen. »… die Dame von der Sonnenschein-Stiftung – kennst du die?«

»Hab davon gehört, ja.« Er verschränkte die Arme.

»Okay, also, Frau Nölle hat erst ewig gezögert, uns die Kinder zu geben, weil sie ganz sichergehen wollte, dass wir auch alle drei nehmen.« Ich fuhr mir über die Haare. »Eine andere Familie wollte nur die zwei Kleinen, und Frau Nölle meinte, man dürfe sie auf keinen Fall trennen, wegen der Verlusterfahrung.« In knappen Sätzen berichtete ich ihm, wie die

Ausgangssituation gewesen war. Vater tot, Mutter im Koma. Mutter inzwischen auch tot. Rätselhafte Umstände, Polizei, Spurensicherung, Wohnung versiegelt. Seltsame Andeutungen der Kinder, dass sie was mit dem Tod der Mutter zu tun haben.

Ich schluckte. Nach den Gewaltexzessen, die Malie mir gestanden hatte, wurde das immer wahrscheinlicher.

Fausto durchbohrte mich mit Blicken. »Bist du dir da sicher, Juliane?«

Ich rang die Hände. »Nein! Es ist nur ein Verdacht, der sich immer mehr erhärtet. Keiner will mir so richtig glauben. Ich will es ja selbst nicht glauben! Aber nach dem, was Malie, um die es hier vor allem geht, mir inzwischen erzählt hat …«

Ich unterbrach mich und ließ die letzten Worte ungesagt im Raum hängen.

Faustos wache Augen ruhten aufmerksam auf mir. Verlegen zupfte ich an meinem grauen Pullover, der ein bisschen aus der Form geraten war.

»Inzwischen hat sich gezeigt, dass die Kinder stark vernachlässigt worden sind und auch häusliche Gewalt erlebt haben. Es besteht auch begründeter Verdacht, dass sexueller Missbrauch in der Familie stattgefunden hat. Das haben zumindest die beiden Ältesten mehr oder weniger konkret angedeutet.«

Fausto sagte nichts, er schaute mich nur mit diesem unergründlichen Blick an.

Dann platzte ich mit meinen neuesten Erkenntnissen heraus:

»Kamon hat mir gestern auf vorsichtiges Nachfragen hin seinerseits erzählt, dass die Mutter Malie zu sexuellen Dienstleistungen gezwungen hat. Der damals neunjährige Junge hat mit angesehen, dass die damals elfjährige Schwester mit fremden Männern zum ›Massieren‹ ins Schlafzimmer geschickt wurde, während die Mutter in der Küche zufrieden das Geld zählte. Er selbst scheint auch mit älteren Schrebergartenbewohnern …« Ich schüttelte mich.

Fausto nickte betroffen.

»Und ich dämliche Gans zwing die Kinder auch noch, die Mutter im Pflegeheim zu besuchen!« Ich schlug mir mit der flachen Hand vor den Kopf. »Ich lass die noch Bilder malen, Teddybären mitbringen und rote Rosen aufs Kopfkissen legen! Wie naiv war das denn! Ich bin einfach zu blöd für diesen Job!« Verzweifelt warf ich die Arme in die Luft und ließ sie wieder fallen. »Wieso gibst du mir 'ne eins für meine Diplomarbeit, wenn ich in der Praxis komplett versage?« Mir kamen die Tränen.

»Juliane. Beruhige dich.« Er schob mir die Box mit den Kleenex-Tüchern rüber.

Ich musste tief Luft holen und wischte mir über die Augen. »Fausto, ich bin mit der Situation inzwischen komplett überfordert! Nach außen hin sage ich, dass es läuft, zeitweise tut es das ja auch, aber … seit die Kleine der Großen vorgeworfen hat, sie hätte die Mutter getötet, scheint die Große sie zum Schweigen bringen zu wollen! Araia hat sich jetzt schon mehrmals morgens auf der Treppe erbrochen, wenn sie es nicht mehr bis ins Bad geschafft hat, ansonsten erbricht sie ins Bett oder dahinter. Vermutlich aus Angst. Ich war mit ihr mehrmals beim Kinderarzt, da hieß es, da ist nichts, weiterbeobachten. Ich beobachte wie blöd, Fausto!«

Meine Finger krallten sich in die Papiertaschentücher, die ich inzwischen zu einer feuchten Wurst gedreht hatte.

»Ich hab den schrecklichen Verdacht, dass Malie sie würgt! Auch Kamon weist Verletzungen auf, er behauptet, sie kommen vom Sport, aber Tim sagt, er hat beobachtet, wie Malie sich mit Gewalt auf ihn gesetzt und ihn mit dem Lineal traktiert hat.«

Fausto machte große Augen, versuchte aber trotzdem, professionell zu bleiben.

»Juliane, was ich dir jetzt im Allgemeinen dazu sagen kann, ist Folgendes: Kinder, die Gewalt erlebt haben, geben diese oft an Schwächere weiter. Und wer sexuell missbraucht wurde, fühlt sich beschmutzt und beschämt, hat deshalb oft ein problematisches Verhältnis zum eigenen Körper.«

»Daher auch Malies Waschzwang!«, entfuhr es mir. »Sie zieht sich bis zu fünfmal am Tag um, verbringt Stunden im Bad und wirft kaum getragene Kleidung in den Wäschekorb …«

Die Tür wurde aufgerissen, und Ihre Majestät, Frau Nölle, beliebte zu erscheinen. Sie steckte in einem Pelzmantel, den sie trotz des beheizten Raumes anbehielt.

»Was ist denn das schon wieder für eine eigenmächtige Grenzüberschreitung! Frau Bressin!« Auch ihre Pelzkappe hatte sie nicht abgenommen – wahrscheinlich fror sie am spärlich behaarten Kopf.

Ihr Blick glitt zu Fausto, der sich gentlemanlike erhoben hatte, und ihre Gesichtszüge glätteten sich sofort. Sie gab ihm die Hand und ließ sich auf den Sessel fallen, den Fausto ihr wortlos zuwies.

»Ich versuche gerade, Frau Bressin etwas zu erklären«, sagte er galant. »Und Sie tun gut daran, jetzt einfach mal zuzuhören und den Mund zu halten.«

Frau Nölle starrte ihn an wie ein Fisch an Land. So war noch niemand mit ihr umgesprungen!

»Juliane, die Kinder zeigen durch ihr Verhalten, was sie bisher erlebt haben.« Frau Nölles Mundwinkel zuckten, als sie merkte, dass der schöne Mann mich duzte. »Deinen Schilderungen nach scheinen deine drei Schützlinge tatsächlich alle traumatisierende Erfahrungen von Vernachlässigung, Gewalt und Missbrauch gemacht zu haben. Das hat natürlich nicht nur körperliche, sondern auch seelische Folgen und kann zu unkontrollierten Aggressionen führen.«

Alles meine Rede!, wollte ich am liebsten schreien und Frau Nölle am Kragen packen und schütteln. Alles meine Rede!

»Es sind also keineswegs …« – Fausto musterte Frau Nölle, deren Blusenkragen vor Empörung hüpfte – »… ganz normale Kinder.«

Er wandte sich wieder mir zu. Seine Finger spielten mit dem Kugelschreiber.

»Unter Umständen hätten die Kinder auf keinen Fall zusammen vermittelt werden dürfen – im Gegenteil. Sie retraumatisieren sich immer wieder neu.«

Frau Nölle erdolchte mich mit ihren Blicken. Ich hatte also gepetzt! »Frau Bressin, Sie übertreiben schon wieder maßlos und wollen sich wichtigmachen!«

Fausto warf ihr einen warnenden Blick zu. »Ich muss mir da natürlich noch selbst ein genaueres Bild machen, aber nach allem, was ich bisher weiß, sind die verschiedenen Probleme und Auffälligkeiten Malies Ausdruck von seelischen Beeinträchtigungen, die die Kinder nicht miteinander, sondern nur einzeln und mithilfe speziell ausgebildeter Fachkräfte bewältigen können.«

Frau Nölle öffnete den Mund und wollte etwas sagen, aber Fausto hob nur warnend die Hand.

»Juliane, wenn Malie ihre Geschwister wirklich malträtiert, muss sie sofort aus eurer Familie herausgenommen werden. Sie gehört in eine psychiatrische Einrichtung, in der ihr gezielt geholfen werden kann.«

»Das hat Frau Bressin mitnichten zu entscheiden!« Frau Nölle fächelte sich Luft zu. »ICH bin hier die Ansprechpartnerin, Herr Professor. Und ICH finde es eine bodenlose Unverschämtheit, dass Frau Bressin wieder mal ihre Kompetenzen überschreitet und ohne mich zu fragen …« Ihre Stimme wurde schrill, und sie verlieh ihren Worten Deutlichkeit, indem sie mit der flachen Hand auf den Schreibtisch schlug. »Ohne mich zu fragen, an einem Wochenende kurz vor Weihnachten mit einem der teuersten Psychologen der Stadt einen Termin macht, zu dem sie mich einfach so per Anrufbeantworter dazubestellt. Ohne den Vormund und das Jugendamt wird hier erst mal gar nichts entschieden, und jetzt vor Weihnachten geht sowieso nichts mehr.«

»Frau Nölle, Sie waren nicht zu erreichen und …«

»Sehr geehrte gnädige Frau.« Fausto hob beschwichtigend die Hand und sah sie mit seinen ruhigen grauen Augen an. »Selbstverständlich werden Sie in weitere Entscheidungsprozesse einbezogen. Frau Bressin hat absolut korrekt gehandelt.«

Weiter kam er nicht. Frau Nölle sprang auf und zeigte mit zitternden Fingern auf mich: »Sie hören von mir, Frau Bressin!«

Damit rauschte sie aus der Praxis. Draußen hörten wir ihre Absätze übers Parkett klappern, dann knallte die schwere Tür ins Schloss, dass die Fenster zitterten.

Wie betäubt saß ich da und fühlte mich wie ein dummes, unfähiges Schulmädchen.

Fausto räusperte sich, stand auf und legte mir die Hand auf die Schulter.

»Es tut mir so leid, Juliane. Da kann ich jetzt nichts machen. Wenn sie mir nicht den Auftrag gibt … Sonst hätte ich … Nicht weinen, Juliane, nicht weinen.« Er hielt mir wieder die Box mit den Kleenex hin. »Ich sehe, dass da zwischen euch die Chemie nicht stimmt, das ist bitter und erschwert die ganze Sache unnötig. All das auf dem Rücken der Kinder.«

Ich schluchzte laut. »Was soll ich nur tun, Fausto? Ich bin am Ende!« Ich knetete das Taschentuch zwischen den Fingern. »Wir können doch nicht einfach so Weihnachten feiern, als wäre alles Friede, Freude, Eierkuchen!«

»Du kannst nichts tun.« Er tätschelte meine Schulter. »Und

ich leider auch nicht. Mir sind die Hände gebunden. Ich kann dieses Mädchen nicht eigenmächtig einweisen.« Niedergeschlagen brachte er mich zur Tür. »Ich wünsche dir viel Kraft, Juliane. Und grüße deinen … wie heißt er noch, mit dem coolen Männerdutt?« Er machte eine zwirbelnde Handbewegung am Hinterkopf.

»Jon«, lächelte ich unter Tränen.

»Genau. Haltet zusammen. Ihr seid ein starkes Team.«

29

Köln, Montag, 10. Dezember 2007

Am Montag darauf rief Frau Nölle an. Ich hatte das ganze Wochenende nicht geschlafen.

Malie hatte unseren kleinen Hund in das eiskalte Wasser in der Regentonne getaucht und genüsslich dabei zugesehen, wie er um sein Leben strampelte! Ich war aus dem Haus gestürzt und hatte das zitternde Bündel an mich gerissen und stundenlang trocken geföhnt. Alle Kinder waren entsetzt gewesen, und Malie hatte sich im Badezimmer eingeschlossen. Jon hatte wieder mal durch Abwesenheit geglänzt, angeblich wegen seiner Doppeldienste! Musste das wirklich sein? Oder wollte er nur der häuslichen Situation entfliehen? Ich war dem Wahnsinn nahe.

»Tut mir leid, Frau Bressin, da sind wohl die Pferde mit mir durchgegangen.«

Ich schwieg.

»Mir war nicht gut, wissen Sie. Ich hatte … Besuch, ganz plötzlich, und war darauf nicht eingestellt.«

Ich schwieg trotzig. Na und, wollte ich sagen. Mir doch egal!

»Ja, es war mein Sohn … Das muss ich Ihnen eigentlich gar nicht sagen, aber ich habe doch das Bedürfnis, weil ich ja sonst nicht so bin und …«

»Wie? Wie sind Sie denn sonst?!« Am liebsten hätte ich laut gelacht.

»Ich war aufgewühlt. Wir hatten … Differenzen. Es geht

um … Na ja, um was es halt geht, wenn man bald abkratzt. – Unterbrechen Sie mich nicht, Frau Bressin. – Und dann hab ich erst den Anrufbeantworter blinken sehen. Als ich den abgehört habe, bin ich in der entsprechenden Stimmung schnurstracks in die Praxis gefahren und habe meine … ähm … Wut an Ihnen ausgelassen. Das tut mir leid. Ich bin danach komplett zusammengebrochen. Mein Sohn musste den Notarzt holen.«

Das tat mir dann doch schon wieder leid. »Schon gut, Frau Nölle«, hörte ich mich sagen.

»Sie machen das nämlich wirklich hervorragend. Das wollte ich Ihnen schon lange einmal sagen.«

»Das ist nett, Frau Nölle, aber ich bin wegen Malie in großer Sorge, sie hat nämlich …«

»Frau Bressin.« Sie hustete heftig. »Ach, diese Medikamente. Wissen Sie, ich nehme da an einer neuen Studie teil, das Scheißzeug ist noch gar nicht auf dem Markt, aber in meiner Situation ist sowieso schon alles scheißegal, und da lass ich mich halt wieder als Versuchskaninchen …« Sie hustete wieder, dass ich mir den Hörer vom Ohr weghalten musste.

»Frau Nölle«, rief ich dazwischen. »Es besteht dringender Handlungsbedarf! Ihre Krankheit in allen Ehren, aber NOCH VOR WEIHNACHTEN MUSS MALIE IN THERAPIE! Ich rufe jetzt den Vormund an. Geben Sie mir die Privatnummer, im Jugendamt erreiche ich niemanden – Herr Falke glänzt durch Abwesenheit.«

»Unterstehen Sie sich!«

»Sie sind komplett überfordert, aber leider auch unfähig, Frau Nölle.« Mein Herz raste. Dass mir dieser Satz rausgerutscht war!

Erst fürchtete ich, Frau Nölle würde sofort erbost den Hörer auflegen, aber sie sagte relativ ruhig: »Ich habe längst selbst mit dem Schanz und dem Falke geredet. Gestern. Gestern ging es mir wieder gut.«

»Gestern? Am zweiten Adventssonntag?!«

»Ja, da sehen Sie, wie ernst ich die Sache nehme.« Ich hörte sie etwas trinken. »Wir haben eine außergewöhnliche Sitzung einberufen, denn es ist ja in jeder Hinsicht fünf vor zwölf. Ich habe ihnen geschildert, was der Psychologe gesagt hat … dieser Professor … Fausto.«

»Und?« Ich drückte den Hörer fester an mein Ohr.

»Der scheint ja ein privater Bekannter von Ihnen zu sein.«

»Ja, er war früher mein Chef, aber das war jetzt reiner Zufall. Die Pfarrerin hat den Termin für mich gemacht …«

»Sehen Sie, und da waren die Herren sofort meiner Meinung, dass wir hier jetzt nicht mit Kölner Klüngel anfangen. Sie warten schön ab, bis WIR Ihnen einen geeigneten Therapieplatz anbieten. Aber nicht vor Weihnachten.«

»Frau Nölle, es ist fünf vor zwölf, das haben Sie gerade selbst gesagt!«

»Wir haben uns lange unterhalten und das so beschlossen.«

Ich hörte wohl nicht richtig. Fausto hatte doch lang und breit erklärt …

»Frau Nölle, Sie waren beim ersten Teil des Gespräches noch gar nicht dabei und …«

»Ich habe genug gehört. Der Mann ist sauteuer und auf Jahre ausgebucht. Sie haben keinerlei Recht, auf eigene Faust …«

»Interessiert Sie eigentlich, wie es mir dabei geht, Frau Nölle? Ich bin am Ende mit meinem Latein! Ich brauche Hilfe!«, schrie ich verzweifelt.

»Wenn Sie mir jetzt auch noch hysterisch werden, dann hab ich wohl doch einen Fehler gemacht«, sagte Frau Nölle kalt. »Aber bitte! Wenn Ihnen die Kinder zu viel werden, kann Ihr Mann sie doch über Weihnachten nach Andernach bringen. Hatten Sie mir nicht versprochen, die drei vereinbarungsgemäß …«

Die Frau hatte aber auch wirklich gar nichts verstanden.

»Frau Nölle, ich möchte dieses Gespräch jetzt beenden!«, sagte ich und legte auf.

Am dritten Advent war ich trotz allem mit meiner ganzen Familie auf dem Weihnachtsmarkt. Die Kinder rannten zu den verschiedenen Buden, und wir waren für einen Moment allein.

»Oh, Jon, es tut so gut, dass du endlich mal wieder Zeit für uns hast!« Ich schmiegte mich an ihn.

Sofort verhärtete er sich. »Juliane, mach mir bitte kein schlechtes Gewissen. Es gab in der Uniklinik wahnsinnig viel zu tun.«

Täuschte ich mich, oder sah er irgendwie durch mich hindurch?

»Aber so viele Nacht- und Doppeldienste hattest du noch nie!«, maulte ich. »Gerade jetzt, wo es mit Malie so brenzlig wird, hätte ich dich zu Hause gebraucht.«

Er schwieg und pustete in seinen Glühwein. Sein Blick huschte über die Menschen, die sich zwischen den Ständen hindurchschoben.

»Suchst du jemanden?«

»Was? Nein. Wie kommst du denn darauf.«

»Du hörst mir gar nicht richtig zu!«

»Juliane, du bist in letzter Zeit wahnsinnig anstrengend, weißt du das?«

Mein Herz setzte einen Schlag aus. Natürlich. Das musste ja kommen.

»Früher hatten wir noch Sex, heute lässt du nachts ständig die Tür offen. Das Bad ist dauernd besetzt, und ich kann noch nicht mal mehr in Ruhe aufs Klo gehen. Da ist es doch völlig verständlich, wenn ein Mann lieber in seiner Dienststelle pennt.«

»Jon!« Entsetzt zog ich meine Hände zurück und stopfte sie

in die Manteltaschen. Den von ihm angebotenen Glühwein übersah ich. »Du wusstest doch, was auf uns zukommt.«

»Nein, das wusste ich nicht.«

»Wir können die Kinder doch nicht wieder abschieben!«

»Das verlangt ja auch keiner. Aber du bist nicht mehr die Frau, die ich mal geheiratet habe.«

»Gott, Jon!« Meine Augen füllten sich mit Tränen. »Bitte lass mich jetzt nicht im Stich!«

»Ich brauch bloß ein bisschen Abstand. Der Dienst schlaucht mich, und zu Hause finde ich keine Ruhe.«

»Ich auch nicht«, jammerte ich. »Meinst du, ich kann ruhig schlafen? Immer hab ich das Gefühl, Malie schleicht durchs Haus. Ich hab Angst vor ihr, Jon. Warum lässt du mich mit alldem allein?«

Er schüttelte den Kopf. »Ich kann einfach nicht zu Hause pennen. Ständig gibt's Geschrei, immer ist irgendwas, immer gehst du wie eine Furie dazwischen, und am Telefon streitest du mit der Nölle herum. Das ist bei meiner beruflichen Belastung einfach zu viel.«

»Aber was soll ich tun, Jon? Ich brauch dich!«

»Du hast ja inzwischen deinen alten Professor wieder aufgesucht. Der weiß sicher Rat.«

Ich erstarrte. »Woher weißt du das?«

»Anne hat es mir erzählt.«

»Anne?« Es traf mich wie ein Blitz. Was besprach er hinter meinem Rücken mit Anne?

»Anne hat den Termin mit ihm gemacht, nicht ich. Wie kannst du das denn jetzt gegen mich verwenden? Ich hätte es dir schon längst erzählt, wenn du endlich mal zuhören würdest!«

Jon kehrte mir den Rücken zu und gab seine Glühweintasse zurück.

»Ich hör dir zu, Juliane. Seit Jahren. Aber manches kann ich nicht mehr hören.«

Mir wurde ganz kalt. »Jon, bitte, wir müssen doch jetzt zusammenhalten!«

Er zog die Schultern hoch. »Ich brauche auch meinen Freiraum, Juliane.«

Das Ende vom Lied war, dass ich Jon versprochen hatte, die Thaikinder öfter mal einer Babysitterin zu überlassen, um Zeit mit ihm und unseren eigenen Kindern verbringen zu können.

»Na, wie war es beim Schwimmen, ihr Mäuse?«

Tina war mit ihnen im Hallenbad gewesen.

Erwartungsvoll stand ich in der Haustür und sah der Bagage entgegen, die lustlos durch den Vorgarten trottete. Socke war gar nicht wie früher begeistert zur Haustür gerast, sondern lag zusammengeringelt im Körbchen und spähte misstrauisch unter ihren Ponyfransen hervor. Sogar unser Hündchen war schon traumatisiert!

»Dank dir, Tina. Bitte nimm ein Taschengeld für deine Mühe. Hier.«

Tina schob die drei Kinder schweigend in den Flur. Irgendwie war dicke Luft. Die Kleinen starrten zu Boden, und Malie stapfte sofort die Treppe rauf. Ich nahm die Badetaschen entgegen.

»Danke, Tina. So hatte ich wenigstens ein bisschen Zeit für Tim und Lilli. Willst du nicht mit reinkommen?«

Inzwischen hatte Jon sich die beiden geschnappt, um einen schönen Weihnachtsbaum im Wald zu ergattern.

»Nein danke, ich muss dann auch los.« Sie eilte zwischen unseren weihnachtlich beleuchteten Büschen im Vorgarten hindurch. Irgendwie hatte ich das Gefühl, dass sie es gar nicht erwarten konnte, von uns wegzukommen. Den Zwanziger hatte sie hastig in ihre Jeanstasche gleiten lassen.

»Grüß deine Mama!« Ich machte die Haustür hinter ihr zu.

»Was ist denn los, ihr Mäuse?«

Ich kniete mich hin, um Araia aus dem Mantel zu helfen. »Du weinst ja! War es denn nicht schön?« Araia presste die Lippen zusammen und schüttelte nur stumm den Kopf, um ihn dann an meine Schulter fallen zu lassen. Ich strich ihr übers feuchte Haar. Hatte sie Fieber? Vielleicht war das mit der Schwimmerei jetzt im Winter zu viel für sie? Andererseits freuten sie sich doch immer so darauf!

Auch Kamon starrte verstört zu Boden.

Mit einem Blick auf die geschlossene Zimmertür, hinter der Malie laut Musik hörte, zog ich die beiden in die Küche.

»So. Schaut, jetzt gibt es erst mal einen heißen Kakao.« Ich setzte mich zu den beiden und ließ sie erst mal ankommen. Sie schlürften zitternd ihr Getränk und knabberten lustlos an einem Vanillekipferl.

Ich nahm ihre Hände und hielt sie ganz fest.

»Was ist los? Mir könnt ihr es doch sagen.«

»Die Malie hat mich untergetaucht.« Kamon starrte auf seinen Schoß. »Immer wieder. Bis ich keine Luft mehr gekriegt hab und dachte, ich muss sterben.«

Mir wurde heiß und kalt. Das konnte doch nicht wahr sein! Erst Socke, und jetzt war sie schon wieder auf ihren eigenen Bruder losgegangen?

»Was? Und wo war Tina?«

»Tina war in der Zeit mit Araia im Kinderbecken.«

Ich zog meine Strickjacke enger um mich.

»Aber du hast doch ein Schwimmbrett, Kamon! Malie weiß doch, dass du noch nicht richtig schwimmen kannst! Du sollst doch immer im Nichtschwimmerbereich bleiben!«

»Sie hat mich einfach ins Tiefe gestoßen, ist hinterhergesprungen und hat mich untergetaucht!«

Jetzt fing der kleine Kerl auch noch an zu schluchzen. Dafür, dass er mit seinen elf Jahren noch nicht schwimmen konnte,

konnte er ja nichts. Malie war die Einzige, die schwimmen konnte, weil meine Brüder es ihr in den Herbstferien beigebracht hatten. Sie hatte ihre Kenntnisse im Sportunterricht rasch vertiefen können.

Ich fröstelte. »Warum tut sie so was?« Entsetzt schaute ich in die Augen der beiden Kleinen, in denen die nackte Angst stand.

»Sie hat gesagt, sie macht uns beide tot.«

Mir gefror das Blut in den Adern.

»Warum?«

»Damit wir dir nichts sagen!«

»Aber das sollt ihr. Ich beschütze euch, das wisst ihr, ja?!«

Sie schauten mich unverwandt an, und Tränen liefen ihnen übers Gesicht.

»Sie hat mich ganz lange unter Wasser gezogen, mir dabei in die Augen gesehen und gelacht!«

»UNTER WASSER?«

»Ja, und dann ist sie ganz schnell rausgeklettert, und als ich wieder hochstrampeln wollte, ist sie mit voller Wucht auf mich draufgesprungen. Ich konnte gar nicht wieder Luft holen und hab ganz viel Wasser geschluckt!«

Fassungslos starrte ich den Jungen an. Seine Finger umklammerten die Tischdecke, als wäre sie ein Rettungsring.

»Und was ist dann passiert?«

»Als sie gemerkt hat, dass ich keine Kraft mehr habe und auf den Grund gesunken bin, hat sie mich rausgezerrt und ist zum Kinderbecken gerannt, um Tina zu holen.«

Komisch. Davon hatte Tina mir gar nichts erzählt!

»Sie hat zu Tina gesagt, dass Kamon im großen Becken mit dem Schwimmbrett üben will. Und dass sie so lange bei mir bleibt«, piepste Araia mit angstvoll geweiteten Augen. »Da ist die Tina weggegangen, und dann hat die Malie MICH untergetaucht! Immer wieder! Bis ich dachte, ich muss sterben!«

»Aber die Tina muss doch was gemerkt haben!« Erschüttert schüttelte ich den Kopf. »Warum habt ihr es Tina denn nicht gesagt?«

»Auf dem Rückweg in der Straßenbahn, als Tina gerade die Tickets gezogen hat, hatte Malie plötzlich ein Messer in der Hand, es uns unter die Nase gehalten und gesagt, sie macht ernst, wenn wir ein Wort sagen.«

Die beiden weinten bitterlich.

Oben hämmerte immer noch laute Musik.

Mir dröhnte der Kopf. Sie war voller Angst. Aber auch voller Aggression. Sie war wirklich gefährlich. Ich hatte eine tickende Zeitbombe in unser Haus geholt!

Sofort sah ich wieder vor mir, wie sie Lilli den Minigolfschläger mit voller Wucht ins Gesicht gehauen und Tim die Mikadostäbchen in die Hand gerammt hatte. Bei allem Verständnis für ihre Geschichte: Ich musste jetzt doch sofort etwas unternehmen!

Aber was? Es war Freitagabend, Jon war mit den Kindern im Wald und hatte keinen Empfang, noch dazu hatten alle Praxen geschlossen!

Mit Frau Nölle konnte ich nicht rechnen – im Gegenteil. Diesmal ließ ich sie bewusst außen vor. Die war ja selbst eine tickende Zeitbombe.

So konnte ich auf keinen Fall ins Wochenende gehen. Mir graute vor einer weiteren schlaflosen Nacht, in der ich vor Malie auf der Hut lag.

Zu meiner großen Erleichterung hörte ich in diesem Moment Anne vorfahren. Nanu, was war denn das? Sie hatte Tim und Lilli dabei! Sie ließ sie nur kurz raus und wollte gleich weiterfahren, aber ich stürzte aus dem Haus: »Wo kommt ihr denn her? Ich denke, ihr seid mit Papa im Wald, einen Weihnachtsbaum aussuchen?«

»Nee, wir waren bei Anne. Papa musste mit der was besprechen.« Sie zogen schon ab ins Haus.

Irritiert bedeutete ich Anne, die Autoscheibe runterzukurbeln: »Was musstest du mit meinem Mann denn besprechen?«

Erstaunt sagte sie: »Wir bereiten den Weihnachtsgottesdienst vor. Warum fragst du?!«

Na egal. Jetzt war keine Zeit für Misstrauen und Eifersucht. Ich musste Malie sofort aus dem Haus schaffen.

»Anne, hör zu, es ist ein Notfall!«

»Wo brennt's denn? Eigentlich wollte ich gerade weiter zu meinen Pflegefällen … Ich hab heute Nachtdienst!«

Oh. Und Jon vielleicht auch, oder was? Noch bevor ich diese Information richtig sacken lassen konnte, platzte es schon aus mir heraus: »Malie hat versucht, ihre Geschwister zu ertränken.«

»Bist du sicher?« Sie schaute auf die Uhr. »Tina hat nichts davon erzählt!«

»Sie macht das ganz subtil und hinterhältig«, stieß ich hervor. »Sie hat ihnen in der Straßenbahn mit dem Messer gedroht …«

Annes Blick änderte sich so schlagartig, dass mir das Wort im Hals stecken blieb. Ihre Augen huschten vielsagend Richtung Haustür. Nein!

Ich fuhr herum. In der offenen Haustür stand Malie.

»Hab ich NICHT!«, schrie sie mit hasserfülltem Blick. »Die LÜGEN! Alle lügen!«

»Malie, hör zu …« Ich rannte auf sie zu und packte ihren Arm. »Hast du versucht, deine Geschwister zu ertränken?«

Ich sah, wie die anderen vier Kinder mit schreckgeweiteten Augen am Küchenfenster klebten. Aus den Augenwinkeln bekam ich mit, wie Anne telefonierte. Bildete ich mir das nur ein, oder sprach sie mit Jon?

»Das STIMMT NICHT«, schrie Malie, und Rotz und Wasser liefen ihr übers Gesicht. »ALLE HASSEN MICH! – DAS WERDET IHR MIR NOCH BÜSSEN!«

»Malie! Sag mir die Wahrheit!« Grob schüttelte ich ihren Arm. Am liebsten hätte ich auch Anne grob geschüttelt, aber jetzt war keine Zeit für Erklärungen, und ich brauchte sie!

Malie versuchte, sich loszureißen, doch ich entließ sie nicht aus meinem Klammergriff. Inzwischen hatte Anne das Handy eingesteckt und rannte auf uns zu.

»Juliane, beruhige dich, mach hier draußen keine Szene. Ich hab meinen Nachtdienst gerade abgesagt.«

»Sie hat ein Messer«, keuchte ich.

»Lass sie los, Juliane. Beruhige dich. Los, wir gehen ins Haus.«

In den Nachbarhäusern waren schon Lichter angegangen, und zwei Haustüren waren aufgeflogen.

Im Flur knieten wir uns beide hin und hielten Malie ganz fest. Kamon und Araia pressten wimmernd die Fäuste vor die Münder, während Tim und Lilli versuchten, sie zu trösten.

Das konnte unmöglich so weitergehen! »Bitte spielt etwas.« Mit dem Fuß schob ich die Küchentür zu.

»Malie. Sag es uns. Was hast du deinen Geschwistern im Schwimmbad getan?«

»GAR NICHTS! DIE LÜGEN!«

»Okay«, sagte Anne. »Eine von uns beiden fährt jetzt mit ihr in die Kinderklinik. Psychiatrische Abteilung. Notaufnahme.«

»NEIN! ICH WILL NICHT! IHR SEID BEIDE DRECKIGE FOTZEN!!!«

»Okay, das reicht.« Obwohl ich vor Angst schlotterte, packte ich Malie mit den Kräften einer Löwin, die ihre Jungen verteidigt, und zerrte sie zum Auto. Sie schrie und wehrte sich, trat nach mir und versuchte, mich zu beißen, doch ich umklammerte ihre Hände wie ein Schraubstock. »Das muss jetzt ein Ende haben«, keuchte ich. »Und zwar sofort.«

»Soll ich mit dir fahren?«, bot Anne an.

Ich überlegte. Wie schön es jetzt gewesen wäre, Anne an meiner Seite zu haben. Die ruhige, besonnene Anne. Aber die vier geschockten, traumatisierten Kinder konnten jetzt unmöglich alleine bleiben. Außerdem war ich immer noch schwer irritiert, dass sie sich gerade heimlich mit Jon getroffen hatte.

»Ich schaff das«, presste ich zwischen den Zähnen hervor.

»Ich kündige euch an!« Anne hob das Handy.

»Wir schaffen das, Malie. Alles wird gut.«

Malie saß inzwischen völlig apathisch auf dem Rücksitz.

Während ich durch die Nacht jagte, sträubten sich mir sämtliche Nackenhaare. Ich starrte auf die regennasse Straße und wappnete mich innerlich … wogegen? Was, wenn sie doch noch irgendwo ein Messer versteckt hatte und mir jetzt von hinten die Kehle durchschnitt? Oder mich mit ihrem Gürtel erwürgte? In meiner Verzweiflung schob sich ein anderes Bild in mein Bewusstsein. Von Anne und Jon im Gemeindehaus in trauter Adventsstimmung oder Schlimmerem. Während ich ganz allein mit den durchgeknallten Pflegekindern … Bunte Punkte tanzten vor meinen Augen. Am liebsten hätte ich mich genauso aufgeführt wie Malie vorhin.

»Malie«, versuchte ich, sie in ein Gespräch zu verwickeln, »deine Mama hat dich schwer misshandelt, und jetzt gibst du das an deine kleinen Geschwister weiter.«

Gellendes Geschrei war die Antwort. Sie warf ihren Kopf hin und her, hielt sich die Ohren zu und kreischte sich die Seele aus dem Leib.

Ich drückte in wahnsinniger Not aufs Gas und überfuhr die dritte rote Ampel.

Ach, wenn doch jetzt die Polizei käme und mir helfen würde! Wo waren sie denn, wenn man sie brauchte?

»Malie, bestimmt hat deine Mutter selbst auch ganz viel Schläge eingesteckt, weißt du noch, damals in Thailand, als sie selbst ein Kind war.« Ich wehrte mich gegen ihre schmale Hand, die mir ins Lenkrad greifen wollte.

»Malie! Bist du verrückt geworden!«

Was für eine rhetorische Frage!

»Malie, wir werden beide sterben, willst du das?!«

Als Nächstes riss sie mit beiden Händen an meinen langen Haaren. Mit quietschenden Reifen fuhr ich rechts ran. »Malie«, schrie ich verzweifelt.

»Das ist mir egaaal!«, gellte es hinter mir. »DIE MAMA soll in der HÖLLE SCHMOREN!«

»Du musst dich jetzt zusammenreißen. Wir holen jetzt Hilfe für dich. Und die kriegen wir. Halt noch ein bisschen durch. Wir sind gleich da.«

Das Zerren an meinen Haaren ließ nach. Erleichtert atmete ich auf. Sie hatte mir zugehört.

»Du kannst dich auf mich verlassen. Ich will dir nur helfen. Ich lass dich nicht im Stich.«

Keuchend sah ich mich nach ihr um. Sie war wie in Trance.

Ich legte den ersten Gang ein und raste weiter. Nur nicht aufhören, mit ihr zu reden, egal was!

»Was wünschst du dir denn zu Weihnachten, Malie? Wir haben noch gar keinen Wunschzettel geschrieben, nicht wahr? Es war in letzter Zeit immer so viel anderes zu tun …«

Ich setzte den Blinker und ging in eine scharfe Linkskurve. Vor uns ragte düster der Dom empor, und der Rhein schimmerte schwarz und unheimlich.

»Du hast durch dein Verhalten ständig Hilferufe gesendet.« Versehentlich raste ich über die Zoobrücke und wurde gleich zweimal geblitzt. Später sollte auf dem Bild nur ein aschfahles Gesicht mit weit aufgerissenen Augen zu sehen sein. »Ich hab viel zu lange gebraucht, um das zu kapieren, Malie, und das war fürchterlich dumm von mir.«

Malie hinter mir keuchte leise. Oder schniefte sie?

Ihre Augen waren ausdruckslos, nur die Lichter der Brücke spiegelten sich darin.

Eine gefühlte Ewigkeit später raste ich auf den Parkplatz der Kinderklinik und zog Malie aus dem Wagen. »Das ist ein Notfall«, rief ich dem Pförtner zu, »wir sind im Kinderschutzzentrum angemeldet!«

Ich zog die inzwischen fast willenlose Malie zum richtigen Gebäude und redete dabei ständig auf sie ein. »Wir finden jetzt Hilfe, Malie. Sollst mal sehen. Keiner lässt dich mehr im Stich. Wir finden Hilfe. Wir sind angemeldet. Die warten schon auf uns.«

Tatsächlich kamen wir sofort dran.

»Die Psychotherapeutin, Frau Dr. Julius, hat sofort Zeit für Sie.« Die Empfangsdame reichte uns ein Anmeldeformular.

Ich zog Malie auf die Wartebank und drückte ihr den Stift in die Hand. »Komm, wir machen das zusammen. Dein Name, dein Alter … bist ja schon fast dreizehn!« Ich sah auf die große runde Uhr an der Wand. Es war kurz vor neun.

Da flog schon die Tür auf, und Frau Dr. Julius, eine junge bebrillte, überraschend zarte kleine Dunkelhaarige mit einer glatten Bobfrisur bat uns ins Sprechzimmer. Ich traute meinen Augen nicht. Die Frau war asiatischer Herkunft!

»Hallo, Malie. Ich bin Dr. Julius«, sagte sie in akzentfreiem Deutsch.

Malie ließ sich auf den Stuhl fallen und verschränkte die Arme. »Ich sag hier gar nichts. Ich weiß nicht, was ich hier soll.«

Frau Dr. Julius stellte ihr ein paar Fragen, aber Malie verweigerte sich komplett.

»Es könnte damit zu tun haben, dass sie … ähm …« Ich zeigte viel sagend mit dem Kinn auf sie. »Sie hat schlechte Erfahrungen mit Menschen Ihres Aussehens.«

»Ich komme aus Taiwan, und du, Malie?«

»Aus Deutschland.«

»Ja, da hast du recht, ich bin auch in Deutschland geboren, aber meine Mutter stammt aus Taiwan. Meine Eltern haben sich dort kennengelernt, in den Siebzigerjahren, in einem taiwanesischen Restaurant.«

»Ist mir völlig wumpe.« Malie ließ die Beine baumeln und hatte nur einen verächtlichen Blick für sie übrig.

Ich wollte am liebsten laut und hysterisch lachen: Eine kleine zierliche Asiatin mit einem geschätzten Kampfgewicht von fünfundvierzig Kilo wollte es mit Malie aufnehmen?!

Frau Dr. Julius bat Malie nun freundlich, aber bestimmt, in einem Nebenzimmer zu warten, wo sich eine Praktikantin mit ihr beschäftigte, und ließ mich erzählen.

Innerhalb von zehn Minuten redete ich mir die ganze Geschichte von der Seele.

Sie schüttelte nur den Kopf, am meisten über Frau Nölle, und war der Meinung, dass Malie unbedingt sofort therapeutische Hilfe in Anspruch nehmen sollte, damit sie mit ihren Problemen, ihrer Trauer und den Schuldgefühlen ihrer Mutter gegenüber besser zurechtkam – nicht zuletzt, um eine Selbst- und Fremdgefährdung zu vermeiden.

»Am besten, wir lassen sie jetzt direkt hier in der psychotherapeutischen Kinderklinik. Sie braucht eine gründliche Diagnostik!«

»Das Problem ist, Frau Dr. Julius, dass ich Malie noch eben im Auto versprochen habe, dass ich sie nie im Stich lassen werde!«

Verzweifelt sah ich zur Tür, hinter der sie gerade beschäftigt wurde.

»Das steht jetzt nicht im Vordergrund, Frau Bressin. Sie sehen selbst schon aus wie ein Gespenst! Ihnen geht es offensichtlich gar nicht gut.«

Nein. Wenn die wüsste, dachte ich. Ich zweifle gerade an allem. An meiner Eignung als Pflegemutter. An meiner Ehe. Und an meiner besten Freundin.

Ich schüttelte nur den Kopf und starrte sie aus tränenverschwommenen Augen an. »Um mich geht es jetzt nicht.«

»Schon gut, Frau Bressin. Natürlich geht es in erster Linie um Malie.«

»Ihre Mutter hat ihr immer damit gedroht, sie nach Bangkok zu verkaufen!«, brach es aus mir heraus. »Sie hat gerade erst ein bisschen Vertrauen zu mir aufgebaut. Mit Ihnen redet sie nicht, weil Sie sie vermutlich an ihre asiatische Verwandtschaft erinnern, und ich kann sie doch nicht einfach so hierlassen! Aber mit nach Hause nehmen kann ich sie auch nicht.« Verzweifelt suchte ich in meinen Manteltaschen nach einem Taschentuch. Ich fand ein ziemlich Gebrauchtes und putzte mir damit die Nase.

Frau Dr. Julius griff schon zum Hörer. »Mein Vorgesetzter hat heute Bereitschaftsdienst. Ich ruf ihn an.«

Noch während sie telefonierte, spitzte ich die Ohren. Das war doch … Das war doch nicht möglich … Die tiefe, ruhige Stimme am anderen Ende der Leitung kam mir so bekannt vor!

»Chef, ich brauche sofort eine Krisenintervention, es liegt akutes Misshandlungsverhalten gegenüber den jüngeren Geschwisterkindern vor, Stichwort intergenerationelle Weitergabe von Traumata und Gewalt. Zwölf Jahre alt. Ja. Die verzweifelte Pflegemutter sitzt hier, ist aber komplett überfordert. Wie? Ja. Das Kind wird im Nebenraum beschäftigt, ist aber voller Aggression und mauert, außerdem hab ich das Wartezimmer voll.«

Ich schlang die Arme um mich und kämpfte mit Schüttelfrost.

Frau Dr. Julius lauschte, nickte und legte auf.

Dann wandte sie sich mir zu und legte ihre schmale Hand auf meine.

»Beruhigen Sie sich. Professor Fausto wird gleich hier sein.«

30

Köln, Montag, 10. Dezember 2007

Zehn Minuten später fand ich mich selbst in besagtem Nebenraum wieder, während Fausto Malie nach einem intensiven und etwas zu langen Blick in den Besprechungsraum geschoben hatte. Vor seinem ruhigen, bestimmten Auftreten hatte sie Respekt.

»Hol dir einen Kaffee«, hatte er mir noch über die Schulter zugeraunt. »Könnte länger dauern.«

Und nun saß ich da, allein in diesem Wartezimmer mit den grün gepolsterten Stühlen, vielen Kinderbüchern, Bauklötzen, Legosteinen und der Holzeisenbahn in der Ecke. An den Wänden hingen irgendwelche Zeichnungen und Bilder, die Kinder angefertigt hatten. Nervös knetete ich die Hände und nippte am Kaffeebecher. Inzwischen war es schon halb zehn Uhr abends, und ich griff mit zitternden Fingern zum Handy, um zu Hause anzurufen. Gott, wenn Jon doch jetzt hier reinkommen würde! Wenn er mit Anne in Kontakt war, wusste er doch, wo ich war und wie sehr ich ihn brauchte!

Tim ging dran.

»Alles in Ordnung bei euch, Großer?«

»Ja, alles supi. Wir schauen mit Anne einen Film.«

»Und wie geht es Kamon und Araia?«

»Gut. Sie haben nur gesagt, dass Malie nicht mehr nach Hause kommen soll.«

Ich pustete in meinen Kaffee. »Sag ihnen, dass sie ganz beruhigt schlafen gehen können. Sie bleibt erst mal hier.«

»Oh. Und wann kommst du?«

»Sobald ich kann. – Ist Papa irgendwo in der Nähe?«

»Nein. Nur die Anne.«

Nervös lief ich im Zimmer auf und ab. Ich war so aufgewühlt und maßlos wütend. Alle hatten mich im Stich gelassen, alle! Frau Nölle, das Jugendamt, der Vormund ... Jon. Mein eigener Mann.

Nur Anne nicht. Oder doch? Sie saß ganz friedlich bei uns zu Hause! Wie so oft! Eigentlich wohnte sie ja schon fast bei uns. War sie etwa dabei, meine Stelle einzunehmen?

Ich sank auf die grüne Wartebank und lehnte den Kopf gegen die Wand. Wenn ich an Jon dachte, wurde ich einfach nur traurig. Das letzte Mal hatten wir uns geliebt, als wir im Ferienhaus bei meinen Brüdern waren. Ich starrte an die Decke, sprang wieder auf, zog mir die Pulloverärmel über die Finger und tigerte nervös auf und ab. Hatte ich meine Ehe aufs Spiel gesetzt? Und das Glück meiner eigenen Kinder? Für dieses kaputte Mädchen, in das ich all meine Liebe, Zeit und Geduld investiert hatte? Um zu reparieren, was eine andere Mutter ihr angetan hatte?

In letzter Zeit waren meine eigenen Kinder nur noch nebenher mitgelaufen. Weil sie so selbstständig und kompetent und hilfsbereit waren. Mein Herz zog sich schmerzhaft zusammen. Sie waren doch selbst erst neun und elf! Sie brauchten mich doch! Wann hatte ich das letzte Mal bei meiner lieben Lilli am Bett gesessen? Und bei meinem wunderbaren Tim? Ich schlug die Hände vors Gesicht und sank auf einen Stuhl. Meine Lilli war jeden Abend brav in ihre Hochetage geklettert, hatte keine Ansprüche angemeldet und auf mich verzichtet, da ich jeden Abend stundenlang an Malies und Araias Bett gesessen hatte. Ihnen hatte ich vorgelesen und zugehört. Aber meine eigenen Kinder hatte ich vernachlässigt. Würden sie mir später Vorwürfe machen?

Dazu hätten sie alles Recht! Wie grauenvoll! Vielleicht würden sie sich von mir abwenden, ihren eigenen Kindern erzählen, was für eine idiotische, verkorkste Mutter sie gehabt hatten. Oh Gott, nur nicht darüber nachdenken! Ich würde noch wahnsinnig werden!

Ich schaute auf die Uhr. Nach zweiundzwanzig Uhr. Was redeten die denn da so lange? Mein Magen rumorte. Wir hatten ja noch nicht mal zu Abend gegessen! Ich lief zum Heißgetränkeautomaten und zog mir einen zweiten scheußlich schmeckenden Kaffee. In einer Toilette wusch ich mir die Hände. Die kalten Neonröhren ließen mich ganz grau aussehen. Ich sah aus wie ein Gespenst! Was machte ich überhaupt hier, am Vorabend des vierten Advent? Ich gehörte doch zu meinen Kindern, in mein schönes warmes gemütliches Heim. Und zu meinem Mann! Ich hätte um mich schlagen können.

Trotzdem: Jetzt ging es erst mal nicht um mich, sondern um Malie. Ich schlich in den leeren Aufenthaltsraum zurück, legte die Beine auf die Bank und lehnte den Kopf an die Wand. Jon! Warum meldete er sich nicht, rief nicht an, fragte nicht nach mir?! War er mir schon abhandengekommen? Mein »Henning Baum«, mein starker Kerl, der früher immer für mich da gewesen war?

Die Zeit zog sich hin, die Uhr an der Wand zeigte halb zwölf. Wie lange dauerte das denn noch!

Ich war längst eingenickt, als Fausto leise die Tür öffnete:

»Sie schläft jetzt.«

»Meine Güte, Fausto! Was habt ihr da drin so lange gemacht?«

»Sie hat sich erst ganz verweigert, geschwiegen, getrotzt,

geblockt, geleugnet, Gegenanschuldigungen vorgebracht, bitterlich geweint. Ich musste alle Hebel in Bewegung setzen, um sie endlich zu knacken.«

»Und dann?«

»Du weißt, dass ich Schweigepflicht habe.«

»Fausto, ich …«

»Juliane, die Lage ist ernst.«

Ich war aufgesprungen, und er hielt meine Hände. »Es tut mir leid, dir das jetzt so mitten in der Nacht sagen zu müssen, aber Malie muss sofort aus eurer Familie raus. Sie ist eine tickende Zeitbombe und hochgradig gefährlich. Es ist fast ein Wunder, dass noch nicht mehr passiert ist.«

»Gott, Fausto, ich …«

»Pssst, Juliane, du hast es gut gemeint, bist aber völlig überfordert. Eine Pflegemutter kann das gar nicht leisten.«

Wir setzten uns nebeneinander auf die Bank, vor dem Fenster nichts als Schwärze: Draußen auf dem Parkplatz waren die Lichter ausgegangen.

»Du kannst dieses Mädchen nicht mehr mit nach Hause nehmen.«

Ich senkte den Kopf. Die Tränen rannen mir über die Wangen. Ich war so erschöpft, so müde, so leer wie noch nie in meinem Leben. Geistesabwesend zupfte ich an meinem Schal herum.

»Wie konnte diese hysterische Pelzmantelschabracke dir nur dieses Kind aufs Auge drücken! Das ist hochgradig verantwortungslos, das ist unterlassene Hilfeleistung, gepaart mit Arroganz und Dummheit!« Er drückte beruhigend meine Hände, die zitterten wie Espenlaub.

»Ich weiß nicht, ich glaube, Frau Nölle ist selbst schwer angeschlagen …«

»Hör zu, Juliane.« Väterlich wischte er mir eine Träne ab und reichte mir ein Taschentuch, da mein Vorrat inzwischen längst verbraucht war. »Ich hab Bereitschaftsdienst und bleibe hier bei Malie.« Er strich mir eine Strähne aus dem Gesicht, und mich durchfuhr das altbekannte Prickeln. Wie oft hatte ich mir ausgemalt, dass er mich so berühren würde! Allerdings nicht unter diesen Umständen.

»Du musst dich gleich morgen früh mit dem Jugendamt in Verbindung setzen. Diese Frau Nölle soll sich da raushalten. Es ist Alarmstufe Rot.«

Mit brennenden Augen sah ich ihn an. »Fausto, sag es mir bitte, es lässt mir keine Ruhe.« Die Stelle, an der er mich berührt hatte, glühte wie Feuer. »Hat sie es getan? Ist ihre Mutter ihretwegen …?« Fahrig wischte ich mir über die Augen.

Er hielt meine Hände ganz fest in seinen.

»Ich darf es dir nicht sagen. Das weißt du doch.«

Ich ließ meinen Kopf an seine Schulter sinken. Das tat so unendlich gut! Auf einmal löste sich meine ganze Anspannung, und ich begann hemmungslos zu schluchzen.

»Pssst!« Fausto strich mir übers Haar und redete beruhigend auf mich ein.

»Malie kann das gar nicht steuern, was sie tut. So viel kann ich dir unter Kollegen sagen.«

Ich schluckte.

»Sie liebt dich, Juliane. Sie wünscht sich nichts mehr, als dass du sie nicht verstößt. Aber im Moment …« Er schüttelte den Kopf. »Sie WILL das alles nicht tun. Aber sie agiert wie ferngesteuert.« Er rückte ein bisschen von mir ab, ohne meine Hände loszulassen.

»Als Sechsjährige musste sie täglich mit ansehen, wie ihr Vater ihre Mutter geschlagen hat. Er war immer alkoholisiert. Der Vater hat ihr immer wieder gesagt, dass sie nicht sein Kind ist. Dass irgendein Kerl aus der Gosse ihr Vater und sie nichts wert ist. Nur Dreck. Eines Tages ist sie auf die Straße gerannt, der Vater hinterher, und da kam ein Lastwagen … Aber ich erzähle dir schon zu viel.«

Ich presste die Hände an die Schläfen.

»Hat sie das mit Absicht gemacht?« Das war mehr, als ich ertragen konnte.

»Aus Not.« Fausto schüttelte den Kopf. »Wie wohl alles in ihrem Leben. Sie hat ihren kleinen Bruder vor einem alten Schrebergärtner retten wollen, der ihn wohl jeden Abend in seinen Keller bestellt hat. Bei ihm hat es dann gebrannt.«

Mir fiel wieder ein, was uns Frau Nölle zu den Kindern erzählt hatte: dass sie nur knapp einer Brandkatastrophe entkommen seien, weil das unmittelbare Nachbarhaus in Flammen aufgegangen sei. »Und da hat sie ihm die Hütte angezündet«, sagte ich leise.

Ich ballte die Hände zu Fäusten, und mein Atem ging stoßweise.

»Und was ist mit der Mutter?«

»Juliane, es ist besser, wenn ich es dir nicht sage.«

»Gott, Fausto! Hat sie ihr Putzmittel ins Glas getan?!« Ich rüttelte an seinem Arm. »Du musst es mir sagen!«

»Sie wollte endlich raus aus der Hölle, und gleichzeitig wusste sie nicht, wohin mit ihren kleinen Geschwistern. Sie hatte die Verantwortung, ganz allein! Niemand hat ihr geholfen, niemand hat hingeschaut!«

Ich würgte an einem riesigen Kloß im Hals. Mein Gott, diese arme gequälte Seele.

»Und warum quält sie ihre kleinen Geschwister immer noch? Sie ist doch nun in Sicherheit!«

»Sie gibt ihre Traumata weiter, empfindet Genugtuung und eine Art Befriedigung, wenn sie andere leiden sieht. Das verleiht ihr Macht, und die genießt sie. Weil sie bis dahin immer nur Opfer war. Gleichzeitig hasst sie sich so dafür, dass sie sich heimlich selbst verletzt und unter anderem auch deswegen einen Waschzwang entwickelt hat.«

Ich heulte wie ein Schlosshund. »Ich hab alles versucht, Fausto, aber meine Liebe hat nicht ausgereicht, und alle anderen haben mich im Stich gelassen …«

Fausto wärmte meine zitternden Hände. »Es hat sich verselbstständigt. Das Zerstören, Quälen und Töten. Sie braucht dringend psychiatrische Behandlung. Und zwar stationär.«

Erleichterung durchfuhr mich, aber gleichzeitig auch ein fürchterliches Schuldgefühl.

»Wir können sie doch jetzt nicht wegsperren wie ein gefährliches Tier.«

»Doch, Juliane. Das müssen wir sogar. Wir müssen sie vor sich selbst schützen und andere vor ihr. Sie kommt hier erst mal auf die geschlossene Abteilung, gleich holt man sie ab.«

Als ich gegen zwei Uhr früh nach Hause kam, brannte immer noch Licht. Annes Auto stand noch vor der Tür. Die treue Seele! Völlig erschöpft, aber erleichtert, warf ich den Autoschlüssel ins Körbchen auf der Flurkommode, zog die Schuhe aus und schlich ins Wohnzimmer, wo das Licht gedimmt war. Es roch nach Räucherstäbchen.

Auf dem Sofa lag ein ineinander verkeiltes Bündel unter der Wolldecke, und ich vermutete, dass es die Kinder waren. Doch als sich meine Augen an das Dämmerlicht gewöhnt hatten, sah ich vier ziemlich große Füße darunter hervorragen. Mir blieb das Herz stehen.

Ich hob die Decke hoch: Jon und Anne. Sie hatten die Arme umeinandergelegt und schliefen. Anne atmete an Jons Hals aus. Sie hatte rosige Wangen. Und Jon lächelte im Schlaf.

31

Köln, Montag, 24. Dezember 2007

»Macht hoch die Tür, die Tor macht weit …«, schallten die Kinderstimmen in die hell erleuchtete Kirche hinein. Anne stand in ihrem schwarzen Talar mit der weißen Halsbinde vorne am Altar und bereitete das Abendmahl vor. Tim und Lilli sangen inbrünstig im Chor mit. Jon und ich saßen in der dritten Reihe, Kamon und Araia zwischen uns. Wir hielten die Gesangbücher auf den Knien und taten so, als ob wir mitsängen. Aber in Wirklichkeit fuhren meine Gedanken mit mir Karussell.

Unser Weihnachtsfest. Ohne Malie. Doch unsere Familie schien bereits zerstört zu sein. Ich starrte auf Anne, die vorne wie ein Engel in Schwarz das Abendmahl verteilte. Hatte Jon sich in meine beste Freundin verliebt? Er hockte in der Kirchenbank und sah sie an wie eine Erscheinung. Seit wann ging das mit Jon und Anne?

An jenem Abend, dem schwärzesten meines Lebens, hatten sich die beiden verwirrt aufgerappelt und waren dann auseinandergestoben wie ein in flagranti ertapptes Liebespaar.

»Oh, Juliane! Du!« Anne hatte sich die Augen gerieben. »Wie spät ist es?«

»Nach zwei.«

Jon war aufgesprungen, hatte seine langen Haare wieder zum Männerdutt gedreht und mich in den Arm genommen: »War es schlimm?«

»Ja, aber was ich hier sehe, gibt mir den Rest!«

»Aber, Juliane, du siehst Gespenster!«

»Wir haben nur zusammengesessen und uns unterhalten, und dabei müssen wir eingeschlafen sein, wirklich!«

»Ich denke, du warst im Wald? Mit den Kindern? Einen Weihnachtsbaum schlagen?«, hatte ich Jon angeherrscht. »Stattdessen warst du mit ihnen bei Anne im Gemeindehaus?«

»Weil die Kinder mir gesagt haben, dass es einen Weihnachtsbaumverkauf im Kirchhof gibt«, hatte Jon sich kopfschüttelnd verteidigt. »Beide hatten keine Lust, so weit in den Wald zu fahren. Sie wollten lieber bei Anne sein, wo es warm und gemütlich war und …«

»Und bei mir ist es nicht warm und gemütlich?«

»Juliane …« Jon hatte sich abgewandt, und Anne hatte mich getröstet: »Jon hat kaum noch Luft zum Atmen hier in eurer kleinen Bude. Er hat mir ein paar Mal beim gemeinsamen Pflegedienst sein Leid geklagt. Ich war sozusagen seine Beichtmutter.«

»Aha! Beichtmutter! Dass ich nicht lache! Mir kommen gleich die Tränen!«

»Juliane!«, sagte Jon. »Du bist kaum noch wiederzuerkennen! Alles dreht sich nur noch um Malie! Du siehst überall Gespenster mit deinen Verdächtigungen und unbegründeten Ängsten …«

»Das WAREN keine Verdächtigungen und unbegründete Ängste!«, hatte ich tränenüberströmt geschrien. »Malie hat gerade stundenlang mit dem Psychiater geredet. Sie ist hochgradig gefährlich! Sie haben sie gerade in die Geschlossene gebracht!«

Da hatten mich Anne und Jon in den Arm genommen und mir gut zugeredet: Alles sei nur ein Missverständnis, und beide seien froh, dass ich es endlich geschafft hätte, Malie in professionelle Hände zu geben. Alles werde wieder gut, und sie hätten mich doch beide lieb.

Nur zu gern hatte ich mich von ihnen trösten lassen. Ich liebte sie doch beide!

Wir hatten dann noch die restliche Nacht zusammengesessen, und ich hatte ihnen unter Tränen alles erzählt. Wie Malie um sich getreten, gebissen und gekratzt hatte, als man sie holen kam. Dass sie von vier weiß gekleideten Pflegern buchstäblich in einer Zwangsjacke weggebracht worden sei. Wie sie mich dabei um Hilfe angefleht hatte, während ich hilflos dabeistand und nichts weiter tun konnte, als ihr zu versprechen, sie nie im Stich zu lassen.

Anne und Jon hatten mich betroffen angesehen, und am frühen Morgen hatte mein Mann Anne zur Tür gebracht, während ich raufgeschlichen war, um nach den anderen Kindern zu sehen. Tim und Kamon hatten sich aus Angst vor Malie in ihrem Zimmer eingeschlossen, und Araia war zu Lilli in die Hochetage gekrochen.

Jon und Anne hatten mir erzählt, dass sie die vier kaum hätten beruhigen können und ihnen hätten versprechen müssen, die ganze Nacht Wache zu halten. Und dabei seien sie wohl eingeschlafen. Zu zweit auf dem Sofa.

»Was läuft da mit der Anne?«, hatte ich Jon gefragt, als er endlich gegen fünf Uhr früh ins Schlafzimmer gekommen war. »Hab ich dich an sie verloren, Jon?«

»Juliane! Drehst du jetzt völlig durch? Nichts natürlich!«

»Aber ich hab euch eng umschlungen vorgefunden!«

»Juliane, wirklich!« Jon hatte einfach gähnend die Nachttischlampe ausgeknipst, sich die Decke über die Ohren gezogen und war sofort eingeschlafen. Seitdem hatten wir nicht mehr darüber geredet. Schließlich war Weihnachten, und wir mussten den Kindern die Sache mit Malie erklären.

Ich wollte ihnen ja glauben! Oh, wie sehr wollte ich das!

Aber der giftige Pfeil der Eifersucht hatte sich in mein Herz gebohrt. Immer wieder sah ich die beiden eng umschlungen auf unserem Sofa liegen. Es tat so weh! Und jetzt saß Jon hier neben mir in der Kirche und himmelte sie an.

Orgelmusik brauste auf, und der Gottesdienst war zu Ende. Die Gläubigen erhoben sich von ihren Kirchenbänken, gaben einander die Hand oder fielen sich gleich um den Hals und wünschten sich frohe Weihnachten. Die Kinder stürmten aus dem Chor und schmiegten sich mit leuchtenden Augen an ihre Eltern. Schweigend zog es uns im Strom der Leute in den Mittelgang. An der Kirchentür stand Anne und verabschiedete sich mit Handschlag von allen Erwachsenen und Kindern. »Frohe Weihnachten!«

Täuschte ich mich, oder sah sie Jon ein bisschen zu innig in die Augen?

Anne nahm mich in den Arm und klopfte mir tröstend auf die Schulter. »Und jetzt erhol dich mal, Süße. Alles wird gut. Ich bin immer für euch da.«

Ich machte mich ganz steif. Konnte ich ihr noch trauen? Früher hätte ich sie eingeladen, mit Tina zu uns zu kommen. Sie gehörten doch fast schon zur Familie. Aber jetzt?

Ich konnte nicht.

Wortlos ging ich an ihr vorbei.

Zu Hause gab es für die verbliebenen vier Kinder eine sehr liebevolle, wenn auch traurige Bescherung. Obwohl niemand Malie wirklich vermisste, hatte sie eine Lücke hinterlassen. Immer wieder wurde ich von Schuldgefühlen überwältigt. Wie hatte ich meine eigenen Kinder nur so überfordern können? Und meinen Mann so sehr vernachlässigen, dass ich ihn in die Arme einer anderen getrieben hatte?

Jon und ich waren merkwürdig distanziert zueinander. Unbeholfen überreichten wir uns Dinge, die jede Bedeutung verloren zu haben schienen. Sosehr wir uns auch bemühten, den

Heiligabend gemütlich zu gestalten, so sehr stand das jüngst Erlebte zwischen uns.

Außerdem litten wir schrecklich an Schlafmangel. Wir sahen beide aus wie Gespenster.

»Morgen besuch ich Malie«, verkündete ich tapfer, nachdem ich das überall herumliegende Geschenkpapier eingesammelt hatte. »Möchte jemand mit?«

Die Kinder schüttelten heftig die Köpfe und starrten zu Boden.

Als ich die Mutter, Frau Sauerbier, hatte besuchen wollen, wollte auch niemand mit. War Malie jetzt ebenfalls eine Ausgestoßene?

Jon sprang auf, um das Altpapier zur Tonne zu bringen. »Ich geh dann jetzt noch mal mit Socke raus. – Wartet nicht auf mich, es könnte später werden.«

Eine furchtbare Ahnung beschlich mich. Er würde doch jetzt nicht zu Anne gehen?

Aber ich war einfach zu erschöpft, um noch mit ihm zu diskutieren.

Am ersten Weihnachtsfeiertag stand ich in der Kinderklinik.

»Wo ist sie?«

Flüsternd betrat ich die trostlosen Räume, die hinter einer verschlossenen Tür lagen.

Ich hatte klingeln müssen und wurde tatsächlich auf spitze Gegenstände oder Medikamente untersucht, bevor ich reindurfte.

»Hier in diesem Zimmer. Sie hat bis jetzt fast nur geschlafen.« Eine Schwester wies mich weiter.

»Wie geht es ihr?«

»Wir haben sie mit starken Psychopharmaka ruhiggestellt, da sie sehr autoaggressiv war. Aber wir haben sie ganz gut eingestellt. Sie ist ansprechbar.«

Ich klopfte leise an und betrat dann das kleine Einzelzimmer. Die Heizung knackte leise.

Malie lag reglos in Jeans und Pulli auf dem Bett und starrte ins Leere. Sofort fiel mir auf, dass sie keinen Gürtel mehr trug, und auch der Bademantel, der an der Tür hing, war ohne Gürtel.

Sämtliche Tür- und Fenstergriffe waren abgeschraubt. Die Steckdose hatte eine Kindersicherung, der Zahnputzbecher über dem Waschbecken war aus Plastik und das Fenster vergittert. Dahinter erstreckte sich der Klinikpark. Es gab weder ein Radio noch einen Fernseher, auch Handys waren nicht erlaubt. Auf dem Tisch in der Mitte des Raumes lagen Blätter und Malstifte sowie Bilder in sehr düsteren Farben.

»Hallo, Malie.« Ich setzte mich zu ihr auf die Bettkante und nahm ihre Hand.

Sie zeigte nach wie vor keinerlei Regung.

»Trotz allem wünsch ich dir frohe Weihnachten und hab dich sehr lieb.«

Keine Reaktion.

Ich strich ihr über die wächserne Stirn. Ihre Körpertemperatur schien gesunken zu sein. Das ganze Mädchen wirkte wie eingefroren.

»Die Päckchen, die ich dir mitgebracht habe, werden gerade kontrolliert, aber ich nehme an, dass gegen ein paar Vanillekipferl nichts einzuwenden ist.«

»Danke«, flüsterte sie mit ausgetrockneten Lippen. Ihre Haare waren zu zwei strengen Zöpfen geflochten.

»Jon und die anderen lassen dich ganz herzlich grüßen.« Ich strich ihr sanft über das Haar. »Alle vermissen dich und haben dich sehr lieb.«

Das war zwar eine Lüge, aber ich brachte es nicht über mich, gar nichts zu sagen.

»Danke«, flüsterte sie wieder. Mir wollte das Herz brechen.

»Ich habe dir auch ein paar Bücher mitgebracht.«

»Danke.«

Mehr war aus Malie den ganzen Nachmittag lang nicht herauszukriegen.

Die Schwester kam herein und stellte ein paar Kekse in einer Plastikschale auf den Tisch. Natürlich gab es auch keine Kerzen.

»Malie, wir sind alle sehr froh, dass dir hier geholfen wird.« Ich schluckte und kämpfte mit den Tränen, während mein Blick auf die nackten Zweige vor dem Fenster fiel.

»Und wenn es dir wieder besser geht, haben wir bestimmt schon was ganz Schönes für dich gefunden.«

»Komm ich denn nicht wieder zu euch?« Sie hob den Kopf, und ein winziger Hoffnungsschimmer glomm in ihren Augen.

»Im Moment noch nicht, Malie. Aber wir sind deine Familie und werden immer zu dir stehen.«

»Danke.« Sie ließ den Kopf wieder aufs Kissen fallen.

»Weißt du, Malie, wir haben uns natürlich schon Gedanken über dein neues Zuhause gemacht.« Ich nahm ihre Hand und streichelte sie. »Während die anderen heute Morgen in der Kirche waren, hab ich im Internet nach möglichen Einrichtungen für dich recherchiert. Und etwas gefunden, das dir sehr gefallen wird. Ein kleines gemütliches Therapiehaus mitten im Wald. Es heißt Haus Daniel.« Ich schluckte. »Da müsste man fragen, ob bald ein Platz für dich frei ist.«

»Danke.«

»Dort gibt es viele Tiere, und da wohnen zwölf Jugendliche in deinem Alter. Es gibt sogar Pferde, und sie bieten eine Reittherapie an, Malie!«

»Das wird toll«, flüsterte Malie.

»Ja, nicht wahr? Die Jugendlichen wohnen in zwei familienähnlich geführten Gruppen. Jede Gruppe hat ihre eigene Küche, Gemeinschaftszimmer und Werkräume.«

»Super.«

»Vormittags gehen die Kinder in die Schule, nachmittags gibt es Hausaufgabenbetreuung, aber auch Spiel und Sport. Sie haben sogar eine Theatergruppe!«

»Ja.«

»Komm, Liebes, wir gehen ein bisschen in den Park. – Darf sie?«, fragte ich die Schwester, die sich unauffällig im Hintergrund zu schaffen machte.

»Das muss ich erst mit dem Chef absprechen.«

Mein Herz klopfte. »Ist er in der Nähe?«

»Ja, er kommt gleich zur Visite.«

Ich half Malie auf und schnupperte an ihren Sachen. »Sollen wir mal duschen?«

»Das darf ich nicht. Immer nur jeden zweiten Abend, unter Aufsicht.«

»Ah. Okay.« Ich rieb mir nervös die Stirn. »Möchtest du jetzt einen Keks essen?«

»Nein danke. Ich hab überhaupt keinen Hunger.«

»Aber einen Schluck Tee?« Ich reichte ihr den mit lauwarmem Tee gefüllten Plastikbecher.

»Nein danke.«

Es klopfte. Mein Herz machte einen dumpfen Satz. Die Tür ging auf, und Fausto stand im weißen Kittel im Raum.

»Juliane. Frohe Weihnachten.« Er umarmte mich und gab mir zwei Wangenküsschen. Er roch immer noch so unglaublich gut nach herbem Aftershave. Mein Herz polterte.

»Und dir natürlich auch, Malie. Wie fühlst du dich?«

»Gut.«

»Darf sie mit mir einen kleinen Spaziergang machen?«, fragte ich hoffnungsvoll.

»Dazu ist es noch zu früh. Aber lass uns ein paar Schritte gehen.« Er strich Malie über den Kopf und zog mich in den Flur.

»Sie ist noch nicht so weit. Wir haben sie lieber noch ein bisschen unter Beobachtung.«

Schulter an Schulter liefen wir durch den kahlen Park. Ich fühlte mich ihm unendlich nahe. Geborgen und sicher.

Plötzlich durchzuckte mich ein ganz neues Bild: Jon und Anne. Fausto und ich.

Und die Kinder? Ach, was bildete ich mir denn da ein. So ein Blödsinn! Ich straffte die Schultern und ballte die Fäuste in den Manteltaschen.

»Was macht ihr da drin mit ihr?« Ich sah ihn von der Seite an. Mein Atem stand in kleinen Wölkchen vor meinem Mund. »Sie wirkt wie eingefroren!«

»Es gibt verschiedene Therapieformen für kindliche Traumata«, erklärte er mir. »Die Verhaltenstherapie wird meist angewendet, um antrainierte Schutzmechanismen, die den Alltag belasten, aufzulösen. Die psychodynamische Psychotherapie dient zur Stabilisierung der Persönlichkeit. Dabei werden auch Strategien für den Umgang mit traumatischen Erinnerungen erlernt. Auch kreative Therapieformen werden erfolgreich eingesetzt, und das versuchen wir gerade mit Malie: Durch die Maltherapie kann sie ihre inneren Bilder besser zum Ausdruck bringen und verarbeiten. Im Moment malt das Mädchen alles nur schwarz. Deshalb verabreichen wir ihr Antidepressiva und Beruhigungsmittel in angemessenen Dosen, die wir so schnell wie möglich wieder reduzieren werden. Ihre Symptome sind derart stark ausgeprägt, dass ein direktes Gespräch über die Traumata noch nicht möglich ist.«

Ich presste die Lippen zusammen und atmete die kalte Luft durch die Nase ein.

»Und wenn sie wieder rauskommt, was wäre dann gut für sie? Ich habe da mal im Internet recherchiert und …«

Ich erzählte ihm vom Haus Daniel. Er blieb stehen und lachte.

»Typisch Juliane, immer eine Frau der Tat. Aber weißt du, wie lange man da auf einen Therapieplatz wartet?«

»Keine Ahnung, ich …«

»Zwei bis fünf Jahre.«

Meine Hoffnung zerstob wie der Laubhaufen, der gerade von einer Windbö auseinandergewirbelt wurde. »Aber das liest sich so perfekt, als wäre es maßgeschneidert für Malie!«

»Du kannst nicht aufhören, dich um sie zu sorgen, was?«

»Fausto, ich habe ihr versprochen …«

»Wäre es nicht besser, du würdest dich erst mal um deine anderen Kinder kümmern? Und um deinen Mann?« Er blieb stehen und zog eine Packung Zigaretten aus der Kitteltasche. »Willst du auch eine?«

»Nein danke, ich rauche nicht.«

»Damals hast du aber … Oder verwechsle ich da was?« In seinen Augen blitzte es schelmisch.

Ich wurde rot und starrte zu Boden. Er hatte mich bestens in Erinnerung!

»Fausto, das ist wirklich lange her und …«

»Du warst eine meiner besten Studentinnen, Juliane. Ich sah mich schon als dein Doktorvater. Du hättest es weit bringen können.«

Er klopfte gegen sein Zigarettenpäckchen, es war dieselbe Marke, die er schon damals geraucht hatte. Dabei hasste ich Raucher! Wenn ich da nur an den Falke vom Jugendamt dachte!

»Ach, gib schon eine her!«

Unsere Blicke trafen sich, und als das Feuerzeug unter meiner Nase klickte und ich seine warmen Hände direkt an meinem Gesicht spürte, bekam ich weiche Knie.

Schnell nahm ich einen tiefen Zug und musste sofort husten. Seit ich mit Tim schwanger gewesen war, hatte ich nicht mehr geraucht!

Fausto lachte glucksend und klopfte mir auf den Rücken. »Fang bloß nicht wieder damit an!«

»Nein. Aber heute ist eine Ausnahme. Bei uns hängt nämlich der Familiensegen schief.«

Und obwohl ich mir fest vorgenommen hatte, mich zusammenzureißen und ausschließlich über Malie zu sprechen, sprudelte es nur so aus mir heraus: Wie ich Jon und Anne eng umschlugen auf dem Sofa vorgefunden hatte, wie sehr Jon und die Kinder Anne vergötterten und dass ich sie bis vor Kurzem selbst für einen Engel gehalten hatte … Dass sie vermutlich gerade schon wieder zusammensteckten. Nach der Kirche wollten sie gemeinsam essen gehen.

Fausto hörte sich das alles geduldig an.

»Fausto, ich stecke gerade in einem so tiefen Loch … Wenn du wenigstens für Malie was tun kannst! Das Haus Daniel wäre so eine wunderbare Lösung für uns alle …«

Er nahm mir die Zigarette aus der Hand und trat sie aus. Dann legte er den Arm um mich und zog mich weiter.

»Ich werde sehen, was ich tun kann, Juliane.« Seine tiefe warme Stimme spendete mir Trost in diesem öden kalten Park. Ich hatte das Gefühl, ganz allein mit ihm auf der Welt zu sein.

»Aber nun musst du mir auch etwas versprechen.«

Fausto sah mich ganz merkwürdig von der Seite an.

»Ja?« Mein Herz polterte. Er wollte doch nicht … Er rechnete doch nicht etwa damit, dass …

Er sah mir fest in die Augen.

»Kümmre dich wieder um deinen Mann.«

32

Köln, Sonntag, 30. Dezember 2007

Das Telefon klingelte, und ich war auf alles gefasst.

»Frau Bressin?«

»Ja?« Herzklopfen. Frau Nölle? Anne? Die Psychiatrie? Nein, die weibliche Stimme klang freundlich und sanft. Draußen spielten die Kinder, die Sonne schien, und Eisblumen schmückten das Küchenfenster. Socke lag eingeringelt in ihrem Körbchen und schlief dem neuen Jahr entgegen. Ihr Schwänzchen zuckte leise im Traum.

»Haus Daniel, ich bin die Heimleiterin, Kathrin Freising mein Name. Der Primar der Kinderpsychiatrie, Herr Professor Fausto, hat mich angerufen und mir von Malie erzählt. Sie sind doch die Pflegemutter?«

Herzklopfen, Freude! »Ja! Sagen Sie bloß, Sie haben …« Ich umklammerte den Hörer.

Sie lachte herzlich. »Eigentlich muss man zwei bis fünf Jahre auf einen Platz bei uns warten, aber zum neuen Jahr wird ein Mädchen aus meiner Gruppe zu seinen leiblichen Eltern zurückgeführt. Das ist wirklich ein glücklicher Zufall!«

»Nein wirklich, das wäre ja … Also das ist …« Ich schloss die Augen und schickte Fausto innerlich einen ganz dicken Dankeskuss. Wusst' ich's doch, dass er es schaffen würde! Auf ihn war einfach Verlass.

»Malie könnte also schon zum ersten ersten bei uns einziehen! Sie können sich natürlich Zeit lassen, auf ein paar Tage früher oder später kommt es jetzt nicht an.«

Ich presste die Hand vor den Mund, weil ich sonst laut losgejubelt hätte.

»Das wäre fantastisch, Frau Freising! Malie hätte es so verdient!«

»Der Professor hat mir schon alle Symptome von Malie geschildert.« Ihre Stimme wurde nun doch ernst. »Sie würde aber sehr gut zu uns passen, da wir hier auf solche Traumata eingestellt sind.«

»Das klingt ja ganz wunderbar, ich wäre so unendlich erleichtert!«

»Der Haken ist nur«, unterbrach Frau Freising mein glückliches Gestammel, und ich hörte im Hintergrund lebhafte Kinderstimmen und Türenknallen, »der Haken ist nur, dass Sie offensichtlich keine Entscheidungskompetenzen haben. Der Herr Professor hat angedeutet, dass es Differenzen mit der Dame von der Sonnenschein-Stiftung gibt.«

Meine Freude fiel in sich zusammen wie ein Kartenhaus. Frau Nölle!

Ich räusperte mir einen Kloß von der Kehle. »Frau Freising, Frau Nölle ist sehr krank und hat mit sich selbst genug zu tun. Sie dürfte nicht mehr lange leben, und ich denke, sie …«, ich schluckte trocken, »sie sollte in dieser Angelegenheit nicht mehr zwischengeschaltet werden. Ich … ähm … übernehme die alleinige Verantwortung.«

»Das dürfen Sie gar nicht, Frau Bressin.«

Oh Gott, jetzt fing die auch noch an!

»Das ist doch der reine Wahnsinn! Ja, sieht denn niemand, dass dieses Mädchen Hilfe braucht, und zwar sofort und unbürokratisch?« Ich klammerte mich ans Telefon.

»Frau Bressin, wenn ich Ihnen unter der Hand einen Tipp geben darf.« Frau Freising hatte die Stimme gesenkt. »Was Sie wirklich brauchen, ist die Einverständniserklärung des Vormunds. Auch das Jugendamt sollten Sie miteinbeziehen. Die Stiftung ist vielleicht zu übergehen. Aber das haben Sie nicht von mir, ja?«

»Frau Freising, Sie sind ein Schatz. Ich rufe sofort Herrn Schanz und Herrn Falke an, aber ob die jetzt über die Feiertage …«

»Frau Bressin, wir halten Ihnen den Platz sicher frei.« Frau Freising klang freundlich, aber bestimmt. »Aber wir können natürlich nicht ohne offizielle Befugnis handeln. Deshalb rate ich Ihnen, setzen Sie sich hin und schreiben Sie einen Brief an die zuständigen Behörden und Ämter, damit alles seine Richtigkeit hat. Und dann können Sie Malie nach Absprache mit Herrn Professor Fausto zu uns bringen. Wir freuen uns sehr darauf, Sie kennenzulernen. Bringen Sie die ganze Familie mit!«

Das hörte sich wunderbar an! Das war sie, die Lösung unserer Probleme!

Mit einem Kribbeln im Magen setzte ich mich sofort an den Laptop, schrieb an Herrn Schanz und setzte Herrn Falke in Kopie:

»Sehr geehrter Herr Schanz,
sehr geehrter Herr Falke,

nachdem ich immer wieder versucht habe, Frau Nölle von der Notwendigkeit zu überzeugen, Malie aus unserer Familie zu nehmen, kam es vor zwei Wochen zu einem akuten Zwischenfall. Malie musste in die Kinderpsychiatrie aufgenommen werden, nachdem sie ihre Geschwister akut mit dem Tod bedroht hatte. Das wurde Frau Nölle

umgehend mitgeteilt, sie hat aber in keiner Weise darauf reagiert.
Nachdem Malie in der Kinderpsychiatrie beruhigt und stabilisiert werden konnte, hat sich nun durch die tatkräftige Unterstützung des dortigen Chefarztes, Professor Fausto, kurzfristig die Gelegenheit ergeben, Malie in eine therapeutische Wohngruppe im Haus Daniel – siehe Anhang – unterbringen zu können, wo sie unter geschulter Anleitung lernen kann, ihre Traumata zu bewältigen.
Mein Mann Jon und ich würden uns sehr freuen, wenn Sie dieses Angebot für Malie in Betracht ziehen würden. Sie kann dort ab dem ersten Januar des neuen Jahres untergebracht werden, was ein großes Glück und eine einmalige Gelegenheit ist.
Das Haus legt großen Wert auf die Zusammenarbeit mit der Familie, was unserem Grundsatz entgegenkommt, Malie niemals im Stich zu lassen. Die ganze Familie ist sehr bedrückt über die bedauerlichen Entwicklungen, die von Frau Nölle bis heute komplett negiert worden sind. Ich werde ab sofort nicht mehr mit Frau Nölle zusammenarbeiten.
Die beiden jüngeren Geschwister, Kamon und Araia, fühlen sich sehr wohl bei uns und konnten wunderbar in unsere Familie integriert werden.
Alle drei Kinder konnten bei uns erfahren,
- *dass wir sie so annehmen, wie sie sind*
- *dass wir ihnen Sicherheit und Geborgenheit geben*
- *dass man Konflikte konstruktiv lösen kann*
- *dass Heilung und Weiterentwicklung möglich sind*
- *dass wir sie nie im Stich lassen werden.*

Deshalb abschließend noch einmal meine dringende Bitte, Malie die Erlaubnis zu erteilen, am 1.1.2008 ins Haus Daniel überzusiedeln.

Wir freuen uns auf die weitere Zusammenarbeit und wünschen Ihnen alles erdenklich Gute für das neue Jahr.

Mit freundlichen Grüßen
Juliane und Jonathan Bressin

33

Köln, Mittwoch, 2. Januar 2008

»Die antworten nicht, die Arschlöcher.«

Jon klappte den Laptop zu. »Das kann doch gar nicht wahr sein!«

Seit ich diese Einrichtung für Malie gefunden hatte, war Jon auf einmal verstärkt zu Hause und kümmerte sich wieder. Ich war darüber gleichermaßen glücklich wie erstaunt. Silvester und Neujahr waren im kleinen familiären Kreis begangen worden, wir hatten Blei gegossen und mit Anne und Tina das Feuerwerk bewundert, das den Himmel erleuchtet hatte – ganz so, als wäre nie etwas anderes zwischen uns gewesen als eine innige Freundschaft. Vielleicht hatte ich mir alles nur eingebildet? Ich wünschte es mir so sehr!

»Meinst du, es ist wegen der Feiertage?«

Für heute hatten wir eigentlich Malies Umzug ins Haus Daniel geplant, aber ohne das schriftliche Okay von den Herren Falke und Schanz ging natürlich gar nichts.

»Juliane, das ist Quatsch. Für Leute, die mit Kindern arbeiten, gibt es keine Feiertage.«

Ich wackelte bedenklich mit dem Kopf. »Wenn ich da an den Falke denke …«

»Trotzdem!«, ereiferte sich Jon. »Das Büro im Jugendamt ist rund um die Uhr besetzt, und Mails erreichen den Empfänger Tag und Nacht. Die Zeiten von Postkutschen und geschlossenen Ämtern sind vorbei.« Er ließ sich in voller Länge aufs Sofa fallen und wackelte nachdenklich mit den Zehen.

»Wenn die nicht antworten, dann ist da was im Busch.«

Plötzlich stieg eine entsetzliche Ahnung in mir auf. »Jon? Denkst du, was ich denke?«

Wir starrten uns an. Jon war plötzlich ganz weiß um die Nase.

»Die Nölle.«

»Du glaubst doch nicht, dass die hinter unserem Rücken ...«

»Aber wir haben ja auch hinter ihrem Rücken ...«

»Juliane, ich glaube, dass du schnellstens zu deinem Fausto fahren solltest.« Prüfend sah er mich an: »Hat der nicht heute sogar Geburtstag?« Er hatte anscheinend das rot umringelte Datum in meinem Terminkalender gesehen.

Mir schoss die Röte ins Gesicht. Ja, mein verehrter Professor wurde heute fünfzig, aber das hatte ich für mich behalten wollen. Jon warf mir den Autoschlüssel zu. »Na dann, nichts wie hin zu ihm!« Schwang da etwa Sarkasmus in seiner Stimme mit? Wir hatten uns doch ausgesprochen! Mit Anne war nichts, mit Fausto war nichts, also was sollte das jetzt?!

»Jon!« Ich warf mir ärgerlich die Jacke über und schlüpfte in die Stiefel. »Es geht hier einzig und allein um Malie, klar?«

Besorgt fuhr ich auf vereister Straße zur Kinderklinik. Die schräg stehende Sonne blendete mich. Als ich die Scheibenwaschanlage betätigte, verteilte sie den Schmutz eher großflächig auf der Windschutzscheibe, als ihn zu beseitigen. Wie symbolisch, dachte ich: Anstatt, dass unsere Probleme bereinigt wurden, schienen sie immer größere Kreise zu ziehen.

Als ich an der Tür zur Geschlossenen klingelte, öffnete mir die Schwester, die ich bereits kannte. Sie sah mich ratlos an.

»Malie ist nicht mehr da!«

Ich blieb wie angewurzelt stehen. »Bitte?! Seit wann?«

»Eine Frau Nölle von der Sonnenschein-Stiftung hat sie am Silvestertag so um die Mittagszeit abgeholt.«

»Ja aber …«

»Sie hatte volle Entscheidungsgewalt, die hat sie uns schriftlich nachgewiesen.«

»Und Fausto … ich meine Herr Professor …«

»Der ist ein paar Tage nicht im Haus.«

Ich drohte zusammenzubrechen. Natürlich. Was hatte ich denn gedacht. Dass der an seinem Fünfzigsten hier rumsaß und auf mich wartete, oder was? Wahrscheinlich schipperte er gerade auf einer Yacht in warmen Gefilden herum.

Wütend wirbelte ich herum und sprang ins Auto. So, Frau Nölle. Jetzt reicht's. Jetzt ist das Maß voll. Ich habe mich von dir wie ein dummes Schulmädchen behandeln lassen und dich bei jedem Pups um Erlaubnis gefragt. Und du hast mich entweder abgebürstet wie eine unfähige Hilfsarbeiterin oder dich hinter deiner Krankheit verschanzt. Du holst mir mein Mädchen nicht heimlich aus der Geschlossenen und vermiest ihm einen Neuanfang im Haus Daniel, ohne mir auch nur ein Wort davon zu sagen.

Genug ist genug.

Keine halbe Stunde später durchpflügte ich den Kies ihrer Einfahrt und rasierte die Ränder ihrer mulchbedeckten Rosenbeete ab. Dann klingelte ich Sturm.

Ein schauriger Dreiklang schepperte in die majestätische Stille der Eingangshalle hinein. Ich schnaufte vor Empörung und hämmerte gleichzeitig an die schwere Holztür.

Ein mittelgroßer Mann um die vierzig öffnete. Er hatte eine Halbglatze und Brille, steckte in einer gefütterten Weste und kam mir irgendwie bekannt vor, aber ich wusste nicht mehr, woher. War es dieser beflissene Vorsitzende der Stiftung, den wir hier ganz am Anfang mal getroffen hatten? Wie hieß der noch? Stolz? Nein. Der hier war viel sympathischer.

Meine Gehirnzellen arbeiteten fieberhaft, spuckten aber keinerlei Information aus. Jedenfalls hatte er in meiner Erinnerung rein gar nichts mit Frau Nölle zu tun! Ich hatte ihn ganz woanders schon mal gesehen, und zwar sehr intensiv. Ich wusste sogar, wie seine Stimme klang! Er hatte schon ausführlich mit mir gesprochen, aber wo?! Egal jetzt.

»Guten Tag, ich möchte zu Frau Nölle. Juliane Bressin mein Name.« Schon wollte ich mich an ihm vorbeidrängen. Er hatte grau-braun gestreifte Filzpantoffeln an den Füßen.

»Ah, meine Mutter hat mir gar nicht gesagt, dass sie Besuch erwartet.«

»Sie sind also … der Sohn?« Wieso kannte ich den vom Sehen? Ich hatte ihn doch noch gar nicht kennengelernt! Fieberhaft ging ich die Männer in meinem Bekanntenkreis durch. Steuerberater, Metzger, Friseur, Frauenarzt, Lehrer, Elternbeirat, Kirchenchor.

»Wenn man von seiner Mutter spricht, ist man meist der Sohn.« Sein spöttisches Grinsen kam mir so bekannt vor. Sogar sein leicht schief stehender Zahn war mir vertraut! Trotzdem konnte ich ihn einfach nicht einordnen. Verwirrt folgte ich dem sympathischen Westenträger ins Wohnzimmer.

Hier residierte Frau Nölle auf dem Kanapee. Sie nahm gerade ein paar Tabletten mit einem Glas Wasser ein.

»Was wollen Sie denn hier? Haben wir einen Termin? Sascha, lass uns allein.«

»Oje«, murmelte Sascha, warf mir einen verständnisinnigen Blick zu und verließ achselzuckend den Raum. Woher kannte ich diesen Sascha? Und warum war er mir so sympathisch?

»Frau Nölle. Jetzt reicht es mir aber.« Ich baute mich mitten im Salon auf und ließ mich nicht auf lange Höflichkeitsfloskeln ein. »Sie haben Malie aus der Psychiatrie geholt. Wo ist sie?«

»Das geht Sie gar nichts an, Frau Bressin. Wie konnten Sie es wagen, Malie eigenmächtig in die Geschlossene einweisen zu lassen, ohne mich zu informieren? Sind Sie noch ganz bei Trost? Sie haben Ihre Kompetenzen bei Weitem überschritten, und das wird rechtliche Folgen für Sie haben!«

Sie schlug mit der flachen Hand auf den Tisch, aber ich ließ mich nicht einschüchtern.

»Ich HABE Sie informiert! Dutzende Male! Sie gehen nicht ans Telefon, Sie beantworten keine Mails, Sie sind wochenlang weg! Malie war akut gewalttätig, sie hat ihre Geschwister im Schwimmbad untergetaucht …«

»Und da wird man gleich hysterisch und bringt so ein Kind in die Geschlossene!?«

»Sie hat ihre Geschwister mit dem Messer bedroht!«

»Haben Sie das gesehen?«, herrschte sie mich an.

»Sie hat ihre kleine Schwester gewürgt, ihren kleinen Bruder geschlagen und unseren kleinen Hund in die Regentonne …«

»Wissen Sie was, Frau Bressin?« Ächzend stand Frau Nölle auf. Ihre mageren Hände umklammerten die Tischkante. »Ich habe mich in Ihnen geirrt. Leider. Ich bin maßlos enttäuscht. Sie hatten sich mir als Profi vorgestellt, und ich habe Ihnen vertraut. Wie steh ich jetzt bloß da.«

»Wie SIE dastehen?«, schrie ich wutentbrannt. »Sie haben MICH getäuscht! Das sind KEINE GANZ NORMALEN KINDER! Und inzwischen nehme ich Ihnen auch nicht mehr ab, dass Sie das nicht wussten! Ich habe Ihnen tausend Hilferufe gesendet, und Sie haben immer alles vom Tisch gewischt!«

Frau Nölle krümmte sich und hustete sich die Seele aus dem Leib. Dabei fegte sie aus Versehen das Glas Wasser vom Tisch.

»Das tut mir leid, Frau Nölle«, stammelte ich und wollte sie stützen.

Sie schlug nach mir.

»Sascha!«, schrie ich in höchster Not.

Die Tür flog auf, und Sascha kam mir zu Hilfe geeilt. »Ganz ruhig, Mutter. Du sollst dich doch nicht aufregen.«

»Es tut mir leid, ich wollte nicht …«

»Sie sollten jetzt besser gehen.« Sascha sah mich durchdringend an und geleitete mich zur Tür.

»Ich will nur wissen, wo Malie ist«, schrie ich über die Schulter, während er mich in den kalten Garten schob.

»Da, wo sie hergekommen ist«, krächzte Frau Nölle. »In der Notgruppe im Kinderheim!«

Auf der Rheinuferstraße blendete mich die Sonne erneut, als wollte sie mich verhöhnen. Durch die Schmutzschlieren auf der Windschutzscheibe starrte ich mit zusammengekniffenen Augen auf die Straße … und traute meinen Augen nicht.

War das nicht Annes weißer Kleinwagen, der mir da entgegenkam? Und saß nicht Jon neben ihr auf dem Beifahrersitz? Ich riss den Kopf herum und kam fast ins Schlingern, mein Hintermann hupte warnend.

Das war alles so schnell gegangen, dass ich glaubte, mich getäuscht zu haben.

»Ach Quatsch«, murmelte ich aufgebracht. »Ich seh schon Gespenster. Beide haben mir versichert, dass da nichts gelaufen ist. Und dieser Sascha muss mir in einem anderen Leben begegnet sein. Ich bin am Rande des Wahnsinns, das ist alles.« So schnell ich konnte, fuhr ich zum Kinderheim nach Fühlingen, wo alles begonnen hatte. Damals war es schon deprimierend gewesen, aber da war noch Sommer! Jetzt lag es grau und trostlos in der winterlichen Öde. Mich fröstelte, als ich auf den Container zulief und Sturm klingelte.

Frau Wilke öffnete mir. Das Asymmetrische war aus ihrer Frisur verschwunden. Das neue Kurzhaar wies lila Zipfel auf, aber es stand ihr. Sie wirkte jünger und frecher.

»Frau Bressin. Ich habe Sie schon erwartet.« Sie lächelte mich an und trat einladend einen Schritt zurück.

»Wer hat sie gebracht?«, kam ich sofort zur Sache.

»Frau Nölle höchstpersönlich. Beide sahen schrecklich aus und standen offensichtlich unter starken Medikamenten. Sie haben sich quasi aneinander festgehalten.«

»Oh Gott, das ist ja alles völlig verantwortungslos!« Mich schauderte. »Wieso war Schanz nicht da? Wieso hat Falke sich nicht gekümmert?«

Frau Wilke zuckte mit den Schultern. »Die waren beide nicht abkömmlich. Schanz hat über hundert Kinder als Vormund, und Falke …«

Ich unterbrach sie.

»Wie geht es ihr?« Hastig folgte ich ihr in den Wohncontainer.

»Sie hat tagelang nur geweint.« Frau Wilke schüttelte den Kopf. »Wir konnten sie nicht mit den anderen Kindern zusammenlegen, deshalb haben wir sie in den dritten Stock verlegt.«

»Kann sie da rausspringen?«

»Nein, die Fenster sind vergittert.«

»Na super.« Wütend stapfte ich die Treppe rauf.

Malie saß auf einem rosa bezogenen Bett. Die Wände waren auch rosa, ebenso wie die Gardinen und der Teppich. Fehlte noch, dass man ihr eine rosarote Brille aufsetzte.

Als sie mich sah, fing sie sofort wieder an zu weinen.

»Bitte nimm mich mit, Juliane!« Sie klammerte sich an mich wie ein Äffchen. »Ich werd auch nie wieder was Böses tun!«

»Liebes, ich kann dich nicht …«

»Ich versprech es dir, ich schwör es, ich werde nur noch brav sein …«

»Malie ich darf nicht. Selbst wenn ich wollte. Frau Nölle hat mir verboten, mich überhaupt noch um dich zu kümmern.«

»Bitte bitte«, flehte das Kind und schluchzte sich die Seele aus dem Leib. Es sank vor mir auf die Knie und hielt die Hände gefaltet, als würde es zur Mutter Gottes beten. »Ich flehe dich an, Juliane, nimm mich mit nach Hause!«

Stumm schüttelte ich den Kopf. Ich hielt Malie einfach nur fest und ließ sie weinen.

»Der Professor hat mich doch heil gemacht!«, jammerte sie. »Ich bin doch wieder lieb!«

Ich zog sie aufs Bett, strich ihr über den Rücken und ließ sie weinen.

»Du hast versprochen, dass du mich nie im Stich lässt!«

»Ja, das habe ich, Malie. Aber jetzt sind mir die Hände gebunden.«

»Du bist eine Lügnerin! Eine Versprechensbrecherin!« Sie trommelte mit den Fäusten gegen meine Brust. Ich hielt ihre Hände fest, und sie sank mir wieder an die Schulter.

»Ich will doch brav sein! Ich will doch nichts Böses mehr machen.«

Ich konnte nicht anders. Jetzt heulte ich auch.

So saßen wir auf dem Bett und weinten beide.

Endlich war Malie so erschöpft, dass ich sie von mir abpflückte. Vorsichtig deckte ich sie zu und strich ihr das verschwitzte Haar aus dem Gesicht.

Ihr entrangen sich immer noch Schluchzer, und sie bekam Schluckauf.

Frau Wilke reichte mir mit vielsagender Miene einen Becher mit einer rosafarbenen Flüssigkeit, und die flößte ich ihr ein. Nach einer Viertelstunde war sie eingeschlafen.

Ihr Kopfkissen war von Tränen durchnässt.

Das war also die Lösung. Ganz toll, Frau Nölle. Wirklich großartig.

Gebeugt vor Kummer, fuhr ich nach Hause.

Als ich die Haustür aufschloss, erstarb auch die letzte kleine Hoffnung: Jon war nicht da.

Er war es also doch gewesen, eben, in Annes Auto!

In meinem Kopf hämmerte es, und vor meinen Augen tanzten rote Sterne.

Restlos ausgelaugt von den letzten Wochen, legte ich mich ins Bett und brach total zusammen. Ich weinte und weinte und konnte gar nicht mehr damit aufhören.

Ich wollte nicht, dass mich die Kinder so sahen, aber plötzlich saßen sie alle an meiner Bettkante und waren ganz geschockt.

Tim rief: »Ich ruf den Papa an, der soll sofort kommen!«

»Ach, ihr Lieben, es tut mir so leid, dass ihr mich in diesem Zustand seht …«

Ich richtete mich halbwegs auf und wollte mir gar nicht vorstellen, welch verquollenen rotfleckigen Anblick ich jetzt bot. Lilli hielt mir ein Glas Honigmilch hin: »Vorsicht, Mama, ist heiß!«

Gott, wie tief war ich gesunken, dass meine neunjährige Tochter sich jetzt um mich kümmerte statt umgekehrt!

Nach einer halben Stunde hörte ich, wie die Haustür aufging. Jon kam die Treppe hinauf, immer zwei Stufen auf einmal nehmend.

»Ach, Juliane …« Er schickte die Kinder ins Wohnzimmer, und sie trollten sich brav.

»Ach, Jon …«

Jon hielt mir eine ganze Küchenrolle hin, von der ich Blatt um Blatt abriss und heulend vollschnupfte.

»Ich hab noch nie einen Menschen gehasst, Jon, aber ich hasse die Nölle«, schnaubte ich. »So ein Gefühl kannte ich bisher noch gar nicht!«

»Ach, Juliane …«

»Wie die mich angeschnauzt hat! Von wegen: ›Das sind nicht Ihre Kinder!‹ Diese blöde gefühllose Kuh!«

Jon saß da und ließ mich weinen. Irgendwie schien er in Gedanken ganz woanders zu sein. Kam er gerade von Anne? Wo waren sie gewesen?

»Jetzt hockt Malie wieder im Heim, statt dass sie die Chance bekommt, in Haus Daniel ein neues Leben anzufangen! Mit liebevoller Betreuung und kompetenter Trauma-Bewältigung!« Ich hieb auf meine Bettdecke ein, als wollte ich Frau Nölle erschlagen. »Und ich hatte es schon geschafft, ihr dort einen Platz zu organisieren!«

»Beruhige dich, Juliane.« Inzwischen hatte ich Schluckauf vom vielen Weinen.

»Das war doch nur ein Machtspiel von der Nölle, von wegen Kindeswohl! Was die mir immer in den Ohren gelegen ist mit dem Scheißvormund! Den haben die Kinder bisher zweimal gesehen!« Ich starrte vor mich hin. »Jon, so ein Vormund hat über hundert Kinder, hat die Wilke gerade gesagt! Die kann er gar nicht kennen! Die trifft er einmal im Jahr zu diesem Hilfeplangespräch und schreibt dann ein Protokoll. Ansonsten hockt der in seinem Büro über seinen beschissenen Akten und … pupst in seinen Stuhl!«

»Juliane. Beruhige dich. Reiß dich zusammen. So geht das doch nicht weiter, vor den Kindern.« Jon tätschelte mir die Schulter.

Schniefend schwang ich mich aus dem Bett. »Ich hab eben ihren Sohn kennengelernt, Jon. Der sieht total nett aus und kam mir irgendwie bekannt vor, meinst du, wir können den mal googeln?«

Froh über den Themenwechsel, holte Jon sofort seinen Laptop und gab »Sascha Nölle« ein. Ich betrachtete seine langen schlanken Finger und sehnte mich danach, wieder wie früher von ihnen berührt zu werden.

»Sascha Oskar Schwarz. Ist es der?«

Er drehte den Bildschirm. »Genau! Das ist ja ein Künstlerfoto.«

»Ja, der ist Schauspieler am Schauspielhaus.«

»Ach, DAHER kenn ich den!« Ich setzte mich auf. »Natürlich, der hat den Faust gespielt. Anne und ich fanden den ganz toll!«

Auf einmal fiel es mir wie Schuppen von den Augen. Was hatte die Nölle gesagt? Sie habe einen Sohn, dessen Lebenswandel sie nicht abkönne?

»Weißt du was, Jon, ich glaube, ich kann eins zu eins zusammenzählen.«

»Nämlich?« Amüsiert zog er die Stirn in Falten. Hauptsache, ich heulte nicht mehr und hegte keine weiteren Mordgedanken.

»Die Nölle hat doch so 'ne Kranfabrik oder so was.«

»Baukräne. Weltweit.«

»Ja, und die hat sich da so reingehängt, um die Firma zu retten, nachdem sie von ihrem Mann verlassen worden war. Aber der einzige Sohn denkt nicht daran, die Kranmillionen zu verwalten oder ihr wenigstens Enkel zu schenken, denen sie den ganzen Scheiß vererben kann, sondern ist Schauspieler. Das muss die doch total fertigmachen!«

Jon zuckte mit den Achseln. »Aber leider werden wir ihre Kranmillionen ebenso wenig erben«, flachste Jon. »So, wie du es dir mit ihr verdorben hast …« Er grinste breit.

»Von der will ich noch nicht mal die Zahnkronen erben«, giftete ich ihn an. »Oder die Perücke!«

»Juliane.« Jon kam auf mich zu und nahm mich in die Arme. »Du redest schon wirr. Was hältst du davon, wenn du einfach mal vierundzwanzig Stunden pennst? – Ich kümmere mich um die Kinder.«

»Du oder … Anne und du?«

»Mal sehen.«

Ich warf ein Kissen nach ihm, aber er fing es auf und warf es zurück.

Kurz darauf fiel ich in einen traumlosen Schlaf.

Am nächsten Morgen rief ich im Heim an, um mich nach Malie zu erkundigen.

»Es tut mir leid, Frau Bressin«, antwortete Frau Wilke bedrückt. »Aber ich darf Ihnen keine Auskunft mehr über Malie geben. Auf Wunsch von Frau Nölle wurde zu Ihnen und Ihrer Familie eine komplette Kontaktsperre verhängt.«

34

Köln, Mittwoch, 6. Februar 2008

»Hallo, Kamon. Na, was machst du gerade?«

»Nix.«

»Vermisst du Malie?«

»Nö.«

»Und wie geht es dir in der Schule?«

»Weiß nicht.«

Jetzt, da Malie fort war, hatte ich zum ersten Mal richtig Zeit, mich um Kamon zu kümmern! Das hatte bisher Tim gemacht, und ich musste meinen Sohn dringend entlasten.

»Du, sag mal, wollen wir über eine weiterführende Schule nachdenken?«

»Hm.«

»Du weißt ja, dass man sich jetzt schon anmelden und auch eine Empfehlung vom Klassenlehrer haben muss. Oder willst du auf die Hauptschule?«

»Egal.«

»Wie, das ist dir egal? Du kennst doch die Hauptschule, auf der Malie früher war. Möchtest du auf so eine Schule?«

»Nö.«

»Magst du mir mal deine Schulhefte zeigen?« Auffordernd streckte ich die Hand aus.

Er griff lustlos nach seiner Schultasche unter dem Bett, und ich fasste als Erstes in einen verschimmelten Apfelstrunk, an dem ein Radiergummi klebte.

»Aber, Kamon! Was ist nur los mit dir!«

Ich kippte den Inhalt seines Ranzens auf den Boden.

Was mir da entgegenpurzelte, waren eselsohrige, vollgekritzelte Bücher, angebissene Schulbrote und lose Stifte. Das Federmäppchen war leer.

»Ja, sag mal, Kamon!« Entsetzt starrte ich ihn an. »Und so willst du auf eine weiterführende Schule?!«

Er starrte nur ausdruckslos auf den Boden und zuckte die Achseln.

Das versetzte mir einen schmerzhaften Stich: Die ganze Zeit, während ich mich um Malie gekümmert hatte, hatte ich den Rest meiner Familie vernachlässigt! Ein Wunder, dass Tim und Lilli immer noch so gut in der Spur waren!

»Pass auf, Kamon. Wir zwei treffen jetzt eine Abmachung. Du arbeitest während der Osterferien all deine Übungsmappen durch und bringst deine Hefte in Ordnung. Dafür kümmere ich mich um einen Platz auf dem Gymnasium. Du willst doch Abitur machen, oder?«

Er hatte die Arme verschränkt und nickte, ohne mich anzusehen.

»Schau mich mal an, Kamon.«

Widerwillig hob er den Kopf und sah dann ausdruckslos an mir vorbei.

»Ich verspreche dir, dass ich mich ab sofort um dich kümmere. Aber du musst schon wollen.«

»Ich will ja«, murmelte er kaum hörbar.

»Also, abgemacht. Nach den Osterferien zeigst du mir noch einmal deine Schultasche mitsamt Heften und Büchern, und dann stellen wir eine so tolle Bewerbungsmappe zusammen, dass die gar nicht anders können, als dich aufzunehmen.«

Er sah mich lange ernsthaft an. Plötzlich erschien ein Grübchen in seiner Wange, das ich schon lange nicht mehr gesehen hatte. Er lächelte.

Es wurde Anfang April, und ich griff zum Hörer.

»Herr Falke, Kamon wird zum nächsten Schuljahr auf eine weiterführende Schule wechseln, und ich muss Sie bitten, sich jetzt darum zu kümmern.« Noch war mein Ton freundlich, aber bestimmt. Auch wenn ich innerlich bereits kochte.

»Es besteht noch überhaupt keine Eile«, schmetterte er mich am Telefon ab. »Wir sind ja erst im zweiten Quartal.« Jetzt ging das schon wieder los mit der Falke'schen Lethargie!

»Kamon möchte aufs Gymnasium.« Ich ließ nicht locker. »Wenn Sie gestatten, kümmere ich mich selbst drum. Sie müssen noch nicht mal aus Ihrem Sessel aufstehen.«

»Frau Bressin, das lassen Sie mal schön meine Sorge sein«, bürstete er mich ab. »Die Frau Nölle haben Sie ja schon jeschafft mit Ihrem Übereifer, aber mich bringen Sie nicht aus der Ruhe.«

»Wissen Sie eigentlich, was Sie da sagen? Übereifer? Ja, was soll ich denn machen, wenn Sie mich mit den Kindern seit Monaten im Stich lassen!« Mein Herz begann zu rasen, und ich platzte schier vor Wut.

»Jetzt mal janz langsam, Frau Bressin, so schnell schießen de Preußen nich ...«

»Die Preußen sind mir scheißegal! Es geht um Kamon! Der Junge ist sehr introvertiert und völlig ohne Eigeninitiative. Ich sehe nicht ein, dass er eine schlechtere Schulbildung bekommen soll, nur weil SIE lästige Pflichten mal wieder aussitzen wollen.« Meine Stimme wurde immer lauter und schriller. »Wissen Sie noch, wie wir in der Eisdiele gesessen sind, beim ersten Anbahnungstreffen?« Ich lachte höhnisch. »Von wegen, das lassen wir mal alles auf uns zukommen! Während der Sommerferien haben Sie keinen Finger krumm gemacht, und hätte ich alle drei Kinder nicht selbst angemeldet, würden sie bis heute noch nicht beschult! Das ist doch ein Skandal ist das! Am liebsten würde ich das öffentlich machen!« Ich hatte die Nase gestrichen voll! Nach dem ganzen Drama mit Malie gingen jetzt die Pferde mit mir durch. »Kommen Sie doch endlich mal aus dem Quark!«, schrie ich Herrn Falke an. »Oder haben Sie Ihre Beamtenstelle im Lotto gewonnen?!« So zu reden hätte ich mich früher nie getraut. Aber jetzt war einfach zu viel passiert, um weiterhin das folgsame Hausfrauchen zu spielen.

Herr Falke fing jetzt auch an zu schreien und verfiel dabei wieder mal so richtig in seinen kölschen Dialekt.

»Frau Bressin, Sie gehen mir janz jewaltisch auf die Nerven. Hören Se auf zu schreien und ändern Se Ihren Ton, sonst kommt der Kamon auch widder in dat Heim.«

»Bitte? Ich hör wohl nicht richtig?« Mein Puls beschleunigte sich, als säße ich in einer Achterbahn. »Sie drohen mir damit, den Jungen aus der Pflegefamilie zu nehmen? Das lass ich nicht auf mir sitzen – nicht nach allem, was ich für die Kinder getan habe!« Ich schnaufte. »Und nach allem, was SIE NICHT für die Kinder getan haben!«

Von Frau Nölle wollte ich überhaupt nicht mehr reden.

Der Falke war hörbar aus der Ruhe gebracht.

»Bringen Sie Kamon zu mir inne Sprechstunde, dann klamüsre isch dat mit dem aus. So mal von Mann zu Mann. Sie halten sisch da raus.«

Ich konnte nicht fassen, was der da redete. Ich sollte mich RAUSHALTEN? Wo ich die Kinder seit Monaten sieben Tage in der Woche vierundzwanzig Stunden am Tag hautnah erlebte? Und er wollte zu Kamon von MANN zu MANN sprechen?

»Was ist das denn für ein veraltetes Vokabular?!«, brüllte ich entrüstet.

Da hatte der Mann doch einfach aufgelegt!

An der Tür drückte sich Kamon herum. Er hatte natürlich alles mit angehört. Und war ganz blass geworden. Aber in seinen Augen schimmerte auch so etwas wie Bewunderung.

Ich nahm ihn in den Arm: »Kamon. Dem zeigen wir's! Wir lassen uns nicht unterkriegen. Jetzt erst recht, Kamon.« Ich hielt ihm aufmunternd die Hand hin: »Schlägst du ein?«

Er gab mir eine lahme »High five«. Aber immerhin!

Seinen Respekt hatte ich mir wohl gerade verschafft.

Wenige Tage später machte ich ernst.

»Tief durchatmen. So. Jetzt. Bist du bereit?« Ich klopfte beherzt und öffnete die Tür.

Herr Falke stand in Cordhosen und Flanellhemd mit dem Rücken zu uns am Fenster und blies Zigarettenrauch nach draußen.

»Hallo, Kamon. Na, wie geht's, Sportsfreund?« Er klopfte dem verschüchterten Kamon auf die Schulter. Mich beachtete er nicht. »Dann reden wir zwei mal unter Männern.«

»Guten Tag, Frau Bressin«, sagte ich eisig. »So viel Zeit muss sein.«

»Frau Bressin, isch brauche Sie dann nicht mehr. Dat war so vereinbart.«

»Nichts war vereinbart! Unter Männern ist letztes Jahrhundert. Ich lasse mich nicht rausschmeißen, falls Sie das glauben. Ich vertrete hier Kamons Interessen. So.«

Ich setzte mich. Kamon sank auf die äußerste Kante des Stuhles, den Herr Falke ihm zuwies. Er fühlte sich sichtlich unwohl zwischen zwei Streithähnen wie uns, aber da musste er jetzt durch.

Herr Falke ließ sich seufzend auf dem Fensterbrett nieder und schaute von oben auf Kamon herab.

»Ich habe inzwischen in deiner Grundschule angerufen, mein Freund und Kupferstecher.« Herr Falke schnippte seine Zigarette aus dem Fenster. »Du hast deine Hausaufgaben nur selten gemacht, bist total schlecht im Mündlichen, hast Dreck in deinem Ranzen und Bücher und Hefte mit Eselsohren. Wat soll isch denn davon halten, Freund der Berge.«

Kamon starrte zu Boden auf die Tränen, die nun aus seinen Augen tropften. Wie konnte dieser Falke den kleinen Burschen hier so in Grund und Boden stampfen?

Allein die Haltung! Drei Köpfe über ihm. Das musste doch nicht sein! Warum begab er sich nicht auf Augenhöhe?

»Herr Falke, Kamon und ich haben eine Abmachung …«

»Frau Bressin, isch kann Ihnen noch mal sagen, dat dat jetzt ein Gespräch zwischen mir und dem jungen Mann hier ist«, blaffte er mich ärgerlich an. Er packte Kamons Schulter und schüttelte ihn wie einen nassen Sack. »Hömma zu, du Früchtchen. Jetzt sarich dir mal was. Ich mach dir jetzt mal 'n Angebot unter Sportsfreunden: Du gehst jetzt ein Jahr zur Hauptschule. Und wenn du da spitze bist und deine Lehrer durch glorreiche Leistungen zum Jubeln bringst, sehen wir uns in einem Jahr hier wieder. Ist das ein Wort?«

Kamon saß mit gesenktem Kopf da, seine Tränen tropften unablässig auf den Boden.

Ein Jahr! Für einen Elfjährigen war das eine unüberschaubare Ewigkeit. Wie sollte er denn da motiviert sein!

»Und wenn ich eine Lehrerempfehlung vorlegen kann und ihm den Platz besorge?« Ich ließ nicht locker. »Kamon kann lernen, Herr Falke, er ist aufgeweckt und wissbegierig. Jetzt, wo Malie weg ist, habe ich Zeit für ihn.«

Er sah mich resigniert an.

»Sie können es aber auch wirklich nicht lassen, was?«

»Nein. Das sind Kinder und keine Akten.« Ich schluckte. »Tut mir leid, wenn ich neulich am Telefon so ausfallend geworden bin. Dafür möchte ich mich in aller Form bei Ihnen entschuldigen.«

Er schnaubte.

»Aber ich hab die Basisarbeit mit den Kindern. Tagtäglich, rund um die Uhr. Ich kenne die Kinder besser als Sie, ich weiß, wo ihre Stärken liegen, und ich weiß, was gut für sie ist. Und deshalb kann ich nicht länger dabei zusehen, wie hier alles den Bach runtergeht.«

»Dat müssen Sie grad sagen. Malie haben Se ja zurück ins Heim gebracht.«

Ich schluckte. »Da ist vieles falsch gelaufen, aber wenn ich eine bessere Unterstützung gehabt und man von Anfang an mit offenen Karten gespielt hätte, wäre das nicht passiert.«

»Ich dachte, Sie wollten sich entschuldigen?«

»Wie geht es Malie?« Flehentlich blickte ich ihn an. »Wann darf ich sie besuchen?«

»Dat kann, darf und werde ich Ihnen nicht sagen.« Er stand schon auf und schob mich zur Tür. »Und dat Besuchsrecht haben Sie verwirkt.«

»Aber wir haben ihr doch nie was Böses getan!« Ich zog Kamon an mich. »Ich könnte ja noch verstehen, wenn Sie Malie von ihrer Herkunftsfamilie fernhalten, in der die ganzen Traumata passiert sind. Aber bei uns hat sie doch nur Gutes erfahren. Sie vertraut mir, Herr Falke, und ich hab ihr versprochen, sie nie im Stich zu lassen!«

Er schob uns zur Tür hinaus. »Sportsfreund, wir haben eine Abmachung.« Er zeigte mit dem Zeigefinger auf Kamon, als bedrohte er ihn mit einer Waffe.

Nein, dachte ich. ICH habe eine Abmachung mit ihm. Wir werden ja sehen, wem Kamon mehr vertraut.

»Frau Bressin. Das war es für heute. Ich hab noch andere Termine. Machen Se et joht und Tschö mit ö.«

»Frau Bressin, ich freue mich, dass Sie sich so für Kamon einsetzen«, sagte die robuste ältere Lehrerin freundlich, als ich ihn von der Schule abholte. »Auch wenn seine Leistungen stark schwanken, sehe ich doch, wie viel Mühe er sich gibt. Und das Potenzial für eine weiterführende Schule hat er allemal. Warum sollten wir ihm die Chance nicht geben, nachdem er nun in so guter Betreuung ist und ein stabiles Elternhaus gefunden hat?!«

Mit einer Empfehlung fürs Gymnasium in Händen, wurde ich übermütig und bat Jon telefonisch, sich einen Tag freizunehmen.

»Wir kriegen den Jungen aufs Gymnasium, du wirst schon sehen!«

Jon wirkte unwillig und übermüdet, kam aber nach einiger Zeit nach Hause, warf sich in seinen besten Anzug und fuhr mit mir zu dem Gymnasium, an dem auch Tim war.

Ich hatte mich ebenfalls in Schale geworfen, und wir belagerten einfach das Zimmer des Direktors, ohne einen Termin zu haben. Schließlich kam der bärtige, viel beschäftigte Mann in seinem klein karierten Sakko mit einem Stapel Klassenarbeiten um die Ecke.

»Herr Werner, haben Sie mal eine Minute?«

»Ach Sie sind's, die Bressins, für Sie habe ich doch immer Zeit!« Sein Gesicht mit den vielen Lachfältchen um die Augen strahlte Altersmilde aus.

Er schob uns in seinen Raum. Der dortige Schreibtisch verschwand schier unter der Last von Klassenarbeiten, Akten, Stundenplänen und Klassenbüchern.

»Ihr Tim macht mir nur Freude.« Er setzte sich und faltete die Hände. »Was kann ich für Sie tun?«

»Herr Werner, es geht um unser Pflegekind. Kamon.«

»Oh.« Er stutzte, lehnte sich zurück und verschränkte die Arme vor der Brust. »Ach so?«

»Ja, wir haben hier nämlich …« – ich zauberte einen Stapel Papiere aus meiner Handtasche – »… nicht nur eine Empfehlung von der Grundschule, sondern auch eine richtige Bewerbungsmappe, die Kamon selbst entworfen hat. Mit Foto, Lebenslauf, Zeugnissen und Motivationsschreiben.«

Ziemlich beeindruckt fuhr Herr Werner sich über seinen Bart.

»Na, da hat sich ja einer Mühe gegeben.«

»Ja, Herr Werner, das ist ein junges Menschenkind, das in seinem früheren Leben viel Leid und Gewalt erfahren hat. Aber bei uns konnte der Junge neue Wurzeln schlagen und sich verbessern. Gemeinsam könnten wir ihn zum Blühen bringen.«

»Juliane.« Jon gab mir einen vorsichtigen Stups mit dem Knie. »Lass doch den Herrn Direktor in Ruhe lesen!« Er schüttelte leicht tadelnd den Kopf.

Während der sich schmunzelnd über die Unterlagen beugte, griff er mit der anderen Hand zum Hörer.

»Frau Sperling, guck ma eben, wie die neuen Klassen im nächsten Schuljahr aussehen … Aha … voll … nix zu machen?« Mein Herz zog sich ängstlich zusammen, doch dann spürte ich, wie mein alter Kampfgeist erwachte. Es muss doch Gerechtigkeit geben auf dieser Welt!

Herr Werner kraulte sich den Bart und war hochkonzentriert bei der Sache. »Nee, geh mal eben die andere Liste durch, Frau Sperling.« Er lauschte. »Wie ist das denn mit der 1b? Die der Schmitz-Nittenwirm jetzt übernimmt? Der ist doch flexibel, der ist neu und belastbar. – Ach so? Ja dann stellen wir eben einen Stuhl dazu!«

Er hob den Daumen und nickte uns zu.

»Geht klar!« Sein gütiges Gesicht strahlte.

Mir hüpfte das Herz. Sie gaben Kamon eine Chance! Triumphierend schaute ich Jon an. Der schüttelte lächelnd den Kopf und verdrehte die Augen, wie einer, der eine Wette verloren hat, aber ein guter Verlierer ist.

»Frau Bressin, Sie geben wohl nie auf, was?« Der Direktor schüttelte uns die Hand.

»Nein. Meine Frau gibt einfach nie auf«, sagte Jon fast entschuldigend, aber mit einem Anflug von Stolz in der Stimme.

Jetzt hatte ich das schon von drei Männern gehört. Bei Herrn Falke hatte es wie ein Vorwurf geklungen. Bei Jon und dem Direktor wie ein großes Kompliment.

35

Köln, Donnerstag, 29. Mai 2008

»Mama, wir sind mit unseren Hausaufgaben fertig, dürfen wir raus?«

»Ja, natürlich.« Ich sah auf die Uhr. »Lilli, wenn du jetzt mit Araia diese Rechenaufgabe zu Ende machst, und du, Tim, die Küche aufräumst, könnte ich mich um Kamon kümmern. Was haltet ihr davon, wenn wir um Punkt drei einen Ausflug machen?«

»Ja! Juhuu! Endlich mal wieder ein Ausflug!« Alle vier waren hochmotiviert, und wir vertieften uns in unsere Aufgaben. Ich liebäugelte mit dem Zoo, schließlich hatten die Eisbären Nachwuchs bekommen, und ich wollte die Kinder damit überraschen.

»Okay, Kamon. Also noch mal. Das Produkt von vier und fünfzehn addiert mit vierzig ergibt meine Zahl, und die ist rund. Wie könnte da der Rechenweg sein?«

»Keine Ahnung.«

»Was heißt denn Produkt?«

»Mal?«

»Ja, nimm mal, und dann, was machen wir mit der vierzig?«

»Plus?«

»Bingo! Du schaffst es, Kamon!«

Das Telefon klingelte.

»Bleib dabei, Kamon, konzentrier dich, ich bin gleich wieder bei dir …«

»Ich kapier das aber nicht!«

»Zähl einfach bis hundert! – Bressin?«

»Juliane?!«, kam mir ein Schluchzen entgegen. »Hier ist Malie!«

»Malie!« Mein Herz setzte einen Schlag aus. Ich musste mich setzen. Alle vier Kinder spitzten die Ohren und ließen die Stifte fallen. »Wo bist du, wie geht es dir?«

»Ich verrecke hier in diesem Loch, und du bist schuld!«

»WAS? Welches Loch? Wo bist du genau?

»Ich bin eingesperrt!«

»Das tut mir leid, Malie.«

»Mir geht's voll scheiße! Ich muss immer weinen! Keiner besucht mich, und du hast mich im Stich gelassen!«

Mich überzog eine Gänsehaut. »Nein, mein Schatz. Das hab ich nicht, und das werd ich nicht. Ich erkundige mich immer nach dir, darf dich bloß vorübergehend nicht besuchen.«

»DOCH«, brüllte sie. »HAST DU!«

Ich wischte mir über die Stirn. »Ist jemand bei dir?«

»Nein, sie haben mich von den anderen isoliert, das nennen sie Clearing!«

»Aber, Malie, es gibt doch Leute, die sich um dich kümmern!«

»Ja, da sind so Typen, die mit mir reden und so Tests machen. Aber ich will zurück in deine Familie! Ich vermiss euch alle so!«

»Ach, Malie!« Ich schluckte einen riesigen Kloß hinunter. »Du brauchst jetzt Zeit für dich!«

»Ich hab das nicht gemacht, Juliane. Ich hab Kamon und Araia im Schwimmbad nicht untergetaucht.«

»Ach, Malie.« Ich seufzte.

»Immer glaubst du nur den anderen! Aber du lügst selbst!«

»Malie, bitte beruhige dich!«

»Du hast gesagt, du lässt mich nie im Stich! Aber jetzt sitz ich hier wie in einem Gefängnis, soll nur kneten, Bilder malen und so Scheißmusik hören …«

»Malie. Du wehrst dich gegen alles, brauchst aber noch professionelle Hilfe. Du solltest die Zeit jetzt nutzen. Hörst du?«

»Boah, das ist doch alles scheiße! Ich will nach Hause!«

»Die Ärzte und Psychologen wollen dir helfen, denn sie wissen, wie wichtig eine Trauma-Therapie ist.«

»Ich will wieder bei euch sein, mit euch spielen und mit euch am Tisch sitzen. Bitte, Juliane! Hol mich hier raus!«

»Das kann ich nicht, Malie. Mir sind die Hände gebunden!«

»Du hast es versprochen!«

»Malie. Beruhige dich. Wo bist du denn genau?«

»Ja, ganz toll! Im Diagnosezentrum blablabla. Draußen an der Tür steht ›Geschlossene Unterbringung in der Jugendhilfe!‹

Ich schluckte. Das war tatsächlich schon fast so etwas wie ein Jugendgefängnis.

»Ich wünschte, ich könnte das, Malie. Aber du brauchst Hilfe. Du musst dich nicht schämen, du trägst keine Schuld.«

»Aber DU hast Schuld! Du hast mich hier reingebracht!«

»Nein, Liebes, das hab ich nicht. Ich hatte ein ganz schönes Haus im Wald für dich gefunden, weißt du noch? Haus Daniel …«

»Und warum bin ich da nicht?!«, heulte und jammerte Malie mit einer Lautstärke in den Hörer, dass die anderen problemlos mithören konnten.

»Das tut mir auch sehr leid, Malie, aber ich habe leider nicht die Vormundschaft und konnte daher nichts machen …«

»Ach, du REDEST ja immer nur!«, brüllte sie enttäuscht. »Alle Erwachsenen REDEN immer nur! Aber sie halten ihr Wort nicht! Ihr habt mich einfach vergessen!« Sie weinte bitterlich.

Es brach mir das Herz.

»Malie, hör zu. Ich hab dich nicht vergessen. Ich steh zu meinem Wort. Jetzt geb ich dir kurz deine Geschwister, ja?« Araia nahm doch tatsächlich den Hörer in Empfang. »Hallo, Malie?«, piepste sie. »Hier ist es jetzt total schön, ich schlaf jetzt in der Hochetage. Lilli hat wieder ihr altes Zimmer, Kamon sein eigenes und Tim das Schlafzimmer. Juliane und Jon schlafen immer noch im Wohnzimmer!«

»NEIN! Ich will gar nicht hören, wie gut es euch geht ohne mich!«

Ich nahm Araia sanft den Hörer ab.

»Es geht uns nicht gut ohne dich. Wir haben dich sehr vermisst, Malie, und hier hat wochenlang niemand gelacht. Aber es stimmt, wir mussten uns alle erst mal neu sortieren und zur Ruhe kommen.«

»Ich hasse euch, ich hasse euch ALLE!«, brüllte sie. »Ich bring mich um, dann werdet ihr schon noch sehen, was ihr davon habt!« Dann legte sie auf.

Die Kinder starrten mich blass an, und ich war selbst komplett aufgewühlt. Ich knabberte an meinem Daumennagel. Mir ging es gar nicht gut.

»Also, jetzt ist es drei, Mama. Du hast gesagt, wir machen was.« Lilli schaute mich prüfend an. »Du hältst doch dein Wort, oder?«

»Natürlich.« Ich straffte mich, bändigte meine Haare mit einem Zopf und griff zum Autoschlüssel.

»Schaut mal, da kommen sie herausgetapst!«

»Oh, wie süüüß!« Araia nahm verzückt meinen Arm. »Darf ich die streicheln?«

»Das geht nicht. Schau, hier ist die Absperrung.«

»Die sind ja noch ganz weiß!«, stellte Lilli fest.

»Ja, die Eisbären-Eltern sind voll schmutzig und die Kinder voll sauber«, meinte Tim.

»Das ist genau umgekehrt wie beim Menschen«, hörte ich eine bekannte Stimme hinter mir.

Ich fuhr herum. »Susanne!«

»Hallo, Juliane! Das ist ja eine Überraschung!« Wir umarmten uns.

»Bist du mit deiner Kita hier?« Ich warf einen Blick auf die Kleinkinder, die mit Bollerwagen und Dreirad unterwegs waren. Außer Susanne waren noch zwei Betreuerinnen dabei, die ich nicht kannte. Kurz gab es mir einen wehmütigen Stich. Diesen wunderbaren Job hatte ich aufgegeben! War es das wert gewesen?

»Und das sind deine Kinder? Waren es nicht mal fünf?« Susanne musterte meine vier, und ich stellte sie einander vor. »Susanne ist meine ehemalige Kollegin aus der Kita.«

Während die Kinder weiterhin die Eisbären-Babys bestaunten, zog sie mich ein Stück beiseite.

»Und wie geht's dir so mit ihnen?« Sie wies mit dem Kinn auf meine Bagage.

»Das größte Sorgenkind fehlt.« Ich sank mit ihr auf eine Bank. »Malie hat eben angerufen, zum ersten Mal seit Monaten, und das steckt mir noch voll in den Knochen.« Ich erzählte ihr von dem Drama um Malie.

»Sie hat mich beschimpft und mir vorgeworfen, ich hätte sie im Stich gelassen. Ich fühl mich wie nach einem Schlag in die Magengrube, aber eigentlich ist diese unsägliche Frau Nölle schuld …« Ich berichtete ihr von der vertanen Chance, Malie im Haus Daniel unterzubringen.

»Erinnerst du dich noch an Fausto, meinen alten Professor? Er hatte schon einen Platz für sie.«

»Natürlich!« Sie sah mich feixend an. »Du hast oft von ihm erzählt!«

»Jedenfalls hat er lange mit Malie gesprochen und letztlich verfügt, dass sie nicht in unserer Familie bleiben kann.« Wir erhoben uns, und während wir hinter den Kindern hertrotteten, die begeistert vor jedem Gehege stehen blieben, Fotos machten und schon freundschaftlichen Kontakt mit den Kita-Kindern aufgenommen hatten, sprudelte es nur so aus mir heraus. Es tat so gut, meine alte Freundin und ehemalige Kollegin wiederzutreffen!

»Und? Bist du immer noch in ihn verknallt?« Sie knuffte mich vertraulich in die Rippen.

»Nein!« Ich lachte verlegen. »Wie kommst du denn darauf!«

»Na ja, ich dachte, du bist vielleicht nicht mehr mit Jon zusammen.«

»WAS?« Ich blieb stehen und starrte sie an. Im Hintergrund spielten und lärmten die Kinder.

»Na ja, das hätte ich jetzt vielleicht nicht sagen sollen, aber …« Susanne wurde rot und schaute zu Boden.

Einer ihrer Schützlinge kam angelaufen und wollte einen Keks, da war sie kurzfristig abgelenkt. Ihre Bemerkung hatte mir einen weiteren Schlag in die Magengrube versetzt.

»Wie kommst du darauf?«, hakte ich nach, nachdem das Kind mit der ganzen Kekspackung zu den anderen gelaufen war.

»Ich sollte dir das wirklich nicht sagen, Juliane …«

»WAS solltest du mir nicht sagen!« Ich hörte das Blut in den Ohren rauschen.

Die wunderschönen rosa Flamingos verschwammen vor meinem Auge zu einer diffusen Masse aus Federn und Schnäbeln.

»Na ja, ich hab ihn ein paarmal gesehen, mit einer … ähm … Blondine. Und die schienen irgendwie zusammen zu sein. Und da dachte ich, du …«

Plötzlich bildeten die Rufe der langhalsigen Vögel eine grässliche Kakofonie in meinem Ohr. Mir wurde flau.

»Anne.«

»Also stimmt es. Du weißt, von wem ich rede?«

»Ich … ähm … ich dachte, sie wäre meine Freundin.« Mir wurde schwarz vor Augen. »Sie hat mir immer wieder versichert, da wäre nichts. Also doch!«

»Juliane. ICH bin deine Freundin.«

Susanne hakte mich unter und führte mich zu einer schattigen Bank neben dem Spielplatz, auf den alle unsere Kinder gestürmt waren. Tim und Kamon kletterten bereits auf einer ausrangierten schwarzen Lok herum. Die Lok kam mir vor wie ein schreckliches Ungeheuer.

»Wo hast du sie gesehen?«, flüsterte ich heiser.

»Also, wenn du es genau wissen willst, sind sie mir ein paar Mal im Auto begegnet, in einem weißen Kleinwagen, in Richtung Rodenkirchen auf der Rheinuferstraße.«

Genau da hatte ich sie doch auch schon gesehen! Wo fuhren die denn immer hin? Vor meinem inneren Auge klapperte ich alle Hotels in Autobahnnähe ab.

»Und mir sagt er immer, er hat Nachtdienst oder schaut sich Häuser an …«

»Wieso schaut der sich Häuser an?«

»Wir … Inzwischen ist es bei uns doch sehr beengt. Weil die Kinder alle ein eigenes Zimmer haben sollten, schlafen Jon und ich auf einer Schlafcouch im Wohnzimmer, aber …« Ich musste schlucken. »Er schläft manchmal lieber in der Klinik, da hat er ein eigenes Zimmer.«

Susanne starrte mich erschrocken an. »Da hab ich jetzt wohl in ein Wespennest gestochen.«

»Mamaaa! Guck maaaal!«, schrie Lilli, die jetzt auch auf die Lok geklettert war.

»Ja! Schön! Pass auf, dass du nicht runterfällst!« Ich winkte den anderen Kindern, die mir alle ein Kunststück vormachen wollten.

»Also, Juliane, wenn ich dir mal was sagen darf, ja?« Susanne nahm meine Hand und sah mir fest in die Augen. »Wenn du deinen Mann dermaßen vernachlässigst, ja, wenn der im Wohnzimmer pennen muss und du dich nur noch um fremde Kinder kümmerst, musst du dich nicht wundern, wenn er … Na ja, ich will dir nicht zu nahe treten.« Sie wühlte in ihrer Handtasche nach einem Taschentuch, da mir die Tränen übers Gesicht liefen.

»Komm. Lass das die Kinder nicht sehen.«

»Mama? Weinst du?« Zack!, stand Tim vor mir. Dem klugen Jungen entging wirklich nichts. »Nein, ich hab da nur was im Auge.«

»Es ist wegen Malie, stimmt's?«

»Ja.« Ich nickte tapfer und unterdrückte ein Schluchzen. »Sie tut mir so leid. Sie hätte in Haus Daniel sein können, sitzt aber in einem Kellerloch.«

Ich lehnte mich an Susannes Schulter und weinte bitterlich.

36

Köln, Donnerstag, 12. Juni 2008

»Wer will uns gesehen haben?« Jon setzte sich seufzend mit einem Glas Wein neben mich auf die Terrasse und streckte die langen Beine von sich. Bis eben hatten wir noch mit den Kindern gegrillt und Federball gespielt, aber da morgen Schule war, hatte ich sie vorhin endgültig ins Bett geschickt. Obwohl es noch taghell war. Auch weil es dringend Zeit für eine Aussprache wurde.

»Ist doch egal, wer euch gesehen hat.« Ich schlug nach einer Mücke, die mich hartnäckig umsurrte. »Sag mir einfach die Wahrheit, Jon. Triffst du dich noch mit Anne?«

Zu meinem Entsetzen schwieg er! Leise hörte ich den Springbrunnen im Biotop unseres Nachbargartens plätschern, und die Kröten, die darin wohnten, schienen mich quakend auszulachen. Es klang richtig schadenfroh!

»Meine Freundin Susanne hat euch gesehen. Mehrmals. Zusammen im Auto auf der Rheinuferstraße Richtung Rodenkirchen.«

»So. Eine Detektivin hast du also auch schon auf uns angesetzt.« Jon starrte in den sommerlichen Himmel, an dem sich bis eben noch die herrlichsten Rottöne miteinander vermischt hatten.

Früher hätten wir uns gemeinsam an diesem Sonnenuntergang erfreut, doch jetzt herrschte kühle Distanz zwischen uns: Misstrauen und Eiszeit.

Seine Kiefer mahlten. Er trank einen Schluck Wein und stierte in die Dämmerung.

»Bitte, Jon! So rede doch mit mir! Ich hab bestimmt Fehler gemacht, wollte es aber doch nur allen recht machen. Ich musste diesen Kindern doch eine Chance geben! Du warst doch auch dafür, dass wir sie aufnehmen.«

Das Schweigen zog sich ewig hin.

»Jon!« Ich zog ihn am Ärmel. Und schnupperte. Ich nahm einen fremden, süßlichen Duft an ihm wahr. Wessen Parfüm war das? Annes? Er hatte sein groß kariertes Holzfällerhemd bis zu den Ellbogen hochgekrempelt. Ich starrte auf seine schlanken und dennoch muskulösen Arme. Er war ein Bild von einem Mann. Kein Wunder, dass Anne sich in ihn verliebt hatte! Bei dem Gedanken zog sich mein Herz schmerzhaft zusammen. »Liebst du Anne?«

Er seufzte, nahm einen Schluck Wein und sagte dann: »Ja, Juliane, ich habe Anne ein paar Mal gesehen.«

Ich schnellte zu ihm herum. »Was soll das heißen, ›gesehen‹? Und was bedeutet das für unsere Ehe?«

»Pssst, Juliane, bitte. Die Kinder schlafen.«

»War es das jetzt mit uns?«, zischte ich. »Lässt du mich jetzt mit den Kindern im Stich?!«

Erschöpft lehnte er sich in seinem Gartenstuhl zurück und drehte das Weinglas in den Fingern, ohne mich anzuschauen.

»Ich gebe zu, dass ich Anne gesagt habe, dass es mit uns gerade nicht besonders läuft.«

Ich presste die Faust vor den Mund, um nicht laut loszuschreien. »Aber das ist Verrat!«

»Komm, du hast doch auch deine Freundinnen!« Er sah mich nach wie vor nicht an, sondern spähte in den Nachbargarten, wo eine Amsel nicht aufhören konnte, ihr Revier zu verteidigen.

»Anne war mal meine Freundin!« Ich schluchzte auf.

»Das ist sie immer noch!«

»Indem sie sich hinter meinem Rücken nachts mit dir trifft!? Sag es mir, Jon. Fahrt ihr in irgendein Hotel?«

»Nein! Quatsch! Spinnst du?!«

»Aber ihr seid schon eng umschlungen auf unserem Sofa gelegen …«

»Das war damals, als die Sache mit Malie war. Da sind wir aus Versehen zusammen eingeschlafen.« Jon kratzte sich verlegen am Kopf. »Hör zu. Es ist nicht so, wie es aussieht.«

»Das glaub ich jetzt nicht!«, stöhnte ich. »Aus welchem Film hast du das?!«

»Anne kümmert sich um Frau Nölle.«

»Sie fährt nachts mit dir zu Frau Nölle?« Ich stieß ein harsches Schnauben aus. »Erzähl mir mehr aus dem Märchenland.«

»Ja. Sie ist Pfarrerin. Und ich leite den Pflegedienst, falls du das vergessen hast.«

»Ach, und da hockt ihr nachts bei Frau Nölle und haltet Händchen?« Ich wollte vor Eifersucht in die Luft gehen. »Warum sehe ich dann nicht deinen Heiligenschein?«, schnaubte ich verächtlich.

»Juliane, beruhige dich. Es ist ein paarmal vorgekommen, dass wir uns bei Frau Nölle begegnet sind, aber du kannst mir glauben …«

»Ich glaub dir GAR NICHTS mehr!« In einer Aufwallung von Wut und Verzweiflung sprang ich auf und schüttete ihm meinen Rotwein ins Gesicht. Er sah aus, als hätte er starkes Nasenbluten.

Ich war selbst erschrocken über mich, konnte mich aber nicht mehr bremsen.

»Du hast mich im Stich gelassen, Jon. Wir hatten andere Pläne, als wir damals sagten, wir nehmen drei Pflegekinder auf! Da haben wir gesagt: ›Wir schaffen das!‹«. Ich wirbelte herum und zischte: »Und eines schwöre ich dir: Ich werde Malie NICHT im Stich lassen! Jetzt, wo ich weiß, wie sich Vertrauensbruch anfühlt. Und jetzt geh schon zu deiner sauberen Anne. Die hat bestimmt noch Platz für dich in ihrem Bett. Hier musst du ja auf dem Sofa schlafen.«

Mit diesen Worten knallte ich ihm die Terrassentür vor der Nase zu, ließ die Rollläden runter und sperrte meinen Mann aus unserem Haus und meinem Herzen aus.

Wenige Tage später, kurz vor den Sommerferien.

»Und hiermit gratuliere ich ganz herzlich den Kindern, die heute unsere Schule verlassen, um auf eine weiterführende Schule zu gehen.« Frau Bode, die mütterliche Klassenlehrerin aus der Grundschule, rief Kamon auf die Bühne der Aula.

»Kamon Sauerbier, du hast sieben Einsen, fünf Zweien und … keine einzige Drei!«

Sie freute sich über sein verdutztes Gesicht und zog ihn lachend an sich.

»Das nenne ich wirklich einen Senkrechtstarter!« Sie hielt das Zeugnis hoch und wedelte damit. »Dieser Junge, meine Damen und Herren, kam vor einem Jahr als Wiederholer in meine Klasse. Er hatte bis dahin selten Hausaufgaben gemacht, war auch nicht gerade das, was man einen Streber nennt, und hatte keinen einzigen Freund.« Sie drückte ihn aufmunternd an sich. »Und jetzt ist er Klassensprecher, einer der Besten seiner Klasse und kommt nach den Ferien aufs Gymnasium!«

Die Leute klatschten Beifall, und ich musste mir auf die Lippen beißen, um nicht vor Rührung und Stolz zu heulen.

»Das verdankt er übrigens nicht zuletzt seiner Pflegemutter, Frau Juliane Bressin!«

Alle Köpfe flogen zu mir herum, und ich sah in anerkennende, freundliche Gesichter.

Viele hatten ja anfangs den Kopf über mich geschüttelt und mich für verrückt erklärt. Aber wenigstens das hatte ich erreicht! Ich straffte mich und machte für Kamon das Daumen-Hoch-Zeichen.

Während die Lehrerin weiter Zeugnisse ausgab und jedes Kind mit persönlichen Worten verabschiedete, kam Kamon verlegen, aber sichtlich stolz auf mich zugerannt und drückte mir ein Blümchen in die Hand.

»Ach, Kamon!« Ich wischte mir eine Träne aus den Augen und nahm das Veilchen entgegen. »Das ist aber lieb von dir!«

Kamon schmiegte sich an mich, und so standen wir auch nach der Feier noch da und warteten auf Lilli und Araia, die heute ebenfalls ihren letzten Schultag hatten. Freudestrahlend kamen sie mit den Zeugnissen aus ihren Klassenräumen.

»Ich habe nur Einsen!«

»Und ich habe drei Smileys und ein Herz!«

»Großartig, ihr Mäuse. Dann lasst uns schnell nach Hause gehen, denn Tim wird ja auch gleich auftauchen.«

»Und, fahren wir dieses Jahr nicht in Urlaub?«

Die drei hüpften neben mir her.

»Ins Ausland können wir nicht, denn ihr habt ja keine Pässe«, erklärte ich Kamon und Araia. »Vielleicht fahren wir wieder zu meinen Brüdern, aber das müssen wir erst noch mit Jon besprechen. Der hat in letzter Zeit so viel um die Ohren.«

Mir wurde das Herz schwer. Mit Jon hatte es nur spärlichen Kontakt gegeben, und er hatte tatsächlich nicht mehr bei uns übernachtet. Offiziell hatte er Nachtdienst, aber was wirklich war, entzog sich meiner Kenntnis. Ich hatte der Kinder wegen tapfer durchgehalten, aber jetzt war mir danach, mich in eine Höhle zu verkriechen und drei Jahre lang zu schlafen.

Zweimal hatte ich Fausto auf seinem Privathandy angerufen und ihn angefleht, etwas wegen Malie zu unternehmen.

Aber er hatte mir mit Bedauern mitgeteilt, dass das nicht in seiner Macht liege, solange er nicht vom rechtlichen Vormund damit betraut sei.

Auf meine Bitte hin hatte er mir erklärt, was es mit der Institution auf sich hatte, in der Malie sich befand, und es stimmte: Sie saß sozusagen in Einzelhaft.

»So weit hätte es nicht kommen müssen«, hatte Fausto bedauernd gesagt. »Aber mir sind die Hände gebunden. An eurer Stelle würde ich einen Vormundschaftsantrag stellen. Warum habt ihr das noch nicht gemacht?«

Weil unsere Ehe gerade den Bach runtergeht, wollte ich sagen, verkniff es mir aber.

Davon ahnten die plappernd um mich herumhüpfenden Kinder nichts. Ihre kleine Welt war in Ordnung.

Kamon und Araia waren nun ein Jahr bei uns, hatten sich prächtig integriert und genossen das Leben, genau wie Tim und Lilli. Das war ihnen nur zu gönnen.

Ich musste mit meinen Problemen schon allein fertigwerden.

»Hallo, Tim! Na, mein Großer? Wie sieht dein Zeugnis aus?!«

Tim stand schon vor der Haustür und wartete auf uns.

»Wow! In Latein eine Eins! Wie hast du das geschafft!«

»Einfach von Anfang an aufpassen«, meinte Tim und strich sich die störrischen Haare aus der Stirn.

»Na, dann kommt erst mal rein. Zur Feier des Tages gibt es euer Lieblingsessen, nämlich …«

Während ich den Schlüssel im Schloss drehte, hielt hinter mir ein Auto im Butterblumenweg. Im Glas der Haustür spiegelte sich ein weißer Kleinwagen.

Ich wirbelte herum. Anne. Stocksteif blieb ich stehen. »Geht schon mal rein, Kinder.«

»Juliane!« Anne kam durch den Vorgarten auf mich zu. Ihr Pferdeschwanz wippte, ihre weiße Bluse war frisch gestärkt, ihre Jeans saß perfekt. Sie hatte weiße neue Sneakers an und sah aus wie aus einer Waschmittelwerbung.

»Ich wollte schon lange mit dir reden. Bitte, knall mir jetzt nicht die Tür vor der Nase zu.«

»Wieso sollte ich!«

»So, wie du es mit Jon gemacht hast.«

»He, was geht dich das an!«

»Juliane, bitte, hör mir zu! Du irrst dich.« Ihre hellblauen Augen schossen nervös hin und her. »Jon und ich, wir mögen uns, ja. Wir verstehen uns gut. Wir haben in letzter Zeit auch viel beruflich miteinander zu tun gehabt. Aber …«

»Aber was!«

»Mama, warum kommt Anne nicht rein?!«

»Schalt schon mal den Ofen ein, Tim. Das Essen muss nur noch aufgewärmt werden.«

»Aber wir haben nichts miteinander. Du tust uns Unrecht.« Ich sah, wie ihre Halsschlagader pulsierte. Sie war genauso aufgeregt wie ich.

»Das hab ich jetzt schon öfter gehört.« Ich wollte ins Haus gehen, aber Anne hielt mich am Arm fest. Ich fuhr unwillig herum. »Was ist denn noch!«

»Mit Frau Nölle geht es zu Ende.«

Ich blieb wie angewurzelt stehen. Langsam drehte ich mich wieder um. Wir sahen einander sekundenlang ins Gesicht.

»Sie will dich sehen, Juliane.«

»Was? Wieso? Ich meine, wir konnten uns noch nie leiden, und jetzt …«

»Sie möchte dir noch was sagen.«

Was will die mir wohl sagen, dachte ich. Dass ich alles falsch gemacht habe? Dass das nicht meine Kinder sind und dass ich meine Kompetenzen überschritten habe? Vielleicht will sie mir sogar sagen, dass ich sie ins Grab gebracht habe. Na, vielen Dank auch.

»Und deshalb schickt sie dich?«

Anne zögerte. »Sie hofft, dass du auf mich hörst. Sie denkt, wir sind noch Freundinnen.«

»Tja«, sagte ich. Verlegen knetete ich die Hände, in denen ich noch den Hausschlüssel hielt.

Aus dem Küchenfenster duftete es bereits köstlich nach krossen Hackbällchen mit Paprikareis. Eigentlich hatte ich schrecklichen Hunger. Ich konnte da jetzt reingehen und Anne aus meinem Leben verbannen. Und Frau Nölle. Und Jon. Alle, die mich in letzter Zeit so enttäuscht hatten.

»Ich hab gar kein Auto«, hörte ich mich stattdessen sagen. »Jon ist mit dem Bus unterwegs.«

»Deswegen biete ich dir meines an.« Sie wedelte mit ihrem Autoschlüssel.

»Und die Kinder?«

»Alles auf Anfang?!« Anne kam schon die Stufen hoch. »Ich bleibe bei ihnen? Und komm in den Genuss deines köstlichen Hackfleischauflaufs?«

Ich nickte. Wir tauschten die Schlüssel. Und einen freundschaftlichen Blick.

Sascha, der Sohn, öffnete mir die Tür. Er trug abgeschnittene Jeans und ein T-Shirt mit dem Logo des Schauspielhauses, seine Füße steckten ganz lässig in Flipflops. Jetzt wusste ich ja, woher ich dieses sympathische Lächeln kannte.

»Ich hab Sie als Faust gesehen«, begrüßte ich ihn. »Sie sind toll!«

»Wenigstens einer findet das.« Ein Lächeln zuckte über sein blasses Gesicht. »Schön, dass Sie kommen konnten. Meine Mutter wartet schon auf Sie.«

Mit zitternden Knien schob ich mich in den kühlen Salon. Automatisch wollte ich in das mir bekannte Empfangszimmer gehen, doch Sascha lief schon vor mir die Stufen hinauf.

»Sie ist im Schlafzimmer.«

Ich schluckte. Natürlich.

Eine geschwungene Treppe mit einem dicken fliederfarbenen Läufer führte in die oberen Gemächer. Mir klopfte das Herz. Es roch süßlich. War das nicht der Duft, den ich auch an Jon wahrgenommen hatte?

»Hier entlang. Ich lass euch zwei dann mal allein.«

Sascha klopfte an die Schlafzimmertür und drückte sie auf. Mein Herz verkrampfte sich.

In dem riesigen Bett mit seidenen Laken lag … War das Frau Nölle? Diese kleine, in sich zusammengefallene Frau, deren Knochen man zählen konnte? Ihre Augen wirkten riesig in den Höhlen, und aus ihren von blauen Adern durchzogenen Armen ragten Kanülen.

Auf dem Nachttisch stapelten sich Tabletten und Arzneifläschchen, und an ihrem Bett hing ein Urinbeutel. Plötzlich sah ich vor meinem inneren Auge Frau Sauerbier daliegen. In dem muffigen Pflegeheimzimmer.

Hier dagegen ging das Fenster auf den parkartigen Garten hinaus, in dem einige Rasenmäherroboter ihre Bahnen zogen.

»Hallo, Frau Nölle.« Ich räusperte mir einen Kloß von der Kehle. »Wie geht's?«

Zentimeterweise näherte ich mich ihrem Bett. Zitternd streckte sie den Arm nach mir aus.

»Schön, dass Sie kommen konnten.« Ihre Stimme war nur noch ein heiseres Flüstern.

»Setzen Sie sich.«

Ich sank auf einen rotsamtenen Stuhl – bestimmt eine teure Antiquität.

»Der Krebs hat gestreut. Ich bin voller Metastasen. Aber bevor ich übern Jordan gehe, wollte ich Ihnen noch sagen …« Sie rang mühsam nach Luft. »Ich wollte Ihnen noch danken. Und mich entschuldigen.«

Ich starrte sie wortlos an. Das war jetzt alles etwas zu viel für mich.

»Ich hab mir immer eine große Familie gewünscht«, setzte sie schließlich wieder an. »Aber es ist bei einem Einzelkind geblieben. Das mich lange bitter enttäuscht hat. Erst wollte er nicht die Firma übernehmen, sondern Schauspieler werden. Dann wollte er nicht heiraten und mir keine Enkel schenken.«

Ich saß nur da und sah sie an. Die frühere Feldmarschallin war nur noch ein Schatten ihrer selbst.

»Das war mein Lebenswerk, hier.« Sie brauchte eine Pause. Ich fragte mich, ob ich ihr irgendwie helfen konnte – einen Schluck Wasser reichen oder ihr Luft zufächeln, aber sie konzentrierte sich angestrengt auf das, was sie sagen wollte. »Und ich wollte unbedingt noch was draus machen, als die Ärzte mir vor über einem Jahr die Diagnose mitgeteilt haben.«

Ich nickte und schwieg.

»Sonnenschein-Stiftung. Das klang so schön kinderfreundlich. Ich hab getan, was ich konnte, aber ich habe alles falsch gemacht.«

Plötzlich überkam mich tiefes Mitleid. Jedes Wort kostete sie eine unheimliche Anstrengung und sicherlich auch große Überwindung.

»Aber nein, Frau Nölle, Sie haben Ihr Bestes gegeben …«

»Ich möchte, dass Sie weitermachen.«

»Wie? Mit der Sonnenschein-Stiftung?« Mich fröstelte.

»Mit den Kindern«, röchelte sie. »Beantragen Sie die Vormundschaft.«

»Ist das Ihr Ernst, Frau Nölle?« Ich wollte ihre magere Hand nehmen, die unruhig über die Bettdecke huschte, aber ich traute mich nicht.

»Der Falke ist versetzt worden, und der Schanz hat hundert andere Kinder. Einmal im Jahr liest der das Protokoll.« Sie hustete heftig. »Ich hab immer gesagt, das sind nicht Ihre Kinder. Und bevor ich sterbe, möchte ich Ihnen sagen: »Das *sind* Ihre Kinder!«

Fassungslos starrte ich sie an. »Das heißt, ich kann jetzt …«

»Holen Sie Malie da raus. Ich will, dass sie in dieses Haus Daniel kommt.«

»Wirklich? Kann ich das irgendwie schriftlich haben, Frau Nölle?«

»Sascha weiß schon über alles Bescheid.« Sie tastete nach einer goldenen Glocke auf ihrem Nachttisch.

»Der Notar hat die nötigen Papiere.« Die Tür öffnete sich, und Sascha nickte mir zu.

»Meine Mutter braucht jetzt Ruhe.«

»Ja, natürlich, dann … adieu, Frau Nölle.« Ich beugte mich kurz über sie und drückte ihr einen Kuss auf die Stirn. Sie war kalt und wächsern.

»Noch etwas«, hauchte sie mir ins Ohr. »Sie sind eine tolle Frau.«

Als ich nach Hause kam, traute ich meinen Augen kaum. »Haben Sie einen Zwilling?«

»Nein, wieso?« Sascha stand in unserem Garten und spielte mit den Kindern Federball! Mit den gleichen kurzen Hosen, dem gleichen T-Shirt mit dem Schauspielhaus-Logo und mit den gleichen Flipflops. Ich rieb mir die Augen.

»Moment, wir waren doch eben noch …« Ratlos sah ich mich um. War das jetzt wie bei dem Hasen und dem Igel?

»Der Porsche meiner Mutter ist einfach schneller als Annes kleine Rostlaube.«

»Sascha, du bist dran!«, forderte Tim ungeduldig. »Zehn zu zwölf! Los!«

Sascha bückte sich nach dem Federball und schlug ihn wieder in Richtung Lilli. »Anne hat mich angerufen und meinte, es gäbe etwas zu klären. Der Pflegedienst ist jetzt bei Mutter.«

Ich verstand überhaupt nichts mehr. Ratlos drehte ich mich um meine eigene Achse.

Anne kam mit einem voll beladenen Tablett auf die Terrasse. Sie hatte gerötete Wangen und sah attraktiver aus denn je. »Wer will Zitronenlimonade?«

Jetzt verstand ich gar nichts mehr. Wieso schauten sich die beiden denn so an?

Sascha legte Ball und Schläger auf die Bank und schlang den Arm um Anne. Die beiden strahlten mich an, als hätten sie im Lotto gewonnen.

»Also, das verstehe ich jetzt überhaupt nicht …«

Die Kinder lachten mich aus. Vor lauter Freude sprangen sie auf dem Rasen herum.

»Die Mama hat wieder mal keine Ahnung!«

»Wie, wovon habe ich keine Ahnung?« Ich fasste mir an den Kopf und sank auf einen Gartenstuhl. »Ihr zwei …?«

Hatte Frau Nölle nicht gesagt, Sascha sei schwul? Nein, hatte sie nicht. Sie hatte nur gesagt, er habe ihr keine Enkel geschenkt und habe nicht die Firma übernehmen, sondern Schauspieler werden wollen. Da hatte mein Gehirn wohl irgendwelche falschen Schlüsse gezogen.

»Ja, Juliane, wir sind ein Paar.« Anne strahlte mich an. »Ich dachte immer, nach Sören kommt keiner mehr, aber als ich Sascha im Theater gesehen habe …« Sie verstummte und errötete.

»Ich weiß noch genau, wie wir in der Pizzeria über ihn geredet haben!«

»Ich bin dann noch in viele weitere Vorstellungen gegangen.«

»Anne hat immer in der dritten Reihe gesessen. Und so eine tolle Frau ist einfach nicht zu übersehen. Als ich hörte, dass sie Pfarrerin ist, hab ich sie gefragt, ob sie mal nach meiner Mutter sehen kann. Das hat sie dann auch regelmäßig gemacht. Sie hat viele Stunden bei meiner Mutter verbracht, ihr zugehört und ihre besten Eigenschaften hervorgeholt.«

»Ja, das schien mir heute auch so.« Ich spielte mit der Zitronenscheibe, die am Glasrand steckte. »Sie hat sich bei mir entschuldigt. Und sogar gesagt, ich sei eine tolle Frau.«

»Das bist du auch«, bekräftigte Anne.

»Kann man wohl sagen«, bestätigte Sascha.

»Genau, Mama!« Die Kinder kamen angerannt und schmiegten sich an mich. Dann tranken sie durstig ihre Limonade und spielten lautstark weiter Federball.

Während wir drei Erwachsenen auf der Bank in der Sonne saßen.

Sascha schenkte Anne einen dankbaren Blick: »Anne hat es geschafft, dass meine Mutter sich auch bei mir entschuldigt hat und wir uns wieder versöhnt haben.« Sascha hatte genau dieses warme, weiche Lächeln drauf, mit dem er auch deklamiert hatte: »Werd ich zum Augenblicke sagen: Verweile doch, du bist so schön! Dann magst du mich in Fesseln schlagen, dann will ich gern zugrunde gehn!«

»Sie hat ja jahrelang nicht mehr mit mir gesprochen, weil ich ihren Vorstellungen nicht entsprochen habe – weder was meine Berufswahl noch mein Privatleben betrifft.« Er ließ Annes Pferdeschwanz durch seine Hand gleiten. »Sie wollte, dass ich eine tüchtige Geschäftsfrau heirate, die in der Firma mithilft, aber ich hatte andere Vorstellungen vom Leben und der Liebe.«

Ich presste die Lippen zusammen.

»Ich dachte, Jon und du, ihr hättet … Ihr wärt … Ihr würdet …«

Gott, wie peinlich!

»Jon ist ein feiner Kerl«, sagte Sascha. »Er hat die Nachtpflege bei meiner Mutter übernommen, und die beiden haben sich viel unterhalten.«

Mir fiel der Unterkiefer herunter. Warum hatte Jon mir dann bloß nichts davon gesagt?

»Sie hat sich, glaube ich, immer so einen Sohn wie Jon gewünscht.« Sascha zupfte Anne ein Haar von der Bluse. »Einen Baum von Mann, einen Kerl im Holzfällerhemd, der anpackt, die Firma übernimmt und auch mal selbst was repariert. Aber ich war eher der versponnene Künstler, der vor dem Spiegel Monologe übt. Sie ist fast an mir verzweifelt. Und ich an ihr.« Er zog eine Grimasse.

»Dabei bist du der beste Schauspieler der Welt«, sagte Anne verliebt.

»Aber ich kann halt nicht mit Baukränen. Und leider konnte ich bisher auch nicht mit Kindern.« Er sah Anne so durchdringend an, dass ich befürchtete, sie würde schon von seinem Blick schwanger.

»Bisher?«, wiederholte ich gedehnt, und Anne wurde ein bisschen rot.

»Ich bin zweiundvierzig«, murmelte sie. »Was nicht ist, kann ja noch werden.«

In dem Moment ging das Garagentor hoch, und Jon parkte unseren Bus.

Kurz darauf stand mein baumlanger Kerl erfreut grinsend am Gartentor.

»Aha? Besuch?«

Ich sprang auf, rannte auf ihn zu und fiel ihm in die Arme.

37

Ein kleines Dorf im Allgäu, Freitag, 25. Juli 2008

»Hallo, Rasselbande! Da seid ihr ja alle wieder!«

Meine Bert-Brüder standen aufgereiht auf dem Hof im Allgäu. »Mensch, was seid ihr groß geworden!«

»Und ich hab einen neuen Zahn!«, lispelte Araia zutraulich. Die vier »gruseligen Opas«, wie Malie sie beim letzten Mal genannt hatte, waren ihr in bester Erinnerung geblieben. Vertrauensvoll hüpfte sie an ihren Händen durch den Garten.

Jon machte ein paar Dehnübungen. »Diesmal waren es über acht Stunden!«

»Das war es aber wert! Was bin ich froh, wieder hier zu sein!«

Arm in Arm saugten wir die herrliche Landluft ein.

Unter Palaver, Hundegebell und wiederholten Umarmungen gingen wir ins Haus. Die Meute der Kinder stürmte aufgeregt hinterher. Socke war wieder zutraulich und neugierig. Nur vor dem Zimmer, das sie mit Malie geteilt hatte, zog sie den Schwanz ein.

Bald darauf versammelten wir Erwachsene uns im Garten, wo an einer gigantischen Wäscheleine rot-weiß karierte Tischdecken im Wind flatterten.

»Meine Güte, Leute. Was war das für ein Jahr!« Jon streckte sich in einer Hängematte aus, die an zwei knorrigen Obstbäumen befestigt war, und schaukelte darin hin und her.

»Mit fünf Kindern sind wir letzten Herbst hergekommen,

voller Hoffnung und fest davon überzeugt, es schaffen zu können …«

Meine Brüder und ich warfen uns vielsagende Blicke zu.

»Und eine flog über das Kuckucksnest«, sinnierte Robert und zog an seiner Pfeife.

»Wie geht es Malie jetzt?« Edith, meine Schwägerin, kam mit einem Kuchentablett über den Rasen und legte jedem von uns ein Stück Erdbeertorte auf den Teller.

»Besser«, strahlte ich. »Nachdem ich die Vormundschaft beantragt habe …«

»Wir«, ließ sich Jon vernehmen. »WIR die Vormundschaft beantragt haben.«

»Natürlich. Nachdem WIR die Vormundschaft beantragt haben, konnten wir endlich erreichen, dass Malie von diesem Jugendgefängnis ins schöne Haus Daniel verlegt wurde.«

»Wieso denn Gefängnis?«, fragte Robert. »Hab ich was verpasst?«

Jon brach in gespieltes Gelächter aus. »Ach was! Das bisschen Muttermord!«

»Jon!«

»Das bisschen Brandstiftung!«

»Jon! Bitte!«

»Und die kleine Messerstecherei!«

»Jon, ich schmeiß dich gleich aus deiner Hängematte!«

»Och, das bin ich doch von dir gewohnt.« Stoisch schaukelte er weiter. »Ich muss nämlich zu Hause auf dem Sofa schlafen.«

»Jon, ich erwürge dich! – Er übertreibt mal wieder schamlos.«

»Aber klar doch.« Jon verdrehte die Augen.

»Hallo? Gibt es bei euch sonst noch was, von dem wir wissen sollten?« Die Bruder-Berts und ihre Frauen starrten mich an, als ich von den turbulenten Zeiten erzählte, die wir hinter uns hatten. Meinen Verdacht, Anne und Jon betreffend, ließ ich wohlweislich weg. Trotzdem wurden ihre Augen größer und größer.

»Und jetzt wollt ihr den kleinen Satansbraten wirklich wieder aufnehmen?«

»Noch nicht sofort. Sie braucht noch ein paar Jahre.«

Ich erzählte vom Haus Daniel mit seiner Reittherapie und seinen Möglichkeiten der Trauma-Behandlung. »Jedenfalls waren wir letzten Freitag noch beim Notar und haben die entsprechenden Papiere abgeholt.« Ich leckte mir Sahne von den Fingern. »Frau Nölle hat alles in die Wege geleitet, und wie durch ein Wunder haben sich plötzlich buchstäblich sämtliche Türen geöffnet.«

»Malie wollte nur noch zu uns«, sagte Jon und schaute in sein Glas Johannisbeersaft.

»Aber wie gesagt, sie ist noch nicht so weit«, bestätigte ich.

»Zu Hause hätten wir ja auch gar kein Zimmer mehr für sie«, nahm Jon den Faden wieder auf. »Ich finde nach wie vor, dass unsere Bude viel zu klein ist«, teilte er seinen Schwagern mit. »Welcher gestandene Mann schläft denn im Wohnzimmer auf der Couch!«

»Nee, echt, das geht gar nicht«, bestätigten ihn meine Brüder. Bei ihnen konnte ich mir wirklich nicht vorstellen, dass sie sich so was gefallen lassen würden. Die schliefen alle mit ihren Frauen unter einem dicken geblümten Plumeau im selbst gezimmerten Ehebett. Da fuhr die Eisenbahn drüber.

Ich hatte Jons Langmut und Geduld schon auf eine harte Probe gestellt.

»Auf jeden Fall hat sie erst mal geheult, als wir sie nicht mit nach Hause nehmen wollten.« Ich pickte ein paar Kuchenkrümel auf und verscheuchte eine hartnäckige Wespe. »Aber zum Glück hat ein alter Freund von mir, also mein ehemaliger Professor …«

»Und angebeteter Geliebter«, stichelte Jon. Mit einem präzisen Handkantenschlag erledigte er die Wespe.

»Quatsch. Er war nie mein Geliebter.« Ich schüttelte vehement den Kopf.

»So, wie eine gewisse Pfarrerin nie meine Geliebte war.«

»Haben wir noch was verpasst?« Meine Brüder steckten ratlos die bärtigen Köpfe zusammen, und ihre Frauen sandten uns besorgte Blicke.

»Nein, nein. Bei uns ist alles in bester Ordnung.« Jon warf mir einen Luftkuss zu, und ich fing ihn mit den Händen auf.

»Kinder, was macht ihr denn für Sachen!«, meinte Herbert.

Seine Frau schüttete Schnaps in kleine Gläser.

Ich nahm mir auch einen Obstler. »Prost, Leute. Total schön, wieder hier zu sein.«

»Auf die Liebe!«, sagte Jon. »Und auf die Kinder!«

»Auf Malie!«, sagte ich. »Sie wird es schaffen.«

Zwei Wochen später kam die Sonne durch die Wolken. Bisher war es ein ziemlich verregneter Sommer gewesen, aber im Gästehaus meiner Brüder und Schwägerinnen wurde uns nie langweilig. Die Kinder spielten friedlich miteinander, wurden von den Tanten aufs Beste versorgt und verwöhnt, während Jon und ich endlich mal wieder Zweisamkeit genießen durften.

Viele Spannungen lösten sich, und ich merkte, wie wichtig es für uns war, unser eigenes Reich zu haben – ein Zimmer, das man abschließen kann.

Ich hätte weinen können vor Glück, wenn ich in seinen Armen lag und wir uns endlich wieder geliebt hatten, in aller Zärtlichkeit und Leidenschaft und mit aller Zeit der Welt.

»Es tut mir so leid, was ich dir zugemutet habe, Jon.« Ich strich über die rotgoldenen Härchen auf seinem Unterarm.

»Es ist ja vorbei, Juliane.« Er stützte sich auf den Ellbogen und sah mich an. »Aber unsere Wohnsituation muss sich trotzdem ändern.«

»Du suchst also nach wie vor nach einem größeren Haus?«

»Ja. Wir müssen einfach in den sauren Apfel beißen, Juliane. Was, wenn Malie eines Tages zu uns zurückkommt?«

»Ja, wenn das so ist, könnten wir doch vielleicht auch noch den ein oder anderen afghanischen unbegleiteten minderjährigen Flüchtling … Jon? Ist dir nicht gut?«

Ich sah, wie Jons Gesicht unter dem Kopfkissen verschwand, das er sich daraufpresste.

Auf dem Nachttisch vibrierte sein Handy. »Darf ich drangehen?«, stöhnte er unter dem Kopfkissen hervor.

»Natürlich. Wir sind ja … ähm … so weit fertig mit unserer Besprechung.« Grinsend zwickte ich ihn in den Arm.

Er warf das Kissen von sich, befreite sich aus meiner Umarmung und sah aufs Display. »Anne.«

Kurz gab es mir wieder einen eifersüchtigen Stich, doch dann stopfte ich Jon das Kissen in den Rücken und hörte aufmerksam zu.

»Hm«, sagte er einsilbig. »Ja. Ich sag's ihr.« Sein Gesicht war ausdruckslos. »Ja. Ist gut. Tschau.«

»Was ist los?«

Jon griff mir zärtlich in den wilden Haarschopf, zog mein Gesicht an sich und drückte mir einen festen Kuss auf den Mund. Dann sagte er ernst:

»Frau Nölle ist gestorben. Aber diesmal brechen wir den Urlaub nicht ab.«

38

Köln, Ein Jahr später. Freitag, 19. Juli 2009

»*Happy birthday*, liebe Juliane, *happy birthday to you!*«

Die gigantische Torte mit den fünfundvierzig Kerzen passte kaum durch die Terrassentür, und ich sah, wie sie sich in den dunklen und blauen Augenpaaren spiegelten. Jedenfalls wurde sehr laut und sehr schief gesungen.

»Danke, danke, ihr Lieben, das ist ja eine Überraschung …«

»Ausblasen, Juliane, ausblasen!«

Ich strich meine widerspenstigen Haare aus dem Gesicht, hielt sie im Nacken zusammen, holte Luft und pustete tapfer alle Kerzen aus.

Allgemeiner Beifall brandete auf. Beifall von vielen jungen Händen.

Ich grinste. »Ein bisschen Spucke müsst ihr jetzt leider mitessen.«

Allgemeines Gelächter aus vielen jugendlichen Kehlen war die Antwort.

Ich richtete mich auf und sah mich dankbar im Kreise meiner Lieben um. Gott, was war ich reich beschenkt mit diesen Menschen!

Da war mein blonder, strahlender Tim, der mich stolz und liebevoll anblickte. Seine Stimme hatte beim Singen ziemlich gekiekst. Er war jetzt im Stimmbruch. Er lehnte an einer Säule, hatte die Hände in den Taschen seiner Jeans vergraben und sah mit seinen langen Haaren aus wie Jon in jung.

Da war meine Lilli, die in ihrem weißen Kleid vor dem Rosenbeet aussah wie eine Märchenprinzessin, die gleich von ihrem Prinzen aufs Pferd gehoben wird.

Da war mein heiß geliebter Jon, der im Flanellhemd mit hochgekrempelten Ärmeln lässig am Grill stand und sein Champagnerglas heimlich gegen eine Flasche Bier eingetauscht hatte.

Da war Kamon, der mir errötend sein Geschenk überreichte und dann gleich wieder hinter den vielen anderen jungen Männern in Deckung ging.

Da war Araia, die selbstbewusst von einem zum anderen ging und alkoholfreien Gänsewein ausschenkte.

Da war Anne, die mit kugelrundem Bauch auf einem Hüpfball saß, die Hände zärtlich auf den Bauch gelegt.

Da war Sascha, der mit seiner Handykamera um uns herumtanzte und irgendwelche klassischen Verse rezitierte.

Und da waren meine zwölf afghanischen minderjährigen Flüchtlinge, die mit uns in unserer Villa wohnten.

Es war eine Villa, eine richtige Villa. Die Villa Sonnenschein.

Jon schlug mit der Grillzange gegen seine Bierflasche.

»Alles Gute zum Geburtstag, liebe Juliane. Du hast jetzt vermutlich die Hälfte deines Lebens erreicht, und es gibt wohl kaum eine Frau, die sich so viel um andere Menschen gekümmert hat wie du. Das war nicht immer lustig und manchmal auch ein bisschen anstrengend.«

Jons Rede wurde von nicht von allen Anwesenden verstanden, aber diejenigen, die sie verstanden, lachten wissend, während die anderen mich voller Dankbarkeit und Respekt ansahen.

»Liebste Juliane, es war nicht immer leicht mit dir, und es gab Zeiten, da musste ich auf der Wohnzimmercouch schlafen …«

Allgemeines Gelächter.

»Aber du hast tapfer durchgehalten und ich auch …« Er drückte das Kreuz durch und tat so, als hätte er Rückenschmerzen. »Dann gab es da noch eine gute Seele, die dein und unser Lebenswerk begleitet und gelenkt hat, auch wenn das am Anfang nicht den Anschein hatte.«

Pietätvolles Schweigen.

»Unsere liebe Frau Nölle ist nun fast ein Jahr tot. Es waren schwere Zeiten mit ihr, und ich hatte manchmal das Gefühl, dass du sie am liebsten ermordet hättest …«

»JON!« Ich liebte ja seinen Humor, aber hier waren wir nicht bei meinen raubeinigen Brüdern. Sondern im Garten einer Villa in Köln-Marienburg!

»Aber ihr habt euch am Ende zusammengerauft, euch ausgesprochen und einander verziehen.«

Hastig nahm ich einen Schluck Champagner und trank im Stillen auf ihr Wohl.

»Trotzdem war es eine große Überraschung, dass uns Frau Nölle die Villa vererbt hat. Wahrscheinlich hat sie gedacht, wir ziehen hier mit unseren Kindern ein und machen uns ein schönes Leben, liegen in der Sonne oder spielen Golf, aber …«

»JON! Das hat sie nie im Leben gedacht!«

»Nein, das hat sie natürlich nicht gedacht, Juliane. Denn kaum hattest du den Hausschlüssel in der Hand, fandest du diese Villa viel zu groß für uns. Und eines Tages hast du in der Zeitung eine Annonce gelesen: »Zwölf unbegleitete jugendliche Flüchtlinge aus Afghanistan suchen ein Zuhause. Es handelt sich um ganz normale Kinder …«

»ACH, JON!«

»Und nun stehen wir hier.« Jon kratzte sich am Kopf. »Und ich denke, Frau Nölle …«, er schaute in den Himmel, »… Frau Nölle sitzt jetzt da oben auf Wolke sieben, droht mit der Mistgabel, die sie bei ihrem Kurzbesuch in der Hölle hat mitgehen lassen und sagt: ›Frau Bressin, das sind nicht Ihre Kinder.‹«

Er ahmte exakt ihren Tonfall nach!

Ich wusste gar nicht, wo ich hinschauen sollte, aber Sascha und Anne lachten, meine Kinder lachten auch, und schließlich lachten auch die zwölf afghanischen Flüchtlinge.

»Sie überschreiten Ihre Kompetenzen bei Weitem, Frau Bressin!«, äffte Jon Frau Nölle nach.

»JON!«

»Aber die gute alte Frau Nölle war hart im Nehmen und hatte Humor. Im Grunde ihres Herzens war sie eine Seele von Mensch, und deshalb hebe ich jetzt mein Glas …«, er hob seine Bierflasche, und ich entschuldigend für ihn mein Champagnerglas, während ich mir eine Träne der Rührung aus dem Augenwinkel wischte, »… und sage: auf Frau Nölle, den alten Drachen.«

»JON!«

Alle hoben ihre Gläser.

»Dem kann ich nur Wort für Wort zustimmen«, mischte sich Sascha ein. »Mutter hätte so gern noch erlebt, dass sie einen Enkel bekommt, aber wer zu früh stirbt, den bestraft das Leben.«

Ich schüttelte den Kopf. Jon, der Sascha mit seinem schwarzen Humor wohl angesteckt hatte, prostete seinem Freund kumpelhaft zu.

»Ja, und da bleibt mir eigentlich nur, dich, liebe Juliane, zu fragen, ob du dir gerade beim Kerzenausblasen was gewünscht hast. Denn das geht in Erfüllung.« Jon stellte seine Bierflasche hin und kam auf mich zu. Er fasste mich bei den Schultern und sah mich ernst an. Sofort herrschte gespanntes Schweigen. Sogar Anne hörte auf, auf ihrem Hüpfball zu wippen. Sascha war plötzlich verschwunden. Hatte es an der Tür geläutet? Ich hatte nichts gehört!

»Gesundheit?«, sagte ich und pustete mir eine Strähne aus dem Gesicht.

Jon wiegte den Kopf hin und her wie ein Quizmaster.

»Weltfrieden?«

»Warm!« Jon nickte.

»Gerechtigkeit?!«

»Noch wärmer. Du kannst den Publikumsjoker ziehen. Oder willst du jemanden anrufen?«

Mein Herz klopfte. Er führte doch was im Schilde?

»Ach, Jon, du weißt, was ich mir wünsche. Du weißt, wer mir fehlt.«

»Deine bärtigen Brüder und ihre Frauen?«

»Ach, Jon!« Ich wischte mir eine Träne aus dem Auge. »Die auch!«

Da schritt Sascha, ganz Schauspieler, feierlich durch die Terrassentür wie auf eine Bühne.

»Besuch«, verkündete er mit tragender Stimme. »Vorhang auf …«

Fausto! Mit einem riesigen Strauß weißer Rosen! Mir blieb die Spucke weg.

Mein Herz setzte einen Schlag aus! Aber was war denn das? Wen zog er denn da ins Sonnenlicht?

Malie!

Sie presste ein Geschenk an sich und sah sich völlig überwältigt um. Das allgemeine Geplänkel verebbte.

Alle schauten sie an.

Sie war gewachsen. Sie war reifer geworden. Das Trotzige und Verschlossene waren aus ihrem Gesicht verschwunden.

»Malie!« Ich rannte auf sie zu, umarmte sie und vergrub mein Gesicht in ihrem Haar.

»Hallo, Juliane«, sagte sie. »Ich habe zum ersten Mal ein Wochenende freigekriegt.«

Sie sah blinzelnd zu Fausto auf, der den Arm um sie legte.

»Gute Führung. Und …«, er sah mich verschmitzt an, »… Beziehungen.«

»Das ist … Ich bin überwältigt, das hätte ich nie zu hoffen gewagt. Aber genau das habe ich mir gerade insgeheim gewünscht!« Mir wollten die Tränen kommen.

»Malie! Wie gut du aussiehst! Wie groß du geworden bist! Und wie … hübsch!«

Malie sah sich staunend um. »Wow. – Das ist ja voll die geile Villa!«

»Und du wirst eines Tages mit uns darin wohnen.« Ich drückte sie ganz fest.

»Wir haben ein hübsches Zimmer für dich reserviert.«

Jon und die Kinder kamen zu uns, und unsere ganze Familie vereinte sich in einer innigen Umarmung. Zwei blonde und drei schwarzhaarige Kinder, dazu zwei sehr überwältigte, glückliche Eltern, umringt von zwölf dunklen jungen Männern.

Überall klickten Fotoapparate und Handys, und plötzlich klatschten alle.

»Ich glaube, ich kriege Wehen«, kam es kläglich vom Hüpfball.

»Na, dann wollen wir mal«, sagte Sascha entschlossen.

»Wann ist das, eines Tages?«, fragte Malie.

Ich strich ihr eine Strähne aus dem Gesicht und sah sie liebevoll an.

»Das entscheidest du«, sagte ich und küsste sie auf die Wange. »Du, Malie. Ganz allein.«

Nachwort der Protagonistin Juliane Bressin

Ich bin immer ganz gespannt, wenn Hera Lind einen neuen Roman geschrieben hat, und ich kann sagen: Ich habe all ihre Bücher gelesen. Jeder ihrer Tatsachenromane hat mich berührt, denn sie versteht es meisterhaft, schwierige Verhältnisse und schmerzliche Schicksale gefühlvoll, ergreifend, spannend, aber auch humorvoll und amüsant zu beschreiben.

Ganz besonders gespannt habe ich ihr Buch »Kuckucksnest« erwartet, weil auch in meinem Nest tatsächlich so eine Geschichte passiert ist, deren Vorgeschichte sich »Hinter den Türen« abgespielt hat:

Ich habe im Jahr 2007 durch Zufall vom Schicksal dreier ausländischer Geschwisterkinder erfahren und beschlossen, ihnen zu helfen, indem ich sie in meine Familie aufnehme. Zum Schutz der Privatsphäre haben wir ihr Herkunftsland in diesem Roman verändert und natürlich auch die Identität der anderen beteiligten Personen.

Oft habe ich nachts, wenn ich nicht schlafen konnte, alles aufgeschrieben. So konnte ich die Ereignisse erst mal selbst besser verarbeiten, um für alle stark zu sein.

Die Sätze kamen aus meinem Innersten – allein schon weil ich mir meine Fassungslosigkeit und manchmal auch Hilflosigkeit von der Seele schreiben musste, denn es gab diese Frau Nölle und diesen Herrn Schanz und Herrn Falke wirklich, auch wenn Hera Lind in diesem Tatsachenroman Namen und Dialoge erfunden hat.

Ich hätte manches davon nicht geglaubt, wenn ich es nicht selbst erlebt hätte.

Eines Tages hatte ich endlich den Mut, meine Aufzeichnungen an den Diana Verlag zu schicken. Durch Hera Linds Romane hatte ich das Gefühl, dass niemand besser geeignet ist als sie, die Ereignisse nachzuvollziehen und zum Ausdruck zu bringen – besser, als ich das selbst jemals könnte.

Sie rief mich tatsächlich zurück und sagte mir, dass das etwas schwierig gewesen sei, denn ich hätte in meinem Absender leider eine Ziffer der Telefonnummer vergessen.

Da wusste ich zunächst gar nicht, was ich sagen sollte, denn ich hatte mit ihr als Anruferin überhaupt nicht gerechnet. Umso mehr freute ich mich, dass sie Interesse an meinem Leben und an meiner Geschichte hatte.

Ziemlich kurzfristig ergab es sich, sie in Bad Nauheim kennenzulernen, da sie dort eine Lesung hatte.

Wie oft kann man eine berühmte Schriftstellerin schon mal persönlich treffen. Nie, oder?

Daher ließ ich alles stehen und liegen, sprang ins Auto und traf sie bei Sonnenschein im Kurparkhotel. Wir saßen vier Stunden zusammen und hätten noch ewig weiterreden können.

Dadurch, dass sie bereits alles aus meinem Leben gelesen hatte und Bescheid wusste, fühlte es sich so an, als ob wir uns schon lange kennen würden – wie »beste Freundinnen« eben.

Sie hatte mein vollstes Vertrauen.

Bei einem zweiten Treffen mit Hera Lind lernte ich ihre Lektorin, Britta Hansen vom Diana Verlag in München, kennen.

Nun konnten wir die formaljuristischen Fragen klären, und ich war Frau Hansen sehr dankbar für ihre sachliche Betrachtungsweise.

Hera Lind begann im September 2017 zu schreiben. Sie hat mir aus dem Herzen geschrieben: treffend und anschaulich – genau, wie es war.

Ich freue mich sehr, dass nun auch meine Geschichte zum Roman geworden ist, und obwohl es sich diesmal um meine eigene handelt, erwarte ich auch die Veröffentlichung dieses Buches von Hera Lind mit Spannung: Es wird etwas ganz Besonderes für mich sein: »Hinter den Türen«, das klingt fast wie ein Thriller, und so war es auch.

Zehn Jahre sind vergangen, seit ich mit großem Engagement die drei Kinder in meine Familie aufgenommen habe. Mittlerweile gehen sie ihre eigenen Wege, und ich habe eine neue Herausforderung gefunden: Ich arbeite mit zwölf unbegleiteten minderjährigen Flüchtlingen in einem Heim.

Ihr Schicksal berührt mich sehr, und deshalb schreibe ich wieder. Wer sind diese jungen Menschen, und was bewegt sie? Jedem begegne ich achtsam, mit Neugier und Unbefangenheit.

Respekt, Toleranz, Mitmenschlichkeit und Gewaltlosigkeit sind mir immer noch sehr wichtig.

Und wieder haben Jon und ich uns dazu entschieden, einen jungen Flüchtling in unsere Familie aufzunehmen. Ich freue mich jeden Tag über diese Entscheidung und den netten Jungen aus Afghanistan, der so selbstverständlich bei uns lebt und unsere Sprache jeden Tag ein Stück besser spricht.

Ich liebe meine Familie und meine Arbeit und bin mit meinem Leben sehr zufrieden. Mein Mann hält nach wie vor zu mir und ich zu ihm. Wir lieben es, für andere da zu sein. Es bereichert uns sehr. An dieser Stelle möchte ich meiner Familie von Herzen danken, dass wir alle Höhen und Tiefen zusammen durchgestanden haben.

Unseren erwachsenen Kindern Lilli und Tim geht es sehr gut. Sie haben Abitur gemacht und studieren, allerdings nichts Soziales. Kamon hat eine Ausbildung gemacht, und Araia studiert ebenfalls. Zu ihr habe ich einen besonders guten Kontakt.

Malie habe ich in Wahrheit nie wiedergesehen.

Köln, Weihnachten 2017

Nachwort der Autorin Hera Lind

Als ich die Geschichte von Juliane Bressin in den Händen hatte, sprang sofort der berühmte Funke auf mich über. Wieder hatte ich in den Bergen von Einsendungen etwas ganz Besonderes gefunden. Frau Bressin hatte die Schicksale ihrer Pflegekinder nicht nur ausführlich und außergewöhnlich liebevoll beschrieben, sondern auch viele Fotos beigelegt.

Auch diese Geschichte hat wieder einmal eine außergewöhnlich starke Protagonistin, die mutig und unbeirrbar ihren Weg geht.

Für mich ist das Motiv Liebe und Vertrauen immer viel stärker als das der Rache, Vergeltung, Verbitterung, des Selbstmitleids oder gar Hasses.

Ich versuchte, Frau Bressin zu erreichen – was wegen einer unvollständigen Telefonnummer gar nicht so einfach war :-)) –, und gab ihr bereits die mündliche Zusage, ohne sie überhaupt kennengelernt zu haben. Eine Mutter, die sich mit solcher Konsequenz und Hingabe nicht nur ihren eigenen, sondern auch noch drei schutzbedürftigen Pflegekindern widmet und ihre Komfortzone dabei weit verlässt, hat in meinen Augen ein Buch verdient. Nachdem ich die bescheidene Frau mit den wilden Locken und den ehrlichen dunklen Augen kennengelernt hatte, war ich mir noch sicherer. Hier handelte es sich nicht um Geltungssucht, Rache oder verletzte Gefühle wie bei manch anderen Einsendungen, sondern um die ehrliche Aufarbeitung eines Traumes, der zwischendurch zum Albtraum wurde.

Beim Treffen mit der Cheflektorin Britta Hansen wurden so manche Bedenken geäußert, die mir in meiner ersten Begeisterung so noch gar nicht gekommen waren. Gibt es diese Malie so wirklich? Hat sie diese Dinge wirklich getan? Ließ sich das gerichtlich beweisen, und wurde sie je unter Anklage gestellt? Dafür zur Rechenschaft gezogen? Und was könnte dieses Buch mit ihr anstellen, wenn sie es eines Tages zufällig in die Hände bekommt? Wir wollten dieses Mädchen auf keinen Fall verletzen. Daher haben wir uns noch mal zusammengesetzt und die Nationalität und Identität der Kinder geändert.

Auch Frau Nölle haben wir mit ihrer Sonnenschein-Stiftung ein komplett erfundenes Umfeld verpasst, ihr eine Villa, eine Firma, einen Sohn und eine Krankheit angedichtet und sie am Ende als geläuterte, sympathische Frau sterben lassen.

Frau Bressin gab mir grünes Licht für alle kreativen Ideen. Ich habe nicht nur den Hintergrund der Kinder, sondern auch den der anderen Beteiligten verändert, allerdings ohne den Kern der Geschichte zu verändern.

Einige Figuren habe ich auch erfunden: Fausto, Sascha und Anne. Dabei sind sie mir und vielleicht auch Ihnen so ans Herz gewachsen, dass man meint, sie gut zu kennen. Sie waren ja auch sympathisch, ehrlich und hilfsbereit!

Das Schreiben hat mich genauso gefesselt und fasziniert wie Sie jetzt hoffentlich das Lesen.

Ich kann mich an dieser Stelle nur noch mal für die vielen Einsendungen bedanken. Viele davon haben wirklich das Zeug zum Bestseller, und meine Kiste mit der Aufschrift »Super!« wird voller und voller. Aber der Verlag hat ein Mitspracherecht, und gemeinsam schauen wir immer, welcher Stoff gerade besonders gut oder aktuell in die Reihe passt, deshalb wappnen Sie sich bitte mit Geduld.

Ich lese alle Geschichten selbst und bemühe mich, auch jeder Einsenderin und jedem Einsender persönlich und ausführlich zu antworten, selbst wenn ich eine Geschichte nicht realisieren kann und absagen muss. Dann begründe ich das auch ehrlich.

Ihnen allen, liebe Leserinnen und Leser, danke ich für Ihre Treue und dafür, dass alle unsere Tatsachenromane auf der Bestsellerliste landen. Einige von ihnen werden sogar demnächst verfilmt, und all das spornt mich an, immer neue Geschichten zu finden und zu realisieren.

Vielleicht ist Ihre Geschichte die nächste?

Hera Lind zum Jahreswechsel 2017

LESEPROBE

Verrat, Lügen und die Kraft der Liebe –
eine Familie hält zusammen

Der neue große Tatsachenroman von Hera Lind:
eine wahre Geschichte über das Schicksal einer Familie
im geteilten Deutschland

ISBN 978-3-453-29188-1

DIANA

Über den Roman

Voller Begeisterung zieht die bayrische Familie Alexander in den späten 1950er-Jahren vom Chiemsee nach Thüringen, wo der Vater Direktor im Erfurter Zoo wird. Ein Paradies für die Kinder Lotte, Bruno und deren Schwestern. Doch dann wird die Mauer gebaut, und es gibt kein Zurück. Obwohl der musikalisch hochtalentierte Bruno gerade frisch verheiratet und Vater geworden ist, flieht er Hals über Kopf in den Westen. Er ist frei, hinterlässt aber eine geschockte Familie, deren Leben nun vollends aus den Fugen gerät. Besonders als Bruno den Vater anfleht, seiner Frau und dem Baby zur Flucht zu verhelfen …

Erfurt, September 1960

»Bruno! Bruuuunooooo!« Jauchzend sprang ich meinem großen Bruder entgegen. Er war zwölf, und ich war zehn. Da kam er! Hätte ich den Triumphmarsch aus der Oper Aida schon gekannt, wäre mir genau dieses Bild vor Augen gestanden: Hoch aufgerichtet und stolz saß der Held meiner Kindheit freihändig auf einem Elefanten. Dieser trottete trompetend seinem Abendfutter im Innengehege entgegen und ließ freudig den Rüssel hin und her schwingen. Die plumpen dicken Füße gruben sich bei jedem Schritt tief in den rötlichen Staub des Erfurter Zoos, der nicht umsonst »Roter Berg« genannt wurde.

»Bruno!« Respektvoll und mit laut klopfendem Herzen blieb ich in gebührlichem Abstand neben dem majestätischen Tier mit den kleinen freundlichen Augen stehen. »Wenn das der Papa sieht!«

»Och, der schimpft schon nicht!« Bruno sah aus wie der kleine Muck, wie er da so lässig auf der dicken Berta thronte. »Gestern bin ich auf einem Kamel heimgeritten, da hat er auch nichts gesagt.«

Unser Vater war hier seit Kurzem Direktor. Dem studierten Tropenmediziner und bisherigen Landtierarzt war dieser Posten überraschend angeboten worden.

Wir – Papa, Mama, Bruno, meine Schwestern Edith und Marianne, Baby Tanja und ich – waren vor einem Jahr mit

Sack und Pack aus unserer bayrischen Heimat am Chiemsee aufgebrochen, um im schönen Thüringen ein neues Leben anzufangen. Wir waren auf dem Bauernhof meiner Großeltern mütterlicherseits aufgewachsen und den Umgang mit Tieren und der freien Natur gewöhnt.

»Wir werden in einer prächtigen Villa wohnen!«, hatte unser Vater uns gelockt, das vertraute Paradies am Chiemsee aufzugeben. »Unser Haus steht mitten im Tierpark, auf einem kleinen Hügel! Andere Kinder müssen Eintritt bezahlen und nach ein paar Stunden wieder nach Hause gehen, aber ihr dürft zwischen den Tieren wohnen, mit ihnen spielen und beim Füttern helfen. Na, was haltet ihr davon?«

Wir waren natürlich Feuer und Flamme, während Mama nicht so begeistert von dieser Idee war. Sie liebte den prächtigen Bauernhof ihrer Eltern in Bernau am Chiemsee, ihr Heimatdorf mit der barocken Zwiebelturmkirche und ihre Freundinnen aus Kirchenchor und Trachtenverein. Seit ich denken konnte, lief sie im selbst geschneiderten Dirndl herum wie auch wir vier Mädchen. Bruno, der einzige Sohn meiner Eltern, steckte immer in einer Krachledernen und wurde von allen nur »Burschi« genannt. Unsere Nachmittage verbrachten wir während der Sommerferien im nahe gelegenen Strandbad, wo Burschi uns mit seinen wagemutigen Kopfsprüngen vom Fünfmeterturm beeindruckte, oder im Winter auf der Skipiste bei Ruhpolding, wo Burschi wie der Teufel im Schuss hinuntersauste und jedes Rennen gewann. Und nun sollte unsere Familie in eine fremde Großstadt ohne Berge und Seen ziehen, wo sie diesen komischen thüringischen Dialekt hatten, und dann auch noch inmitten von streng riechenden Raubtieren wohnen, die nachts brüllten, heulten, möglicherweise Krankheiten übertrugen, ausrissen oder sonst was Aufregendes taten?

Papa, der berühmt war für seine misslungenen Kalauer,

versuchte, den thüringischen Akzent nachzumachen: »Im Zoo sind die Tiescher gestohlen worden! – Was?? Die scheenen Geenigstiescher? – Nu, die Dischtiescher aus dem Zoorestaurant!«

Wir ahnten schon, dass diese Welt eine sehr fremde für uns sein würde. Mama hatte Tränen in den Augen, aber nicht weil sie so lachen musste, sondern vor Wehmut und Angst.

Die Großeltern tuschelten mit den Nachbarn: »Erst hatten wir Angst, dass er die ganze Familie mit nach Afrika nimmt. Und jetzt verschleppt er sie in den Osten!«

Aber unser Papa schwärmte in den höchsten Tönen von den beruflichen Chancen, die sich für ihn ergeben würden, sowie von Thüringens Rostbratwurst. Außerdem, so sein Hauptargument, könnten wir ja jederzeit zurückgehen, wenn es uns dort nicht gefalle.

Wir können jederzeit zurückgehen – das war das Argument, mit dem er uns Ende der Fünfzigerjahre schließlich überzeugte.

»Wo werdet ihr in Bayern jemals Zebras, Tiger, Pelikane, Krokodile, Affen und Esel zu Gesicht bekommen?«

»Na ja, Affen und Esel jeden Tag«, versuchte meine Mama einen müden Scherz.

Aber dann war es beschlossene Sache. Während der Sommerferien des Jahres 1959 zogen wir um.

Und nun lebten wir schon ein Jahr hier und hatten uns an das aufregende Leben im Erfurter Zoo gewöhnt.

»Wo ist Mama?« Bruno sprang geschickt von der dicken Berta und führte sie am Seil in ihr Nachtquartier. Berta ließ den Rüssel neugierig in seine Jackentasche gleiten, und richtig, er hatte Leckerchen für sie gehortet.

»Bei den Affen.« Ich zeigte zum komplett vergitterten Affengehege. »Sie hat gerade jede Menge Toastbrote mit Marmelade für sie gemacht.«

»Von denen könnte ich auch ein paar verdrücken.« Bruno tätschelte die dicke Berta, dass roter Staub aus ihren Borsten rieselte. »Gute Nacht, mein altes Mädchen. Ich bringe dir später noch was Feines.« Berta strullte bereits in einem festen Strahl auf ihren angestammten Platz an der Mauer und schwang ihren Rüssel zum Abschied hin und her, als wollte sie uns winken.

»Wir haben heute neun Flamingos reingekriegt«, plauderte ich aufgeregt. Mit solchen Neuigkeiten konnte ich die Aufmerksamkeit meines großen Bruders auf mich lenken. »Sie sind hinten im Gewächshaus. Papa ist bei ihnen.«

»Das ist kein Gewächshaus, Dummerchen! Das ist die Quarantänestation. Alle neuen Tiere müssen da erst mal rein, bis Papa festgestellt hat, dass sie keine ansteckenden Krankheiten haben.« Bruno legte den Arm um mich und zog mich zum Affenhaus. »Schau, da liegen noch köstliche Bananen herum.«

»Dürfen wir aber nicht!«

In dieser Hinsicht war unser Papa ganz schön streng. Es war seine Aufgabe und Pflicht, die ihm anvertrauten Tiere artgerecht zu ernähren, zu hegen und zu pflegen. Dafür zu sorgen, dass sich die Neuzugänge gut akklimatisierten. Da konnten wir Kinder manchmal in die Röhre gucken. Eigentlich mussten wir uns auch noch akklimatisieren, denn in Bayern gab es viel mehr Früchte frei zu kaufen als in Thüringen. Aber Papa meinte immer, Kinder seien viel flexibler als exotische Tiere und könnten sich viel leichter anpassen.

»Lotti. Die Affen petzen nicht.« Schon hatte sich Burschi durch den Gitterzaun zwei Bananen geangelt, von denen er mir eine zusteckte. »Und du hoffentlich auch nicht.«

Natürlich nicht. Nie hätte ich meinen heiß geliebten großen Bruder in Schwierigkeiten gebracht.

Die Schimpansen schwangen sich an Lianen zu den Futternäpfen hinunter und rissen an sich, was ihre langen behaarten Finger zu fassen bekamen. Dabei beäugten sie uns mit ihren schwarzen Gesichtern misstrauisch. Völlig angstfrei kokettierte Bruno mit ihnen und schnitt Grimassen. Er konnte ihre Laute und Gesten so gut nachmachen, dass ich mir fast in die Hose machte vor Lachen.

»Vorsicht, da kommt jemand!« Von Weitem hörten wir schon das Getrampel der Kamele und Dromedare, die wie jeden Abend von den Tierpflegern zum Übernachten in den Wirtschaftshof geführt wurden.

»Los jetzt, schnell! Sie haben uns nicht gesehen!« Flink huschte Burschi zwischen den Büschen und Zäunen hindurch zum Haus hinauf, wo noch verschiedene Näpfe, die unsere Mutter mit unseren Schwestern Edith und Marianne zubereitet hatte, auf der Terrasse standen. Sie waren mit Baby Tanja noch beim Füttern, und wir konnten unser übermütiges Unwesen treiben.

Ich kaute noch an der Banane, rannte aber mit eingezogenem Kopf hinter ihm her. Das hier war schöner als Indianer spielen! »Schau, was hier alles rumsteht!« Bruno ließ die Lederhosenträger schnalzen. »Äpfel und Birnen, Bananen, Pfirsiche und Aprikosen! So was haben die Jungs in meiner Klasse nicht in der Pausentüte.« Er ging seit Neuestem in die sechste Klasse der Polytechnischen Oberschule und ich in die vierte.

»Bruno, wir dürfen nicht …« Vorsichtig stieg ich über eine Kiste, in der sich weiße Mäuse und Ratten tummelten.

»Papperlapapp! Wir sind doch noch im Wachstum!« Grinsend stopfte er sich die Backen voll, und klebriger süßer Saft rann ihm aus dem Mund. »Hier, kleine Schisserin. So einen Pfirsich kriegst du so bald nicht wieder!«

Wir kauten und schluckten, spielten, wer die Kerne am weitesten spucken konnte. Natürlich gewann Burschi. Er schaffte es in hohem Bogen bis über die Mauer, während meine nur einen Meter vor meinen Füßen in einer Spuckepfütze landeten.

»Was ist denn das hier für ein Kraut?« Bruno beugte sich interessiert über einen Spankorb, aus dem es würzig roch.

»Keine Ahnung? Irgendwas Tropisches?«

»Nee, das riecht nach Knoblauch! Opa sagt immer, der ist ganz besonders gesund und davon wird man steinalt!« Schon sprang er auf. »Den verfüttere ich an Berta! Die soll auch steinalt werden!«

»Burschi, der Papa wird schrecklich schimpfen! Das ist bestimmt für ein anderes Tier bestimmt!«

»Wehe, du petzt!« Blitzschnell griff Bruno in die Kiste, aus der es fiepte und quietschte, und hielt mir am Schwanz eine Ratte vors Gesicht. »Schwör, dass du nicht petzt!«

»Ich schwöre!« Panisch kreischend rannte ich davon, Bruno lachend mit der zappelnden Ratte hinter mir her. Ich wusste, dass er sie mir niemals in den Kragen stecken würde. Er war übermütig und schoss gern über das Ziel hinaus, liebte mich aber abgöttisch und war niemals grausam. Ich war seine Lieblingsschwester. Vielleicht, weil ich altersmäßig am nächsten an ihm dran war: Edith war fünf und Marianne drei Jahre älter als er, und Baby Tanja kam für seine Streiche überhaupt noch nicht infrage.

Keuchend flüchtete ich über die Terrasse ins Haus, zog die Gummistiefel aus und den Kopf ein, weil ein großer bunter Tukan bei uns frei herumflog. Mama erschrak auch jedes Mal wieder von Neuem, wenn sie das Haus betrat. Der Tukan war vor drei Wochen bei uns angekommen und erklärtermaßen Papas Liebling. Er durfte alles, was wir nicht durften: laut kreischen, Bücher aus dem Regal werfen, Essensreste von Tellern picken und sogar von der Lampe aus ein Häufchen fallen lassen. Papa entschuldigte das damit, dass der tropische Vogel sonst Heimweh bekommen würde.

Ja, und wir? Hatten wir etwa kein Heimweh? Du hast sechs bayrische Urviecher nach Thüringen verpflanzt, pflegte Mutter vorwurfsvoll zu sagen.

Die stand zum Glück bald wieder in der Küche und bereitete das Abendessen zu – jetzt endlich für uns Kinder. Klein-Tanja hockte im Laufstall und zog sich am Gitter hoch. Mit großen Augen biss sie in die Stäbe und streckte die Arme nach mir aus. Ich musste mir erst mal die Hände waschen, das war Regel Nummer eins.

Auch wenn Mama hier keine Dirndl mehr trug, sondern praktische, wetterfeste Kleidung, war sie nach wie vor eine schlanke, hübsche Frau mit dunklen Haaren. Sie konnte zupacken und liebte unseren Papa über alles. Auf ihrer Hochzeit in der Zwiebelturmkirche am Chiemsee hatte eine Sängerin gesungen: »Wo du hingehst, da will auch ich hingehen, und wo du bleibst, da bleibe auch ich.« Das hatte unsere Mama uns immer wieder mit feuchten Augen erzählt.

Das war ein Versprechen, das sie wörtlich nahm. Sie wäre auch mit ihm nach Afrika gegangen, aber jetzt war es Erfurt geworden.

»Servus, Lottchen, du kannst Edith helfen, Tanja zu füttern, oder mit Marianne den Tisch decken!« Mama wendete geschickt die bayrischen Speck-Pfannkuchen. Sie wirbelte herum. »Wo ist Burschi? Er hat heute noch keinen Ton Geige geübt!«

Mamas erklärter Liebling war musikalisch sehr begabt und bekam als Einziger von uns Musikunterricht. Früher hatte ihn unsere Mama auf Familienfesten stolz als Wunderkind vorgeführt, und wegen der Nähe zu Salzburg war er oft mit dem kleinen Mozart verglichen worden. Unser Bruno hatte schon als Achtjähriger in der heiligen Messe die Orgel spielen dürfen. Seine Beinchen kamen noch gar nicht an die Fußpedale, aber seine emsigen Fingerchen spielten geschickt auf mehreren Tastaturen. Die Leute unten in der Kirche sangen ahnungslos »Großer Gott wir loben dich«, ohne zu wissen, dass oben ein kleiner Junge in Lederhosen die Orgel spielte. Ich kannte diese Szene nur aus einem stummen Schwarz-Weiß-Film, den meine Mama in nostalgischen Momenten hervorholte und abspielte, wobei sie sich mit dem Zipfel der Küchenschürze die Augen wischte. Hier war die katholische Kirche weit weg, und in der Wildnis des Erfurter Zoos war ihr geliebter Burschi gar nicht mehr so fromm und fügsam wie damals in Bayern, sondern leistete sich mehr und mehr pubertäre und nicht ungefährliche Scherze. Vor dem Streichelzoo mit den jungen Ziegen und Eseln geigte er am hochheiligen Sonntag Popsongs von den Beatles, was die Zoobesucher dazu brachte, Geld in seinen Geigenkasten zu werfen.

Papa schämte sich und verbot Burschi solche Ungeheuerlichkeiten. Zur Strafe musste Burschi das Wildschweingehege säubern.

Mitten in der darauffolgenden Nacht schrie unser vor Zorn bebender Papa durchs Treppenhaus.

»Die dicke Berta hat Koliken und schreit vor Schmerzen. Die stirbt mir unter den Fingern weg! Ich muss einen Spezialisten aus Leipzig anfordern. Wer hat dem Elefanten um Gottes willen Bärlauch zu Fressen gegeben?«

Neumünster, Anfang November 2010

»Wie ist es gelaufen, Herr Doktor?«

Paul und ich eilten über den Krankenhausflur einem grün gekleideten jungen Arzt entgegen, der soeben aus dem OP kam. Wir hatten stundenlang vor der Tür gewartet, und uns war von dem vielen Kaffee aus dem Automaten schon ganz schwindelig. Diesmal waren wir die ganze Nacht mit dem Auto durchgefahren.

Der Operateur, das Medizinstudium noch kaum beendet, wie es schien, riss sich den Mundschutz vom Gesicht. Er hatte noch kein Barthaar am Kinn. Sein Pieper in der Kitteltasche meldete sich. »Und Sie sind …?«

»Ach so, Entschuldigung, das hier ist mein Mann Paul Denkstein, und ich bin Lotte Denkstein, die Schwester von Bruno Alexander, Ihrem Patienten.«

Der Chirurg unterdrückte den Pieper. »Dann lassen Sie uns mal eben in mein Sprechzimmer gehen. – Ja, der rechte Unterschenkel ist amputiert worden. Wir waren entsetzt, wie weit die Entzündung schon fortgeschritten war, und haben viel länger gebraucht als gedacht.« Er öffnete eine Tür und ließ uns eintreten. »Wir haben Stunde um Stunde operiert.« Er wies uns zwei Stühle zu. »Der Patient hat auch sehr viel mehr Narkosemittel gebraucht als üblich.«

Sein Magen knurrte hörbar. Ich hätte dem Mann am liebsten das Butterbrot gereicht, das ich vom Frühstücksbuffet des Hotels hatte mitgehen lassen, und das jetzt in einer Tupperdose in meiner Handtasche steckte. Erschöpft ließ er sich hinter seinem Schreibtisch nieder und unterdrückte zum zweiten Mal den Pieper in seiner Brusttasche. »Heute ist der Teufel los, wir sind mit dem OP-Plan völlig durcheinandergekommen.«

Der Arzt sprang wieder auf, entledigte sich seiner grünen OP-Kleidung und nahm einen frischen weißen Kittel aus dem Schrank.

»Wir wollen Sie gar nicht lange aufhalten, Herr Doktor. Wie geht es ihm? Wird er es schaffen?« Auch Paul und ich erhoben uns.

»Seine gesamte Konstitution ist erschütternd schlecht. Sein Körper hat keinerlei Abwehrmechanismen mehr.« Der Arzt fand den Ärmel nicht, und Paul half ihm hinein. »Dennoch halte ich es für besser, dass er nicht zu lange auf der Intensivstation bleibt.«

Auch ich konnte es nicht lassen und strich dem Arzt mit einem zuvorkommenden »Darf ich?« den Kittelkragen glatt. Gleich darauf schämte ich mich für mein übergriffiges Verhalten. »Warum denn nicht?«, fragte ich rasch.

»Das ist auch eine Frage der Kosten.« Der junge Arzt befreite sich sanft aus unserer fast elterlichen Fürsorge. Er steckte einen Kugelschreiber in die Kitteltasche und stand schon wieder an der Tür. »Die Frage, welche Krankenversicherung überhaupt zuständig ist, klären Sie bitte mit der Verwaltung. Wenn Sie mich jetzt entschuldigen würden.«

Sein Pieper ging zum dritten Mal, und er eilte mit wehendem Kittel hinaus.

Tapfer saßen Paul und ich kurz darauf in der Verwaltung. Wir hatten schon so viele Behördengänge hinter uns gebracht, Seite an Seite unsere Ausreiseanträge durchgekämpft. Da würden wir das hier auch noch schaffen.

»Man hat uns erst gestern in Bernau angerufen, und wir sind sofort hergekommen. Es ist alles so schnell gegangen, wir kennen uns doch gar nicht aus mit seiner Versicherung …«, erklärte ich der Dame am Computer.

Die hackte in die Tasten, wälzte Akten, telefonierte und rechnete. Ich fühlte mich wie eine elende Bittstellerin, die ihre Hausaufgaben nicht gemacht hat. Oder wie damals, als wir unseren Ausreiseantrag gestellt hatten. Hunderte von Male hatten wir auf Ämtern herumgesessen. Und wir HATTEN unsere Hausaufgaben gemacht! Wenn eine ihre Hausaufgaben macht, dann ich!

Die Tür flog auf, und der Betreuer, ein sehr sympathisch wirkender Mann um die fünfzig in Jeans und Lederjacke, trat ein. Er hatte einen festen Händedruck und eine sonore Stimme.

»Ivo Berkenbusch. Schön, dass Sie gekommen sind. Das wird Ihnen Ihr Bruder hoch anrechnen.«

Er sah uns mitfühlend an. Mir fiel ein Stein vom Herzen. So ein freundlicher und offensichtlich kompetenter Mann hatte sich in den letzten Monaten Brunos verwirrter Seele angenommen!

Eine dünne kleine Praktikantin brachte Tee und Gebäck, und wir nahmen an einem runden Tisch am Fenster Platz. Die Verwaltungsangestellte ging diskret aus dem Zimmer.

»Wie konnte es nur dazu kommen, dass es mit meinem Bruder so steil bergab gegangen ist?« Ich pustete in meine Tasse und wärmte mir die Hände daran. Paul steckte sich heißhungrig eine paar Müsli-Kekse in den Mund.

»Dasselbe wollte ich eigentlich Sie fragen.« Herr Berkenbusch reichte die Zuckerdose herum. »Ich habe ihn in völliger Verwahrlosung vorgefunden, als die Besitzer der Scheune ihn rausklagen wollten.« Er warf ein Zuckerstückchen in seine Tasse und rührte um. »Er war geistig schon sehr verwirrt und kaum noch ansprechbar. Er ernährte sich ausschließlich von Alkohol und Zigaretten, war bereits inkontinent.« Ich wollte gerade in ein Hirseplätzchen beißen, ließ es aber wieder sinken. »Auch im Pflegeheim hat er sich immer gegen Körperreinigung gewehrt und nach dem Personal geschlagen und getreten.«

»Er hat Schreckliches erlebt«, erklärte ich. »Wir wissen nicht genau was, aber …«

Hilfesuchend sah ich zu Paul hinüber. »In der DDR war er lange im Gefängnis.«

»Lotti. Das ist eine andere Geschichte. Wir sollten Herrn Berkenbusch damit nicht belasten.« Paul wischte sich mit dem Handrücken über die Augen. »Was machen wir nur mit ihm?!«

»Nachdem Sie sich nach all den Jahren wiedergefunden haben, habe ich mir diese Frage auch schon gestellt«, sagte Herr

Berkenbusch. »Sie wohnen ja so ziemlich am anderen Ende von Deutschland!«

Ich sah Paul ein paar Sekunden fest in die Augen und spürte an seinem warmen Blick, dass er guthieße, was ich gleich sagen würde.

»Ich denke, wir holen meinen Bruder zu uns nach Bayern. Dort gibt es auch gute Pflegeheime.«

Beide Männer sahen mich eine Weile schweigend an.

War ich mir der Tragweite meiner Worte bewusst?

Herr Berkenbusch blickte bedächtig in seine Tasse. »Das ist eine sehr noble Haltung von Ihnen, liebe Frau und lieber Herr Denkstein. Aber Sie sollten nichts überstürzen. Ich erinnere die eifrigen Angehörigen in solchen Situationen gerne an den jungen Hund, den man sich zu Weihnachten anschafft, und der dann später an der Autobahn ausgesetzt wird.«

»Aber ...« Ich fasste mir an den Hals. Mir blieb die Luft weg. »Wir setzen doch meinen Bruder nicht an der Autobahn aus!« Mein Mund war ganz trocken.

»Nein, das war natürlich nur eine Metapher ...«

»Aber eine schlechte.« Ich hustete.

Paul klopfte mir beruhigend auf den Rücken. »Herr Berkenbusch hat recht, Lotti. So ein Schritt muss wohlüberlegt sein. Wenn wir Bruno zu uns nehmen, dann für immer. Dann gibt es kein Zurück mehr.« Prüfend sah er mich an.

»Aber ich kann ihn doch jetzt nicht mehr im Stich lassen! Ich hab es Vater auf dem Sterbebett versprochen!«

»Sie können sich das ja noch in Ruhe überlegen.« Herr Berkenbusch sah auf die Uhr: »Ich muss noch zu einem anderen Fall.«

Als er weg war, beruhigte mich Paul: »Lotti, bleib cool. Kein Mensch hat die Absicht, Bruno im Stich zu lassen.«

Lesen Sie weiter in:

ISBN 978-3-453-29188-1